Le Baron Gris

© 2015 - Vincent Haxvyll
Edition: BoD - Books on Demand
12/14 rond-point des Champs Elysées, 75008 Paris
Imprimé par Books on Demand GmbH, Norderstedt, Allemagne
ISBN : 9782322037698
Dépôt légal: juillet 2015

Vincent Haxvyll

Le Baron Gris

Les personnages et les situations de ce récit étant purement fictifs, toute ressemblance avec des personnes ou des situations existantes ou ayant existé ne saurait être que fortuite.

"Il faut, autant qu'on peut, obliger tout le monde :
On a souvent besoin d'un plus petit que soi.
De cette vérité deux fables feront foi,
Tant la chose en preuves abonde.

Entre les pattes d'un Lion
Un Rat sortit de terre assez à l'étourdie.
Le roi des animaux, en cette occasion,
Montra ce qu'il étoit, et lui donna la vie.
Ce bienfait ne fut pas perdu.
Quelqu'un auroit-il jamais cru
Qu'un lion d'un rat eût affaire ?
Cependant il avint qu'au sortir des forêts
Ce Lion fut pris dans des rets,
Dont ses rugissements ne le purent défaire.
Sire Rat accourut, et fit tant par ses dents
Qu'une maille rongée emporta tout l'ouvrage.
Patience et longueur de temps
Font plus que force ni que rage."

"Le Lion et Le Rat", LA FONTAINE.

"Viens, mon beau chat, sur mon cœur amoureux ;
Retiens les griffes de ta patte,
et laisse-moi plonger dans tes beaux yeux,
Mêlés de métal et d'agate.

Lorsque mes doigts caressent à loisir
Ta tête et ton dos élastique,
Et que ma main s'enivre du plaisir
De palper ton corps électrique,

Je vois ma femme en esprit. Son regard,
Comme le tien, aimable bête,
Profond et froid, coupe et fend comme un dard,

Et, des pieds jusques à la tête,
Un air subtil, un dangereux parfum,
Nagent autour de son corps brun."

"Le Chat", BEAUDELAIRE.

"Message envoyé à Verdun par le matricule 787.15,
lâché de fort de Vaux le 4 juin 1916 à 11:30 :

« Nous tenons toujours,
mais nous subissons une attaque par les gaz
et les fumées très dangereuses.
Il y a urgence à nous dégager.
Faites-nous donner de suite
toute communication optique par Souville,
qui ne répond pas à nos appels.
C'est mon dernier pigeon.
Signé : Raynal »"

PREMIÈRE PARTIE

~

De la Lumière à l'Ombre.

PROLOGUE

Dehors, les feuilles des chênes centenaires vibraient aux humeurs du vent. Les branches ondulaient et les troncs se courbaient. Bientôt, le froid de l'hiver obligerait tous ces poumons renversés à stocker le peu d'eau qui leur reste, et alors les branches se dénuderaient, évitant une transpiration mal venue. Comme un cycle amorçant son dernier tour de roue, la Mère Nature commençait à délimiter le rythme lent d'un proche et imminent sommeil.

Quelques écureuils retardataires fouinaient les derniers marrons ou les derniers glands permettant d'obtenir l'engraissement optimum avant la retraite. Les espèces sifflotantes et volantes s'étaient éclipsées depuis longtemps, les rongeurs et les insectes en tout genre s'étaient donnés un rendez-vous commun sous terre. Le monde s'arrêtait. Du ciel à la terre l'horizon était devenu comme mort-vivant. Et seul le vent s'obstinait à réanimer ce petit monde à moitié endormi.

Cette impression de vide et d'inactivité était encore plus prenante en regardant danser tous ces arbres à travers les vitres d'une fenêtre en acier.

Depuis la cuisine, Serge Legrand profitait au plus haut point de ce rare moment de détente et d'évasion. Debout, face à la fenêtre au-dessus de l'évier, il remuait délicatement une cuillère en argent dans sa tasse de Earl Grey. Son week-end de quatre heures était presque terminé ; dans une demi-heure, il sera de nouveau à son poste, devant ses écrans et devant son tableau de commande. Enfermé presque constamment dans une prison de velours, ce qui lui manquait le plus pendant son travail, c'était la vue d'un ciel bleu, le froid du vent, le crissement du gravier sous ses pieds, l'odeur de l'herbe coupée ou du bois humide, bref, la sensation de quelque chose de vivant ; car pour lui, ce n'était plus qu'un vague souvenir s'étiolant progressivement.

C'était étrange, mais au bout de deux années de bons et loyaux services, Serge se rendait compte que ce qui lui manquait le plus c'était finalement des choses très simples. Des choses si banales et si évidentes que, dans la vie courante, on y faisait généralement guère attention. La boue, un parfum de rose, la pierre de tuffeau, la pluie, le brouillard, les pollens, tout ça lui manquait, tout ça devenait de plus en plus vital à ses yeux.

Il rêvait...

Il rêvait mais la nature eut tôt fait de le rappeler à l'ordre : une douleur intestinale le fit tressaillir.

Le symptôme passé, Serge but deux gorgées de thé.

Depuis quelques temps, seules les boissons chaudes lui apportaient un peu de réconfort, hormis le cannabis. Dans ses états les plus graves, il n'hésitait pas à se piquer à la morphine.

Serge Legrand lava sa tasse dans l'évier et la posa sur l'égouttoir. La colonne d'eau chaude aromatisée avait fait son effet en lui parcourant le corps comme l'aurait fait un sérum d'apaisement. Serge savait pertinemment que cet effet était purement psychologique, mais cette habitude anodine lui donnait du courage face à sa destinée. Son état général s'était sérieusement aggravé depuis les six derniers mois. Tout d'abord, les diarrhées jadis courantes devenaient maintenant de surcroît sanglantes. Ses cheveux et ses poils avaient jusqu'ici bien résisté, mais, en deux semaines de perte par touffes successives, son crâne était devenu une boule de billard et ses organes génitaux un désert viril. Enfin, ses hémorragies sous-cutanées autrefois ponctuelles s'étendaient désormais en plaques et ne disparaissaient plus au bout de quelques jours.

Bien qu'il n'eut pas besoin de preuves, Serge savait que le mal avait pris depuis peu sa forme définitive. Le mal savait maintenant comment se réincarner en lui. Le mal avait trouvé la clé de son mécanisme intérieur et il éteignait un à un chacun de ses feux vitaux.

C'était curieux, mais bien que clairement établie dès la signature du contrat, la chronologie des événements sur son état de santé devenait de plus en plus pesante et prenante ; comme quoi certaines choses devaient être finalement vécues pour être comprises, et non, comme il l'avait cru jusqu'ici, imaginées.

Instinctivement, Serge se remit en route en direction de la salle de contrôle. Il savait qu'il lui restait tout au plus une demi-heure avant d'être à son poste. Passé ce délai, les commandes automatiques déclencheraient les sirènes muettes et ameuteraient la cavalerie ; une cavalerie toute sauf sympathique.

En deux années d'activités, Serge s'était évertué à faire le moins de vagues possibles. Son optique n'était pas d'obtenir son nom dans les petits papiers du Grand Patron, vu qu'il était déjà rendu lui-même, d'une certaine manière, à l'échelon le plus haut. Non, son but était d'attendre le bon moment avant d'agir. Ce moment il l'attendait depuis deux ans. Deux années d'espoir, de crainte et de doute, deux années à espérer le candidat idéal, le challenger, le king, le champion toute catégorie, le roi des rois. Bien sûr, il y avait eu des possibilités ces derniers mois, mais pas un n'avait été digne d'être aidé, aiguillé ou mis dans la confidence. Ce que Serge Legrand savait était bien de trop délicat, important, et surtout dangereux, pour le livrer au premier débile chanceux où à la première brute sanguinaire qui passe. Oui, tout cela était bien trop important. Tellement... important !

Il avait été patient jusqu'ici. Mais maintenant que son corps le trahissait, son subconscient émettait un doute sur le dénouement de son attente. "L'espoir fait vivre", dit-on communément. *Certes,* se dit Serge, *mais pour finir dans quel état ?! Et surtout, à quel prix !*

Laissant pour l'instant de côté ses mauvaises pensées, Serge Legrand quitta la cuisine, passa le petit salon et la salle de télévision, puis arriva dans le grand hall. Parsemé de dalles de marbres noires et blanches, éclairé par deux petites lucarnes au vitrage antique jaune, le hall présentait en son centre un immense escalier à deux niveaux. La demeure datait de la fin du XVIIIème. Serge n'avait vu qu'une seule fois la demeure de l'extérieur, à son arrivée sur le site il y a deux ans. Il lui restait de vagues souvenirs de cet état des lieux sommaire : de grandes fenêtres au rez-de-chaussée et à l'étage, des chiens assis au ras de la toiture, quatre colonnes doriques soutenant un auvent à l'entrée, des pierres de façade parsemées de vigne sauvage, deux cheminées, une corniche, une porte blindée, une caméra de surveillance discrète, et c'était à peu près tout. Il n'avait même pas pris le temps de voir la façade arrière ni de se balader dans le grand parc qu'il y avait tout autour. Il regrettait profondément de n'avoir pas fait ce qu'on appelle "le tour du propriétaire". Mais aujourd'hui, le problème n'était pas de savoir à quoi ressemblait l'arrière de cette demeure, c'était globalement sans intérêt. Non, ce qui importait à Serge en ce moment, ce qui le tarabustait le plus, c'était de savoir si l'avenir allait lui permettre de sortir vivant de ce carcan, de cette prison dans laquelle il s'était lui-même enfermé ? Allait-il pouvoir un jour quitter cet endroit et contempler le monde extérieur avant de devenir aveugle ? Oui, toutes ces questions étaient mystérieuses. Fort à propos et mystérieuses.

Appuyé à la main courante en bois poli de la rambarde, Serge grimpa péniblement les vingt marches jusqu'au premier. Il s'engagea dans l'aile Est par le couloir central, passa alternativement trois chambres et un dressing avant d'arriver à un salon privé, salon jadis alloué aux trois chambres précédentes. Enfin, par l'intermédiaire d'une porte située au fond de ce petit salon, Serge entra dans un bureau. Là, le mur du fond était tapissé d'une bibliothèque gigantesque qui aurait fait jouir le plus averti des lecteurs. Du côté droit de la pièce, un grand bureau en bois de rose arborait un plumier doré, un sous-main en cuir et une horloge mécanique. Serge s'avança devant cette dernière, ouvrit le petit battant de verre devant le cadran et positionna les aiguilles sur midi. Il se retourna et regarda alors l'armoire la plus proche du bureau ; tout en découvrant ce monde étrange s'ouvrir devant lui, Serge se mit soudain à rêver à quelque chose de *nouveau*. Il savait qu'une fois pris dans la tourmente du travail, son engagement et son intégrité noieraient toutes ses idées noires en deux temps trois mouvements, et c'est pourquoi il se permettait de rêver pendant une poignée de secondes.

Et à quoi pouvait-il rêver, si ce n'est à un jour différent de celui-ci !

Il se mit notamment à rêver à un renouvellement de ses cellules et à une épuration de son corps souillé par un mal invisible. Il se mit aussi à espérer la fin de cette logique dont il avait autrefois accepté tous les enjeux, mêmes les pires, mêmes les plus inhumains.

Oui, de toute manière il fallait qu'il rêve pour tenir. Tenir afin qu'il puisse se donner du cœur à l'ouvrage, même s'il savait parfaitement que, bientôt, il risquait de s'endormir...
à tout jamais.

1

Bien que préparé psychologiquement à cette "première" dans sa carrière, Didier Malory n'avait pratiquement pas dormi de la nuit. Ses soubresauts nocturnes ainsi que ses toussotements bruyants furent l'objet de désapprobations houleuses de la part de sa fiancée. C'est pourquoi, quand le réveil sonna plus tôt que d'habitude vers six heures, l'énervement de la nuit passée se transforma en un parcours de traîne-savates.

Seules deux gorgées de café passèrent au lieu d'un bol entier, et rien de consistant, style "Pitch" au chocolat, petit beurre LU ou tartine, ne permit d'être également validé par son estomac capricieux. C'était un jour extrêmement bileux.

Didier et Karine vivaient déjà depuis deux ans en location dans un T3 sur St Joseph de Porterie, un petit bourg de banlieue au Nord-Est de Nantes. Ils auraient conjointement préféré un appartement plus près du centre, mais, budget oblige, ils n'avaient pas pu trouver mieux.

Karine était infirmière au CHU Nord depuis trois ans et c'est elle qui subvenait aux besoins du couple jusqu'ici. Quant à Didier, engagé six ans auparavant dans des études de droit, il travaillait depuis environ un an au cabinet "Cazeau & Miller", en tant qu'assistant. Son but en s'engageant ici étant de devenir avocat, et il avait une préférence pour les affaires criminelles.

Empêtré dans la réalisation d'un noeud de cravate, Didier vit sa dulcinée arriver près de lui devant la glace de la salle de bain.

- Ça va mon noeud ? questionna-t-il inquiet.

Sourire malicieux en coin, Karine baissa la tête afin d'inspecter la nuque de Didier, rectifia un pli, se redressa et dit :

- Vous êtes tout ce qu'il y a de plus présentable, Maître. Surtout pour quelqu'un qui doit se présenter devant un criminel.

- Un "présumé" criminel, Madame le juge ! Rectification.

- Ça, c'est à vous de l'établir, cher collègue.
- Tout à fait, et nous nous y emploierons, Madame.
- Idiot va... Allez, file, tu vas rater ton bus.
- Tu as raison, j'y go !

Karine rattrapa soudain Didier par le bras, et lui lança en ponctuant le tout d'un sourire malicieux-bis :
- Tu n'oublies rien ?

Rendu incapable de penser depuis sa sortie du lit, Didier chercha une réponse dans des directions lointaines : *qu'est-ce qu'elle me veut, ce n'est pas mes dents car je les ai brossées tout à l'heure... ce n'est pas la cravate parce que l'on vient d'en parler... peut-être s'agit-il de mon attaché-case...? ah, la valise est à mes pieds donc ça n'est pas ça non plus... c'est le costume qui ne va pas alors ? on a quelque chose de prévu ce soir ? ah bon dieu non ! je ne vois pas... qu'est-ce qu'elle veut donc?*
- Quoi ? demanda-t-il enfin, par abandon.

Excusant volontiers le tourment de Didier, Karine s'avança pour l'embrasser et souffla doucement à son oreille :
- Ça va bien se passer, mon Doudou, tu vas voir.
- J'espère. Allez, à plus !

Ce n'est qu'une fois sur le pas de la porte que Didier comprit qu'il avait tout simplement oublié le petit bisou rituel du matin. *Ah les femmes ! comme si je n'avais que ça à faire aujourd'hui, j'te jure !* pesta-t-il intérieurement.

Moitié énervé, moitié en phase d'apaisement, il combla d'un pas saccadé les huit cents mètres entre son immeuble et l'aubette de bus. L'autobus vert et blanc de la ligne 22 pointa le bout de son grand pare-brise droit cinq minutes plus tard. Coincé entre les écoliers turbulents pourvus de leur cartable plombé et les travailleurs intra-urbains vaseux et facilement irritables à cette heure de la journée, Didier tenta en vain de se concentrer sur ce qui l'attendait plus loin. L'aube d'une éclaircie dans son esprit pointa le bout de son nez quand il put s'asseoir, peu après que les "schtroumfs" immatures eurent débarqué du car.

Appuyé contre la vitre, il ferma les yeux et pensa à son client: son premier client.

Le choix du cabinet n'avait pas été prémédité, mais malgré son stress intense du moment, Didier le prit comme une "chance", voire même un "coup de main" du destin.

Le prévenu s'appelait Bastien Grenier. Ecroué trois jours plus tôt pour le meurtre avec préméditation de sa sœur Sophie, le "débat contradictoire" d'origine avait été effectué devant le juge d'instruction Brunet en présence d'un représentant du parquet pour la partie civile, soit un certain Monsieur Monnau, et également de Maître Miller pour la défense, le patron de Didier. Seulement voilà, peu de temps après cette mission bien remplie, Maître Miller fut victime d'une attaque cérébrale, certainement due à une rupture d'anévrisme. Miller était depuis dans le coma, mais l'issue de ce dernier semblait sans appel. C'était une question de jours. Toujours est-il que, vu la tournure dramatique des événements, le cabinet "Cazeau & Miller" se devait d'être restructuré. Coincé par une affaire d'adultère au Mans, Maître Cazeau, seul rescapé du cabinet, intima à Didier l'ordre de le rejoindre sur-le-champ avec tous les dossiers en cours. Entre trois rendez-vous et une séance à la barre, Cazeau discuta avec Didier d'une répartition des affaires. Sur les quinze énumérées, Cazeau en reprit huit, trancha sur cinq en les redistribuant à des collègues et amis ayant proposé leur aide quelques heures plus tôt, puis confia les deux dernières à Didier. Pourtant hostile au départ à cette idée, Cazeau ne fut pas long à persuader. L'enthousiasme de Didier, son esprit de synthèse quasi-professionnel sur les différents dossiers présentés, et parallèlement, l'affaiblissement cérébral de Cazeau dû à la perte de son collaborateur et ami, tous ces éléments eurent tôt fait d'appuyer la promotion inattendue du jeune assistant. La répartition une fois établie, Cazeau étudia trois heures durant les dossiers confiés aux mains juvéniles et peu expérimentées de Didier. Ce dernier en ressortit motivé comme jamais, plutôt fier, mais aussi pleins de doutes. Le plus grand de ses doutes étant de savoir s'il allait être à la hauteur. Cette question, il se la posait depuis plus de dix ans, et, maintenant, le hasard lui proposait la perspective d'une réponse.

Pendant le "débat contradictoire" qui remontait à quelques jours, le prévenu Bastien Grenier était resté impassible, absent, et ceci malgré les efforts de Miller pour inciter ce dernier à intervenir. Il n'avait pas prononcé un mot. Le silence radio total. Le juge Brunet n'avait pas franchement apprécié cette attitude rétrograde et irresponsable. A la fin de l'audience, Miller avait dit à l'époque que « c'était rare, mais que cela arrivait ; de toute manière, dans ce genre de situation, le prévenu comprend un jour ou l'autre qu'il est dans son intérêt de parler ». Ces mots furent les derniers prononcés par Maître Miller à l'attention de son assistant.

Toujours pendant la séance, après l'énumération des preuves et surtout la constatation d'une absence d'alibi, le juge Brunet avait signé la mise en détention du prévenu jusqu'à son procès, ce dernier devant avoir lieu d'ici environ un an.

Bastien risquait la perpétuité, soit de vingt-cinq à trente ans fermes.

Bastien et Didier avaient le même âge, et le contraste entre leur deux situations civiles laissait ce dernier perplexe ; perplexe pour une raison bien particulière qui était son va-tout dans cette affaire, un peu comme une sorte de deuxième chance divine après la disparition de maître Miller. Bien sûr, celle-ci n'avait pas laissé Didier indifférent. Depuis un an qu'il travaillait avec Miller, une intimité bien particulière les avait peu à peu liés. Dieu sait si Didier admirait le talent d'orateur de Miller, son excellente connaissance du droit, accompagnée d'un certain style dans son utilisation ; mais Didier admirait également son moral, car il fallait avoir une force cérébrale immense pour prendre la défense d'êtres parfois totalement dénués d'humanité. Oui, Dieu seul sait combien cette disparition violente n'avait pas été souhaitée par Didier, mais aujourd'hui, cela lui permettait d'avoir toutes les cartes du jeu en sa possession, et ça, c'était excitant !

Assise dans un fauteuil qui était à contresens par rapport au sien, une jeune femme - vingt, vingt deux ans - croisa avec une insistance de quelques dixièmes de seconde le regard bleuté de Didier. Pourtant habitué aux transports en commun, Didier se sentit pour la première fois désiré à travers ce regard anonyme. Etait-ce la cravate ? Son dossier "super-technique" ouvert sur ses genoux? Ou bien, l'espérait-il tout simplement : son charme ?

Hein, qu'était-ce donc...?

Plutôt rondouillard, la musculature de Didier restait néanmoins sérieuse. Il faisait bien cinq ou six kilos de trop, mais son travail lui laissait trop peu de temps pour éliminer les surplus de graisse et d'alcool emmagasinés lors de gueuletons fort courants au sein du petit monde de la magistrature. Cheveux noirs bien égalisés, nez fin et long, joues rondes et dures, son calme et sa prestance feinte faisaient de lui un homme assurément séduisant et amical, et, en ce grand jour, il était fier de se le voir confirmer à travers le regard d'une femme en plein épanouissement.

Le bus s'engagea Cours des Cinquante Otages en laissant derrière lui les rives de l'Erdre : une magnifique rivière se jetant plus loin dans la Loire. Cette rue courbe et très large possédait deux voies : une pour le tramway, l'autre pour les voitures. Entourée à gauche par d'anciens immeubles de quatre à cinq étages, le Cours - rue majeure de Nantes - desservait le centre même avec trois rues commerçantes perpendiculaires : la rue du Calvaire, la rue d'Orléans et la rue Barillerie. Les Cinquante Otages aboutissaient sur le Cours Franklin qui, lui, desservait les Places du Commerce et du Bouffay et possédait également un terminus pour les bus. Aux trois quarts de la longueur du Cours, le bus de la ligne 22 tourna à droite et s'engagea dans la rue montante du Calvaire. Au premier arrêt situé en face de l'église St Nicolas (église en plein travaux pour réfection de la façade et du clocher), Didier commença à ranger ses affaires dans son attaché-case. Au deuxième arrêt, station Boileau, il descendit. Là, un carrefour en étoile desservait plusieurs ruelles. Sur la place, de grands immeubles de bureaux trônaient, avec au rez-de-chaussée des magasins prestigieux comme les galeries Lafayette, Mark & Spencer, Eurodif ou Etam.

Didier continua à pied, empruntant la rue La Fayette jusqu'au Palais de Justice.

Datant du milieu du XIXème siècle, les deux étages de sa façade, avec ses quelques quarante mètres de long, faisaient du Palais de Justice un bâtiment imposant et majestueux. Soucieux d'assouvir convenablement n'importe quelle curiosité, Miller avait jadis répondu promptement à Didier que les deux statues de part et d'autre de l'entrée symbolisaient à gauche la Force, et à droite la Loi, et que les statues allégoriques figurées dans la niche demi-circulaire à l'étage illustraient la protection de l'Innocent. Autrement dit, une fois les pieds posés sur les premières marches du grand escalier central, n'importe qui, de France ou de Navarre, comprenait complètement les fonctions de l'édifice et savait à quoi il s'engageait en y entrant.

À gauche du Palais, se profilait enfin la destination de Didier.

La mouture originelle datait de la fin XIXème, mais après cinq années de rénovation, la version actuelle de la Maison d'Arrêt datait seulement de 1988. Ceinturés par un épais mur d'à peu près

quatre mètres de haut, seuls les derniers étages des bâtiments intérieurs s'offraient aux yeux des passants. Didier Malory se présenta au coin Sud-Est, c'est-à-dire face aux grandes portes en acier de l'entrée.
Il reprit son souffle.
Il sonna.

*

- Présentez-vous ! dit une voix à l'Interphone.
- Maître Malory, représentant du cabinet "Cazeau & Miller". Je viens voir le prévenu Bastien Grenier. J'avais rendez-vous à huit heures trente, je suis un peu en avance, veuillez m'en excuser.

Devant l'écran de surveillance, un gardien consulta son registre des visites et son fichier des personnes habilitées à ces mêmes visites. La réponse ne se fit pas attendre : trois tours de clé ouvrirent la porte de service en acier du portail.

Didier passa le seuil et attendit sagement. Le préposé à la porte lui fit un léger salut de la tête et dit :
- Veuillez me suivre.

En marchant jusqu'au premier poste de garde, Didier entr'aperçut enfin l'intérieur de l'enceinte. Il y avait des petits bâtiments blancs à deux étages très compacts, comme tassés sur eux-mêmes, et seuls les joints creux des façades et les petites fenêtres barreaudées venaient casser succinctement la froideur du lieu. Une fois dans l'entrée principale du bâtiment Sud, Didier se présenta devant les gardiens du service de détention. Là, il fut fouillé, passé sous un détecteur de métaux et sa mallette inspectée sous toutes les coutures. Après ces formalités, un gardien fut appelé au téléphone. Une fois sur place, ce dernier invita à son tour Didier à le suivre.
- J'ai appris la mésaventure de Maître Miller, c'est moche. Je suis vraiment navré, dit le gardien avec un accent du Sud peu convenant avec le sérieux du propos.
- Merci. C'est moche, en effet, répondit Didier.
- On est peu de chose en ce bas monde, vous ne trouvez pas ?
- À qui le dites-vous !
- Ça me rappelle un voisin, vous savez. Il était avec son gamin de quinze ans en train de bricoler dans son garage, quand tout à coup, paf, il s'écroule. Même truc au final : rupture d'un vaisseau ou de je ne sais quoi dans le cerveau. Vous vous rendez compte !

Tout ça sous les yeux du gamin. En voilà un qui restera marqué à vie celui-là. Y'a vraiment des trucs à la con dans notre existence, j'vous jure !

- Hum... c'est sûr, acquiesça Didier machinalement.
- Enfin... bon...

Après cette conversation bon-enfant et triste au sens populaire du terme, le gardien s'imposa quelques secondes de silence. Il ouvrit une grille, fit passer Didier, et, tout en refermant à clé, reprit la parole :

- Je suis désolé, Maître, mais tous nos parloirs individuels sont occupés. Il reste bien une pièce, mais le chauffage ne marche plus, alors avec le temps qu'il fait vous comprenez...
- Je comprends. Mais, sauf votre respect, dites-moi que je ne vais pas m'entretenir avec mon client dans le couloir. Je n'ai pas fait tout ce chemin pour rien, j'espère?
- Non ! Non-non, ne vous inquiétez pas ! répliqua aussitôt le gardien. C'est la première fois que cela nous arrive, mais nous avons fait une erreur, nous avons pris un rendez-vous de trop sur les registres. On voulait vous prévenir mais on s'en est rendu compte hier soir, bien trop tard.
- Et où cela va-t-il se passer alors ?
- Dans la cantine de l'infirmerie. Vous verrez, l'endroit est plus lumineux et plus grand que les parloirs. J'ai déjà amené votre homme à l'intérieur.
- J'ignorais que les infirmeries avaient des cantines individuelles.
- C'est une rareté, effectivement. Mais cet établissement peut recevoir des détenus très malades, surtout ceux qui ne peuvent pas s'alimenter tout seul ou qui demandent une attention médicale permanente. Nous avons actuellement seulement deux détenus dans ce cas.
- Comment s'est comporté Monsieur Grenier jusqu'ici ?
- Ce n'est pas moi qui m'occupe de son quartier de détention. Vous devriez poser cette question à Monsieur Babon. Tout ce que je peux vous dire, c'est qu'il n'a fait aucune histoire pour venir ici.
- Est-ce qu'il a dit quelque chose ?
- Non. Silence intégral. Vous savez, en dix ans de carrière j'ai vu pas mal de gens débarquer, et lui je sais dans quelle catégorie je dois le classer.

Tiens, enfin une information intéressante, se dit Didier intérieurement. *Peut-être que cet individu va me permettre de répondre à la question que je me pose depuis le début sur Bastien Grenier : qui est-il vraiment ?*

- Je vous écoute, rétorqua Didier avec le plus grand intérêt.
- Eh bien, pour moi, il est tout bêtement encore sous le choc. Il ne réalise pas encore là où il est ni pourquoi il y est. Il tombe de haut et sa chute n'est pas encore terminée. C'est pourquoi il ne dit rien et se terre dans son silence.

Le gardien et Didier arrivèrent devant la porte de la cantine. Le gardien bavard se tourna vers Didier en même temps qu'il glissa la clé dans la serrure et dit :

- Il y a une caméra vidéo. N'ayez crainte, je vous surveillerai. Tapez deux coups à la porte quand vous voudrez sortir, Ok ?
- D'accord.

Le gardien déverrouilla.
Didier entra.
Clac et tours de clé.

*

La salle était effectivement très claire, comme l'avait dit le gardien. D'environ dix mètres de longueur sur quatre de profondeur, la pièce était posée comme une verrue sur la façade du bâtiment. C'était plutôt une sorte de véranda en dur : une toiture et des poteaux en béton, un muret en brique sur un mètre de hauteur, de grandes baies fixes qui couraient sur les pignons et en façade, le tout ceinturé par des barreaux de deux centimètres de diamètre et du grillage. La peinture blanche omniprésente accentuait l'effet de lumière en dépit du carrelage industriel beige et abîmé posé au sol. Le mobilier présent était quant à lui sans surprise : des chaises renversées sur des tables style "Salle Communale". Seule la caméra de surveillance sur son pied pivotant semblait représenter un indéniable élément high-tech.

Par rapport à l'endroit où il était entré, Didier se trouvait à l'extrême opposé de Bastien Grenier ; entré par la porte gauche côté mur, le prévenu se trouvait à droite devant la façade vitrée. Bastien Grenier se tenait debout face à la vitre, une main dans la poche, l'autre le long du corps. Il était tourné de telle manière que le jeune avocat ne pouvait pas voir un seul trait de son visage.

Didier s'avança vers la petite table et les deux chaises en vis-à-vis laissées à leur attention par le gardien prolixe. Il posa son attaché-case à plat et commença à l'ouvrir. Bastien n'eut aucune réaction ni à son entrée ni à son approche. Didier poursuivit alors et sortit son dossier tout en s'asseyant. Puis, reprenant son souffle, Didier lança un "bonjour" des plus standards.

Pas de réponse.

Didier n'en fit aucun cas et commença d'abord par expliquer sa présence et l'absence de Miller. À la fin de sa justification, Didier fut à nouveau gratifié d'un silence radio.

Vu de dos par Didier, Bastien semblait relativement costaud ; *du muscle et du vrai, les gars ! pas ce qu'il y a sous tes deux centimètres graisseux,* se dit Didier tout en étant navré de voir comment il prenait aussi peu soin de son corps depuis son embauche. Grenier devait faire environ dans les un mètre quatre-vingts/quatre-vingt cinq. Il avait des cheveux châtains foncés coupés mi-court et sa main pendante était copieusement veinée malgré sa finesse. Dans cette posture, il ressemblait à une statue de bronze, belle, racée et robuste.

Laissant de côté son analyse externe de Bastien Grenier, l'avocat enchaîna sur l'état civil de ce dernier tout en lui insufflant une possibilité de rectification si une erreur s'était glissée dans le dossier. La réponse de l'intéressé fut du même registre que précédemment. Pour l'instant, la tâche de Didier était fastidieuse, voire carrément inintéressante, mais elle était obligatoire lors de l'ouverture d'un dossier. Fort peu encouragé par son client, Didier poursuivit sur les faits reprochés à Bastien Grenier :

- Selon le rapport n°14523 du commissariat central de Waldeck Rousseau, le samedi 14 octobre 2002 à 04:54 du matin, vous avez été retrouvé semi-inconscient au côté du corps inanimé de Sophie Vanier, née Grenier, votre sœur alors âgée de vingt-trois ans. La victime portait une blessure à l'arcade sourcilière gauche, ce qui suppose une lutte ayant précédé un coup de couteau fatal au niveau de la gorge. Les faits ont eu lieu à l'appartement de la victime situé sur l'île Beaulieu, dans la résidence "Victoria" du 14 boulevard Alexandre Millerand, au troisième étage, n°304. Après vérification du groupe sanguin et de la profondeur de la plaie infligée, il s'est avéré que l'arme du crime était bien le grand couteau de modèle courant retrouvé sous un canapé du salon. Ce couteau portait vos empreintes [cf. annexe 1a]. Après un examen clinique plus approfondi, des traces de l'épiderme de votre sœur ont été retrouvées sous vos ongles ainsi qu'un taux d'alcool de 2,5 grammes/litre dans votre sang [cf. annexe 1b]. L'heure du crime remonte de une à deux heures tout au plus avant l'arrivée de la patrouille de la Police Nationale sur les lieux, patrouille avertie par un coup de fil anonyme passé vraisemblablement d'une cabine téléphonique.

« Concernant le mobile du meurtre, et ceci en dépit de l'état d'ébriété avancé de Monsieur Bastien Grenier déjà précité, le témoignage de votre ex-femme, Madame Myriam Brau, ainsi que celui de Monsieur Vanier, époux de la victime, attestent d'une discorde ancestrale entre vous et votre sœur [cf. annexes 2a et 2b]. De plus, le témoignage de deux policiers confirme de la venue au poste de police situé à Bellevue de Madame Vanier, votre sœur, le jeudi 12 octobre, soit deux jours avant les faits, vers 23:00 [cf. annexe 3]. Lors de cette entrevue, votre sœur fit part de son angoisse aux policiers car elle se sentait visiblement menacée par un tiers ; malgré l'aide proposée pour la raccompagner chez elle et malgré différentes tentatives d'apaisement de la part des hommes présents en service de nuit, Sophie Vanier quitta le poste de police de son propre chef sans la moindre explication.

« En conclusion, aux vues des preuves matérielles récoltées sur le lieu du crime et des témoignages recueillis dans l'entourage proche de Monsieur Bastien Grenier, mais aussi compte tenu de l'état général du suspect lors des faits ainsi que de son refus de coopérer ou de s'expliquer, tous les éléments de l'enquête désignent Monsieur Bastien Grenier comme seul et unique responsable du crime de Madame Sophie Vanier.

Tout en laissant retomber sa feuille de lecture, Didier releva la tête vers Grenier. Visiblement, même l'étalement des faits reprochés n'éveillait aucun sursaut de conscience de la part de l'intéressé. Pourtant préparé à cette "attitude rétrograde" dont avait parlé Miller, Didier sentit un léger agacement lui titiller les nerfs. Il se recula contre le dossier de sa chaise et leva les yeux au plafond. Cherchant le meilleur moyen d'entrer en communication, Didier pensa un instant à lire à voix haute le rapport du médecin légiste. Les détails sordides de l'anatomie meurtrie de Sophie Grenier auraient sans doute l'intérêt de susciter une réaction de la part de son frère. Restait à savoir laquelle ?! Didier retint vite deux possibilités: 1/-la crise de nerfs avec effondrement de larmes, 2/-l'avalanche d'insultes avec possibilité de contact physique peu chatouilleux. Aussitôt considérée, cette idée fut donc oubliée, car elle n'aurait fait finalement qu'empirer les choses en éloignant Didier de son but initial : c'est-à-dire communiquer avec Bastien.

Confronté à une impasse, Didier se rabattit alors sur son jeu. Mais avant d'abattre sa carte maîtresse, il décida de tirer un coup de semonce :

- Monsieur Grenier, mon défunt collègue Monsieur Miller a dû vous le stipuler à plusieurs reprises, mais il n'est en aucune manière dans votre intérêt de garder le silence. La justice vous reproche des faits d'une extrême gravité, et quelle que soit votre opinion à son sujet, il est de son devoir de déterminer quelles sont les responsabilités de chacun de nos concitoyens. Monsieur Grenier, à cette heure vous êtes inculpé de meurtre, et la préméditation, heureusement pour vous, n'est pas encore établie ; selon les lois en vigueur, ce crime est passible de la réclusion à perpétuité accompagnée le plus souvent d'une peine de sûreté allant de vingt-cinq à trente ans fermes. Vous êtes inculpé, mais que ce soit clair : vous n'êtes pas encore condamné ! Quatre-vingts pour cent des éléments du dossier actuel vous accusent, mais, pour l'instant, rien n'a été encore jugé, rien n'est définitif. Car avant d'arriver à votre procès, il vous reste pratiquement une année complète. Une année que nous pouvons mettre à profit en expliquant le contexte du meurtre, les relations que vous aviez avec votre sœur et ses proches, ou encore l'état second dans lequel vous vous trouviez samedi dernier au moment des faits.

Didier temporisa quelques secondes. Il avait la gorge sèche. Était-ce le stress ou la concentration, difficile à dire. Toujours est-il qu'il avait l'impression d'être un esquimau en plein désert du Sahara. Ce satané silence de Bastien le minait, le brûlait, le consumait de l'intérieur.

Motivé non pas par son client mais par la dimension orale de son métier d'avocat, Didier trouva le courage de poursuivre :

- Monsieur Grenier, vous êtes là pour vous expliquer sur ce qui s'est passé. Je suis là pour vous écouter. Et nous sommes tous les deux là pour vous défendre. Vous êtes innocent jusqu'à la preuve du contraire, Monsieur Grenier, mettez-vous bien cela dans la tête. Les jurés donneront leur verdict suivant les éléments qui leur seront successivement exposés par l'accusation et la défense. Mon rôle, mon devoir, est de vous disculper, mais je ne peux en aucun cas vous être utile si un rapport d'équité ne s'établit pas entre nous. Vous comprenez ?

« Je ne tiens pas vraiment à trouver la vérité, vous savez. Je cherche simplement à tirer toutes les ficelles qui pourront me permettre de vous sortir de votre situation. Quelle que soit la nature de ce que vous pourriez me révéler maintenant, je ne la critiquerai qu'afin d'en faire ressortir les pièces utiles à votre défense. Le reste de ce qui sera dit demeure du secret professionnel. Alors je vous en prie, venez vous asseoir et dites-moi, selon vos propres termes, ce qui s'est réellement passé cette nuit-là. Approchez-vous, Monsieur Grenier, n'ayez crainte.

Face à Didier, à l'autre bout de la véranda, Bastien n'avait pas bougé d'un cil. Aucun commentaire. Aucune réaction. Seul le léger mouvement de ses aisselles confirmait à Didier que son "interlocuteur" respirait, et donc demeurait vivant.

Didier eut beau chercher, il ne comprenait pas l'entêtement de Bastien Grenier. Tout préjudiciable doté d'un minimum de jugeote savait que, dans une histoire de meurtre, la préparation du dossier de la défense était longue, pénible, fastidieuse. En refusant de collaborer, Bastien s'exposait concrètement à trente-cinq/quarante années de prison, soit toute une vie. Et une défense béton ne pouvait globalement que limiter la casse. Plaider la folie aurait été préférable, mais c'était difficile dans le cas présent ; de plus, Didier connaissait assez bien son client pour savoir que l'on était aux antipodes de ce cas de figure lorsqu'on parlait de Bastien Grenier.

Combien de temps s'était-il écoulé depuis sa dernière phrase? Trois, quatre minutes peut-être ? Qui sait...?

Perdu dans ses réflexions, Didier commençait non seulement à s'impatienter mais également à s'endormir, ce qui n'était pas bon signe pour ses débuts pratiques dans le métier, ni pour l'image qu'il pouvait donner au gardien en train de le surveiller par caméra interposée. Didier sentit que le moment d'agir était venu.

Il se releva de sa chaise métallique en faisant grincer bien malgré lui cette dernière. Mains dans les poches, il s'avança lentement jusqu'à Bastien Grenier et s'arrêta juste à côté de lui. Tout en regardant par la fenêtre, Didier apaisa son rythme cardiaque en respirant très, très doucement. Pour lui, l'heure était venue de déballer son secret, un secret qui pouvait faire la différence entre lui et un autre avocat aux yeux de Bastien Grenier.

Il se lança :

- C'est étrange, Bastien. Très étrange. Qui aurait dit jadis que nous allions finir si différemment l'un et l'autre. Personne n'aurait pu prédire une chose pareille. C'est étrange, et j'irais même jusqu'à dire que c'est injuste. Car vois-tu, la logique aurait voulu que ce soit toi qui soit à ma place, et moi à la tienne !

Volontairement, Didier temporisa trois secondes, histoire de voir si l'hameçon fonctionnait.

Bastien Grenier tourna légèrement la tête.

Ça marchait.

- Cela remonte à presque dix ans maintenant, poursuivit Didier. Le temps passe vite, tu ne trouves pas ? C'est dingue ! Honnêtement, je ne peux pas te dire que nous étions des potes très rapprochés, mais pendant quatre belles et longues années nous avons usé nos fonds de culottes sur les mêmes bancs d'écoles et nous avons joué à cache-cache dans les mêmes cours. Oui, Monsieur Bastien Grenier, nous étions ensemble au collège du Loquidy situé prés du Petit Port. Et même si ça ne me permet pas de t'obliger à m'expliquer ce que tu fais ici, ce passé en commun peut nous permettre de discuter comme deux vieux amis, des amis normaux et civilisés. Tu ne crois pas?

Après cette tirade, Bastien ne regarda pas Didier. Son regard était toujours dans le vide, comme en train d'explorer un monde mystérieux et inabordable à travers la vitre. Le seul côté positif avait été que son léger mouvement de tête avait permis à Didier de mieux voir le profil de Bastien. Les conséquences de l'âge avaient quelque peu durci ses traits et rendu plus rugueuse la surface de sa peau, mais le faciès général de Bastien était bien celui de l'adolescent beau et brillant que Didier avait côtoyé dix années plus tôt. Bien que légèrement cachées par la direction de son regard, les pupilles marron clair des yeux de Bastien étaient fascinantes, pour ne pas dire hypnotisantes, car au sommet de cette posture d'immobilité se perchait un regard ayant bel et bien le reflet de l'intelligence.

Oui, seul Didier pouvait le savoir, mais depuis son plus lointain souvenir d'écolier le nom de Bastien Grenier résonnait dans sa mémoire comme celui d'un aigle. Grenier était de ces navires qui naviguent bien au-dessus de la surface des eaux et il était de ces lumières qui d'un éclair réchauffent les coeurs et guident les pauvres hères. Il était impressionnant car tout ce qu'il touchait pouvait se transformer en or. Il avait du génie. Que cela soit dans le domaine artistique ou bien scientifique, rien n'avait de secret pour lui : la solution était évidente et l'inspiration naturelle. Bien sûr, d'autres pouvaient juger cette ostentation d'intelligence insultante, mais Bastien ne s'en était jamais vanté, et bien qu'il soit connu que les gens intelligents n'aiment pas perdre leur temps à s'abaisser au niveau de la populace anodine, son écoute des autres demeurait exemplaire. Oui, sa disgrâce actuelle était incompréhensible. L'intelligence et la bonté naturelle de Bastien auraient dû le mener très loin, vers une carrière brillante. Technicien en maintenance et intérimaire, son curriculum vitae était certes très bien, mais largement en-dessous d'un potentiel comme celui de Bastien Grenier ; c'était à peine le dixième de ce qu'on aurait pu espérer de lui. Didier savait tout cela, et il était le seul. Même si avec le temps on apprend à cacher ses talents aux yeux de la société, l'enfance demeure la seule période de la vie où l'on peut analyser une personne comme dans un livre ouvert, c'est la seule période de la vie où on ne peut pas mentir sur ses capacités et ses goûts profonds. Oui, qu'il soit ou non coupable, une chose était néanmoins sûre : ce lieu ne correspondait en rien à Bastien Grenier.

- Tu as peut-être changé, Bastien, reprit Didier. Mais, que ça te plaise ou non, je sais ce que tu vaux, je connais tes véritables valeurs intellectuelles et humaines. Là-dessus tu ne pourras pas me mentir. Et cet avantage indéniable me permet entre autres de savoir que le sort n'aurait jamais dû te guider vers cet endroit. Je ne sais pas ce qui t'est réellement arrivé Bastien, mais cette prison ne te ressemble pas.

« Alors, je t'en prie, explique-moi... Pour l'amour du ciel, explique-moi ce qui s'est passé, à toi et à ta sœur. Je t'en prie...

À ces mots, un miracle se produisit. Un miracle furtif mais bien présent : Bastien croisa le regard de Didier l'espace d'une grosse seconde. Malory sentit que cette fois c'était gagné, que Grenier allait parler. Le prévenu détourna alors les yeux et reprit son souffle d'une manière lasse. Il semblait usé, éreinté. Il prenait son temps. Et de son côté Didier patientait, bien loin de vouloir brusquer son client et, par conséquent, de prendre le risque de le bloquer à nouveau.

Heureusement, sa patience fut récompensée :

- Je te remercie pour tes attentions, Malory. Mais tu perds ton temps avec moi. J'ai accepté ce rendez-vous uniquement afin de te préciser mon intention d'assurer ma défense moi-même. Par conséquent, il est inutile de revenir me voir.

Sans montrer son étonnement, Didier enchaîna aussitôt :
- Tu crois que cela va être une partie de plaisir, Bastien ? Neuf jurés dans un box qui ont à répondre devant une accusation de meurtre, c'est comme neuf chasseurs avec un fusil chargé à la main que l'on place face à un lapin de garenne bien gras. Devant toutes les billes qui seront lancées par l'accusation, le fait même que ce soit toi qui parle sera considéré comme un affront par les jurés, ils ne t'accorderont aucune confiance. Tu sais, si c'est moi qui te dérange dans cette histoire, rien ne t'empêche de faire appel à quelqu'un d'autre. Au contraire, je t'y encourage. Mais ne fais pas l'erreur de vouloir assumer ta défense sans l'aide d'un professionnel.
- Ça n'a rien de personnel, Malory. Je te dis simplement qu'il n'est d'aucune utilité de venir me voir ici.
- Mais... pourquoi ?

Bastien Grenier eut un petit souffle nerveux et hocha la tête. Apparemment, l'incompréhension de Didier Malory l'ennuyait, et devoir se justifier lui était des plus pénibles.
- N'insiste pas, Malory, lança Grenier. De toute manière, si cela peut te rassurer, tu comprendras bien assez tôt de quoi il retourne dans mon attitude, alors laisse tomber.
- Comprendre quoi ?!

Didier avait répondu sèchement. Ça n'était pas délibéré, mais sur le moment cela lui avait fait du bien. Grenier, quant à lui, n'avait pas sourcillé, et Didier comprit à cet instant qu'il n'en saurait pas plus aujourd'hui.

Point mort.
Rideau.

Didier retourna alors à la petite table, ramassa ses affaires, et, tout en refermant les clapets de son attaché-case, tenta un atterrissage forcé :
- Si... si tu ne veux pas de moi comme avocat, peut-être accepteras-tu de me voir comme simple camarade, "en souvenir du bon vieux temps", comme on dit. Qu'en penses-tu ?

Grenier reposa son regard sur Malory, puis répondit :
- Ton nouveau patron t'a conseillé de procéder à une analyse psychologique approfondie à ce que je vois !

Bien que fouetté par cette remarque, Didier ne releva pas :

- Si tu ne veux pas parler de cette affaire, Bastien, d'accord, comme tu veux. Mais accepte au moins que je vienne te rendre visite. Je suis la seule personne avec qui tu as des liens dans cet établissement, et débarquer ici pour la première fois n'est jamais une chose facile. Que tu le veuilles ou non tu as besoin d'être accompagné, et ma compagnie sera toujours meilleure que celle des services sociaux éducatifs. On parlera, Bastien. Je te promets, rien de plus. On parlera du temps, de la bourse, de foot, de tout ce que tu veux, mais laisse-moi venir, s'il te plaît.

Dos tourné, Bastien répliqua dans un soupir :
- Si tu veux, Didier... Mais à l'avenir veille au respect de cette promesse.

Didier ne désira pas en entendre d'avantage. Il savait qu'il devait maintenant partir, la tension était trop forte.

Tout en empoignant sa valise, Didier prononça un "à bientôt" à l'attention de Bastien, tapa deux fois sur la porte, puis s'éclipsa.

*

Il était tout juste dix heures quand Didier se retrouva devant le parvis de la Maison d'Arrêt. Avant de reprendre un bus et de retrouver le cabinet "Cazeau & Miller" situé dans le quartier du Ranzay au Nord-Est de Nantes, Didier décida de s'accorder une pause café. Il descendit la rue du Calvaire jusqu'à mi-longueur et coupa par la Place du Bon Pasteur avec son manège pour enfant, puis passa une petite ruelle le menant jusqu'à la Place Royale. Au milieu de la Place, une magnifique fontaine en granit trônait avec à son sommet une statue de marbre blanc symbolisant la ville de Nantes ; le regard de cette dernière était tourné vers la rue Crébillon : la rue dite "riche" du centre, car jalonnée de magasins de luxe et de grande marque; Didier traversa la Place Royale perpendiculairement à cette rue et se retrouva donc rapidement Place du Commerce. Sur ce vaste pavé piétonnier ouvert d'un côté sur le cours Franklin et de l'autre sur le central des bus, s'étendait le lieu de flânerie préféré des Nantais. Cela dit, "préféré" n'était peut-être pas le mot juste, car si dans la journée tout se passait à peu près bien, au-delà d'une certaine heure, la Place devenait nettement moins fréquentable ; les jeunes mendiants et squatters en tout genre semblaient comme se donner un invariable rendez-vous commun en ce lieu ; agressions pour une cigarette ou espèces sonnantes et trébuchantes étaient "monnaies" courantes ; la preuve en était le qualificatif de quartier 103 donné à la Place suivant le jargon policier et signifiant près de 1300 délits signalés par an. Néanmoins, l'installation récente d'un centre Fnac au sein de la Bourse et la rénovation du cinéma Gaumont avaient ramené une certaine "classe" et de l'animation saine dans le quartier, ce qui faisait le bonheur des commerçants et restaurateurs du coin.

Didier acheta le journal Ouest-France au bar-tabac du café du Commerce et s'installa à la terrasse couverte. Tout en remuant son café, Didier commença à décompresser. Lui qui avait senti monter la pression depuis deux jours en attendant cette première rencontre en "solo" avec son client, maintenant il pouvait se permettre de jauger sa prestation en toute décontraction. Il y réfléchit quelques minutes puis appela Cazeau sur son portable. Cazeau devait plaider vers midi, il n'était pas trop tard. L'interlocuteur se fit attendre avant de décrocher, ce qui n'étonna en rien Didier :

- Maître...?
- Oui. Didier... c'est vous ?
- Oui, Maître. Je sors à l'instant de mon entretien avec le prévenu Bastien Grenier.
- Déjà ! Il est à peine dix heures. Vous aviez rendez-vous vers huit heure trente il me semble ?...
- C'est exact, Maître.
- Alors... que s'est-il passé ?! Vous devriez être encore à vous entretenir avec le prévenu à l'heure qu'il est.
- J'en conviens, mais Monsieur Grenier est resté silencieux pratiquement pendant toute l'entrevue. Au début, j'ai fait naturellement les présentations, la mienne, la sienne, puis j'ai exposé les faits en précisant la peine qui pouvait être encourue.
- Hmm...
- Mais... ne parvenant toujours pas à susciter la moindre réaction de la part de Grenier, j'ai préféré focaliser très vite sur le dialogue.
- Et ?
- Et alors j'ai réussi à lui arracher quelques mots sur la fin ainsi que son accord sur un prochain entretien.
- Hmm...
- Je ne dirais pas qu'il est franchement prêt à collaborer. Dans l'ordre des choses, je crois tout simplement que les faits sont trop récents pour lui. Il faut y aller lentement, je pense. Et de fil en ai-

guille, nous arriverons bien à savoir selon ses propres termes ce qui s'est passé dans la nuit du 13 au 14 octobre dernier. Je ne suis pas très fier de la manière dont cela s'est passé, Maître, mais je crois avoir limité la casse car il voulait mener sa défense lui-même.

De l'autre côté du combiné, Cazeau laissa éclater un petit rire moqueur. L'autodéfense de Bastien Grenier et son attitude rétrograde en disaient long à Cazeau sur le personnage dont avait hérité Didier ; Cazeau avait vu cela, cette situation au moins une centaine de fois dans sa carrière et il conseilla sur-le-champ son jeune collègue:

- Bon, Malory, écoutez-moi...
- Oui, Maître...
- Premièrement, attendez deux ou trois jours avant de reprendre rendez-vous avec lui. Cela lui permettra tout d'abord de digérer les événements s'ils sont effectivement trop récents, et puis cela lui permettra de comprendre qu'il ne peut pas disposer de vous comme bon lui semble. Vous ne vous en rendez peut-être pas vraiment compte, mais jusqu'ici il vous a bel et bien mené par le bout du nez et vous devez lui faire comprendre que vous n'êtes ni son ami, ni son ennemi, mais seulement un interlocuteur privilégié qui représentera sa défense devant les jurés. Cela doit être un rapport d'équité, comprenez-vous ?
- Oui, bien sûr Monsieur.
- Deuxièmement, axez les entretiens sur lui. À défaut de savoir ce qui s'est réellement déroulé, cherchez à savoir qui il est vraiment, ce qu'il fait, ce qu'il pense, d'où il vient, quels sont ses buts dans la vie, quelles sont ses plus grandes victoires, ses plus grandes défaites. Focalisez tout sur lui et son entourage, compris ?
- Oui. Sans problème.
- Très bien. Cherchez donc à savoir à qui on a affaire, c'est primordial pour la suite des entretiens.
- Comptez sur moi.
- Bien. Tenez-moi au courant régulièrement et retournez de ce pas rassurer Mylène au bureau, elle se fait un sang d'encre !
- J'y cours, Maître.
- À plus tard, Didier.
- Oui... et bonne chance pour votre plaidoirie !
- Merci.

En raccrochant, Didier se sentit soulagé. Il avait craché le morceau sur ce qui s'était passé, c'est-à-dire la vacuité profonde de l'entretien, et c'était bien le principal. Cazeau ne lui avait pas dit qu'il avait mal agi, et surtout, il ne lui avait pas retiré le dossier. Donc, tout était pour le mieux. Il ne pouvait pas se plaindre. Le vrai travail de fond avec Bastien Grenier allait en fait pouvoir maintenant commencer.

Et en parlant de travail de fond, une véritable montagne de dossiers en cours l'attendait au cabinet. Mylène, depuis vingt ans la greffière des sieurs Cazeau et Miller, devait d'ailleurs fantasmer sur son retour, fantasmer administrativement parlant bien sûr.

2

Le jeudi 26 octobre 2002, Didier se présenta à la Maison d'Arrêt de la rue Descartes pour son deuxième entretien avec Bastien Grenier. Suivant le propre souhait de Didier, le gardien méditerranéen nommé Jules Beretti avait tout prévu pour que tout se déroule au même endroit, c'est-à-dire dans la cantine de l'infirmerie.

Quand la porte de la salle se referma derrière Didier, celui-ci découvrit pour la première fois Grenier de face. Il était toujours au même endroit de la véranda, mais il ne tournait plus le dos. Adossé à la paroi vitrée, Bastien Grenier jeta à son arrivée un bref regard à Didier, puis il s'en détourna aussitôt pour allumer une cigarette.

- Bonjour Bastien, lança Didier en posant sa serviette sur la table. Je sais que la semaine n'est pas encore terminée, mais tout s'est bien passé ces derniers jours ?

Bastien aspira une bouffée, retira sa cigarette en la calant entre le majeur et l'index, puis répondit en expirant une épaisse fumée bleue :

- Je ne pensais pas te revoir, Malory. Ne donnant pas signe de vie, j'en arrivais même à penser que tu avais changé de carrière.

Didier resta neutre face au persiflage. Il tendit la main vers une chaise métallique et proposa plutôt :

- Asseyons-nous, veux-tu ?

Le fumeur à l'autre bout de la pièce offrit un nouveau regard bref à Didier. Un temps passa, puis, semble-t-il la mort dans l'âme, Grenier s'avança lentement.

Maintenant confiant l'un en l'autre, Didier et Bastien prirent enfin place. Le face à face pouvait commencer.

Didier sortit un bloc et un crayon, Bastien tendit le bras pour récupérer un gobelet en plastique posé sur la table adjacente et y déposa sa cendre.

Maintenant à un mètre l'un de l'autre, la prestance de chacun allait être inévitablement mise à rude épreuve.

Dès le début, le regard perçant de Grenier mit Didier fort mal-à-l'aise. La force et la dureté de ses traits semblaient comme noyées sous la brillance et le calme de ses yeux couleur café très clair. À travers ce regard, Didier pouvait y déceler un léger amusement de Grenier face à l'étrangeté de la situation. Mais également, bien caché au fond de sa conscience, il pouvait y trouver une mélancolie profonde, une tristesse prête à fondre en un flot de larmes à la vitesse de l'éclair. La carapace de Grenier semblait donc solide, mais l'intérieur de la bête n'en demeurait pas moins riche en douleurs. Malory avait cette qualité de savoir ce qui n'allait pas chez quelqu'un d'un seul regard, et il était clair que Bastien Grenier cachait énormément de choses.

- De quoi veux-tu parler, Malory ? questionna Grenier en cassant un silence profond.

- J'ai une question pour toi.

- Tu te prends pour un animateur télé ?

- Non-non. Ne crains rien de ce côté-là. Il n'y a pas de risques.

- Alors ?... C'est quoi ta question ?

- Voilà, j'ai consulté le registre des admissions, et il se trouve que depuis ton arrestation personne n'est venu te voir. Peux-tu m'expliquer pourquoi ?

- Moi qui croyais qu'aujourd'hui nous allions discuter du beau temps, ou plutôt de la grisaille permanente qui envahit cette côte Ouest de l'hexagone. Me voilà bien déçu. Comme quoi ton côté "avocat" dicte plus facilement sa volonté à ton côté "ancien camarade de jeu".

Face à cette nouvelle pique, Didier décida cette fois de ne pas se laisser faire :

- Tu as décidé de glisser sur toutes les questions de la même manière, ou tu te fais tout simplement plaisir ? Hein... dis-moi ?

- Ne vous énervez pas, Maître Malory. Votre très grande expérience de la barre a dû vous forger un esprit apte à encaisser les petites contrariétés du métier, comme celles dues à la mauvaise volonté et à la mauvaise foi humaine. Alors ne vous hérissez pas le poil et ne sortez pas les griffes quand ça n'en vaut pas la peine.

Etait-ce délibéré ? Didier se le demandait. Mais Grenier venait de le remettre à sa place, "dans ses vingt-deux mètres" comme on dit. En deux échanges, Didier sentit très vite qu'il perdait déjà le contrôle. C'était à lui : l'avocat, le défenseur, de mener l'entretien, et il se faisait berner comme un gamin. Ne trouvant sur le coup rien de mieux comme tactique, Didier s'entêta à obtenir une réponse à sa question :

- Alors ?... Comment se fait-il que personne dans cette ville ne désire te voir ? À part moi, bien sûr !

- Eh bien, j'ai plusieurs théories à te proposer : peut-être parce que je dégage des ondes négatives, peut-être parce que mon eau de Cologne déplaît, peut-être parce que le lieu qui m'entoure en ce moment ressemble un peu trop à un quatre étoiles, ce qui gêne souvent, ou peut-être parce que j'ai trop l'habitude d'être franc face à des faux-culs de première. Quant à savoir pourquoi tu désires me voir actuellement, j'avoue n'y voir qu'une seule explication : celle de ta carrière !

- Que... que veux-tu dire exactement ? rétorqua Malory, surpris.

- Belle promotion la mort de Miller, tu ne trouves pas ? Je vais te dire, c'est un hasard tellement heureux pour toi que cela ressemble même à un complot. Ne serait-il d'ailleurs pas possible que cette histoire soit due à un meurtre, Monsieur l'avocat ? C'est étrange tout de même, non ?

- Où veux-tu en venir, Bastien ? Au cas où tu ne le saurais pas, ton indécence ne t'aidera pas à sortir d'ici.

Le ton de Didier avait été sec. Il ne savait pas pourquoi, mais Grenier lui cherchait des crosses. Et face à ce rapport de force, Didier ne devait pas craquer et rester ferme. La route à accomplir allait être encore longue.

- Tu as un fils, me semble-t-il, relança Didier. Tu n'as pas envie de le voir ?

- Le problème ne réside pas dans l'envie, Malory.

- Alors où est-il ?

- Tu es marié, Malory ?

- Non, mais je vis avec quelqu'un.

- Quelqu'un ou quelqu'une ? questionna Grenier en ponctuant le tout d'un sourcil plus relevé que l'autre.

- Tu me prends pour une tante ?

- Non, mais il faut vivre avec son temps, cher Malory.

Didier eut un soupir d'exaspération, puis répondit :

- Elle s'appelle Karine.

- Tu l'aimes ?

- Non, mais elle est riche. Bien sûr que je l'aime, crétin !
- Houlà, attention Malory, tu commences très tôt à perdre le flegme dû à ta fonction.
- Cesse de te faire passer pour plus bête que tu n'es, Bastien. Cesse tes enfantillages, et mon "flegme", comme tu le dis si bien, reprendra ses quartiers d'hiver avec la joie la plus immense.
- D'accord, Malory. Puisque tu m'y pousses je vais redevenir sérieux. Mais je t'avertis : ce sera à tes risques et périls.
- À mes risques ? Que veux-tu dire ?
- Je veux dire que, d'ici très peu de temps, tu me supplieras non seulement de redevenir caustique, mais, par la même occasion, tu exécreras ce jour où tu m'as demandé d'être sérieux.
- Hum... on verra bien.
- C'est tout vu. Alors, nous en étions donc à l'amour avec toutes ses facettes, c'est bien cela ?
- Oui. Si on veut.
- Heu... oui. Comment définirais-tu l'amour que tu portes à ta chère Karine ?
- Ecoute, parler de moi, personnellement ça ne me cause aucun problème. Mais ma vie privée, il n'en n'est pas question !
- Ah tiens, ta réponse est étrange ! Pourtant, ma question s'adressait bien à toi et non à ta chère moitié. Qu'est-ce qui te choque vraiment là-dedans ? Et puis tu voudrais que je te parle de ma famille et de mon fils sans que moi je sache une seule chose de toi ! Non ! Non-non, Maître... ça ne se passera pas comme ça. Donnant-donnant, Malory. Je veux bien t'accorder le droit de me poser quelques questions et de savoir certaines choses sur moi, mais notre passé commun de collégiens ne me permet pas de t'accorder une confiance totale. J'ai donc le droit de te poser autant de questions qu'il me sera nécessaire jusqu'à ce que je puisse attester de ta bonne foi. Ok bonhomme ?

Plus la discussion avançait, plus Didier se rendait compte qu'il perdait du terrain. Son autorité battait de l'aile. Et voilà maintenant qu'un curieux dilemme se présentait à lui : est-ce que son amitié - amitié sincère et enfantine - pouvait prévaloir sur son rôle d'avocat? En d'autres termes, lui qui avait tout à prouver à son patron et à ses collègues, allait-il déjà risquer de sacrifier son intégrité professionnelle afin de préserver une parcelle de son passé ? Tout ça, en plus, pour satisfaire un homme inculpé de meurtre ! Oui, est-ce que le jeu qui se jouait actuellement en valait la peine ?

Pour le moins coincé entre son amour propre et une perte de crédibilité professionnelle, Didier trancha à regret pour sa fierté la moins prononcée :
- Ok, Bastien. Que veux-tu savoir ?
- Bien, Malory. Reprenons. Depuis combien de temps connais-tu ta Karine ?
- Un peu plus de quatre ans.
- Hmm... comment vous êtes-vous rencontrés ?
- On s'est connu à un Tonus, une fête entre étudiants de médecine. Je connaissais un pote en fac de pharma et un jour il m'a emmené "bringuer" avec d'autres potes à lui. Parmi ses amis, il y avait Karine. Mais à l'époque elle fréquentait un gars en deuxième année de médecine.
- Ça été le coup de foudre ?
- Pour moi oui, mais pas pour elle. Pendant pratiquement huit mois on s'est revu de temps en temps, mais rien de plus.
- Comment as-tu fait alors ?
- Un jour, mon pote de pharma à qui j'avais dévoilé mon penchant pour Karine, m'apprit que cette dernière avait rompu avec son Jules. J'ai attendu alors quelques jours, puis je suis carrément allé la voir à sa Résidence Universitaire. J'avais le trouillomètre à zéro, mais c'est finalement bien tombé car elle avait besoin de parler. Et puis voilà, on a appris à se connaître, s'apprécier. Nickel quoi ! Pas d'lézards !
- Hmm-Hmm...
- Qu'est-ce qu'il y a ? Tu es déçu peut-être !? Tu t'attendais à ce que je te raconte l'histoire de la Belle au Bois Dormant et de son Prince ?
- Non-non, Malory. Non-non. C'est une très belle histoire. Il n'y a pas besoin d'en rajouter. Mais... dis-moi, que ferais-tu si un jour elle disparaissait de ta vie ? Que deviendrais-tu, à ton avis ?
- Arrête ton manège, veux-tu ! Tu n'as pas à me poser des questions aussi bêtes. Je n'imagine pas un seul instant ma vie sans Karine. Elle en fait partie et elle en est indissociable. Alors ne pousse pas le bouchon trop loin, s'il te plaît.
- Du calme, Malory. Du calme. Tu dois apprendre à contrôler tes nerfs si tu veux durer dans ce métier. Je ne te dis pas que tout cela va arriver. Je te demande seulement d'imaginer comment, à ton avis, tu pourrais réagir en de telles circonstances.
- Hooo, tu m'agaces...

— Je sais, Malory. Mais fais un effort, je t'en prie. Imagine.

Didier temporisa quelques secondes afin de réfléchir.

À ce stade des concessions, il sentait très bien que son esprit n'était plus qu'une misérable marionnette aux ordres de Bastien Grenier. Et cela l'irritait passablement. La preuve en était qu'il devait maintenant réfléchir à ce que pourrait être sa vie sans sa femme. C'était d'une connerie sans nom !

Mentalement en pleine confusion, sa réponse fut des plus vagues :

— J'aurais... j'aurais l'impression de revenir en arrière, de ne plus évoluer. Vivre sans Karine, quelque part cela m'enlèverait le goût de mes plaisirs. Je n'aurais alors plus que des activités de solitaire, c'est-à-dire idiotes et dérisoires. Ce... ce serait terrible ! Vraiment terrible. Franchement, je n'ose pas imaginer une chose pareille. Je mettrais des années à m'en remettre. En plus, comment puis-je imaginer que... Tu sais, c'est la femme parfaite : intelligente, raffinée, soucieuse de notre avenir... Non, Bastien... c'est impossible de te dire... impossible combien... non... non Bastien !

Sans s'en rendre compte, Didier s'était pris au jeu et il était maintenant pratiquement au bord des larmes. À trop vouloir conjecturer les choses, il s'y était vraiment cru. Et la vision qu'il avait eue à cet instant d'une vie sans Karine était horrible, une vraie souffrance.

Didier ne pouvait plus rien dire. En prononçant un mot de trop il aurait instantanément pleuré comme une Madeleine.

Silence.

Un temps.

L'ordre des choses aurait voulu que ce soit Didier qui reprenne le contrôle malgré son émotion, mais ce fut Bastien Grenier qui le premier brisa le malaise ambiant de manière époustouflante :

— Tu vois, Malory, il est des situations auxquelles le cerveau ne nous prépare pas. Et ceci, tout simplement parce qu'il en est techniquement incapable. C'est trop difficile pour lui. C'est comme s'il y avait des clapets de sécurité à l'intérieur de notre crâne qui nous disent de temps à autre: *"Attention mon garçon, ne va pas par là, sinon tu risques d'y laisser des plumes ! Fais ce que tu as à faire, d'accord, mais n'y va pas. Il ne faut plus y penser. C'est beaucoup trop dangereux."*

« Pourtant, quand Myriam décida un jour de me quitter en emportant notre fils de neuf mois, la vie ne me laissa malheureusement pas d'autre alternative que d'encaisser violemment le coup. Et c'est moi vois-tu, moi qui ai finalement dû accepter une situation que tu n'arrivais même pas à imaginer il y a de cela à peine trente secondes !

Sur le coup, Didier fut pris d'un frisson.

Il était pétrifié.

Pétrifié devant la tristesse de cette information, et pétrifié en constatant à quel point il s'était fait blousé. Grenier avait bel et bien complètement prémédité toutes les réactions de Malory, ceci afin que ce dernier comprenne personnellement le ravage affectif qu'avait provoqué cette séparation.

Malgré sa défaite, son erreur, Didier était satisfait de s'apercevoir qu'il ne s'était pas trompé sur tout : Bastien venait de prouver que sous son apparence désordonnée se cachait un être baigné d'intelligence.

Suite à sa révélation, Grenier s'était tu instantanément. Il avait détourné son regard pour faire plonger sa conscience dans les eaux troubles de souvenirs pénibles. Didier avait été touché par cette détresse. C'est pourquoi il comprit où était son devoir d'ami et de confident en poursuivant aussitôt la conversation :

- Ton dossier ne fait pas mention de cette séparation, je..., je n'étais pas au courant. Excuse-moi. Ça doit être dur, très... dur.

Aucune réaction ne vint.

Il continua :

- Euh... cela doit... cela doit remonter à... euh... (Didier calcula approximativement la durée en faisant la différence entre l'âge qu'avait mentionné Bastien et la date de naissance de son fils)... à peu près six mois. C'est cela n'est-ce pas ?

Un calme plat depuis l'autre bout de la table fut la seule réponse à sa question.

Était-ce réellement à lui de parler ? Didier se le demandait. Il n'osait pas, de peur de heurter Bastien. Un silence de plus en plus pesant s'installa alors logiquement à la place. Des silences comme cela, il allait y en avoir plusieurs durant leurs entretiens. Et Didier allait apprendre à s'y habituer, c'était malheureusement le seul moyen de progresser avec Bastien Grenier.

- Qu'est-ce qui a cassé entre toi et ta femme ? questionna quand même Didier.

Grenier eut un geste nerveux qui s'éteignit aussitôt, comme s'il avait eu envie d'intervenir et s'était senti soudain au même moment impuissant, totalement incapable de poursuivre. Il temporisa, murmura un petit rire bref, puis son visage se fit grave :

- Qu'est-ce qui a cassé, Malory ? Ça c'est un sacré mystère ! Tout ce que je peux te dire, c'est que je n'ai rien vu venir. Cette séparation n'était pas une fatalité, tu sais, loin de là. Ce n'était pas une vérité annoncée depuis des lustres à laquelle on se refusait tous les deux de croire. Non, même pas ! Tout se passait parfaitement bien. Il n'y avait pas d'adultère en cause, pas d'alcool, pas de copains à la mords-moi-le-noeud, pas de saloperie ou autre. Non, il n'y avait rien de tout cela, rien de ce qui fait que les couples se séparent d'habitude. Il n'y avait aucune raison valable, et pourtant Myriam est partie ! Tu peux comprendre ça, toi ? Moi non !

- À priori, je suis comme toi, Bastien. Evidemment, je ne comprends pas. Mais qu'essayes-tu de me faire penser pour l'instant : qu'elle est folle ?

- Non. Pas Myriam. Non, je ne crois pas... Et puis, je te saurais tout de même gré de croire que je n'ai pas passé cinq années de mon existence avec une folle.

- Désolé, ce n'est pas ce que je voulais dire, s'excusa Didier en se mordant la langue à cause de sa bêtise. Ce que je voulais dire, c'est qu'il y a toujours une raison, et il est peut-être temps de chercher à savoir quelle est sa vraie nature, en fin de compte.

- Je n'ai jamais prétendu ne pas connaître la raison de ce départ, Malory. Seulement, son évocation ne t'aiguillera pas beaucoup, puisque pour la comprendre il va falloir que tu me croies sur parole.

- Encore une fois, Bastien, je ne suis pas là pour te juger. Pourquoi n'aurais-je pas confiance en toi ? Je suis là pour t'écouter et pour discuter, alors pourquoi te méprends-tu finalement à ce point sur moi ? Pourquoi n'est-ce pas plus simple entre nous ? Allons-nous devenir adultes une bonne fois pour toute, ou bien allons-nous continuer à jouer ? Encore une fois, j'ai confiance en toi. Alors, arrêtons ce dialogue de sourds et avançons.

Bastien eut un large sourire. Visiblement, il ne croyait pas un traître mot des bons sentiments de Didier. Cependant, il ne releva pas :

- Soit, Malory...
- C'est bon. Alors... ?
- Alors quoi ?
- Alors nous parlions de ce qui a poussé ta femme à partir.

- Oui...
- Eh bien ?
- La famille, Malory. Ou disons plutôt : *sa* famille !
- Mais encore...
- Pour bien comprendre, laisse-moi d'abord te dresser le tableau.
- Ok.
- Myriam est issue d'une famille forte aisée, cette aise étant due aux affaires fructueuses de son père André. Effectivement, ce "cher" André n'est autre que la troisième génération d'une entreprise familiale exerçant ses talents dans le domaine des revêtements de sol et de la peinture et se nommant : Le Groupe BRAU.

« Il est souvent coutume de dire que la première génération d'une famille d'industriels est d'abord celle qui crée l'entreprise, la deuxième celle qui développe et la troisième celle qui dilapide. Et il se trouve qu'André Brau s'inscrit parfaitement dans cette logique. Plus intéressé par les dîners en ville, les pince-fesses et les conversations politiques, le développement du Groupe n'a jamais été sa priorité. Les seules réunions auxquelles Monsieur Brau fait l'honneur de sa présence à ses employés qui triment toute la journée, c'est lors de l'analyse des fiches de comptabilité, ou plus précisément au moment où on lui annonce la tendance générale des bénéfices. En dehors de cette réalité, il existe également une SCI au nom du Groupe possédant de nombreux logements et domaines à travers la ville, ce qui permet d'assurer à André Brau une rente régulière, sûre et confortable. Quand on creuse un peu la personnalité de Monsieur Brau, on comprend facilement que tout ce qui l'intéresse c'est de briller en société et d'avoir un maximum d'argent. Oui, Malory, l'argent c'est vraiment tout ce qui passionne cet homme.

« Pour ce qui est de Madame Brau, non soucieuse des fins de mois difficiles, elle s'adonne abondamment aux passe-temps qui sont des gouffres à frics. Ainsi, Madame fréquente régulièrement astrologues, psychiatres et médiums pour son esprit, et centres thalasso, salons de beauté et de massage pour son corps. Contrairement à l'indifférence générale et vulgairement boursière de son mari, Madame Brau s'intéresse aux gens jusqu'à la "vampirisation". Son esprit tyrannique ne peut vivre qu'en manipulant et en rabaissant les gens suivant son bon plaisir. C'est pour cela que, quand Myriam eut le malheur d'annoncer mon existence à sa famille, Madame Brau décréta très vite - sans doute grâce à son instinct féminin ! - que je n'étais pas assez bien pour sa fille. En gros et pour te la faire simple : j'étais à ses yeux un voyou, un tordu, un profiteur, un idiot de la pire espèce.

« Heureusement sourde aux invocations de sa mère, Myriam vécut sans regret avec moi pendant plusieurs années. Bien sûr, elle a dû lutter, tu sais Malory. Tu n'as pas idée des coups vicieux que sa mère a pu manigancer pour dégoûter sa fille de moi, ceci sans te parler des photos de moi qu'elle dérobait dans les affaires de Myriam et qu'elle brûlait, ou bien encore des sorciers qu'elle employait à me jeter des sorts ou à me torturer physiquement par l'intermédiaire d'une poupée de cire, poupée de cire qu'elle-même avait fabriquée. Elle avait également engagé un détective privé afin d'épier chacun de mes faux pas, le plus petit soit-il. Elle faisait très facilement courir sur moi des propos démesurés et honteux, c'était une coutume récurrente chez elle. Mais cela dit, je crois que le pire fut le jour où elle réussit à atteindre un proche ; dans son délire, elle avait réussi à faire pression sur son mari pour qu'il vire un ouvrier qui était magasinier depuis plus de dix ans et n'était autre qu'un de mes cousins germains.

« Bref, j'espère que tu commences à comprendre l'ambiance et les traditions de la famille Brau. Et crois-moi si je te dis que je te passe les détails les plus sordides.

- Effectivement, j'ai du mal à croire que l'on puisse être plus spécial que ce que tu viens d'énoncer. C'est proprement hallucinant !

- N'est-ce pas ! Pourtant, dis-toi bien que la famille Brau est capable de tout ! Pour te donner encore une idée de leur violence - heureusement seulement morale -, cette "chère" belle-mère envoya un jour chez nous l'adresse d'une petite clinique située à cent cinquante kilomètres de Nantes, en nous précisant bien qu'elle avait pris toutes les dispositions nécessaires concernant un éventuel avortement d'urgence pour sa fille, ceci au cas où cela se présenterait. Tu vois le niveau !

- C'est dingue ! Mais... mais vous n'avez pas essayé de porter plainte ? Vous pouviez vous défendre.

- Si, bien sûr. Au début, Myriam avait du mal à s'y résoudre, pour elle ce n'était qu'une histoire de famille, une embrouille privée. Mais ce billet gratuit pour un futur avortement fut la goutte d'eau qui fit déborder largement le vase. Notre décision d'attaquer fut donc très vite prise, décision confortée par le fait que, dans son absurdité, cette vieille salope de Brau nous avait envoyé elle-même une preuve matérielle de son harcèlement grâce à sa lettre.

- Et qu'est-ce que ça a donné ?

- Très peu de temps après avoir annoncé que nous lancions une procédure judiciaire, l'oppression de Madame Brau se calma. Une procédure, c'était mauvais pour les affaires. Mauvais pour l'image du Groupe, tu comprends. Donc, un beau matin, aux vues des nouvelles nauséabondes qui pesaient sur la famille, Monsieur Brau en personne décida de taper du poing sur la table, et c'est ainsi que tout fut fini.

- Je vois. Et le frère de ta femme dans tout cela, quel rôle a-t-il joué ? Vous a-t-il aidé ?

- Premièrement, Karl Brau n'est qu'un poids plume face à son père et sa mère. Deuxièmement, c'est le genre : moins j'en fais, mieux je me porte. Et troisièmement, en tant que seul enfant "pourri-gâté" encore à la maison, il se complaît à profiter à fond de la situation et du système. Par conséquent, en tant que spécialiste du farniente, pourquoi aurait-il levé un seul petit doigt pour sa sœur ?! Karl n'est pas dangereux, il est seulement indifférent, et, tout comme ses parents, essentiellement narcissique. J'espère seulement qu'il se réveillera un jour.

- Donc, si je comprends bien où tu veux en venir, cette famille envahissante a finalement eu raison de la patience de ta femme il y a six mois, et c'est sous leur pression qu'elle aurait craqué et t'aurait quitté pour revenir chez eux.

- Dans les grandes lignes, c'est cela. Bien que quasiment absents de notre existence depuis plus de deux ans, les Brau ne perdaient pas espoir de regagner leur fille. Nous avions espéré un temps que la naissance de Justin calme leur ardeur et soit un message suffisant du scellement de notre union, mais peine perdue. Il y a huit mois, j'ai vécu une période de chômage. J'ai mis quatre mois à rebondir. C'était terrible. Tu ne peux pas savoir. Il n'y a rien de plus abominable de savoir qu'en rentrant chez toi le soir tu n'arriveras pas à nourrir ta femme et ton gamin de sept mois. C'est un sentiment d'échec profond. Tu te sens couvert de honte, je t'assure. J'espère que tu n'auras jamais à vivre une telle expérience. Pendant les deux premiers mois de cette période, des amis nous ont prêté de l'argent, mais le troisième mois fut une catastrophe. N'ayant pas de famille de mon côté, ma banque fermant les vannes, Myriam se rabattit sur sa famille. Tu penses que ma défaillance fut du pain béni pour eux, ce fut le prétexte qu'ils cherchaient depuis des années. Ils savouraient littéralement nos difficultés. Bref, tu combines le harcèlement de belle-maman avec les billets agités en l'air de beau-papa, et tu peux comprendre le revirement de Myriam. Honnêtement, tu sais, je la comprends. La vie était très vite devenue abominable pour un bébé, et que veux-tu faire entendre au cœur d'une mère quand son enfant pleure. Nous nous engueulions sans cesse et nous ne laissions aucune place à l'amour. Je crois qu'on se méprisait mutuellement : elle parce que je n'avais pas de travail, moi parce que je trouvais qu'elle ne me soutenait pas assez dans cette épreuve. Cela dit, je ne lui en veux vraiment pas d'avoir craqué ; coincée entre notre vie minable du moment et le harcèlement de ses parents, elle ne pouvait pas tenir. Elle devait céder.

« Maintenant, je sais qu'elle est avec eux et, parallèlement, je pense avoir une chance microscopique de la récupérer. Ma présence actuelle ici ne fera d'ailleurs que lui confirmer qu'elle a pris la bonne décision. Voilà donc pourquoi, entre autres, tu ne risques pas de voir venir quelqu'un de la famille Brau me rendre visite au parloir, Malory. Et ceci, même si c'est dur de ne pas voir son fils, surtout quand il est en bas âge.

- Mouais...

Didier répondit par une approbation pour le moins succincte. Il ne tenait pas à réagir tout de suite. Il s'était rendu compte que cette explication de Grenier sur ses liens familiaux lui avait fait du bien, et, par conséquent, il ne voulait pas gâcher le plaisir de ce dernier par une formule trop pompeuse ou une avalanche de mots.

Les deux hommes se regardèrent un moment en silence.

Puis Grenier détourna les yeux, sortit une cigarette et l'alluma. Il aspira et expira la fumée. Puis, par la même occasion, prit le temps d'évacuer son agacement grandissant.

De son côté, Didier Malory cherchait, sans le trouver concrètement, un quelconque moyen de relancer la conversation.

Heureusement, le salut de Didier vint cette fois de Bastien lui-même :

- Oui, Malory. Voilà l'explication que je peux te donner. Maintenant, est-ce que tu as d'autres questions ?

- Oui, Bastien. Euh... désolé de remettre ça, mais ne désires-tu pas que j'aille voir ta femme, cela me permettra de te donner des nouvelles d'elle et de ton fils ? Après tout, pour que ma défense soit complète, j'ai le droit, et je dirais même le devoir, d'aller la voir. Crois-tu que j'arriverai à la convaincre de plaider en ta faveur ?

Didier s'en voulut aussitôt du désordre de sa formulation. Il se rendait compte de la souffrance de Bastien, et son émotion l'emportait, car il avait de la peine pour lui. Peine décuplée par le fait qu'il s'entendait à merveille avec la famille de Karine et qu'il ne comprenait pas que des individus sans scrupules aient pu s'acharner à détruire un homme si brillant et généreux que Bastien. Il ne comprenait pas pourquoi ces gens-là arrivaient toujours à avoir le dernier mot.

- Non Malory. Je t'en prie, laisse-la tranquille ! De toute manière, tu ne feras que perdre ton temps. La justice est déjà bien assez débordée comme ça, alors inutile d'en rajouter. Epargne-toi donc une tâche vaine et évitons dès à présent une perte d'argent substantielle.

- Comme tu veux Bastien. Cependant, ne me dis pas que tu ne crois plus en une réconciliation.

- L'envie de croire n'est pas le problème, mon cher. Seulement, je ne pourrai pas me présenter devant Myriam, et donc, à fortiori, devant sa famille, sans être en position de force. Mais pour l'instant, je ne sais pas si tu as regardé les infos à la télé ce week-end, ma situation est loin d'être stratégique pour une reconquête quelconque.

- Aie confiance en l'avenir, Bastien. On t'aidera à sortir de là.

- "On me sortira de là", dis-tu... Nooooon, JE me sortirai de là, Malory ! Nous deux, on est là pour pérorer comme deux vieux potes, c'est tout. Tu ne te souviens pas ?

- Comme tu veux.

« Bon. Sur ce, je pense qu'on peut arrêter là. Je trouve que ce premier contact était disons... intéressant. Tu ne trouves pas ?

- Si, bien sûr Malory, répondit Grenier avec un sourire ironique.

- Euh... On se revoit lundi ?

- C'est-à-dire que j'avais l'intention d'aller faire du shopping, mais la météo est pessimiste, alors pourquoi pas !

Pour Didier, Grenier avait donné au travers de cette blague son accord et c'était le principal. Il ne répliqua donc rien à part un sourire de politesse, puis il se leva. Il rassembla en un tour de main ses affaires, fit un salut de la main et se dirigea vers la porte.

Deux coups.
Ouverture.
Sortie.
Fermeture.

Après le départ de Malory, Bastien Grenier termina lentement sa deuxième cigarette, puis se leva à son tour.

Il marcha jusqu'aux fenêtres qui parcouraient la longueur de la véranda et reprit machinalement son ancienne position de statue. Sa phase de communication étant terminée, une nouvelle phase de silence commençait.

Depuis son arrivée, il n'avait décroché que quelques mots aux gardiens et aux autres détenus. Au total, pas plus d'une dizaine de mots ne s'avérait nécessaire dans la journée. C'était parfait.

Pendant ses silences, Bastien réfléchissait à une vitesse quasi cosmique. Il réfléchissait à sa situation, aux quelques secondes avant et après le meurtre. Il réfléchissait à ce qu'il allait devoir accomplir dans les prochains jours.

Bastien réfléchissait et attendait.

Patience.

Bientôt les jours encore clairs et tempérés de l'automne allaient se couvrir d'un voile brumeux et pesant.

Bientôt les réflexions du moment allaient laisser place à l'action.

Bientôt les bavardages stériles de Bastien et de Didier allaient s'arrêter.

Tout n'était qu'une question de temps.

Alors...

Patience !

*

Plus tard dans la soirée, tandis que son amie dormait déjà profondément, Didier repensa au dossier Bastien Grenier.

Après en avoir discuté l'après-midi même avec Maître Cazeau, ils s'étaient tous deux mis d'accord sur le fait que l'absence d'appui externe était un mauvais point pour Bastien. Il fallait à tout prix entendre Myriam Brau-Grenier à la barre. De plus, les rivalités familiales apparentes devaient être creusées ; car bien loin d'expliquer l'acte de Bastien pour l'instant, l'acharnement de la famille Brau pouvait être un mobile, ou tout au moins : un élément du mobile. Ensuite, l'autre point d'accord de cette conversation avec Cazeau avait été que l'état d'ivresse dans lequel se trouvait Bastien lors des faits était désormais en partie justifié à cause de ses rapports conflictuels avec sa belle-mère et à travers la crise passagère subie par son couple. Bref, sans s'en rendre vraiment compte, Bastien Grenier avait fourni des pièces importantes pour sa défense. Pour l'instant, Bastien ne souhaitait apparemment pas aborder la période du crime de but en blanc, mais, de fil en aiguille, Didier arriverait bien à savoir ce qui s'était passé ce soir là.

Cela dit, ayant enfin décidé d'arrêter le tumulte de sa conscience professionnelle, Didier Malory rejoignit Karine dans la chambre à coucher. Il s'allongea, commença légèrement à somnoler, puis eut soudain le malheur de repenser aux embêtements de Bastien Grenier, et plus précisément à ce que ce dernier avait pu vivre depuis la privation illégale de son fils. Didier compatissait profondément à la douleur de Bastien. Une solidarité enfantine sans doute. Entraîné par cette vague d'émotion, Didier resongea aussi, malgré lui, à ce *"que ferais-tu si un jour [Karine] disparaissait de ta vie ?"* qui lui avait été servi par Bastien Grenier quelques temps plus tôt. Didier avait beau faire en se disant que c'était imaginaire, penser à l'abandon de Karine lui était insupportable, cela lui donnait envie de vomir. Franchement, comment pouvait-il imaginer un seul instant vivre sans elle ? Comment pouvait-il se séparer de cette présence parfumée qui berçait ses nuits et ses jours depuis si longtemps ? Comment oublier ce sourire, cette peau à croquer et si douce, si douce... comment oublier cette perfection anatomique, cette lumière de vie... ce double si parfait ? Comment pouvait-on obliger un homme à occulter cela?

C'était vraiment abominable.
Tellement... abominable !

Ce cauchemar paralysa plusieurs minutes Didier. Mais quand les ombres noires de la souffrance commencèrent à se dissiper, Didier put parallèlement commencer à ressentir l'immense chaleur issue de la vie qu'il menait avec Karine, vie cette fois on ne peut plus concrète. Oui, ce n'est qu'en reprenant conscience de son environnement que son sentiment d'amertume fut vite balayé par une mirifique sensation de plénitude, de paix, en gros : d'immense bonheur.

Cette fois, pleinement conscient du sens de son existence, Didier se tourna lentement vers Karine. Une folle envie de faire l'amour parcourait maintenant tout son être, tel un suc aphrodisiaque qui l'irriguait de la tête aux pieds.

Vite réveillée par les caresses de Didier, Karine se retourna et dit doucement à son Casanova :

- Vous avez des pulsions d'habitude plus nocturnes que cela, Monsieur l'avocat. On a eu des soucis aujourd'hui...?
- Non, ma puce. Il y a que... je me disais...
- Oui...?
- Je me disais : au diable les habitudes !

Et il est vrai que, peu importe l'heure et les circonstances, quand l'envie est sincère, la déception n'est jamais au rendez-vous.

3

En cette nuit du jeudi 26 octobre 2002, une atmosphère particulière régnait dans la vieille ville de Nantes.
Un événement se préparait.
Extérieurement, Place du Commerce, tout se passait selon le schéma classique : le cinéma Gaumont crachait ses derniers spectateurs issus de la séance de vingt-deux heures, quelques soûlards trop avinés attendaient que les keufs daignent s'occuper d'eux, et les cafetiers encore ouverts servaient leur dernier coup alcoolisé autorisé. Un peu plus loin, la brasserie de la Place Royale attendait que ses clients expédient leur dessert et payent leur note ; quant aux deux rues montantes de Crébillon et du Calvaire, elles étaient désertes depuis belle lurette : vitrines éteintes et portes métalliques fermées. Globalement, seuls quelques badauds, style amoureux ou anarchistes en mal de reconnaissance, avaient posé leur cul sur les grandes marches en pierre du théâtre Graslin et discutaient jusqu'au bout de la nuit, inlassablement.
De l'autre côté du Cours des Cinquante Otages, c'est-à-dire dans la moitié Est du centre ville, la description de l'inaction ambiante était à peu près la même, à part qu'une micro-bagarre avait éclaté entre deux militaires dans une crêperie du Bouffay.
Ainsi donc, en ce jeudi 26 octobre, en dehors de quelques individus qui attendaient les derniers bus ou tram afin de rentrer chez eux, la plupart des 270 000 âmes de cette ville somnolait avec la satisfaction d'avoir bientôt boucler une nouvelle semaine de travail; le centre de Nantes ne laissant en tout état de cause transparaître à l'œil exercé d'un humain qu'un calme plat et une immobilité notoire.
Cependant, en dépit de ces apparences, un événement de grande ampleur couvait bel et bien dans les entrailles de la cité. Et si cet événement resta, jusqu'ici, effectivement inexistant aux yeux

des quidams, c'est bien parce qu'il n'avait strictement rien à voir avec les représentants de la gent humaine.

***

Peu avant que la rivière de l'Erdre ne s'engouffre sous le pavé bitumé du Cours des Cinquante Otages, il est une petite île qui repose au milieu des flots : l'île de Versailles. Habituée le jour aux pas infatigables des marmots joueurs ainsi qu'aux pas lents des promeneurs, la nuit la végétation luxuriante et exotique du lieu ne côtoyait généralement pas grand monde, hormis malgré tout quelques couples aux intentions sexuellement dispendieuses.

Mais ce soir, tout fut différent, car c'était un cortège étrange qui nageait jusqu'à la berge. Une file indienne aquatique interminable et mystérieuse passait de l'île de Versailles au quai Henri Barbusse.

Rendu à terre et désormais au sec, chacun des protagonistes plongea tour à tour à travers une des bouches d'égout qui parcourrait le caniveau de la rue. Une fois dans le tunnel, le groupe se répartit de part et d'autre du collecteur central afin d'éviter un effet de bousculade ou un ralentissement quelconque de la procession.

En tête du cortège royal ainsi en mouvement, une division d'éclaireurs chassait, poursuivait et jetait dans l'eau gluante et viciée des égouts tous les mécréants qui avaient osé ne pas tenir compte du couvre-feu imposé par Sa Majesté. Suivant la composition du cortège, après cette avant-garde sans partage, venait la puissante garde royale avec ses plus vaillants chevaliers et écuyers, suivie elle-même de très près par la cour et le roi. Officiellement, le véritable patronyme de ce dernier était Euphorion XXIII, Roi des Rats, mais en général il préférait que ses sujets l'appellent Cluny.

Cluny était l'unique survivant de la très nombreuse descendance de son père : Euphorion XXII, dit "L'égorgeur". Ce dernier devait ce pseudonyme au fait qu'il fut le premier prétendant à ramener au Quartier Général des rats un humain qu'il avait préalablement égorgé puis taillé en petites pièces. Cet exploit lui avait valu à l'époque la rétraction de ses nombreux frères et, consécutivement, son ascension au trône. Concernant Euphorion XXIII, son surnom de Cluny venait d'une légende humaine rapportée Outre-Manche par un missionnaire de retour en terre promise ; cette légende faisait allusion à un roi du moyen âge nommé Cluny, rat également de son état, qui avait trouvé le moyen de régner d'une griffe de fer sur les habitants du monde de surface. Grâce à des tactiques militaires audacieuses et modernes, ce rat tyrannique et brillant avait, selon le récit, réussi à faire courber l'homme jusqu'à le faire ramper sous terre. Le missionnaire avait largement abreuvé le jeune prince de ce conte enjôleur ; loin de lancer à l'aveuglette ses troupes contre les humains, et, par conséquent, d'essuyer un échec cuisant pouvant équivaloir à son éviction immédiate, Cluny gardait néanmoins en lui ce doux rêve d'un nouveau souffle pour les siens. Cette volonté persistante d'expansion et d'émancipation pour le Monde d'En-Bas faisait de Cluny un roi ambitieux et novateur, un roi aimé.

Même si, administrativement parlant, la trentaine était communément considérée comme l'âge mûr des hommes, dans l'univers des rats, Cluny pouvait arborer parallèlement cette majorité de corps et d'esprit du haut de ses deux ans. C'était un Rat Noir au pelage couleur d'ébène. Un Rattus Rattus d'une force et d'une grandeur exceptionnelles. Son squelette fin et long faisait de lui un coureur de fond vif comme l'éclair. Sa musculature puissante taillée dans le granit lui permettait d'être non seulement un excellent grimpeur et sauteur, mais lui donnait également un avantage de rapidité sur ses adversaires vu que son ventre ne traînait pas par terre. Question chiffres, l'anatomie du roi devait faire dans les 1,5 kilos pour 55 centimètres de long, dont 25 centimètres de queue. Sous ses griffes acérées comme les serres d'un aigle, plus d'une centaine de rats imprudents avait déjà sombré dans le trépas. Difficile à déstabiliser de part son poids, ses gestes d'attaque étaient précis et laminaient tout sur leur passage. Rétrospectivement, la première année de son règne avait été un défi permanent. Les complices et rats de confiance de Cluny étaient comme lui des Rats Noirs, communément inférieurs et moins développés, et cet état de fait n'était pas du tout du goût des Rats Bruns -ou surmulots-, alors majoritaires et tous auréolés d'un ancien règne à la longévité exemplaire. C'est ainsi que plusieurs attentats et coups d'états furent tentés à l'encontre de Cluny. Mais, bien loin de connaître la peur ou de prôner le découragement, le jeune prince, aidé de ses acolytes, repoussa vigoureusement et brillamment toutes les atteintes à son pouvoir. Au début de cette épreuve, Cluny se voulut naïvement conciliant, espérant qu'un voie diplomatique puisse mettre fin à toutes ces conspirations inutiles ; mais quand la "rébellion brune" s'en prit à son harem en éliminant notamment Léonnia, une ratte qui assouvissait avec efficacité ses appétits sexuels les plus torrides, cette fois, pour lui, la coupe fut pleine. Une vague de répression sans précédent fut alors ordonnée dans le royaume. Des purges massives furent pratiquées pour éradiquer tout embryon d'esprit libertaire parmi les jeunes surmulots en mal d'identité. Tout regroupement d'individus non autorisé fut systématiquement brisé puis réparti dans des camps de travaux forcés différents et situés aux antipodes du royaume. Cluny devait malheureusement s'imposer, et, pour ce faire, frappa très fort. Cependant, tout de même conscient qu'il fallait aussi apporter autre chose qu'une répression pure et dure à ses sujets, Cluny eut l'idée de répandre une rumeur précisant son envie de conquérir le Monde d'En-Haut. Cette idée fut un coup de génie, car c'est depuis ce temps que démarra, presque instantanément, son immense popularité ainsi qu'un dévouement sans borne de la part du million et demi de rats présents dans les bas-fonds de Nantes.

En ce jour de réunion au plus haut sommet, Cluny était accompagné de ses seigneurs, de ses ministres de l'armée et des services secrets, mais également de trois de ses concubines et de dix de ses princes héritiers en cours de sevrage. Le défilé se terminait par deux unités de la garde royale, suivies en queue de peloton par le bataillon de la légion étrangère, l'unité de muridés la plus tête brûlée et la plus expérimentée qui soit.

Lentement mais sûrement, c'était un cortège de près de deux cents rats qui remontait les profondeurs du Cours St André.

*

Parvenu à l'échangeur central de l'immense Place Louis XVI, la meute "dodelinante" s'engouffra dans une fissure secrète.

Historiquement, ce passage avait été creusé en 1575 par l'armée catholique des hommes alors en pleine guerre de religion contre les Calvinistes. Bien que concrètement jamais utilisé, ce passage aurait pu permettre une éventuelle évacuation des catholiques retranchés au sein de la Cathédrale St Pierre. Mais, bien plus tard, avec l'arrivée des allemands en 1940, le comblement de ce tunnel fut ordonné avant d'être totalement oublié. Toutefois, la peuplade des rats décida très vite dans son coin que ce passage était stratégique pour les communications souterraines de la ville. C'est pourquoi le creusement d'une fissure au même endroit fut ordonné à son tour par les rats, contrant ainsi la décision des Boches.

Aujourd'hui, c'est un à un que les deux cents rats du cortège s'enfilèrent dans cette lézarde creusée dans le ciment il y a quelques vingt-et-une générations par leurs aïeux.

Au bout de ce long tunnel sombre et étroit, une lumière pâlotte accueillit le groupe royal dans une crypte. Après s'être précisément comptés puis regroupés, les rats poursuivirent en passant à côté de divers tombeaux, de trésors religieux rangés dans des vitrines, de vestiges archéologiques et d'une exposition permanente montrant l'incendie de la Cathédrale en janvier 1972. Puis, ils montèrent un escalier et aboutirent dans le choeur même de la Cathédrale. Tout au fond de la nef, les rats gravirent en colonnes bien serrées un autre escalier en colimaçon menant cette fois au clocher. La dernière marche atteinte, la troupe passa sous une vieille porte en bois massif grâce à une entaille cisaillée par deux éclaireurs robustes quelques minutes plus tôt.

Hormis ce travail d'orfèvre, dans la pièce voisine les deux éclaireurs en question s'étaient positionnés chacun sur une poutrelle de la charpente afin de guetter l'arrivée du roi.

Quand finalement l'avant-garde pointa le bout de son museau humide, les rats éclaireurs se précipitèrent alors énergiquement vers l'hémicycle et annoncèrent l'entrée en scène de "Sa Majesté Euphorion XXIII, Unique Souverain du Monde d'En-Bas!"

À ces mots, la satisfaction de l'assemblée fut immense et unanime, car le Grand Conseil des Animaux de l'Ombre allait enfin pouvoir commencer.

*

Bien qu'existant depuis près de cinq cent ans, le Grand Conseil des Animaux de l'ombre se réunissait ici seulement pour la onzième fois. C'était dire l'importance de l'événement, et c'était dire aussi le petit nombre de souverains ayant pu y assister.

La dernière réunion en date remontait à 1943.

À cette époque, suite aux pertes et aux persécutions subies dans les rangs des Animaux de l'Ombre à cause des pénuries alimentaires humaines, le Conseil décida un repli stratégique en milieu rural, en pleine campagne. Si en ville des milliers d'humains crevaient de faim à cause de la deuxième guerre mondiale, les habitants des campagnes se plaignaient pour la forme, mais s'en sortaient toujours. Il y avait donc moins de risque de finir à la casserole pour un Animal de l'Ombre en ces contrées.

L'exil rural des Animaux de l'Ombre dura pratiquement cinq années. Ce fut long, mais des historiens communs aux trois ethnies représentées estimèrent plus tard que, si le dixième Conseil n'avait pas tranché la question en ces termes, seul $1/10000^{ème}$ de la population initiale aurait pu survivre ; ceci sans compter les surcoûts imputables aux problèmes de consanguinité qui auraient pu amener certaines espèces à littéralement disparaître. Tout cela pour dire que selon l'échelle politique des non-humains, le Grand Conseil des Animaux de l'Ombre était l'organisation la plus respectée et la plus puissante qui soit, l'histoire ayant largement prouvé son utilité.

Depuis un siècle, le lieu d'assemblée était toujours le même : le grand clocher Nord-Ouest de la Cathédrale St Pierre. La répartition des convives dans la pièce suivait également toujours le même schéma : dans les gradins de l'hémicycle constitués de planches superposées, se tenait sur la moitié gauche le peuple des rats d'égouts, et sur la moitié droite le peuple des chats de gouttières ; puis, sur les poutrelles hautes qui soutenaient tout le mécanisme des cloches, se tenait enfin le peuple des pigeons qui étaient alignés comme des livres sur une étagère de bibliothèque. Du fond de la pièce jusqu'à l'estrade en pierre, les accompagnateurs respectifs de chaque clan étaient placés selon leur pouvoir d'influence ou de décision; ainsi, on retrouvait souvent les gardes d'élites sur les plus hauts gradins, suivis après de la famille du souverain, des conseillers, des seigneurs et des ministres ; pour finir, trois socles placés sur l'estrade et formés chacun d'une assiette retournée indiquaient la place de chaque chef de gouvernement.

Quand l'assemblée tant attendue des rats fut bien à sa place, les dirigeants purent commencer à s'installer à leur tour.

Le premier à s'avancer sur son socle de porcelaine fut le "Chef Spirituel du Monde d'En-Haut", à savoir le pigeon paon nommé Vaillant. Arborant sa belle robe blanche, Vaillant atterrit sur l'estrade en un vol plané des plus gracieux et des plus souples. Une fois posé, ses ailes plus basses que sa queue firent magnifiquement ressortir de cette dernière ses nombreuses plumes rectrices en forme d'éventail, particularité esthétique première des pigeons paons. Vaillant possédait un corps fin et long. Ses muscles bien gonflés du bréchet témoignaient d'une puissance et d'une endurance au vol des plus remarquables. En dehors de cette force corporelle et d'une certaine pureté esthétique, il ressortait aussi de Vaillant une sensation de calme, de paix, de sérénité, une sorte d'aura de plénitude.

Dans l'ordre des pigeons, il n'y avait pas de quête de pouvoir par la force ou par vote majoritaire. Le chef suprême était simplement celui qui possédait le plus bel esprit. Et de l'esprit, Vaillant en avait à revendre.

À ce titre, son nom en disait déjà beaucoup.

Son nom venait d'un épisode historique datant de 1916. L'anecdote raconte qu'un pigeon justement nommé par les poilus "Le Vaillant" avait rapporté au QG Français le dernier message du Commandant Raynal, ceci alors même que ce commandant se trouvait cerné par l'ennemi et subissait le feu brûlant d'une attaque par les gaz. L'acte héroïque de ce pigeon lui valut une citation posthume à l'ordre de la nation, ce qui fut un fait sans précédent dans l'histoire militaire humaine. Ainsi donc, si le pigeon qui nous intéresse avait été effectivement baptisé de ce même nom de "Vaillant", c'est principalement parce que ses frères, ses congénères et ses disciples avaient conscience que, parmi eux, seul ce pigeon paon majestueux possédait les mêmes qualités de courage, la même volonté de réussir et le même charisme que cet illustre ancêtre. De plus, par son intelligence et sa maîtrise du verbe, Vaillant insufflait aussi un nouvel élan à son espèce, un élan qui, l'espérait-on, pourrait permettre de supplanter le plus possible l'hégémonie de l'homme et de certains rapaces sur le Monde d'En-Haut.

Bref, aux yeux des pigeons Nantais, Vaillant était un sage, un dalaï-lama ailé, une sorte de musique douce permettant de faire rêver ses frères colombidés à de meilleurs lendemains.

C'est donc précédé de ce parfum de sainteté que Vaillant s'avança jusqu'au socle droit de l'estrade, tel un prêtre rejoignant un autel.

Enfin installé sur sa chaire, Vaillant pu alors largement observer l'assemblée et prendre le temps de se recueillir.

Il fit frémir ses ailes et attendit.

De la meute des chats présents sur la moitié droite des gradins, une silhouette aguicheuse s'extirpa.

Représentant le Monde Intermédiaire, une chatte grise nommée Bastet progressa de son pas félin jusqu'au socle central de l'estrade.

Comparativement aux systèmes politiques humains, les lois régissant la vie des chats errants pouvaient être assimilées à celles d'une République Fédérale. Ainsi, Bastet n'était autre que "La Présidente des Diverses Tribus de Félidés".

Du Nord au Sud de la ville, la fédération des chats comptait une dizaine de clans, parmi lesquels on retrouvait notamment "les chasseurs de Bouguenais", "les chapardeurs de Rezé" et "les robins des bois des Dervallières". L'organisation des chats était constituée de telle manière, qu'un groupe donné devait pour survivre automatiquement troquer avec deux ou trois autres groupes. Contrairement aux pigeons, qui eux pouvaient se déplacer facilement d'un bout à l'autre de la ville, et contrairement aussi aux rats, qui se nourrissaient des déchets urbains véhiculés par les égouts, les éléments nécessaires à la survie des chats étaient, géographiquement parlant, nettement plus problématiques. En conséquence, un système d'échange et d'interdépendance entre tribus s'était imposé assez facilement. Un système finalement assez proche de celui de l'économie de marché des hommes. Bien évidemment, l'instinct sauvage des félidés faisait de temps à autre des étincelles en portant atteinte à la république. Car en dépit de ses quatre-vingts années d'existence, la fédération subissait régulièrement les assauts de groupes anarchistes. Mais heureusement, ces attaques étant dues le plus souvent à de jeunes mâles trop orgueilleux ou trop zélés, elles finissaient par s'autodétruire sous les coups de griffes d'autres groupes encore plus radicaux.

Bref, à part des émeutes et des combats de rue comme partout ailleurs, les chats s'accommodaient fort bien de leur République Fédérale.

Tous les ans, juste après l'hiver, les différents clans élisaient un président qui, selon eux, représentait l'intérêt général de la race. Son rôle consistait la plupart du temps à trancher des situations conflictuelles entre deux ou plusieurs groupes, mais aussi à définir les mesures permettant d'instituer un rapport égalitaire et de service entre les humains et les chats. Pour des questions d'équité entre les différents clans de chats, le président désigné devait être étranger à la ville et ne pouvait être élu qu'à l'unanimité. C'est ainsi que, fraîchement débarquée deux ans plus tôt d'un voilier Espagnol et dotée d'un talent de rassemblement hors du commun, Bastet s'était finalement retrouvée élue Présidente de la Fédération des Chats. Dans le Monde Animal Intermédiaire, la parité en matière de pouvoir n'était pas un problème, seul comptait le fait d'avoir "LE" meilleur élément à la tête du gouvernement. Et Bastet savait bien mieux mener son monde que certains mâles suffisants qui n'avait pour argument que leur sexe.

Morphologiquement, son origine espagnole l'avait non seulement dotée d'un organe vocal des plus volubiles, mais aussi d'un corps à la beauté racée des plus étranges et aguicheur. Question race, Bastet était une chartreuse de la plus pure espèce. Elle était recouverte d'une fourrure bleu-gris très épaisse et très serrée, le tout couronné d'un regard couleur cuivre intense. Bien que n'ayant jamais eu de portée jusqu'ici, elle possédait une musculature de chasseuse nettement plus fournie que celle d'une mère en plein sevrage de ses chatons. Son corps était aussi grand que celui d'un mâle de la même espèce, ce qui était une rareté, voire du jamais vu. Par-delà son simple nom qui n'était autre que celui de la Déesse de la Fécondité et des Moissons dans l'Egypte ancienne, Bastet avait facilement su convaincre les vieux routiers ou vagabonds nantais par sa grâce extérieure et sa malignité intérieure. Et si ce soir, par son atterrissage, Vaillant avait baigné de lumière et de calme l'atmosphère du clocher ; dès son apparition, Bastet était parvenue à éveiller les glandes sexuelles de tous les animaux présents, ce qui lui permit ainsi de focaliser toute l'attention du public sans lever la moindre petite griffe.

Sûre donc de son charme et de son importance politique en cet instant crucial pour l'histoire des Animaux de l'Ombre, la chatte s'installa confortablement sur le socle central et prit le temps de contempler l'assemblée de ses orbites dorées.

Enfin, elle ramena ses oreilles vers l'avant et attendit.

Le retard de sa horde rampante ayant fait plutôt mauvaise impression, le dernier élément du triangle ne se fit pas attendre. Représentant donc le Monde d'En-Bas, Cluny boucla rapidement la marche présidentielle en vaporisant sa profonde noirceur autour de lui.

Totalement à l'opposé de la tempérance que représentaient Bastet et Vaillant, Cluny véhiculait en ce lieu le mal avec ses excès les plus contestables. S'il n'en avait réellement tenu qu'à eux, les chats et pigeons de Nantes auraient évincé du cercle de l'Ombre tous ces rongeurs puants et affreux. Mais, quand l'ambition d'une institution est de servir l'intérêt général des espèces, on ne peut pas ignorer l'avis d'un despote ayant la main mise sur plus d'un million et demi d'individus, surtout quand ceux-ci ne craignaient personne et possédaient une force herculéenne.

Combinée à sa laideur naturelle et à la peur qu'il inspirait, l'imposante masse de Cluny provoqua sur son passage des clameurs de dégoût.

Cette réaction fut un indicateur de la tension qui montait dans les rangs. Une tension contre laquelle personne ne pouvait rien faire.

Le temps était donc apparemment venu d'avancer les débats, ce qui fut fait en suivant le protocole transmis de génération en génération par simple bouche à oreille ou par simple bec à oreille.

Le Conseil de ce soir ayant été réuni sur la demande expresse des chats de gouttière, ce fut donc tout naturellement Bastet qui ouvrit le bal de sa voix de cantatrice :

- Représentants du Monde d'En-Haut et du Monde d'En-Bas, mes amis, mes frères, je vous salue et je vous remercie d'être venus si nombreux. Ce jour est béni des Dieux, et c'est avec un immense plaisir que je déclare solennellement ouvert le Onzième Conseil des Animaux de l'Ombre !

À ces mots, les spectateurs battirent des ailes, grattèrent le parquet de leurs griffes et tapèrent le sol de leur queue. Bastet s'était exprimée à l'assemblée dans le langage universel, c'est-à-dire en émettant des ultrasons très faibles, compris dans une plage allant de 22000 à 23000 Hertz. En dehors de sa compréhension unilatérale, notamment pour des pigeons très peu aptes à capter les ultrasons, ce langage avait l'énorme avantage d'être imperceptible à l'oreille humaine, donc : pas de nuisances extérieures.

- Mes amis, mes frères, reprit la chatte après que l'euphorie fut passée, en ces temps de troubles et de répressions, l'heure est venue de débattre d'un moyen permettant de rééquilibrer sensiblement les rapports de force entre nous et les hommes.

« En effet, nos observateurs et nos états majors respectifs constatent depuis quatre mois une augmentation massive d'attaques à notre encontre. Des vagues d'extermination par anticoagulants ou poisons style fluoroacétate de sodium ont été déclarées dans les quartiers du Centre et Nord-Ouest de la ville. D'après nos estimations, ces vagues auraient fait près de 10000 morts toutes espèces confondues, le peuple de Messire Cluny en ayant jusqu'ici payé le plus lourd tribu. Outre les victimes par mort subite ou retardée, le nombre des disparus quant à lui atteindrait aujourd'hui le triple de ce chiffre. Tous ces paramètres sont plus qu'alarmants pour notre avenir et il convient de prendre des mesures draconiennes. L'homme aveugle ignorant le travail d'assainissement réalisé par nos espèces n'est pas un homme digne d'être traité d'égal à égal. C'est pourquoi mes amis, mes frères, je compte sur vous tous pour frapper un grand coup !

Face à la consternation naturelle provoquée par ces chiffres préoccupants, un enthousiasme plein de haine et de rancoeur avait suivi. Mais si Vaillant connaissait les grandes lignes du plan de Bastet, il n'en était rien de Cluny qui fulminait dans son coin. Cluny était carrément outré que l'on puisse convoquer le Grand Conseil pour de telles peccadilles.

D'accord, les rats avaient subi des pertes abondantes, mais ils en avaient vu d'autres. La force de leur race, c'était justement leur capacité d'adaptation à n'importe quel milieu et leur fécondité exponentielle. Alors qu'y avait-il donc de si alarmant ? Les humains donnaient des coups de becs dans l'eau, comme d'habitude ; les hommes sont de toute manière tout juste bons à s'exterminer entre eux, alors, à quoi bon tout ce foin ? Non, Cluny ne comprenait pas. Cependant, même s'il était passablement irrité, sur le coup Cluny n'en montra rien. Il ne tenait effectivement pas à polémiquer ou à servir de trouble-fête alors que Bastet, grâce à sa déclaration, avait apporté la compassion du public sur son peuple.

- Mes frères, poursuivit Bastet, malgré des siècles de cohabitation passés, l'homme n'a pas encore compris l'importance de notre présence pour sa propre survie. Oui, nous devons l'admettre, nous devons nous rendre à cette évidence : l'homme ne nous traite ni plus ni moins que comme de vulgaires parasites. Nous devons donc réagir et nous montrer intraitables.

Cluny commençait à perdre patience. Le public approuvait systématiquement chaque tirade de la Présidente d'un hochement de tête ou d'un cri strident, et le roi des rats se demandait vraiment s'il n'était pas le seul animal de l'assistance à constater la vacuité du propos exposé. *Sont-ils tous devenus fous ?* se demandait intérieurement Cluny. *Tout ce que nous raconte cette présidente de mes roubignolles, c'est une salade de mots qui ne pisse pas loin ; oui, tout ça ce ne sont ni plus ni moins que des mots, des mots et encore des mots ! mais où sont donc les actes qui vont avec ? moi qui sais personnellement jusqu'où peut mener l'audace d'un chat ou d'un pigeon, qui croit-elle réellement berner avec ses belles paroles cette chatte féministe au croupion mal taillé !*

Pour Cluny, le Conseil prenait une mauvaise tournure. Il était temps de stopper l'hémorragie avant que la réputation de cette brillante institution ne soit complètement bafouée. Il se fit donc un devoir d'intervenir:

- Chers citoyens de l'Ombre, ma race s'étant toujours fait un point d'honneur à résoudre ses conflits avec les hommes par la force, vous comprendrez aisément qu'il n'est nullement question pour moi ou pour mon peuple de désapprouver le discours ferme et populaire de Madame la Présidente. Cependant, dois-je comprendre par cette intervention que, désormais, les attaques délibérées sur les humains et les conquêtes de territoires par la terreur ne sont plus des méthodes jugées comme "intolérables" ou "nuisibles" par les locataires des Mondes Supérieurs ? Ou bien suis-je simplement en train de fantasmer ? Parce que quand on déclare une guerre, Mesdames et Messieurs, on se doit d'aller jusqu'au bout, voyez-vous ! Alors soyons clairs !

Bien que pourtant des plus contenue aux yeux de Cluny, sa tirade jeta quand même un froid dans l'assistance. Outre le dégoût physique qu'il pouvait inspirer, son ton despotique avait la fâcheuse tendance à effrayer l'âme libérale des auditeurs réunis dans le clocher.

La seule à comprendre clairement et instantanément ce blocage qu'il y avait entre Cluny et l'assemblée fut Bastet. C'est pourquoi elle se lança tête baissée dans son rôle de conciliatrice, ce qu'elle savait admirablement bien faire malgré sa très jeune expérience du pouvoir :

- Messire Cluny, sachez que vos interrogations sont légitimes et que personne ici ne met en doute le courage de votre caste. Votre force est légendaire et il n'est nul homme en cette cité qui ne vous craint. Néanmoins, détrompez-vous. Le but de ce Conseil n'est pas de mettre la ville à feu et à sang. Nous sommes tous les débiteurs des hommes à plus ou moins grande échelle, alors il n'est pas question de débattre ici d'une quelconque extermination de masse.

— Alors que faisons-nous ici, Madame la Présidente ? intervint Cluny. Allons-nous continuer à discuter ad vitam aeternam des larcins perpétués par les hommes ?

— Il est vrai, cher ami, que les vagues d'empoisonnement humaines ne datent pas d'hier. Quoique l'on fasse pour les en empêcher, les hommes aimeront toujours avoir l'illusion de maîtriser la population des Animaux de l'Ombre et nous n'y pouvons rien changer. Mais rassurez-vous, Messire, l'ordre du jour ne consiste pas à discuter de cet état de fait que nous connaissons vous et moi depuis des lustres.

— Alors, si nous en venions enfin au fait ! maugréa Cluny, de plus en plus agité sur son socle.

— Eh bien, le but de ce Conseil est de trancher sur le meilleur moyen de répondre aux agressions humaines en l'état actuel des choses. Et ceci en ayant pour optique de graver au fer rouge l'histoire des relations entre les hommes et les animaux. Nous devons réagir de manière à rééquilibrer les forces et imposer une bonne fois pour toute notre présence. Comprenez-vous, Messire Cluny ?

Alors que l'assistance se retrouvât soudain pendue à ses mâchoires, Cluny prit calmement le temps de faire taire son scepticisme intérieur et sa hargne, puis répondit:

— Je comprends, Madame la Présidente. Sachez que je comprends. Mais à ce moment-là, que proposez-vous comme solution ?

Maintenant que le rapport de force entre Cluny et Bastet était clairement terminé grâce à la bonne volonté de chacun, la chatte donna enfin son explication aux auditeurs ultrasoniques :

— Je propose tout bonnement d'explorer une nouvelle voie, cher ami du Monde d'En-Bas et chers amis de l'assemblée. Car une occasion comme celle qui se présente à nous est bien trop belle et bien trop rare.

Si jusqu'ici le public avait été fasciné par le ton hypnotique de la voix de Bastet, la pesanteur du propos exposé se mit soudain à agrandir considérablement l'effort de concentration général.

— Si on s'en tient à l'histoire, continua Bastet, les attaques sanglantes, les assassinats ou les enlèvements carnivores n'ont fait qu'attiser les foudres et la colère des hommes sur notre monde, le tout en agrandissant encore plus profondément le fossé de l'incompréhension. Oui, jusqu'ici, que ce soit venant de nous ou des hommes, jamais un individu n'est parvenu à instaurer une paix durable ou une politique commune. Toutes les tentatives de réglementation des territoires de chasse ou d'échanges de services se sont heurtées à la barrière de la langue et se sont soldées par le chaos et la désillusion.

« Cette réflexion m'amène à penser que si nous ne pouvons pas résoudre le problème de front, il est peut-être possible de le contourner.

Tout comme les animaux siégeant au Conseil, Cluny admira l'audace de Bastet. Mais, même s'il admirait la forme, le roi des rats espérait surtout que le fond demeure tout aussi consistant.

- Mes frères, dit Bastet, pour mieux vous expliquer de quoi il retourne, je préfère m'en remettre à sa Sainteté Vaillant, notre sage représentant du Monde d'En-Haut.

Face à l'importance du sujet traité, cette fois la plastique de Bastet ne fut pas jugée suffisamment alléchante pour que les regards de l'assemblée restent fixés sur elle. Tous les yeux se braquèrent vers Vaillant, ce mage "roucouleur" et fascinant qu'on avait failli pratiquement oublier à cause de ce duel entre Bastet et Cluny.

Soudain sous le feu de l'hémicycle, Vaillant reprit ses esprits rapidement. Il chercha quelques secondes la bonne introduction, puis il se racla la gorge et commença machinalement son sermon :

- Mes frères, mes sœurs, Madame la Présidente, Votre Majesté, en ce jour où de noirs desseins tenaillent nos gens, je crois qu'il convient de bénir comme il se doit les augures qui nous tendent une aile amicale.

« Ainsi que mon estimée homologue du Monde Intermédiaire l'a stipulé, l'envoi d'émissaires neutres en territoires réservés n'a servi jusqu'ici qu'à soulever une volée de cailloux sur nos plus belles résolutions. Mais depuis peu, il se trouve qu'un couteau de lumière nous a ouvert une nouvelle voie à travers la pénombre.

« Oui mes frères, oui mes sœurs, les Dieux de l'Ombre nous ont envoyé un sauveur. Un sauveur ayant les traits d'un homme !

Un brouillamini des plus incommensurables supplanta tout à coup le silence religieux de l'assemblée. On miaula très vite à la "duperie !", on cria au "scandale !", on siffla à la "trahison !". Imaginer un seul instant que les intérêts communs des castes de l'Ombre puissent être défendus par un homme était inconcevable.

Cluny sentit sa colère refaire surface en lui gratouillant passablement les nerfs. L'atmosphère générale devenait électrique, et Bastet, toujours en suivant son rôle de diplomate, sentit qu'il fallait soutenir Vaillant plus que jamais dans cette épreuve :
- Mes amis... mes amis, je vous en prie... restez calmes ! L'idée qui vous est soumise est nouvelle, et il est bien connu que, la plupart du temps, la nouveauté fait peur. Sachez donc que je comprends votre consternation et votre égarement momentané. Mais je vous en conjure, laissez notre ami Vaillant s'expliquer. Ecoutez-le, et vous contesterez ou approuverez par la suite. Mais pour le moment écoutez-le, c'est tout ce que je vous demande... (Bastet se retourna alors vers le pigeon blanc et dit en guise de transition:)... Veuillez poursuivre, Votre Sainteté.
- Merci, Madame la Présidente.

« Frères et soeurs de l'Ombre, je conçois que l'idée de devoir pactiser avec un homme vous révulse et vous attriste. Nous sommes tous d'accord sur le fait que l'homme n'est pas le meilleur parti du point de vue de l'évolution animale. Le XXèime siècle humain fut certes le siècle d'importantes avancées technologiques, mais il fut un désastre au niveau philosophique. La nature humaine a évolué semble-t-il sur la forme, mais en aucun cas sur le fond. Aujourd'hui encore, l'homme n'arrive pas à contrôler son instinct et ne cesse d'en faire les frais de manière déplorable.

« Cependant, parfois, il se trouve que dans une couvée impure apparaisse une exception.

« Oui mes frères, oui mes soeurs, il existe dans cette ville un homme qui peut nous aider. Il existe dans cette ville quelqu'un comme nous ! De tous les hommes anonymes arpentant cette cité, il est notre seul et unique cousin. Il est le premier et le seul bipède à nous comprendre, il est le seul à ressentir la même colère qui nous anime, il est le seul à nous avoir donné sa confiance du premier regard, et il est le seul à vouloir combattre l'ignorance des siens autant que nous ! Croyez-moi mes amis... croyez-moi par-delà vos convictions les plus intimes ! Je l'ai rencontré personnellement à plusieurs reprises, et je peux vous assurer qu'il nous mènera au firmament, c'est-à-dire à cette heure de gloire que nous attendons tous depuis des lunes et des lunes.

Sur le coup, la réaction du public fut partagée.

Certains s'évertuèrent à ne pas y croire, d'autres crièrent à nouveau à la "duperie !", et certains autres encore restèrent sur leur faim. Ce qui était sûr c'est que pas un des animaux présents dans le clocher ne resta indifférent à la déclaration de Vaillant, tout comme le plus sceptique des monarques rongeurs du coin ne put rester indifférent à la plaidoirie de maître pigeon :

- Votre Sainteté, lança Cluny, j'ose espérer que vous ne sollicitez pas l'aval du Grand Conseil sur l'unique relevé de vos impressions. Dites-moi que vous avez des preuves tangibles, des témoignages à nous apporter. Sinon, où est passé la rigueur d'esprit des apôtres plumés de l'Ombre ?

Un souffle d'amusement courut dans les travées.

L'estocade étant portée, restait à Vaillant à esquiver :

- Si votre altesse réclame des témoignages, qu'à cela ne tienne, des frères chats et pigeons vous confirmeront mes dires. Mais là n'est pas l'important ; car la force de l'événement dépasse l'entendement et vole bien au-dessus de nos principes de prudence. Ce que j'essaie de vous faire comprendre, chers frères et chères soeurs, c'est que cet homme exceptionnel est autre chose qu'un simple personnage futé et polyglotte, ce que je veux vous dire c'est que cet homme est capable de *Filiation* !

Dans son utilisation animale, le terme de Filiation prenait une toute autre dimension que celle humainement connue. Pour les Animaux de l'ombre, la Filiation était le don inné de certains êtres à pouvoir véhiculer et ressentir des phénomènes inexpliqués comme l'instinct, l'amour, la confiance, le courage ou l'honnêteté.

D'un point de vue sémantique, la Filiation était un terme excessivement abstrait. Mais aux yeux des animaux, si justement un homme était capable d'autant d'abstraction, c'est-à-dire de faire don de soi au point d'en oublier sa cruauté naturelle, c'est qu'il devait être réellement exceptionnel, pour ne pas dire céleste.

Suite à la déclaration de Vaillant, le déroulement du Grand Conseil prit une autre tournure. Bien sûr, il y eut d'autres témoignages plus ou moins appréciables. Bien sûr, il y eut des contestations pour la forme. Et bien sûr encore, il y eut la demande d'une preuve palpable, matérielle et irréfutable. Mais globalement, on peut dire que le dénouement du Onzième Conseil des Animaux de l'Ombre s'était joué sur la simple existence de la Filiation. Car sans se l'avouer vraiment, à sa simple prononciation, une bonne moitié de l'assemblée avait déjà livré sans concession son âme à un homme pour l'instant sans nom et sans visage.

La cause fut donc très vite entendue.

Grâce à cet inconnu, les locataires de l'Ombre avaient enfin une chance de donner une leçon à l'homme. Mais en plus, ils avaient l'opportunité d'offrir un meilleur avenir à leur descendance. C'était donc une bénédiction qu'il ne fallait pas rater.

Avant de clore les débats, il fut établi que, si aucun veto n'était déposé d'ici trois lunes, la première participation des Animaux de l'Ombre à cet effort de reconnaissance aurait lieu d'ici une dizaine de jours.

4

Le troisième rendez-vous entre Didier et Bastien eut lieu le lundi suivant.

À son entrée dans la cantine de l'infirmerie, Didier trouva le prévenu assis à la table d'entretien, sa chaise tournée vers les baies vitrées de la façade.

Tout en sortant ses affaires, Didier put constater que Bastien ne semblait pas dans un bon jour. Il faisait une tête d'enterrement et ses sourcils légèrement froncés laissaient supposer que son système nerveux était sur la corde raide.

Plutôt que de se prendre une engueulade plus tard ou de le laisser répondre à côté de la plaque par rapport à ses questions, Didier préféra mettre les pieds dans le plat d'entrée de jeu :

- Tu as eu des problèmes avec quelqu'un, Bastien ? Ça n'a pas l'air d'aller ?

Grenier ne cilla pas. C'était comme si la question de Didier avait littéralement glissé à côté de ses oreilles. Plongé dans son silence, Bastien Grenier alluma machinalement une cigarette.

- Tu... tu ne désires peut-être pas parler aujourd'hui ? reprit Didier. Tu veux que l'on se voie... plus tard ?

Bastien eut un geste nerveux. La question l'agaçait mais il se força quand même à y répondre :

- Non, Malory... Ce n'est pas la peine de remettre à plus tard cette entrevue. Simplement, il y a parfois des jours avec et des jours sans. Tu peux comprendre ça, non ?

La machine à discuter située dans le crâne de Grenier avait daigné émettre un signal, Didier en profita :

- De quoi... de quoi veux-tu parler, Bastien ?

- Je ne sais pas. Aucune idée. La personne qui travaille dans cette salle, ça n'est pas moi il me semble !

Grenier retourna aussitôt à son errance.

La chaise toujours tournée vers les grands vitrages de la véranda, il fixait inlassablement l'horizon limité à l'enceinte de la prison. En dehors de cette inactivité extérieure, Grenier aspirait de temps à autre une bouffée de nicotine, tel une machine-outil bien programmée ; seul son genou gauche qui avait la tremblote laissait transparaître un énervement contenu.

Depuis le début, Didier avait noté ce tic et il se disait bien qu'il y avait quelque chose d'inavoué derrière. Mais quoi exactement ? C'était là la grande question, l'énigme qu'il devait résoudre.

- Bastien, relança Didier, j'avoue ne pas très bien savoir ce que tu penses de moi. Tu dois vraisemblablement me prendre pour un idiot, mais, que cela t'étonne ou non, je vois bien qu'il y a quelque chose qui t'agace. Si tu me disais quoi, je pense qu'au bout du compte on y gagnerait, toi et moi. On avancerait plus sereinement. Qu'en penses-tu ?

À cette phrase, Bastien cessa le vibrato de son genou. Il écrasa sa cigarette à peine entamée sur le sol et baissa les yeux. Il semblait vouloir prendre son élan avant de s'expliquer, ce qui était bon signe.

Il lâcha enfin le morceau :

- Tu le sais sans doute, Malory, mais je partage ma cellule avec quelqu'un.

- Ah oui, un certain... (Didier fouilla frénétiquement dans ses papiers)... un certain Alain Rouyer, c'est ça ?

- Oui.

- Et alors... quel est le problème ? Il te fait des misères ?

- Non, Malory. Attends un peu avant de dire des conneries, s'il te plaît.

- Bon-bon, excuse-moi. Je t'écoute, Bastien.

- Je partage donc ma cellule avec un jeune homme. Il a 19 ans et il s'est fait piquer pour complicité dans une affaire d'attaque à mains armées. En dépit de tout ce que tu peux penser sur ce genre d'affaires, je t'assure que c'est un brave gars. Son seul problème, c'est qu'il est influençable. Il est né comme ça, ce n'est pas de sa faute. Avec très peu d'arguments, il arrive à se faire embarquer dans des coups foireux et, à chaque fois, il ne voit malheureusement rien venir. Tu comprends donc aisément que, dans un tel environnement... (Bastien fit un geste circulaire de la main indiquant le lieu dans lequel ils se trouvaient avec Didier)... ce pauvre

Alain, du haut de ses 19 bougies et avec ses capacités intellectuelles réduites, peut se faire balader par certains "caïds" de cette prison.

- Hmm... je comprends.

- Je ne sais pas comment il s'est débrouillé, mais un des hommes appartenant à un caïd de la ville qu'on appelle "Le Grand-Père" a réussi notamment à le persuader que certains dealers de hachisch de la prison n'étaient ni plus ni moins que *« des assassins répandant une lèpre maudite sur l'humanité »*. Malheureusement, ce qu'avait omis de stipuler cet homme à Alain, c'est que ces dealers font en fait partie d'une bande rivale à celle du Grand-Père. Tu vois donc où je veux en venir !

- Oui, je pense.

- C'est donc sûr de son bon droit et de son héroïsme glorieux que mon petit Alain s'est arrangé pour piquer des pains de hachisch à ces dealers afin de les bazarder dans la cuvette des chiottes ; et il s'est avéré d'autant plus bête que, sur les mêmes recommandations de cet homme mystère du Grand-Père, notre "Monsieur Pipi de la Beuh" s'est mis à se vanter de son exploit en le criant sur tous les toits, ceci au point que la rumeur en est même arrivée aux oreilles du Directeur. Tu vois donc le tableau, Malory !

- Oui. Il a dû se faire des tas d'amis, j'imagine.

- Honnêtement Malory, je ne sais pas si côtoyer des gens qui te tailladent la figure au cutter et te brûlent les couilles avec un briquet revient pour toi à côtoyer des amis. Toujours est-il que ce gamin est maintenant défiguré à vie et qu'il aura du mal à procréer plus tard.

L'annonce des sévices tomba comme l'annonce d'un décès suite à un accident de voiture. À imaginer la violence des coups infligés, Didier eut le vertige. Les règlements de compte étaient monnaie courante dans les prisons, mais là, il s'agissait véritablement d'un cas de tortures physiques. C'était atroce et innommable. C'est pourquoi, sans comprendre l'immense indignation exorbitante de Bastien, Didier en comprit néanmoins immédiatement la gravité. Avec de telles pensées en tête, Didier s'expliqua mieux l'irritation latente de Bastien et son désintérêt pour des discussions futiles.

- Quelle horreur ! s'exclama Didier. Je ne savais pas, désolé ! Les gardiens ne m'ont rien dit. Je... je ne comprends pas...

- La vantardise inopportune d'Alain Rouyer n'est pas contagieuse chez les gérants d'établissements pénitentiaires, surtout quand une mauvaise publicité peut provoquer une grève chez le personnel et des troubles chez les détenus. C'est ça la définition même du sens du devoir chez les fonctionnaires de la Justice. On lamine un mec et on laisse couler. Surtout, pas de vagues. En attendant, voilà le résultat : un gamin dont la vie est bousillée. Un gamin qui déjà s'était fait baiser en risquant cinq à six années de prison ferme, un gamin dont personne n'a jamais eu rien à foutre ! Quelle chierie, j'te jure ! Ça me tue !

Grenier ponctua ses injures d'un coup de poing sur la table. Au fur et à mesure de son énoncé, le ton était monté jusqu'à finir en débordement gestuel. Bastien semblait plus énervé que triste, et Didier avait encore du mal à expliquer totalement cette irritation, même s'il la comprenait partiellement. Après tout, pour Bastien Grenier, cet Alain Rouyer issu des Carpates était un parfait étranger, de surplus un présumé criminel ; alors, qu'est-ce qui pouvait toucher à ce point Bastien ? Didier n'arrivait pas à le comprendre.

Mais, comme tout arrive à qui sait attendre, la réponse vint d'elle-même, grâce à Bastien :

- Tu sais, je vais te dire ce qui me bouffe la vie et me ronge l'esprit dans cette histoire. Ce qui me tue, c'est qu'encore une fois un faible, un petit, un "moins que rien" a casqué le prix fort. C'est encore un gamin de misère qui a fait les frais des basses besognes des grands caïds et des grands pontifes. C'est encore un gamin de misère qui se retrouve à l'hôpital pendant que des truands paradent en santiags et fument le cigare. C'est encore une fois un faible qu'on écrase et qu'on enfonce dans la boue jusqu'à ce qu'il étouffe. Encore, encore, encore ! Encore abuser du faible ! Encore ravager, piétiner, fouetter... tout ceci pour défendre uniquement son intérêt, sa personne, son business, son nombril ! Toujours ne penser qu'à soi au détriment d'individus abandonnés et désemparés. Toujours cette même logique ! Toujours cette loi naturelle désuète et ridicule ! Toujours le même cirque infernal ! Ah, y'a pas à dire, ça me tue, ça me mine, ça me consume à petit feu. C'est plus que ma tempérance ne peut en accepter et bien plus qu'il n'en faut pour m'atterrer. Mais un jour, il faudra bien que cela cesse. Tu entends, Malory ?! Un jour, il faudra que cela s'arrête ! Un jour, une clameur surgira du fin fond des gorges opprimées et fendra le ciel afin que la foudre s'abatte sur les décideurs, les gouverneurs, les profiteurs et les manipulateurs. Un jour, tous ceux qui souffrent marcheront dans les rues et pendront haut et court tous ceux qui les ignorent. Un jour, Malory ! Un jour le monde tremblera ! Un jour très proche d'ailleurs, car vois-tu, ces injustices durent depuis bien trop longtemps.

Un malaise de plomb suivit le discours de Bastien.

Didier ressortit de cette épreuve pour le moins désorienté. Il commençait en fait à se demander si Grenier n'était pas finalement complètement fou. Il se demandait si Grenier n'était pas, ni plus ni moins, qu'un illuminé prenant un malin plaisir à faire peur aux gens par le biais de prophéties aussi effrayantes les unes que les autres. Devoir plaider la folie au sujet de Bastien Grenier semblait donc s'imposer. Didier ne voulait pas y croire, mais cela lui aurait facilité en fin de compte beaucoup de choses. Son présumé crime, son parcours professionnel linéaire, sa vie privée dissolue et ses convictions douteuses, tout prenait maintenant un sens sous le coup de la schizophrénie. Bien sûr, même si ce n'était à l'heure actuelle qu'une possibilité, Didier se refusait quand même à y croire. Il ne souhaitait pas ranger Bastien dans le camp des irrécupérables. Lui qui savait trop bien quelles magnifiques qualités possédait son client, Il se devait de tout tenter pour essayer de le comprendre.

Didier attendit quelques instants que Bastien reprenne le dessus sur son état colérique. Il ne tenait pas à répondre dans le vide en s'adressant à un névrosé sur la corde raide.

Au plus grand plaisir de Didier, Bastien alluma une autre cigarette ce qui permit de temporiser l'entretien et d'inverser progressivement le sens de polarisation négatif de l'électricité ambiante. Tout s'éclaira enfin quand Bastien fit un bref sourire à Didier, un sourire signifiant : *t'inquiète pas mon pote ; je sais, j'ai pété les plombs ; mais maintenant ça va, j'ai repris le dessus ; on peut continuer à présent.*

Répliquant alors par un clin d'œil, Didier essaya de le raisonner du mieux possible :

- Je suis d'accord sur le fait qu'il n'y a rien de pire ni de plus révoltant que l'injustice, Bastien. Je le comprends aisément et je suis pleinement d'accord avec toi. Cependant, tu auras beau en vouloir à la terre entière, cela ne changera pas grand chose au final. Tu ne peux pas prendre à cœur toutes les saloperies qui existent en ce bas-monde, sinon tu n'as pas fini. Je ne saisis pas bien où tu veux en venir, Bastien. Je ne vois pas bien ce que cela t'apporte de te torturer l'esprit de la sorte. En tous les cas, crois bien que ça ne t'aidera pas à sortir d'ici.

De plus en plus enfoncé sur sa chaise, Bastien retrouva soudain son sourire moqueur et répondit à son confesseur :

- Je suis déçu, Malory. Moi qui te croyais différent et plus réfléchi, moi qui croyais que tu serais plus à mon écoute qu'un simple et pitoyable avocat payé à l'heure. Je vois finalement que tu ne vaux pas mieux que les autres et que tu n'es ni plus ni moins qu'un objet contemporain issu d'un même moule. Tu es complètement aseptisé, Malory. Tu es un piment ayant le goût de l'eau. C'est dommage ! J'espérais beaucoup en ta capacité d'avoir un regard différent sur la vie qui nous entoure, sur la société. J'espérais que tu aurais pris plus de recul. Mais tant pis, ce n'est pas grave et, après tout, je ne peux pas te blâmer pour ça. Toi, tu as une vie à défendre, un avenir, une Karine qui t'attend. Oui, je comprends, Malory. Quand on a ce genre de raison de vivre, on ne peut pas s'intéresser facilement au malheur des autres. C'est humain. C'est logique. MAIS SACHE QUE MOI JE NE L'ACCEPTERAI JAMAIS !

Didier avait sursauté aux hurlements de Bastien. Ce dernier était toujours dans sa logique et ne voulait pas en démordre.

Didier ne paniqua pas, mais cette fois il mit les points sur les "i" :

- Bon dieu, Bastien, tu vas te calmer ! Au lieu de râler et de pester dans le vide comme tu le fais, tu devrais plutôt réfléchir à ce qui t'a amené ici. Je crois qu'avant d'aller plus loin, tu as un sacré travail d'introspection à mener. Et tu as intérêt à y réfléchir dès maintenant, car sinon, tu risques de passer le restant de ta vie dans cette tôle !

- Je suis calme, Malory. Très calme. Ne t'inquiète pas. Mais, que cela soit dur pour toi ou non de l'accepter, ce n'est qu'en me révoltant que j'ai une chance de sortir d'ici. Ce n'est qu'en luttant puissamment contre ceux qui réduisent au silence les faibles et les gens de l'ombre que j'ai une chance d'expliquer ce qui m'arrive. Je sais, tout ce que je te déblatère est excessivement abstrait à tes yeux, mais je te jure que si tu prenais le temps de regarder cinq minutes comment fonctionne le monde tu en aurais des sueurs froides. Je ne te demande pas de me croire, Malory. Je te demande simplement de croire au fait que je n'ai pas le choix !

- Ne sois pas si pessimiste, Bastien. Je sais bien que l'on tombe de haut quand on se retrouve en prison ; des sentiments contrastés nous oppressent, et si on ne possède pas une famille ou des amis qui peuvent nous apporter un peu de soutien, la chute est alors très rude. Je comprends donc aisément que ta position ne soit pas facile, voire déprimante à la puissance "x". Cependant, même si je sais dores et déjà que c'est insuffisant, sache que je serai toujours là pour toi, quand tu voudras et à n'importe quel moment. Tu peux compter sur moi, Bastien. Sois-en sûr.

« Ce qui t'arrive est une épreuve difficile, un coup du sort démoniaque. À l'heure actuelle, je ne sais pas si cette épreuve est complètement méritée, mais elle n'en demeure pas moins affligeante. Pour remonter la pente, il va te falloir du temps et de la patience. Dis-toi bien que tu es en prison et que tu n'en sortiras pas d'un coup de baguette magique. Alors, ne t'abrutis pas l'esprit en rêvant d'une sortie imminente ou en espérant qu'un fou se déclare coupable à ta place. C'est un travail de fond qui nous attend, Bastien. Un travail qui va nous amener à comprendre ce qui t'a conduit ici. Alors, ne te décourage pas si vite. Ce n'est que le début. Tiens le coup. Si tu veux que je transmette des messages à des gens qui seraient susceptibles de venir te voir, n'hésite pas. Si tu as besoin de quelque chose de particulier - ustensiles de toilette, aliments complémentaires, bouquins ou autres -, n'hésite pas non plus. Je ne suis pas seulement ton défenseur, Bastien. Je souhaite être aussi ton ami. Je veux apprendre à te connaître. Et cela, bien sûr, si ça a de l'intérêt pour toi.

« Compte sur moi, Bastien. Je ne te laisserai pas tomber. Je te suivrai, quoique tu aies fait ou pas.

Didier fut soulagé par cette déclaration. Il était satisfait car ça lui avait permis de lâcher beaucoup des choses qu'il avait sur le cœur.

Bastien ne mit pas longtemps cette fois à réagir aux paroles fraternelles de son avocat. Il répondit d'une voix des plus réconciliatrices :

- Merci, Didier. J'apprécie ta sollicitude. Je note ta proposition et je t'avertirai peut-être. Qui sait...

« Pour l'instant, je n'ai besoin de rien.

« À part ça, à ton avis, crois-tu qu'on puisse en rester là pour aujourd'hui ?

- Oui, je pense que la séance est terminée, répondit Didier, sourire amical en prime.

- Eh bien alors, à plus tard Maître !

- Oui... à plus tard.

Après ces quelques politesses, Bastien se leva afin de rejoindre son coin favori de l'infirmerie : debout, face aux fenêtres, le regard dans le vide et les bras le long du corps. Le temps qu'il prenne place, Didier fixa le manège de Bastien. Quand ce dernier fouilla dans sa poche pour en sortir un paquet de cigarettes, l'image fit tilt dans l'esprit de Didier et il se mit à ranger tout son barda rapidement. Sa valise bouclée, Malory fit un « salut !» à l'attention de Bastien et se dirigea vers la porte. Mais, alors qu'il s'apprêtait à frapper sur le battant métallique afin de battre en rappel le gardien, Grenier appela derrière son dos. Se retournant, Didier vit Bastien à un pas de lui en train de lui tendre la main. Sur le coup, la surprise de Didier fut double. D'abord, parce qu'il n'avait à aucun moment entendu Bastien se rapprocher de lui, et, ensuite, parce que c'était la première fois que Bastien faisait un geste délicat en désirant lui serrer la main.

Malgré l'effroi, Didier apprécia aussitôt l'attention et s'empressa de prendre la pogne de son vieux camarade. Bien avant que Didier n'ait pu dire quelque chose, Bastien Grenier commenta l'événement à sa manière :

- Merci, Didier. Merci pour tout. Prends soin de toi et des tiens. Tu es quelqu'un de bien.

- Mer... merci, Bastien. A un de ces quatre ! répondit Didier, confus.

- Oui, c'est ça. A un de ces jours.

Les deux hommes échangèrent un bref sourire. Puis les mains se séparèrent et chacun reprit sa route.

La surprise une fois passée, l'appréciation de cet au revoir chaleureux fut interprété différemment selon les acteurs de la scène.

Pour Didier, ce fut une grande satisfaction. Pour lui, cela voulait dire que Bastien l'appréciait et que son travail commençait à porter ses fruits. L'avenir se présentait donc sous les meilleurs auspices.

Par contre, pour Bastien, cet au revoir avait une toute autre signification. Bastien Grenier s'était présenté spontanément devant Didier Malory, car il savait parfaitement que leur prochain entretien n'aurait pas lieu avant bien longtemps.

5

Le même lundi que son entretien avec Didier Malory, dans l'après-midi, on pouvait retrouver Bastien dans sa cellule, immobile et muet, ceci à la différence près qu'il était allongé. Etalé sur la couchette supérieure d'un lit superposé en ferraille, Bastien fixait le plafond tout en pompant de temps à autre une bouffée de nicotine. La couchette du bas était vide, effet consécutif à l'hospitalisation d'Alain Rouyer, son colocataire naïf et influençable de 19 printemps.

Pour l'instant, personne n'avait remplacé ce dernier, la direction estimant en effet que Bastien Grenier avait droit à quelques jours de récupération suite au « choc moral » subi par sa récente incarcération. Sur les conseils éclairés d'un gardien surnommé « Bébert », Bastien se devait de profiter de cet instant de répit pour faire le point sur son avenir, son procès, et son insertion dans l'Etablissement.

Bastien suivait le conseil, mais pour faire le point sur tout autre chose.

Introspection.

Des pensées obscures l'assaillaient.

Des images se bousculaient dans son crâne.

Confusion.

Trouble...

Des flashs.

Des impressions.

Une main qui passe.

Du sang !

Beaucoup de sang.

La douleur.

L'écroulement

La faiblesse.

La mort !

Que voulaient donc dire toutes ces diapositives que lui projetait son esprit ? Que pouvait-il ressortir de véritablement exploitable de ce méli-mélo sensoriel ? Quelles conclusions fallait-il en tirer ?

Bastien rassembla ses pensées tant bien que mal.

Qu'il n'avait pas assassiné sa sœur, ça, il en était pratiquement sûr. Mais à côté de cela, il lui manquait tellement d'éléments sur cette sombre nuit du 13 au 14 octobre, que son esprit n'avait de cesse de remonter le temps afin de comprendre. Les images de cette nuit ne cessaient de défiler et de redéfiler dans son esprit. Des images informes, dures, amères, sombres... des images violentes, des images traumatisantes.

Didier Malory et le juge d'instruction avaient eu beau insister en lui posant toutes sortes de questions, en fait Bastien ne savait pas grand chose. Il revoyait l'entrée de l'appartement de sa sœur, il revoyait les murs du couloir s'agiter, il se revoyait tomber sur le sol, il revoyait le visage tordu de douleur de sa sœur, et il revoyait surtout les efforts colossaux de cette dernière alors qu'elle semblait lutter contre lui. Cette dernière image faite d'impressions était la plus perturbante, la plus préoccupante. C'était celle qui laissait planer un doute sur son innocence.

Une obsession.

Cette image était une obsession.

Mais, durant ses heures passées à contempler le plafond de sa cellule, Bastien ne faisait pas que consulter son album souvenir perso de la mi-octobre 2002. Il dessinait aussi dans son esprit le scénario des jours à venir. Et même si l'intrigue restait un mystère, il possédait déjà un bon début. Restait pour lui maintenant à s'allier avec des collaborateurs sérieux et poussés par la même motivation, ce qui était une question de temps, une question de jours, une question d'heures.

Soudain, il y eut un bruit dans le couloir, derrière la porte. Des ombres morbides coupaient le filet lumineux visible en bas du battant en acier. Des bruits de pas, une clé qui cliquette, un pêne qui se rétracte, un grincement rotatif, et finalement, un...

« Grenier, promenade ! »

...qui retentit.

Interrompant sa léthargie malsaine et captivante, Bastien se leva, très, très lentement.

Un « Allez ! Plus vite ! » fusa aussitôt.

Bastien s'avança alors en suivant ce même rythme lent et traînant qui lui collait à la peau, ceci au grand désespoir du gardien présent.

*

Dehors, des cumulo-nimbus gris-blanc s'effilochaient dans le ciel et laissaient passer des traits de lumière pâle. L'atmosphère de la cour était légèrement froide et humide, ce qui poussait les détenus à remonter leurs cols de chemise ou de veste et à planquer leurs mains bien profondément dans les poches. Selon un rituel immuable, le groupe de détenus en promenade se décomposait généralement en quatre sous-groupes. Dans le premier, il y avait ceux qui faisaient la conversation et s'esclaffaient tout en marchant en rond. Dans le second, il y avait les joueurs infatigables de poker ou de belote, la mise étant la plupart du temps des cigarettes, des magazines ou des barres chocolatées. En troisième position, il y avait les sportifs qui jouaient au basket, faisaient des tractions ou, tout simplement, couraient. Et en quatrième, il y avait ceux qui distribuaient de la nourriture aux pigeons. Les membres de cette dernière catégorie étaient constitués uniquement de deux personnes, des vieux de la vieille que l'on surnommait dans la maison d'arrêt "Pinder et Bouglione". Leur surnom venait du fait qu'ils prenaient soin de ces petits animaux avec l'attention de véritables gérants de cirque. Tour à tour, ils lançaient à même le sol des petits bouts de pain dur, des biscottes concassées et des graines de tournesol, ceci sans omettre des petites écuelles d'eau qu'ils plaçaient en guise d'abreuvoirs. A chaque sortie, c'était une nuée d'une trentaine de pigeons qui tournoyait et virevoltait autour des deux détenus. À la moindre parcelle de nourriture distribuée, c'était un véritable "banc de poissons" aérien qui fusait et pointait le bout du bec pour se servir ; c'était une lutte acharnée et infatigable où seuls les premiers étaient récompensés ; c'était un combat pour la survie auquel seul l'homme pouvait mettre fin. Cette distraction était tolérée depuis la nuit des temps par l'administration pénitentiaire car elle ne pouvait, dit-on, nullement nuire au bon fonctionnement des établissements ; elle pouvait au contraire permettre d'apprendre le respect à certains individus parmi les plus rebelles.

Pendant cette promenade de l'après-midi, ce fut donc entre 25 et 30 détenus qui vaquaient à leurs occupations respectives. Ils profitaient à fond d'une vingtaine de minutes de plein air. Une vingtaine de minutes pour se distraire et se détendre. Une vingtaine de minutes pour évacuer le stress et l'angoisse. Une vingtaine de minutes pour respirer. Une vingtaine de minutes de parfait bonheur dans un univers quotidien trop brutal et hors normes ; bref, une vingtaine de minutes où il était possible de tout oublier, notamment la réalité.

À sa manière, chacun profitait pleinement de l'espace disponible dans la cour. Chacun se rassurait intérieurement sur son avenir. Chacun voyait le ciel et se sentait transporté par un nouvel élan. Chacun pensait à soi et, pour une fois, se sentait nettement mieux. C'est pourquoi, dans cette ambiance plutôt zen, débordante de joie et de satisfaction personnelle, pas un des détenus ne vit l'arrivée sur les lieux de Bastien Grenier. Pas un, à part justement et à leur dépens : Messieurs Pinder et Bouglione.

Dès que Bastien se mit à fouler la terre battue, il y eut comme un phénomène extraordinaire. En une fraction de seconde, les pigeons jadis turbulents et affamés de la cour s'immobilisèrent brutalement comme si un rayon invisible les avait foudroyés sur place. Se retrouvant soudainement confrontés à des oiseaux d'argile, les deux vieux briscards se regardèrent avec de gros yeux et commencèrent à paniquer. Il leur fallut quelques secondes avant de réaliser et de faire vraiment le lien avec la présence, non loin, de Bastien Grenier. L'indice de taille expliquant ce rapprochement étant que tous les pigeons figés regardaient en sa direction. Maintenant pleinement conscients de l'effet et de sa cause, Pinder et Bouglione dévisagèrent Bastien, effarés. Tout en s'approchant très lentement d'eux, Bastien n'avait cesse de fixer les deux hommes, ce qui accroissait leur terreur devant ce qu'ils n'arrivaient pas à expliquer. Quand Bastien arriva enfin à la hauteur des deux vieux, les pigeons Bisets s'avancèrent alors doucement et formèrent un cercle autour de lui. Toujours abasourdi par le phénomène, celui que l'on surnommait Pinder trouva quand même la force de parler :

- Qu... qu'est-ce que tu as fait à mes pigeons ? C'est toi qui... c'est toi qui leur a appris ça ?! Qu'est-ce que tu leur as fait ? Je...

Malgré sa révolte, le vieillard ne put en dire plus.

Le regard de Bastien le tétanisait.

- Ce ne sont pas *vos* pigeons, espèces de vieux proxénètes à la con !

La réponse tomba sans distinction sur les deux hommes. Bien qu'ils soient tous deux déjà rudement touchés, leur terreur fut décuplée quand le groupe de pigeons concerné s'envola brutalement et disparut dans les airs. Devant ce dispersement des animaux ailés et cette obéissance inattendue, Pinder et Bouglione reculèrent en restant bouche bée. La promenade était terminée pour eux. Eux qui s'étaient crus jusqu'ici totalement à l'abri des conflits grâce à leurs activités innocentes, ils étaient devenus maintenant les cibles d'un ennemi puissant qui les fusillait du regard et les tenait à distance, un ennemi totalement inflexible et aux pouvoirs obscurs.

La tension diminua légèrement quand Bastien fit retomber son regard à terre. Suite à cette envolée subite des pigeons, personne n'avait remarqué qu'il y en avait un qui était resté sur place et n'avait pas bronché. Habillé de la tête à la queue d'un manteau blanc pur et éclatant, le petit animal au corps long et svelte ressortait comme une bosse de neige sur la terre noire et boueuse de la cour. L'animal était rayonnant, lumineux. Pour ainsi dire : gracieux. Quand Bastien s'accroupit et tendit le bras, l'animal s'avança tout naturellement en marchant sur la pointe des pattes et s'installa confortablement dans le creux de sa main. Doucement, l'homme approcha l'oiseau de son visage jusqu'à sentir la chaleur de son corps. L'homme et l'animal se regardèrent alors, œil marron clair oblong pour l'un, œil rond violacé pour l'autre. Puis, comme si leur regard avait suffi pour qu'ils se comprennent, il y eut un élan commun et l'oiseau prit délicatement la tête de l'homme entre ses ailes. Caressé par les éventails de plumes de l'oiseau, l'homme appuya son front sur la poitrine gonflée de ce dernier et ferma les yeux. Une tendresse infinie semblait ressortir de cette accolade. Une communion des plus intimes et presque religieuse semblait les lier. Grâce à ce rapprochement singulier et imprévisible, on put admirer l'instant fugace d'un animal et d'un homme ne faisant plus qu'un. La magie présente était indescriptible. Le secret d'une telle complicité appartenant uniquement aux intéressés. Ce petit manège dura tout au plus une à deux minutes, mais ce fut bien assez pour couper définitivement les pattes aux deux garçons de cirque qui assistaient au spectacle. Sagement recroquevillés dans leur coin, Pinder et Bouglione attendirent que tout se termine. Leur voeu fut exaucé quand l'oiseau blanc regagna les cieux, tel une fusée angélique, et quand Bastien Grenier tourna enfin les talons et s'éloigna d'eux, tel un païen démoniaque ayant terminé ses confessions.

En cet après-midi peu banal, Pinder et Bouglione avaient certes vu le pigeon Vaillant s'en aller d'un côté et le détenu Bastien Grenier de l'autre. Mais en dehors de cela, ils étaient bien loin d'imaginer que l'homme et l'oiseau s'étaient tous deux fait une promesse ; une promesse qui consistait à se retrouver bientôt en d'autres lieux et en d'autres circonstances.

Très bientôt.

6

Vendredi 10 Novembre 2002 - 22:30

MC Daft est un black, un banlieusard, un dur. La loi de la jungle, la tolérance zéro, il connaît ; c'est son trip, sa manière de vivre, sa raison d'être.

Son vrai nom, c'est Mamoud M'Ba. Mais, dans le business comme dans le spectacle, il faut toujours avoir un surnom. Pourquoi ? Parce que c'est la coutume, parce que c'est In, c'est bat, c'est cool ! C'est comme ça qu'on se distingue et puis c'est tout !

Son nom de scène à lui : c'est MC Daft. MC, parce qu'il veut être un Maître de Cérémonie, une idole, un phare, une lumière... parce qu'il veut être un caïd ! À sa manière, il en est un d'ailleurs. Son job c'est "récolteur". "Récolteur", ça ne veut pas dire grand chose en soi, sauf dans le monde de la pègre. MC, son rôle c'est de passer et de récolter la dîme à César. Son secteur, c'est le quartier qui s'étend du Bouffay au Square de l'Ile Feydeau ; sa dîme : c'est l'argent issu du trafic de drogue ; César : c'est le caïd de tout le centre ville nantais et que l'on nomme, à voix basse, le "Grand-Père". Bien sûr, "Papy", il ne le connaît pas personnellement. Lui, MC, c'est un sous-fifre, un tâcheron, un homme - à peine - de main, un "récolteur" quoi!

Mais il ne désespère pas. Cela fait trois ans qu'il travaille pour "Papy". Il est sorti de prison lundi dernier, il s'est sacrifié pour *lui* ; alors, à un moment ou à un autre, on parlera de lui en haut lieu. Il est confiant.

La dernière particule de son nom : Daft, c'est une menace et une indication. Une menace, parce que Daft, en anglais, ça veut dire timbré, toqué, cinglé, maboul... et ça, il peut le devenir à chaque instant, dès qu'une contrariété l'assaille, dès qu'une chose ne tourne pas rond selon sa propre appréciation. Daft, c'est donc un mot qui en dit suffisamment long pour éloigner les perturbateurs, les branleurs, les gêneurs... d'une manière générale, les petits cons ! Mais Daft, c'est aussi une indication. Une indication sur son groupe musical préféré: Daft Punk. En tant que black, sa mélomanie naturelle aurait dû le conduire vers les rythmes cisaillés du Rap ou les mélodies liquoreuses du Classique, mais sa fréquence à lui : c'est la House, la Techno, l'Electro. Son langage du corps à lui, c'est Daft Punk !

MC Daft erre donc dans le monde du grand banditisme. Il récolte le pognon du trafic de drogue local, sur son secteur, puis il le remet à un des adjudants du "Grand-Père". Son adjudant à lui, son chef direct, c'est Clyde Barrow ; un surnom qui se passe de commentaires.

Ce soir, il fait le tour des popotes, il marque son territoire. C'est lui le King, le MC, le geôlier. Il est grand, 1 m 90 ; il est racé, black d'origine sénégalaise ; un triage historique dû à la traite des esclaves lui a donné une musculature généreuse, taillée dans le roc. Il a une veste noire, un pantalon Armany, un tee-shirt Armand Thierry, et des Nike de collection ; les santiags c'est pour les ringards, les minettes, les vieux. Il a la classe. Il est dans le coup. Totalement *fashion*.

Il avance et parade en Porsche flambant neuve. Il l'a acheté à sa sortie de prison, cash, et ce n'est pas une daube : une 911 GT2 dernier modèle.

Il fume, il pète, il flambe, il arrache ! Il a 24 ans et il a le niveau de vie d'un roi ! Bien sûr, il pourrait se ranger, devenir sage. Mais que peut-on lui proposer de mieux en échange de ce niveau de vie ? Il ne va tout de même pas s'abaisser à faire des crêpes flambées à Concarneau toute sa vie? Il ne va pas s'amuser à traire les vaches dans le Larzac, tout ça pour faire plaisir à une assistante sociale mal baisée ? Son père - supposé - l'a viré de l'appartement familial à l'âge de 16 ans et l'école ne lui a rien appris ; autour de lui c'étaient vol et compagnie, violence et racket, alors que pouvait-il faire sinon essayer de faire fortune en exploitant les ressources locales ? Il survit, MC, et de belle manière ! Il a toutes les filles qu'il veut. Il bouffe à l'œil. Il dort dans de la soie. On a peur de lui et de l'organisation qu'il représente. Le monde qui va du Bouffay à l'Ile Feydeau lui appartient.

Alors, pourquoi changerait-il ?

Après trois-quarts d'heure de "trotte", sa tournée des bars-restaurants et portes cochères est bientôt terminée.

La récolte n'est pas mauvaise, ses dealers ont bien travaillé. L'entreprise familiale du Grand-Père n'a pas de souci à se faire. Ça tourne à plein régime.

Devant la grisaille environnante, devant ce putain de temps brumeux et humide, devant tous ces citoyens déprimés et maussades, lui et ses acolytes vendent du rêve, du kaléidoscope, de la quatrième dimension, du shoot, du big-bang, de l'extase ! Ils donnent à l'homme ce qui lui manque vraiment. C'est radical. C'est mathématique. Ça ne fait pas un pli. Alors les affaires marchent. Impec.

Comme tous les soirs, MC Daft termine sa ronde par le bar-brasserie du Val D'or. Là, il mange des rognons à la crème, une salade aux poivrons et une part de tarte aux pommes, le tout arrosé de champagne : boisson logique vu son statut ! Le bar appartient au réseau, il est donc dans un univers familier, un espace conquis. Comme d'habitude, après la pitance, il s'isole dans un petit salon privé avec une ou plusieurs filles, des blacks bien sûr ! Là, il fait sa besogne virile ; trente minutes; puis il souffle un peu, fume deux sèches et s'arrache vers la cour arrière.

Là, il passe dans une cabane à la porte complètement détraquée. Il arrive dans un local exigu, à l'odeur excrémentielle et aux graffitis scatologiques. Il est au petit coin. Son cycle digestif est pour le moins régulier. Là, il pose ce qui peut le déranger dans l'action, c'est-à-dire son portefeuille, sa veste, et il détache même la sacoche qu'il tient à la ceinture, celle qui contient la recette de tous les deals de la soirée.

Enfin, il baisse son pantalon et s'assied sur le trône.

Une pause.

Le temps passe.

Soudain une douleur insoutenable irradie le fessier de MC Daft.

Dans un hurlement de douleur strident, il s'extirpe des toilettes et s'affale par terre dans la cour en se débattant, comme s'il s'électrocutait.

Quand une des entraîneuses du bar et son patron arrivent sur les lieux du tumulte, ce qu'ils voient est loin d'être banal. Ils voient MC Daft, le boss, le killer, le PDG-techno, étendu sur le ventre, smurfant comme un hippie, hurlant à la mort et avec un rat planté dans la fesse gauche !

- Enlevez-moi ça, bordel ! Aaaah... enlevez-moi cette bête ! vociférait MC Daft qui ne savait plus où il était.

L'entraîneuse et le patron s'avancèrent juste au moment où MC Daft parvint à faire lâcher prise au rat noir cannibale. Quand l'animal retomba sur le sol et commença à s'éloigner, MC Daft dégaina alors aussitôt son magnifique Magnum 45 chromé et il tira comme un fou. Une vitre, une poubelle, une gouttière, bois et poussière, tout y passa, mais le rat se fit la belle ; chargeur vide. Le jeu de guerre terminé, MC Daft se souvint de sa douleur et cria de plus belle. L'entraîneuse et le patron relevèrent le blessé et son pantalon, puis passèrent dans une remise. Là, la fille black, qui connaissait bien sûr MC et son anatomie pour avoir couché plusieurs fois avec lui, examina la plaie.

- Alors, c'est grave putain ? demanda MC Daft en mélangeant anxiété et colère.

Face aux inquiétudes légitimes du blessé, l'entraîneuse ne put s'empêcher de répondre en pouffant:

- C'est dingue ! C'est bien la première fois que je vois un mec avec deux trous du cul ! Tu vas avoir un succès fou à la prochaine gay-pride !

À cette moquerie, MC Daft ne fit pas de transition et balança deux paires de baffes bien tassées à l'inconsciente.

- Tu sais qui je suis, salope ! lui cria-t-il dans l'oreille. Tu veux que je t'oblige à sniffer le caniveau sur trois cents mètres à la ronde, c'est ça ! Hein, dis ! Alors, arrête tes conneries ou je t'écrase! Ok ! Compris ?!

Arrivant à la fin de cette invective, le patron intervint avant que ça n'aille plus loin et, donc, ne finisse mal :

- Vous... vous avez une entaille de deux à trois centimètres... assez profonde. Je vais chercher des pansements et du désinfectant, mais...

- Mais *quoi*, sac à merde ? questionna énergiquement MC Daft tout en relâchant légèrement l'entraîneuse qu'il s'apprêtait à étrangler.

- Eh bien... il faudrait... il faudrait que vous vous fassiez faire une piqûre antivirale, reprit timidement le patron de bar. Avec ces sales bêtes, on ne sait pas sur quoi on peut tomber, ce sont de vrais bacilles ambulants.

À cette recommandation, MC Daft tourna la tête, saisit nerveusement une bouteille de vieux whisky, arracha le bouchon avec les dents, le recracha et lança un...

« Pas besoin de piqûre à la con »

...juste avant de s'envoyer une bonne rasade d'alcool fort dans le gosier.

Peu de temps après que l'on eut rapidement nettoyé et pansé sa plaie postérieure, MC Daft s'apprêtait à quitter le bar du Val d'Or par l'entrée principale, quand, tout d'un coup, il se rendit compte qu'il n'avait plus sur lui ni sa veste, ni sa très importante sacoche. Il les avait oubliées dans les toilettes pourries de la cour.

Quand il arriva, boitillant, dans le lieu dit, il retrouva sa veste et son portefeuille, mais rien d'autre. Pas de sacoche.

Mélangé à sa douleur corporelle, un cri de rage s'extirpa alors de tout son être. La coupe était pleine. C'était trop en une seule soirée.

Persuadé que c'était quelqu'un du bar qui avait fait le coup, il rechargea son Magnum et se rua dans l'établissement en bousculant les clients et en claquant les portes.

Arme au poing, il rattrapa les fuyards horrifiés, dit au patron de bloquer l'entrée et fouilla frénétiquement chaque personne présente, l'une après l'autre. Il cogna à plusieurs reprises les plus récalcitrants, gifla encore certaines femmes, brisa quelques verres et quelques bouteilles, cracha par terre et menaça verbalement à n'en plus finir, ceci jusqu'à ce que deux des hommes de main de Clyde Barrow n'arrivent.

Jusqu'ici chef suprême de la terreur ambiante au Val d'Or, MC Daft changea immédiatement de ton face aux deux hommes et se fit pratiquement doux comme un agneau.

Alors qu'il tentait à peine d'expliquer la scène, il fut viré à la vitesse grand "V" de l'établissement et amené aussitôt devant Barrow, son patron direct.

Quand MC Daft expliqua la perte de la recette du soir par le biais d'une attaque par les rats, Barrow, alors en train de terminer un plat de spaghettis bolognaise, se recala lentement au fond de sa chaise, joignit ses mains comme pour faire une prière, puis répondit calmement :

- Tu sais MC, des filous j'en ai connu des tas dans ma carrière. À chaque fois qu'il manquait une liasse de billets en caisse, ils étaient capables d'inventer des histoires aussi invraisemblables que stupides. Certains disaient que c'était parce qu'ils avaient dû payer une avance sur la pension de leur pauvre mère, d'autres soutenaient qu'ils avaient dû payer des flics pour leur silence, bref, ils débordaient toujours d'imagination. Mais toi, à contrario, tu n'as pas grand-chose dans le ciboulot. Tu vois, tu m'aurais parlé d'extraterrestre, j'aurais trouvé cela plus crédible, mais des parasites...!

- Mais enfin, Clyde, rétorqua énergiquement MC Daft, ma blessure au postérieur est une preuve ! Tu veux la voir ?

- Non ! Oh non ! objecta Barrow en stoppant d'un geste de la main l'élan du black. Tu sais, les blessures de guerre, on leur fait dire ce qu'on veut. Une fois, j'ai vu un mec qui s'était coupé deux phalanges pour justifier une attaque imaginaire, alors, une estafilade aux fesses cela ne m'impressionne guère. D'ailleurs, je pense de plus en plus que tu me prends pour un blaireau.

- Mais Clyde...

MC Daft n'eut pas le temps de finir sa phrase.

D'un geste, Clyde Barrow avait indiqué à ses hommes de main qu'il était temps de tenir en respect MC. Autrement dit, des coups de poing à la tête et dans le ventre, ainsi que des coups de battes de base-ball dans les tibias fusèrent sur le "petit-chef" comme une pluie de grêlons.

Affalé, diminué, MC Daft, le king, le boss, le sage, cracha ses poumons et quelques dents. Son corps n'était plus qu'un gros hématome.

Barrow s'avança alors vers lui, accroupi, et fit part de ses recommandations :

- Tu vois, mon petit MC, les histoires, je ne les écoute plus.

Barrow empoigna des deux mains le crâne perlé de sang du black et conclut :

- Cela fait trois ans que tu bosses pour moi, et, jusqu'ici, je n'ai rien eu à redire. Je serai donc fair-play. Tu as trois heures pour me ramener l'argent. Et pas d'esclandre ni de prise d'otage au Val d'Or. Pas un bruit. Sinon, je n'hésiterai pas à passer tes testicules au broyeur ! Tu saisis ?

MC Daft avait parfaitement saisi.

On le relâcha au milieu de la Rue Monteil.

Il lui restait moins de trois heures avant que le couperet ne tombe.

Trois heures, c'était bien sûr très court, mais il fit du mieux qu'il put.

Comme on lui avait confisqué son arme, son beau Magnum 45 chromé à la "Miami Vice", il fit avec les moyens du bord, c'est-à-dire cran d'arrêt, coup de poing américain et barre de fer.

Il repassa au Val d'Or, interrogea calmement le patron et l'entraîneuse, fouilla les toilettes et alentours de fond en comble. En vain.

Il alla voir ensuite ses indics, ses potes, toutes ses relations plus ou moins proches, personne ne manquait à l'appel et chacun sembla sensible à ses menaces.

Le temps passait très vite et il était toujours bredouille.

MC Daft alla alors chez lui, dans son appartement Rue Santeuil, et rassembla tout le fric qu'il possédât. Ne trouvant en liquide qu'environ la moitié de la somme, il embarqua également ses bijoux, le compte devant à peu près y être. Au cas où, il y avait sa Porsche, ce qui le rassurait partiellement.

Quand il sortit dans la cour intérieure de son immeuble pour prendre sa voiture, un animal sauta brusquement sur le toit de cette dernière, regarda l'espace d'une seconde MC Daft dans les yeux, puis se carapata comme si c'était le départ du cent mètres aux Jeux Olympiques. Surpris, MC Daft reconnut sa sacoche à dollars entre la gueule d'un puissant chat gris et courut aussitôt après lui.

Après soixante mètres de course, le chat gris fut interpellé par un énorme chat noir aux yeux verts. MC Daft stoppa. Le chat gris lâcha soudain la sacoche et les deux chats se lancèrent par la suite dans une bagarre mystérieuse et criarde, comme seuls peuvent le faire des félins aux gestes vifs et aux corps souples. Sortant son couteau, MC Daft n'en crut pas ses yeux et se rua sur les bêtes. Pourtant en plein combat, les chats s'arrêtèrent en voyant arriver l'homme et s'enfuirent. MC Daft s'étendit et s'effondra sur le sol, comme s'il avait voulu marquer un essai de rugby, et agrippa à pleine main sa sacoche.

En serrant la poche de cuir fermement entre ses doigts et en la levant vers le ciel, MC Daft poussa un cri de joie des plus retentissants, un mélange de canard qu'on égorge et de sac-rieur que l'on achète dans les magasins de farces et attrapes. Ce cri fut justement entendu par les hommes de main de Clyde Barrow qui étaient venus le chercher jusque chez lui. Les trois heures étant passées à une vitesse quasi-cosmique.

Passablement à bout de nerfs, mais néanmoins rassuré par ce retournement de situation, MC Daft se releva et suivit, confiant, les deux sbires de la pègre.

Il devait être dans les quatre ou cinq heures du matin quand MC arriva à nouveau devant Clyde Barrow.

Le cadre avait changé, ils étaient dans le bureau d'un des casinos privés appartenant au Grand-Père. Clyde était confortablement assis et fumait un cigare.

- Eh bien ! Je vois que la nuit a été longue pour toi, mon cher MC ! lança Clyde en constatant la dégaine débraillée et le visage tuméfié du black. J'ose espérer que tu as retrouvé la raison.

Encadré par les deux hommes de main, MC Daft décrocha de sa ceinture sa sacoche vitale et la balança sur le bureau en confirmant :

- Tu me connais, Clyde, j'ai toujours été réglo !

Clyde Barrow se redressa dans son fauteuil, posa son cigare sur le rebord d'un cendrier, eut un léger sourire au coin des lèvres pour MC, puis se saisit de l'outre en cuir.

Quand MC Daft vit Barrow ouvrir la sacoche et répandre sur son bureau une avalanche de croquettes pour chiens, il regretta amèrement de ne s'être pas préalablement expliqué sur le hasard étrange qui lui avait permis de retrouver son bien.

Le Monde s'écroula aussitôt autour de lui.

Son corps se liquéfia.

Aussi invraisemblable que cela puisse paraître pour un black, MC Daft pâlit devant cette scène surréaliste.

Son sort en était jeté.

César pointa son pouce vers le bas.

On retrouva le corps de MC dans un dépôt d'ordures bien des semaines plus tard.

Il mourut des suites de ses blessures, blessures infligées par un trop plein de coups violents portés à l'abdomen et au niveau des tempes.

Officiellement, les activités mafieuses de ce black ne pouvaient que l'amener bien évidemment vers une fin tragique et peu glorieuse. Mais l'histoire ne disait pas pour autant pourquoi on lui avait joué un tel tour.

En fait, si les forces de l'Ombre avaient abusé de MC Daft ce jour-là, c'était parce que, en son temps, il avait lui-même abusé d'un gamin de 19 ans nommé Alain Rouyer. Oui, c'était effectivement MC Daft qui, durant son séjour en prison, avait envoyé le jeune homme dans les bras d'individus peu recommandables, et qui, entre autres, n'avaient pas hésité à le torturer.

7

Dimanche 5 novembre 2002 - 20:30.

Du restant de la semaine jusqu'au week-end, le temps n'avait cessé de se dégrader. Les nuages gris pâle et effilochés du jeudi avaient petit à petit laissé place à de gros cumulo-nimbus compacts et noirs. La lumière si claire des derniers jours d'octobre s'était tamisée comme si on avait tiré un voile opaque entre le soleil et la ville. L'atmosphère était devenue de plus en plus lourde, proche de l'orage tropical, et la température en baissant avait franchi la barre fatidique des 10°C. L'automne prenait chaque jour un peu plus ses droits et rattrapait son retard accumulé par un soleil jusqu'ici généreux. Cette valse déprimante, lente et sûre du temps atteignit son paroxysme le dimanche en soirée, quand une légère bruine commença à perler.

Bercé par la noirceur de la nuit et cette froidure persistante, le personnel de la maison d'arrêt de Nantes vaquait à ses occupations. Le cuistot et un détenu volontaire décrassaient les derniers plats et rangeaient les tables et chaises de la salle-restaurant ; le professeur de mécanique et de menuiserie préparait son atelier pour le lendemain matin ; l'éducateur sportif passait la serpillière dans son gymnase ; le bibliothécaire faisait le point sur sa tournée des cellules et analysait la liste des ouvrages qui ne lui avaient pas été rendus ; le médecin psychologue de service révisait les fiches de traitement qu'il possédait sur chaque détenu tout en préparant une thèse de recherche ; le directeur rédigeait un discours sur le manque de moyens chroniques de la justice dans le monde moderne ; et enfin, bien répartis aux endroits stratégiques du lieu, les gardiens comptaient et surveillaient des détenus pour la plupart endormis.

Parmi ce marasme d'activités en phase finale, le gardien chargé de la ronde ce soir-là s'appelait Rémi Lenevez. Breton pur et dur, Rémi Lenevez était un grand homme droit comme un menhir. Ses yeux étaient couleur de l'Armor et ses cheveux et sa barbe plus sel que poivre lui donnaient l'allure d'un druide. Farouchement attaché à ses origines, son ego avait du mal à supporter son exil sur la terre nantaise, et c'est la mort dans l'âme qu'on l'avait forcé à accepter ce poste si loin des siens.

Ce "parachutage" loin de ses si belles côtes de granit était dû en fait à une erreur d'appréciation.

Alors en poste quelques temps plus tôt à la prison de Quimper, il avait effectivement, par mégarde, tiré sur un de ses collègues en prenant ce dernier pour un détenu en train de s'échapper. La bonne nouvelle de cette bavure malencontreuse fut que le gardien en question n'eut pour dommage qu'une blessure superficielle à la jambe, mais la mauvaise, fut que Rémi Lenevez dut terminer sa carrière loin de ses collègues bretons. Perdu à Nantes dans un univers trop citadin, trop bourgeois et surtout trop français, le gardien Lenevez était malheureux. Bien sûr, il rejoignait à chaque permission sa petite famille. Mais, pendant la semaine, il devenait fou à force de croiser des têtes inconnues et inamicales dans les rues ou pendant son travail. La compagnie de ses copains d'enfance et amis lui manquait terriblement, et le studio de 24m^2 qu'il avait loué à deux pas du centre n'arrangeait rien à l'affaire. Son seul réconfort en ce bas monde c'était son chien, un berger allemand croisé labrador qui s'appelait Moëbius. Lui et son maître étaient soudés comme les deux doigts de la main. Ils dormaient ensemble, ils dînaient ensemble, ils pissaient ensemble, ils se baladaient ensemble et ils travaillaient aussi ensemble, vu que Rémi était un maître-chien. Epaulé par son fidèle compagnon à la truffe savante, Rémi Lenevez faisait ce soir pour la cinquième fois consécutive le tour de l'enceinte de la prison. Parvenu à l'aile nord, il salua un des gardes positionné sur un mirador et continua son inspection.

Quand soudain, Moëbius s'agita et se mit à aboyer comme un pitbull enragé.

De leur passé de vieux couple amical, Rémi n'avait jamais vu son collègue animal si déchaîné, au point qu'il prit peur instantanément. Moëbius semblait se débattre contre des fantômes, criant en tout sens, grattant le sol de ses griffes et sautant à droite et à gauche comme un cheval de rodéo.

Essayant de raisonner face à cette incohérence, Rémi pensa tout d'abord que, pour la première fois, Moëbius voulait simplement défier son autorité, chose courante chez certaines races. Il tenta donc de résoudre le délire de sa bête par la force. Il empoigna la laisse et frappa violemment à trois reprises sur le flanc du chien. Sans résultat. Devant le peu d'effet de cette première attaque et devant le cirque toujours hurlant et féroce de Moëbius, Rémi passa à l'artillerie lourde et dégaina sa matraque. Avant de se résoudre à cette extrémité, Rémi conjura à plusieurs reprises son chien de se calmer, lui promettant croquettes et os à moelle à volonté. Mais, encore une fois, rien n'y fit. Alors, tout en sachant que cela allait sans doute lui briser le cœur, Rémi commença à lever sa matraque bien haut dans le ciel et...

Alléluia, O miracle !

...comme par enchantement, Moëbius se calma aussitôt.

Aussi rapidement que cette gueulerie aboyante s'était déclarée, une douceur silencieuse avait pris place sur la tête essoufflée de Moëbius. Encore hagard après cette crise et le corps fumant de sueur, Moëbius se coucha. Rémi baissa alors sa garde et put souffler à son tour. Était-ce le début d'une maladie ? Était-ce une phobie animale inconnue ? Était-ce le mal du pays ? Rémi Lenevez se le demandait déjà, tellement il restait désemparé.

Pendant les heures et les jours qui suivirent cet épisode, Rémi-le-maître-chien se posa beaucoup de questions sur son meilleur ami. Cependant, il ne pouvait pas savoir que Moëbius n'y était bel et bien pour rien dans cette histoire. Car, comme tous les canidés de son espèce, Moëbius était sensible aux ultrasons. Et comme tous les canidés de son espèce, Moëbius n'avait pas été insensible au cri de ralliement ultrasonique des Animaux de l'Ombre, cri signifiant que le compte à rebours pouvait commencer.

05 min 00 sec

Cisaillée à la base par les canines ultra puissantes d'une bonne dizaine de rats, Bastien fit sauter d'un coup de pied la grille en acier de sa fenêtre.

Engoncé dans l'embrasure, Bastien regarda à gauche et à droite, mesura les distances et l'environnement, puis releva soudain la tête à l'entente d'un couinement. À l'étage supérieur, sur la corniche du toit, un rat noir d'imposante taille semblait l'inviter ; Bastien ne se fit pas prier. Agile comme un lézard, Bastien se hissa sur le toit en prenant appui sur les moindres fissures ou bosses de la façade. Rendu au sommet, le rat tourna les talons et s'éloigna en direction de l'angle sud-est du bâtiment A. Bastien le suivit.

Réveillés par les bruits de Moëbius et de la grille descellée s'écrasant sur le sol, quelques détenus au réveil "tatillon" commencèrent à faire les mécontents de service en râlant à tout va. Pour le moins surpris, les gardiens se levèrent d'un coup à ces quelques agitations et improvisèrent une inspection expresse. Le bruit d'une cellule se communiquant instantanément à la cellule voisine, très vite, les blocs Est et Ouest du bâtiment A, bâtiment où résidait il y a peu Bastien Grenier, devinrent une foire d'empoigne où une insulte n'arrivait tout simplement pas à retrouver son charretier. Des draps, des papiers, des stylos, des rouleaux de papier-cul et des bouteilles plastiques volèrent en tout sens, dégringolant les escaliers en frappant le sol dans un fracas épouvantable. Bref, ce fut le souk.

Dehors, sagement posté à l'angle sud-est de l'acrotère, Cluny en personne attendit la suite des événements en compagnie de Bastien Grenier, lui-même accroupi sur le revêtement bitumeux de la toiture plane.

04 min 15 sec

Persuadé que l'origine de l'agitation générale ne pouvait venir que de l'intérieur de l'enceinte, personne ne s'attacha à surveiller l'extérieur de la maison d'arrêt. Les projecteurs avaient beau balayer en tout sens les moindres recoins, aucune silhouette fugitive ne se dessinait. Pourtant, si un tiers observateur était venu à passer par là à cet instant très précis, il aurait certainement remarqué la centaine de pigeons alignés comme des pinces à linge sur les câbles électriques suspendus au dessus de la rue Descartes.

Attention...

Prêt...

Partez !

Avec une coordination digne de la patrouille de France, plusieurs lignes de pigeons s'envolèrent en emportant et en arrachant de leur socle les câbles d'alimentation électrique. Sous le coup de cette force aérienne jusqu'ici inégalée, pas un des équipements ne résista. Des gerbes d'étincelles explosèrent un peu partout, des arcs électriques jaillirent, un nuage d'animaux ailés se dispersa, et puis soudain plus rien, le noir complet. Pas une lumière, pas une veilleuse. Rien qu'un noir profond tartinant l'espace.

Grâce à cet envol majestueux, la maison d'arrêt ainsi que l'ensemble du pâté de maisons furent instantanément plongés dans le noir.

Bien sûr, dans la panique ambiante, un gardien-chef nommé Gilbert s'empressa d'aller mettre en marche les groupes électrogènes de la prison. Très peu habitué à agir sous la pression, le gardien Gilbert eut tout d'abord bien du mal à trouver une lampe de poche en tâtonnant murs, meubles, portes et chaises dans un local administratif qui n'était pas le sien. Puis, une fois éclairé, sa course effrénée ressembla plus à une course de haies, à ceci près qu'il buta principalement sur les haies avant de les franchir d'un pas hasardeux. Quand, enfin, il parvint au sous-sol de maintenance et se retrouva face au tableau électrique, il fut soudain effrayé par des bruits étranges de pas fuyants au triple galop et des grattements. Le cœur battant à deux cents pulsations minute, Gilbert scruta l'horizon grâce au mince faisceau lumineux de sa lampe de poche. Malheureusement, à part quelques caisses éventrées, des câbles hirsutes, de la "drigaille" et des groupes électrogènes immenses, aucun spectre ne put être pris en flagrant délit par son rayon. Le gardien retourna alors à sa mission et chercha dans son trousseau la clé triangulaire permettant d'ouvrir le panneau électrique. Lorsqu'il l'introduisit et la tourna, un petit cri le fit sursauter à nouveau, et, du coup, il en laissa choir son unique source de lumière. Le cœur désormais à trois cents et le front perlant de sueur, Gilbert ramassa nerveusement l'objet en jurant et braqua le faisceau devant le panneau cette fois ouvert. À la vue de ce qu'il y avait à l'intérieur, Gilbert poussa un cri d'effroi, ou plutôt : un cri à glacer le sang. Deux énormes rats affairés jusqu'ici à sectionner les câbles et fils multicolores du panneau se jetèrent sur lui. Aussitôt mordu au cou et à l'épaule par des lames féroces, le malheureux gardien marcha bien quelques mètres avec tout cet attirail bestial sur le dos, mais il s'écroula très vite. Méticuleusement, le rat le plus près de la tête s'employa aussitôt à sectionner une à une toutes les veines et artères qu'il y avait sur la nuque du gardien, tandis que son compagnon labourait de ses griffes pointues et écailleuses le thorax imberbe et gras du même gardien. Sous l'acharnement des rats et en quelques secondes, Gilbert se noya en avalant son propre sang et quitta ce monde sans comprendre vraiment ce qui lui était arrivé.

Avant de quitter le lieu de leur méfait et de s'enfuir, les rats, tout encroûtés de sang coagulé, s'assurèrent d'avoir bien coupé tous les câbles du réseau secondaire, excepté un seul, bien particulier.

04 min 00 sec

Pour le moins isolés dans leur guérite aérienne, les gardiens des miradors étaient sur le qui-vive. Stressés par ce noir subit et des bruits qu'ils ne parvenaient pas à identifier, ils épiaient la moindre silhouette ou le moindre mouvement en gardant un doigt sur la gâchette de leur fusil à pompe. Bien que surpris, peu à peu leurs yeux s'habituèrent à l'obscurité et des formes architecturales familières apparaissaient. Disposés aux quatre coins cardinaux de la prison, ils regardaient tous l'intérieur de l'enceinte et communiquaient entre eux par talkies-walkies afin de recouper leurs informations. Mais, comme toujours depuis le début de cette attaque, l'offensive vint contre toute attente de l'extérieur.

Regroupés sur le toit de chaque mirador, une bonne dizaine de chats sautèrent sur les appuis de fenêtres et se ruèrent sur le gardien.

Sans même avoir le temps de réagir, ce fut une véritable cascade de félins toutes griffes dehors qui s'abattit sur les fonctionnaires déjà bien éprouvés. Deux d'entre eux eurent le temps de tirer un coup de fusil, mais aucun ne permit d'arrêter la meute. Des crocs saisirent les chairs, des griffes lacérèrent les vêtements et les peaux, des queues à fourrures rayées se nouèrent pour étrangler, des corps pesèrent de tout leur poids pour maintenir la victime à terre, et, globalement, des chats firent tout pour ne laisser aucune chance d'échappatoire aux hommes armés. Les cris furent étouffés, les appels au secours couverts par le miaulement guerrier des félidés.

Comme en apnée, les gardes résistèrent jusqu'au bout, mais en vain. La plupart d'entre eux tombèrent dans un profond coma.

Après le repli des troupes le long des gouttières extérieures, les quatre miradors furent considérés comme définitivement hors d'état de nuire.

Place à la suite des opérations.

03 min 35 sec

Maintenant drapés d'un manteau invisible et ne risquant plus une attaque lointaine venue des miradors, Cluny et Bastien purent continuer leur périple.

Marchant tels des funambules sur un gros tuyau d'aération, ils gagnèrent le toit du bâtiment B. Ils coururent ensuite à l'autre bout de ce même bâtiment et sautèrent sur le palier métallique d'un escalier hélicoïdal. Trois étages en dessous, Cluny se plaça devant une porte en bois et attendit. Bastien Grenier approcha, regarda le rat noir et comprit alors que leurs routes allaient se séparer ici. Bastien adressa un léger sourire à l'attention de Cluny, celui-ci couina puis s'éloigna à la vitesse d'un TGV miniature. Bastien poussa la porte et pénétra dans un long couloir.

C'était l'un des couloirs desservant le local administratif. Bien que pratiquement désert à cette heure tardive, un des aides-comptables était resté travailler. De son bureau situé au rez-de-chaussée, Dominique Emeriau - c'est ainsi qu'il se nommait - avait assisté, tout penaud, à la coupure de courant et avait entendu une rumeur d'émeute monter peu à peu des entrailles de la prison. Etait-ce une mutinerie ou une simple bagarre de chats ? Dominique avait du mal à l'identifier. Toujours est-il qu'il était terrorisé et qu'il ne pouvait plus bouger. Ainsi collé sur son siège, l'aide-comptable Emeriau attendait que la lumière revienne et écoutait, le souffle haletant. Paralysé par sa propre peur du noir, Dominique Emeriau sauta sur son siège quand, d'un claquement d'aile, un pigeon vint se poser sur le rebord de sa fenêtre. Malgré la surprise, Dominique fut très vite fasciné par l'animal. La blancheur parfaite de ses plumes le faisait ressortir du noir profond environnant. Cette compagnie rassura instantanément l'homme et le conforta dans l'idée qu'une mutinerie actuelle des détenus ne pouvait être qu'une hallucination de plus due à son esprit malade. Semblant appuyer cette théorie, l'oiseau blanc émit alors un roucoulement, ce qui débrida partiellement le comptable paraplégique. Cependant, en dépit de ces apparences comiques, Monsieur Emeriau n'aurait pas dû se laisser distraire. Car cette décontraction fit qu'il ne vit pas arriver...

« *Blam !* »

...le crochet du gauche balancé par Bastien.

Le seul locataire à cet étage désormais écarté, Bastien poursuivit sa route.

Les caméras de surveillance hors service, le reste de la progression se fit donc sans risque majeur et très vite. Bastien passa plusieurs bureaux et couloirs avant de se retrouver devant une porte de service blindée. Normalement, cette porte aurait dû résister au coup de pied de Bastien, mais les points de verrouillages prédécoupés par les dents acérées de rats ultra-entraînés ne laissèrent aucune chance au lourd battant certifié SEKURAL. D'un « *vlam* » les gâches volèrent à travers la pièce et la porte s'ouvrit sur l'objectif : le garage de la prison.

02 min 45 sec

Le temps commençait à devenir de plus en plus volatile. Les secondes s'évaporaient comme de l'éther.

L'excitation et la tension enserraient le cœur de Bastien comme dans une gangue. Et dehors, les bruits et les cris se faisaient de plus en plus forts, de plus en plus proches.

Action !

Bastien saisit une barre de fer et cassa la vitre avant d'une Mercédes Classe C32 AMG flambant neuve. Hurlement de sirène. Fracas épouvantable bis. Il ouvrit la portière et commença à trafiquer l'antidémarrage codé.

Au troisième étage du bâtiment administratif, le Directeur se réveilla en sursaut et n'en crut pas ses oreilles en entendant le brouhaha qui régnait dans son propre établissement.

Dehors, les gardiens commencèrent soudain à s'exciter et comprirent enfin d'où venait la fuite. Avec en tête Rémi Lenevez épaulé de Moëbius, deux hommes accoururent vers l'appel au viol de la Mercédes.

Le Directeur sortit de son bureau et dévala les marches de l'escalier quatre à quatre. Les gardes-sprinteurs n'étaient plus qu'à deux cents mètres du garage, la main gauche occupée à tendre une lampe torche, la main droite posée sur la crosse de leur pistolet. Rendu au rez-de-chaussée, le Directeur constata avec désarroi la porte de service fracassée et entra. Bastien réussit à shunter le circuit électronique de la voiture, donna un nouveau code et démarra en marche arrière.

Percutée de plein fouet, la porte de garage basculante se plia comme un vulgaire rideau de carton. Pourtant près du but, les gardes eurent à peine le temps de sauter sur les bas côtés, la voiture manquant de les écraser.

Le Directeur regarda alors sa belle voiture avec toutes ses options s'envoler.

Les fonctionnaires à terre dégainèrent, mais trop tard.

02 min 00 sec

Arrivé à l'angle nord-est du bâtiment B, Bastien enclencha la marche avant. Il ne lui restait plus qu'une longue ligne courbe à franchir et puis basta, ciao baby !

L'essentiel de l'effectif étant trop occupé à contenir les détenus énervés et à remettre en service ces "putains" de groupes électrogènes, seuls deux gardes restaient en poste devant la porte de sortie. Prévenus deux secondes plus tôt par un appel radio de l'arrivée imminente du Directeur, du moins de sa voiture, les deux gardes virent arriver à la place quatre, cinq, six chats à vive allure. En deux temps trois mouvements, les fauves de gouttière se jetèrent sur eux comme autant de balles de mortier. Percutés au ventre et à la tête, les deux hommes tombèrent à terre. C'est alors qu'ils virent enfin arriver la Mercédes en dérapage contrôlé dans le virage sud-est du bâtiment B. Roulant à tombeau ouvert et en pleins phares, Bastien fonça droit sur le grand portail en ferraille de la sortie. Malgré les coups de griffes et de queues des chats sauvages, les deux gardes se réconfortèrent en sachant très bien que la forte épaisseur des portes allait écraser le fugitif comme une vulgaire bouse sur un mur de béton. Mais cet optimisme déplacé ne dura pas longtemps quand ils virent un pigeon blanc atterrir doucement sur le bouton poussoir de la porte d'entrée. Seul circuit laissé délibérément encore valide, le bouton écrasé du poste de garde, à l'entrée de la prison, ferma le réseau et déclencha l'ouverture automatique du portail.

01 min 40 sec

Alors qu'à un micron près il y avait tout juste la place pour le passage de la puissante voiture entre les deux battants entrouverts, Bastien franchit le seuil de la Maison d'Arrêt en faisant exploser les rétroviseurs. Au même moment, les chats lâchèrent leurs proies sanguinolentes, les derniers pigeons s'envolèrent loin dans le ciel, et les rats regagnèrent les égouts grâce aux caniveaux à proximité.

La porte franchie, Bastien s'éloigna en laissant derrière lui un carnage, une Maison d'Arrêt meurtrie et criante de douleur.

01 min 25 sec

Regagnant son commissariat après une ronde standard, une patrouille mobile fut frôlée place Aristide Briand par une Mercédes à vive allure.

Surprise.

Demi-tour express.

La poursuite est lancée.

Bastien fonce le long de la rue Lafayette, coupe la rue du Calvaire et poursuit tout droit.

Toute sirène dehors et pied au plancher, les flics rattrapèrent vite leur retard et commencèrent à tirer quand le véhicule en fuite s'engagea rue Boileau.

Fusillade en plein air.

01 min 15 sec

« *Pan, Pan !* »

La vitre arrière de la Mercédes se brise, les fauteuils de la banquette arrière sont éventrés.

« *Pan !* »

Un morceau de carrosserie se désolidarise du véhicule, portière arrière droite touchée.

« *Pan !* »

Un coup dans l'eau.

« *Pan, Pan !* »

Le coffre et le pare-chocs en prennent plein la gueule, la plaque d'immatriculation se met de travers.

« *Pan !* »

Deuxième coup dans l'eau.

Terminé. Plus de cartouches.

01 min 05 sec

Roulant totalement à contresens, Bastien percuta de côté un automobiliste s'engageant rue Jean-Jacques Rousseau. Dévié, l'automobiliste finit sa course dans la vitrine d'un pub bondé de monde : éclats de verres, cris hystériques, coupures, saignements et nuit aux urgences. Bastien poursuivit comme si de rien n'était. Alors persuadés - eux aussi - qu'ils allaient grâce à cet incident complètement rattraper le forcené en Mercédes, les policiers virent un premier pigeon kamikaze traverser soudain leur pare-brise et le fissurer, suivi d'un deuxième qui le fit exploser en mille éclats. Taillardés par des dizaines de lames de rasoir et éblouis par autant de grammes de poussière de verre, les deux policiers avancèrent quelques mètres à l'aveuglette avant de s'empaler contre un véhicule en stationnement. Les airbags se déclenchèrent, impact frontal, évanouissement, moteur en feu, sirène cassée.

00 min 55 sec

Ne se sachant plus poursuivi dans l'immédiat, Bastien souffla un peu. Après avoir longé le grand parking de l'Ile Gloriette à plus de 160 kms à l'heure, Bastien voulut couper un carrefour pour aller sur les quais. C'est alors que deux voitures de police freinèrent brutalement et firent barrage. Bastien pila en arrachant de la gomme à ses pneumatiques. Fumée aveuglante bleue. Odeur amère de caoutchouc brûlé. Voulant rebrousser chemin, Bastien vit en se retournant trois autres véhicules de police venir vers lui.

L'étau devenait de plus en plus serré.

Claustrophobie.

Décision express et dernier échappatoire.

Bastien enclencha la première et démarra à fond les manettes. Nouveau nuage de fumée bleue. Vitesse croissante.

Après quelques mètres, Bastien tourna légèrement le volant à la hauteur des véhicules policiers qui faisaient bloc. Bastien s'allongea aussitôt sur le fauteuil passager et serra les dents.

« *Blang !* »

La Mercédes percuta le muret du quai de plein fouet et s'éleva soudain dans les airs. D'une durée de vie d'environ seulement 2-3 secondes, le saut fut néanmoins spectaculaire et bien cabré. Vint ensuite un...

« *Splatch !* »

...et tout fut terminé.

Une voiture à la mer.

Eberlués, les policiers se précipitèrent afin de mieux apprécier le spectacle. Pour eux la soirée s'annonçait à l'origine dramatique, mais, grâce à Dieu, la fin était heureuse. L'extase atteint d'ailleurs son paroxysme quand le toit de la Mercédes disparut sous les eaux dans un dernier geyser d'évacuation d'air. Partiellement soulagés, les effectifs présents se déployèrent ensuite le long du quai.

Après une inspection minutieuse de quelques minutes, pas une tête ne dépassa de l'eau, pas un cadavre ne flotta à la surface les quatre fers en l'air. Le fou furieux semblait être resté coincé dans son véhicule.

Joie complète.
Liesses policières.
Un de moins.
R.A.S.
00 min 00 sec
Fin du compte à rebours.

*

    Portée par l'inertie de sa propre masse, la Mercédes s'enfonça dans les profondeurs de la Loire tel un navire cargo éventré en pleine proue.
    Suite au choc violent dû au passage de la voiture en milieu aqueux, Bastien s'était cogné la tête et demeurait inconscient. Allongé sur la banquette avant, son corps était uniquement mû par les quelques rares courants tourbillonnants du fleuve. Après une lente descente, la voiture en perdition atterrit sur le fond vaseux dans un bruit étouffé de ferraille grinçante et de pierres dégringolantes. Perdu sous cinq mètres d'eau, Bastien se noyait peu à peu, son véhicule se transformant de plus en plus en un véritable corbillard sous-marin. L'hypothermie était proche, la descente aux enfers certaine. Le noir de la nuit gagnait doucement l'esprit comateux de Bastien. Un noir immense et froid. Un noir proche du néant.
    La fin des temps.
    Le dernier souffle.
    La mort.
    Cependant, même si la conscience de Bastien Grenier ballottait effectivement entre deux mondes, l'opération rebelle de ce soir n'en était pas pour autant à son épilogue.
    Entrecoupant les fins traits de lumière verte visibles sous l'eau, une dizaine de rats de la brigade des sapeurs-pompiers de Messire Cluny apparut au loin. Nageurs hors pair, cette unité amphibie fonça sur la fraîche épave à quatre roues conduite par Bastien. Bien que rarement habitués à sauver un homme mais plutôt des sujets de sang royal, les rats se déployèrent sur le site avec une coordination exemplaire. Tandis qu'une partie du groupe s'acharnait déjà à faire sauter les serrures des portières avant, l'autre partie passa par la plage arrière dévitrée du véhicule, afin de libérer le conducteur de sa ceinture de sécurité et de ses lacets emberlificotés dans le pédalier. Aucun acier ni fibre tissulaire n'étant jusqu'ici assez résistants pour tenir tête aux canines robustes des rats, en dix secondes Bastien fut libéré. La première serrure a céder au chronomètre étant celle de la portière avant gauche, le corps flasque et inanimé de Bastien fut donc extirpé de la Mercédes par ce côté.
    Alors mû par une dizaine d'hélices "ratoïdes" hyper-entraînées, Bastien quitta son cimetière sous-marin et s'éloigna en

traversant l'espace liquide à la manière d'un immense Airbus transperçant le ciel.

Après avoir poussé sur une centaine de mètres le corps de Bastien vers l'est, le navire animo-humain tourna sur la gauche dans une canalisation adjacente au lit du fleuve ; la légère inclinaison montante de cette dernière fit qu'au fur et à mesure de sa progression le groupe remontait rapidement à la surface. Enfin sur la "berge" d'un fond de tuyère, les rats s'ébrouèrent, sortirent complètement Bastien de l'eau et s'occupèrent ensuite de la réanimation.

Alors que Bastien était étendu sur le dos, un rat vint se placer soigneusement sur chacun de ses poumons, deux autres se placèrent de part et d'autre de sa tête en lui exposant leurs postérieurs poilus, et deux autres s'avancèrent près de chaque main. Ainsi installés, la procédure de réanimation instruite par les rats se décomposait en trois mouvements simples : a/- petits pas masseurs au niveau des poumons et du cœur en guise d'incitations à l'expulsion du liquide étranger, b/- morsures synchronisées des mains en guise d'électrochocs, et c/-, petites claques de queues écailleuses en guise d'excitations des stimuli du réveil. Le cycle dût être renouvelé six fois de suite avant d'obtenir un résultat. Chronologiquement, cela commença tout d'abord par un léger mouvement nerveux des yeux, visible à travers les paupières fermées de Bastien. Vint ensuite un faible toussotement accompagné du rejet d'un léger filet d'eau ; puis le corps se cabra enfin de douleur, crachant vague et marée, tapant frénétiquement des pieds et des mains, roulant dans un sens et dans l'autre, et luttant désespérément contre la pleurésie chronique. Le corps de Bastien lutta au-delà de l'entendement durant de longues secondes, puis s'immobilisa brutalement.

Installés non loin de l'homme en attendant le verdict, les rats pensèrent un instant avoir échoué. Le chef de la brigade s'avança alors pour constater le décès, mais, à sa plus grande surprise, quand il posa sa queue longue et fine sur le pouls de Bastien, celui-ci, bien que faible, indiquait un signe de vie. Au sein de la troupe héroïque, une clameur ultrasonique de victoire et de délivrance sonna et traversa aussitôt tout le réseau des canalisations. Restait maintenant à mettre le corps de Bastien bien au chaud avant que l'hypothermie ne crève dans l'œuf le miracle. Alertées par les messages hertziens précités, des troupes arrivèrent en renfort afin de tirer Bastien et de le remonter petit à petit dans un endroit sûr, tempéré et sec.

La première mission des Animaux de l'Ombre était pour l'instant un succès.

Restait seulement à savoir, dans les prochains jours, si les risques encourus pour cet humain en valaient réellement la peine.

8

Le lendemain matin, au petit déjeuner, Didier Malory cracha le peu de café qu'il venait d'ingurgiter en apprenant à la radio l'évasion et la disparition de Bastien Grenier. Après s'être jeté sur le poste pour augmenter le son, Didier écouta avec attention le présentateur débiter les éléments en sa possession. Officiellement, les autorités étaient restées très peu expansives, se refusant à tout commentaire permettant de confirmer ou de nier les rumeurs. Cependant, d'après le témoignage d'un gardien recueilli hors antenne, il y aurait eu apparemment plusieurs victimes parmi le personnel surveillant ainsi que trois ou quatre blessés légers. Ces assassinats volontaires auraient permis de donner le temps et la latitude nécessaires au détenu Bastien Grenier de s'emparer de la voiture du Directeur, une Mercédés grise, et de s'enfuir. Sur les conditions ayant permis à ce fugitif de sortir de sa cellule, le gardien resta néanmoins évasif, voire embarrassé. La suite de l'histoire fut racontée par un motard de la police municipale. Selon ses dires, c'est une véritable course poursuite qui a eu lieu dans les rues de Nantes, course poursuite ayant également pour bilan trois blessés, dont un dans un état grave. Coincé par des barrages policiers au niveau du carrefour face à la piscine de l'Ile Gloriette, la Mercédés avait terminé sa course au fond de la Loire. Le corps demeurait pour l'instant introuvable et il y avait peu d'espoir. La cause semblait entendue.

Quand le speaker continua sa revue de presse sur les prix du bœuf en train de s'effondrer, Didier n'eut pas la force d'éteindre l'appareil et se laissa tomber sur sa chaise comme un vieux sac. Devant l'ampleur du désastre, Didier fut instantanément dégoûté de Bastien, littéralement consterné. Lui qui avait adulé, magnifié, élevé Bastien sur un piédestal d'intelligence, tout d'un coup, les événements de la nuit avaient fait basculer ce dernier dans le camp de la barbarie, du meurtre, du gâchis ! Cette réalité lui était intolérable. Didier comprit alors que, durant ses quelques entretiens avec Bastien, il s'était finalement retrouvé sans le savoir face à un fou, face à un aliéné mental prêt à faire couler le sang pour justifier sa folie. Cette vision le terrorisa, car qui sait, peut-être que lui aussi aurait pu y passer.

Oui, Didier s'était lourdement trompé sur Bastien Grenier. Et, bien que profondément affligé par son erreur, Didier se demandait quand même ce qui avait bien pu le pousser à s'évader si, comme il le prétendait, il était réellement innocent.

Mais aujourd'hui, selon la radio, Bastien Grenier n'était plus, emportant avec lui ses réponses.

Aujourd'hui, Didier avait perdu un ancien camarade de jeux.
Didier avait perdu son premier client.
Didier avait perdu gros.
Cela dit, la partie ne faisait que commencer.

***

L'après-midi même de ce lundi 6 novembre, Michel Goldman rentrait au Commissariat Central de Waldeck Rousseau.

Debout depuis pratiquement seize heures d'affilée, Goldman salua ses collègues d'un hochement de la tête très bref et s'enferma aussitôt dans son bureau. Enfin au calme, il se prépara un café, tomba sa veste en cuir, rangea son arme dans le tiroir bas de son bureau, posa son dictaphone à côté, s'assit sur sa chaise à roulettes, fit glisser cette dernière jusqu'à buter contre le radiateur, croisa les jambes et commença à réfléchir.

Inspecteur brillant et respecté, depuis la veille au soir Michel Goldman s'était vu confier la tâche de rédiger un rapport sur l'évasion de Bastien Grenier, évasion supposée ratée.

Un front carré, des yeux bleus très clairs, des cheveux noirs coupés en brosse, une bouche fine et des joues creuses, Michel Goldman arborait un physique élancé des plus classiques. Son tempérament était celui d'un fonceur déterminé et logique, le tempérament d'un homme d'honneur. Du haut de ses trente trois ans, Goldman pouvait s'enorgueillir déjà de quinze années de bons et loyaux services. En quinze ans, il avait vu tout ce que l'on peut compter comme type de délits et de crimes en ce bas monde. Il avait vu toutes les pires "dégueulasseries" qu'un homme pouvait infliger à un autre gratuitement, et, en quinze ans, il avait appris aussi qu'il fallait être patient avant de pouvoir rendre justice comme il se doit. Heureusement pour lui, de la patience, Goldman en avait à profusion. Il ne s'énervait jamais, sauf quand la vie de ses collègues ou d'autrui était en jeu, c'est-à-dire dans des situations extrêmes.

Bien sûr, il lui manquait encore quelques années d'expérience sur le terrain en tant qu'inspecteur, mais sa passion pour ce métier faisait de lui un enquêteur tenace et toujours à la recherche de sa propre amélioration, chose rare. Cette particularité faisait que, la plupart du temps, lors d'un procès, ses enquêtes ne laissaient jamais de doute ou d'ambiguïté aux jurés devant statuer sur le sort d'un accusé. Oui, cérébralement, Michel Goldman ne pouvait pas tolérer la moindre incohérence dans un dossier, le moindre à peu près. C'est pourquoi, il avait parfois refourgué des dossiers bouclés à 95% à des collègues car il n'arrivait tout simplement pas à trancher sur les 5% restants. Cet acharnement dans son travail était sa force et à la fois son talon d'Achille, mais Goldman s'en accommodait ainsi que ses collègues, ceci malgré, de temps à autre, des différends notoires.

Aujourd'hui, en dépit du dénouement presque certain de l'affaire, Michel Goldman se faisait un malin plaisir à cogiter sur le cas Bastien Grenier. Toute la matinée, il avait entendu un à un les gardiens de la Maison d'Arrêt présents lors des faits, ainsi que le Directeur. Tous étaient très choqués et avaient parlé d'une attaque extérieure sans être plus précis. Certains avaient parlé de chats sauvages, d'autres de complices arrivés du ciel ; bref, les déclarations s'étaient suivies sans se ressembler vraiment. Le laboratoire travaillait sur les relevés pris dans la cellule de Bastien, l'autopsie du seul gardien décédé au sous-sol allait avoir lieu d'ici quelques heures et les affaires personnelles du prévenu étaient en cours d'acheminement. Les sapeurs pompiers s'employaient à remonter à la surface la Mercédes appartenant au Directeur de la prison, tandis que des dragueurs et des plongeurs exploraient les profondeurs de la Loire à la recherche du corps disparu de Bastien Grenier. Devant l'empressement et la gravité de la situation, tout avait été fait pour obtenir le maximum de renseignements en un minimum de temps. Cependant, Goldman n'était pas encore arrivé à ce minimum. Il avait donné ses directives et attendait les résultats des analyses scientifiques et des relevés. Goldman attendait en sachant que l'enquête interne qu'il menait était très importante aux yeux de son patron et, beaucoup plus haut, aux yeux du Préfet de police. Il attendait en sachant parfaitement qu'il allait devoir expliquer comment plusieurs gardiens expérimentés, ainsi qu'une patrouille de flics, s'étaient faits berner par un jeune détenu silencieux et calme. C'est dire si la tâche n'était pas facile ; pas facile car pernicieuse pour ses futurs rapports avec les employés du milieu carcéral.

Michel Goldman commençait à dactylographier les observations qu'il avait enregistrées sur son dictaphone, quand, brusquement, son binôme entra dans le bureau :

- Salut, branleur ! Quoi de neuf dans l'univers des petits inspecteurs du dimanche ?

La vanne avait été lâchée à la vitesse d'un missile et Goldman en sourit avant de répondre aussitôt :

- Ça se poursuit, vieux chnoque !

Le "chnoque" en question s'appelait Villemaintier. Goldman et lui travaillaient ensemble depuis déjà plus de trois ans.

Selon la même procédure que Michel, Villemaintier rangea ses affaires et s'installa à son bureau. Les deux bureaux des policiers étaient placés l'un en face de l'autre dans la pièce, ce qui facilitait le dialogue et les échanges entre eux. D'un âge proche de celui de la retraite, Villemaintier était un petit homme un peu fort. Presque chauve, yeux bleus azur et nez plutôt grand, son visage avait l'air de celui d'un bonze, mais il ne fallait pas s'y fier. Car, si sa grande expérience du métier était l'énorme atout du tandem qu'il formait avec Goldman, Villemaintier était tout sauf un enfant de choeur. Son statut d'inspecteur de $2^{\text{ème}}$ classe malgré plus de trente-cinq années de maison était effectivement dû à un goût du lucre fort prononcé. Jeux, prostituées, combines foireuses diverses, tout était bon pour lui. Se défoncer à travers le vice était sa manière de vivre. Il estimait en effet faire suffisamment respecter la loi pendant son travail pour ne pas avoir à la respecter lui-même au dehors. Peu de gens dans le monde partageait sa philosophie et la plupart de ses collègues l'ignorait ou l'évitait. Villemaintier avait changé dix-huit fois de région dans sa carrière, ses pratiques faisant généralement du tort à la brigade au bout de quelques mois. Cette façon particulière de vivre avait jusqu'ici gravement nui à l'avancement du petit inspecteur, mais, même si ça le démangeait de se plaindre, il n'en faisait rien afin de mieux préserver sa liberté. En quatre années de poste à Nantes, Villemaintier s'était donc fait pas mal d'ennemis au sein du Commissariat central, mais il s'était fait aussi un ami : Michel Goldman.

Cette amitié n'était pas due au goût partagé de Goldman pour les activités nocturnes de Paul Villemaintier. Il ne les comprenait et ne les tolérait d'ailleurs pas plus que le commun des mortels. Cette amitié venait de tout à fait autre chose. Elle venait du fait que Goldman avait une dette envers Villemaintier, une "dette d'arme".

L'histoire remontait à 1998.

À l'époque, la brigade avait préparé une large vague d'arrestations anti-drogue dans différents endroits de la ville. Au hasard d'un placement des participants durant cette opération, Michel Goldman s'était retrouvé avec Paul Villemaintier comme coéquipier. Leur mission consistait à couvrir et à surveiller les issues de service d'un immeuble où devait se faire arrêter un dealer de grande importance. Alors que cette opération n'aurait dû être ni plus ni moins qu'une formalité, quelle ne fut pas leur surprise, une fois sur le terrain, de voir soudain s'échapper le dealer en question par une des portes de service sous leur contrôle optique. Devant cette situation critique, Michel laissa très vite son étonnement de côté et se lança aussitôt à la poursuite du fugueur, Villemaintier suivant derrière. Après quelques mètres et menaces d'usage, le dealer était toujours en avance sur ses poursuivants et Michel sentait qu'il allait leur échapper. C'est alors qu'il eût l'idée de couper tout un pâté de maisons en passant par un hall. Courant comme un dératé et utilisant une porte dérobée, Michel Goldman apparut alors comme par enchantement devant son objectif. Surpris, le dealer s'arrêta tout net et brandit aussitôt une arme automatique. Quand Goldman tenta de saisir à son tour son Beretta, un quart de seconde en trop pour dégainer fit que le fusil automatique put s'exprimer efficacement en premier. Normalement, sur ce coup, la lenteur et la non prévoyance de Michel auraient dû lui coûter la vie. Mais c'était sans compter sur la récente existence de son coéquipier. Quand Paul Villemaintier arriva derrière Michel, il le plaqua au sol directement, comme un rugbyman professionnel. Instinctivement, sans voir se jouer la scène entre le dealer et Goldman, Villemaintier avait compris la menace qui pesait sur son collègue et il l'avait écarté du danger. L'avalanche de balles émanant du fusil ennemi termina donc sa course dans une fenêtre, ce qui laissa à Villemaintier et à Goldman le temps nécessaire pour dégommer le dealer intrépide.

Légitime défense.

Affaire classée.

Depuis ce jour, un respect mutuel et une complicité sans borne s'établirent logiquement entre Villemaintier et Goldman.

Si personne à l'époque ne voulait travailler avec Villemaintier, Goldman, lui, se fit très vite comme un point d'honneur à inviter son sauveur à sa table d'amis et à essayer de le juger au-delà de ses apparences misérables. De toute manière, ne sachant pas s'il aurait réellement un jour ou l'autre l'opportunité de rembourser sa dette à Villemaintier, Goldman estimait bien devoir faire un effort.

Bien sûr, de temps en temps, ils avaient eu des mots et s'engueulaient comme du poisson pourri. Cependant, ils se réconciliaient toujours, et malgré leurs différences, ils formaient une équipe gagnante. Le Commissaire Principal Jouveau, leur chef, se rendait bien compte du potentiel de ce duo. C'est pourquoi les affaires jugées insolubles ou délicates leur étaient souvent confiées, des affaires comme le dossier Grenier.

Chacun devant leur ordinateur, Goldman et Villemaintier tapèrent avec application leur rapport préliminaire sur l'évasion ratée de Bastien Grenier. Ils échangèrent leur première version des faits, puis, au bout d'une demi-heure, faute de meilleurs éléments pour le moment, s'accordèrent enfin une pause pour récupérer du sommeil auquel ils n'avaient pas eu droit la veille au soir. Afin de procéder, Goldman opta rapidement pour le fauteuil de la salle de détente, tandis que Villemaintier préféra plutôt rentrer chez lui vu qu'il habitait tout près, à cinq cents mètres.

Une minute plus tard, les mains dans les poches et l'air décontracté, Paul Villemaintier salua le policier en faction devant la grille du commissariat et remonta la rue Desaix d'un pas légèrement traînant.

Sa journée de dix heures était désormais terminée et tout semblait pour le mieux.

Pour le mieux jusqu'à preuve du contraire.

***

Garés non loin de la place Waldeck Rousseau, deux véhicules immatriculés dans la Vienne épiaient l'activité du coin. Depuis plus de quatre heures déjà, des mini-caméras placées sur le toit d'un Trafic noir enregistraient les moindres entrées et sorties visibles autour du commissariat central. Retransmises ensuite sur des écrans situés à l'intérieur de la camionnette, les données étaient finalement analysées au moyen d'ordinateurs ultra-puissants. Aux commandes de ces machines, il y avait deux hommes. Le premier était l'opérateur principal et s'appelait Norbert. Spécialiste des réseaux et du traitement de l'image, c'était un virtuose du clavier électronique et il pouvait s'enorgueillir d'obtenir facilement n'importe quel renseignement grâce à son ordinateur. A ses côtés, le second machiniste présent n'était autre que le chef du groupe actuellement en place. C'était un militaire. Son grade était celui de Capitaine, et c'est sous ce grade que ses hommes devaient l'appeler. Il n'avait pas de nom autrement. Proche de la cinquantaine, il était non seulement le plus âgé de la bande, mais il était aussi le dernier élément à faire parti de la DSIN depuis sa création; création remontant à plus d'une vingtaine d'années. En dehors de disposer d'une grande expérience du travail en "sous-marin", il était le seul habilité à consulter les messages laissés sur le Téléphone Noir, une ligne secrète sur laquelle il recevait ses ordres de mission.

Affairé devant ses écrans, Norbert zoomait çà et là sur des passants où des hommes en uniformes, découpait les visages nettement distincts grâce à des petites fenêtres en pointillés, déplaçait les photos obtenues dans un fichier d'identification et lançait un programme de comparaison. Au bout de quelques secondes, voire quelques minutes, un nom et un dossier détaillé venaient alors s'inscrire sous le portrait obtenu.

Ce petit jeu fastidieux dura une partie de l'après-midi jusqu'à ce que Villemaintier apparaisse sur les téléscripteurs. Quand celui-ci apparut clopin-clopant au détour d'une rue déserte, le Capitaine ordonna sur-le-champ à un deuxième véhicule de le suivre.

Laissant cinquante bons mètres à Villemaintier, la Xantia grise métallisé démarra aussitôt et le suivit.

Au volant de ce véhicule se trouvait le caporal Derk, l'exécuteur du groupe ; un exécuteur au sens large du terme. Derk était une brute sanguinaire, un fou furieux, un psychopathe, un homme habitué à toutes les horreurs et prêt à en inventer d'autres si besoin est. Sa seule droiture était d'obéir en tous points aux ordres du Capitaine, ce qui le rendait bienheureusement contrôlable. Le poste de copilote dans la voiture était occupé par le deuxième classe Garou. Garou n'était rien d'autre que le sous-fifre de Derk, c'est-à-dire son bras droit lors d'interventions et son homme à tout faire. Demeurant le plus jeune des quatre hommes constituant le DSIN-actif, Garou était en formation depuis dix-huit mois et s'endurcissait un peu plus à chaque intervention. Il avait notamment appris depuis ce matin qu'une mission apparemment bien ficelée à l'origine pouvait avoir de temps à autre des rebondissements. S'il s'était retrouvé seul lors de l'annonce de cette nouvelle, Garou aurait sans doute paniqué et serait allé se confier au premier venu, ce qui aurait provoqué sa "démission" immédiate du service. Mais, heureusement, le Capitaine le surveillait et le conditionnait afin qu'il puisse obtenir de lui, en toute heure et en toute occasion, une efficacité totale sur le terrain.

Sans qu'il s'en doute vraiment, Villemaintier était ce soir dans la ligne de mire de la DSIN. Tout comme lui, Derk et Garou étaient bien loin de savoir pourquoi, mais à la lecture de son dossier informatique, le Capitaine n'avait pas hésité une seule seconde et il l'avait désigné illico comme cible.

Le maillon faible tant attendu s'était enfin présenté.

9

Lundi 6 novembre 2002 - 23:10.

Provoqué en partie par les coups de langue de deux chattes siamoises au corps ivoire et aux yeux bleus, Bastien Grenier se réveilla tardivement, vers les onze heures du soir. Allongé sur un parquet très ancien, Bastien eut tout d'abord du mal à identifier l'endroit où il se trouvait ; mais, petit à petit, des détails le mirent finalement sur la voie. Une horloge à balancier, une cheminée d'époque en pierre, une grande table en bois massif, des chaises style Louis XII, un plafond haut et une vieille fenêtre qui laissait entr'apercevoir le grand bâtiment de "l'Harnachement" : tout ceci permit très vite à Bastien d'effectuer une localisation.

Ayant travaillé jadis plusieurs mois pour les monuments historiques, Bastien sut qu'il se trouvait au premier étage d'un bâtiment que l'on nommait "le Petit Gouvernement".

Erigée au XVIème siècle, cette bâtisse située au cœur du Château des Ducs de Bretagne avait, entre autre, hébergé en son temps Henri IV et Catherine de Médicis. Adossé au rempart Sud du château, le Petit Gouvernement était en fait un logement annexe en retrait par rapport aux appartements royaux plus majestueux et clinquants. Son utilité au lieu tenait au fait qu'il était à l'époque plus facile à chauffer en hiver, vu sa taille réduite, ce qui apportait un confort indéniable aux sujets royaux qui l'habitaient. En dehors de ce côté pratique, le Petit Gouvernement avait aussi l'avantage d'abriter la supposée pièce où Henri IV avait mis fin aux guerres de religion en signant l'Edit de Nantes, en 1598. Et c'est précisément dans cette pièce que Bastien essayait de faire surface malgré les profondes douleurs qui parcouraient son corps en tous sens.

Sous les yeux colorés d'une bonne dizaine de chats, Bastien essaya de basculer timidement sur le côté et de se redresser. Mais, alors qu'il s'était à peine soulevé, une décharge électrique parcourut son nerf sciatique et il s'écroula aussitôt en poussant un hurlement strident. Par pitié ou par curiosité, un chat adulte à fourrure Tabby mouchetée et argentée vint renifler l'homme à terre et posa une patte sur son épaule. Pourtant proche de l'évanouissement, Bastien sentit quand même ce coussinet amical et se retourna, très lentement. Le souffle haletant, Bastien croisa ainsi le regard vert et phosphorescent du félin et fut automatiquement apaisé.

Malgré sa douleur énorme et sa prodigieuse envie de dormir, Bastien comprit par ce regard qu'il avait tout un public derrière lui et qu'il devait faire bonne figure. Il attrapa donc le rebord de la grande table en bois disposée au centre de la pièce et se hissa à la force des bras. Des gémissements buccaux et des craquements osseux firent grimacer le visage de Bastien. La froideur de son corps mêlée à la douleur de ses chairs ne firent pas bon ménage. Maintenant agenouillé face à la table, Bastien reprit son souffle, et, cette fois, poussa sur ses jambes pour se redresser. Reprenant péniblement sa stature d'homo-sapiens, Bastien sentit tous ses muscles se révolter, du plus petit au plus gros. L'ankylose était générale, la souffrance certaine. Un tremblement incontrôlable, sans doute dû à la fatigue, l'anima. Des miaulements courts et faibles arrivèrent pour "applaudir" son exploit et, surtout, son impressionnante volonté. Bastien reprit une nouvelle fois son souffle et, tout en prenant appui sur le rebord de la table, avança progressivement vers la porte. La main hésitante, il posa lourdement ses doigts sur la serrure en fer forgé et releva le loquet. Sous les bruits de grincements des charnières et des articulations, Bastien arriva sur le palier d'un grand escalier hélicoïdal en pierre. Enserrant des deux mains la corde accrochée le long du mur tournant, il gravit ensuite une à une les marches inégales jusqu'au dernier étage, le fan club à quatre pattes suivant toujours à ses trousses. Le souffle de Bastien devenant de plus en plus chaud et de plus en plus régulier, l'ex-tôlard ne prit pas le temps cette fois de récupérer et poussa directement la porte en bois au sommet de l'escalier. Avant qu'il n'y pose un pied, une escorte de cinq chats vint à sa rencontre et se déploya le long de la courtine dite "Du Levant". Cette courtine était en fait un rempart qui devait bien sûr son nom à son exposition plein Est et qui reliait deux tours. Quittant la "Tour de la Rivière", Bastien progressait et se dirigeait vers ce qui allait devenir son QG, c'est-à-dire la "Tour du Fer à Cheval". Plus proéminente et plus recherchée esthétiquement que les autres, la Tour du Fer à Cheval possédait une allée qui dessinait un demi cercle tout autour d'une petite maison centrale. Cette maison au toit pointu était ornée de fenêtres mansardées et recevait des expositions diverses pendant la saison estivale. Demeurant interdite au public de l'automne au printemps, Bastien s'y installa donc en toute tranquillité.

Connaissant le lieu comme sa poche de par son ancien travail, Bastien alla jusqu'au bout de son effort en rebranchant l'électricité, en allumant le chauffage, en déplaçant un fauteuil et en s'installant délicatement.

Désormais à l'abri dans son repère personnel, Bastien s'accorda enfin une sieste.

Une sieste récupératrice.

Une sieste plus qu'utile à la préparation de sa prochaine croisade.

Car, malgré sa récente liberté, il lui restait beaucoup de choses à découvrir. Il y avait beaucoup de blancs sur les événements ayant entraîné la mort de sa sœur, et il y avait aussi beaucoup de mystères sur ce qu'avait pu être sa propre participation à lui dans ce drame.

Restait pour lui à espérer.

Restait pour lui à croire en la force de l'Ombre.

***

Ayant prétexté la veille une crève d'enfer, Didier Malory ne reprit le travail que le mardi matin suivant. Bien qu'il ne le montrât pas de la journée à Mylène, la greffière du cabinet "Cazeau et Miller", la disparition de Bastien Grenier l'avait profondément touché.

Dès son arrivée au cabinet, quand il s'était installé à son bureau et qu'il avait regardé la pile de dossiers encombrant alors l'espace, Didier fut pris instantanément d'un profond dégoût et d'une immense envie de vomir. Voir tant de papiers inertes et inutiles lui coupait les pattes. Lui qui était pourtant un élément brillant et militant du monde de la Magistrature, depuis peu son amour du métier en avait pris un sérieux coup dans l'aile. Seulement, était-ce réellement son amour du métier ou son amour tout court qui en avait pâti ? Là, était la vraie question.

Sans l'admettre vraiment d'un côté ou de l'autre, un véritable lien affectif s'était tissé entre Didier et Bastien tout au long de leurs rencontres. Et, bien que ce lien fut quelquefois bizarre, il y avait eu un vrai échange ; Bastien avait parlé à Didier de choses dont il n'avait parlé à personne d'autre. Didier aurait pu d'ailleurs, sur le moment, s'en vanter et flamber devant Cazeau, mais il n'en avait rien fait parce qu'au fond il considérait ces discussions comme des échanges d'ordre privé. Oui, Dieu sait qu'il n'avait pas été d'accord en tout et sur tout avec Bastien, mais Dieu sait aussi qu'il croyait néanmoins en sa parole, en son innocence et en son intelligence. Didier savait intimement que l'existence de Bastien n'avait pas mérité une telle fin, si déshonorante et violente. Oui, tout ceci n'avait été qu'un incroyable gâchis !

Restait pour lui à espérer.

Restait pour lui à croire en la force de la Justice.

Désormais plus seul que jamais, Didier devait maintenant s'atteler à une lourde tâche : réhabiliter la mémoire de Bastien Grenier. Autant dire que cela allait être dur avec le peu d'éléments en sa possession. Autant dire à quel casse-tête chinois il allait devoir se livrer avant d'obtenir un témoignage pouvant l'éclairer sur la personnalité et les fréquentations de Bastien Grenier.

Ne cessant de se torturer l'esprit pendant les premières heures de la matinée, Didier n'avait pas beaucoup avancé dans son travail. Il avait pourtant ouvert un dossier, une vague histoire de vol à la tire, mais il lisait et relisait sans cesse le même paragraphe depuis des heures. Et il avait beau faire, il n'en comprenait pas le sens. Parfois il s'arrêtait, regardait par la fenêtre, jouait avec son crayon en le faisant tourner tel un bâton de majorette, puis il restait immobile quelques minutes avant de soupirer un grand coup et de se replonger dans la lecture de l'éternel et prenant paragraphe devant ses yeux. Didier était perdu. Il n'avait plus goût à rien.

Il n'osait plus.

Il attendait.

Patiemment.

Calmement.

« *Driiing !* »

Didier releva la tête à la première sonnerie, mais ne bougea pas pour autant.

« *Driiing !* »

Didier fixa le combiné. Il semblait vouloir tester la patience du correspondant.

« *Driiing !* »

Cette fois, la demande devenait plus précise, plus sérieuse ou comme qui dirait ... plus importante.

« *Driiing !* »

Plus de doute, l'interlocuteur semblait savoir que Didier était réellement installé à son bureau et qu'il n'avait rien d'autre à faire que de répondre au téléphone.

« *Driiing !* »

Il ne fallait tout de même pas abuser, Didier décrocha :

- Maître Malory, vous allez bien ? demanda Mylène à l'autre bout de la ligne d'une voix inquiète.
- Euh... oui, Mylène. Pas de problème.
- Vous désirez peut-être que l'on ne vous dérange pas. Vous voulez que je fasse barrage pour aujourd'hui ?
- Non... merci... ça ira. Vous désiriez, Mylène ?
- J'ai un inspecteur en ligne qui souhaite vous parler. C'est au sujet du dossier Grenier.
- Très bien, envoyez.

En attendant que le transfert s'opère, Didier soupira un grand coup et se racla la gorge. Aujourd'hui, parler lui était pénible. Le deuil de son ami était trop récent. C'était inhumain de continuer sur ce sujet dans de telles conditions, mais un inconnu au téléphone l'y obligea :

- Allô, Maître Malory ?
- Oui, c'est moi.
- Bonjour Monsieur. Je me présente : inspecteur Goldman. Je suis chargé d'effectuer un rapport sur l'évasion de Bastien Grenier. Vous étiez son avocat, si je ne me trompe pas ?
- C'est exact, mais euh... dites-moi Inspecteur (Didier serra les dents et prit son courage à deux mains pour poser sa question), a-t-on retrouvé le corps de Bastien Grenier ?
- Non, pas pour l'instant. Il y a de toute manière très peu d'espoir. On pense que le corps a été entraîné par les courants de fond et les tourbillons très forts à cet endroit. Il suffit d'un coup de bol, remarquez, mais il semble que le corps de votre client ait disparu à jamais.
- Hmm... Dommage.

- Dommage pour quoi, Maître ? Dommage qu'il soit mort, ou bien dommage que l'on n'ait pas retrouvé son corps ?

Quelque peu décontenancé par cette question, Didier répondit à la manière d'un singe voulant rattraper une branche :

- Mais, euh... les deux, Inspecteur !
- Ah tiens ?! C'est embêtant ça.
- Ben... pourquoi ?!
- Même si j'admets que la Presse a envenimé les choses, ce qui est déplorable, il y a quand même une victime dans cette histoire, et plusieurs blessés. Vous ne croyez pas que cela permet de dire que l'on ne regrettera pas Bastien Grenier ? Je ne sais pas vous, mais moi, je ne pleurerai pas pour lui.
- Oui, bien évidemment. Mais comprenez que, ne plus voir mon client après les quatre entretiens que nous avons eus, peut être... déconcertant.
- Oui, je le conçois. Tout comme vous pouvez concevoir que c'est un collègue que j'ai perdu avant hier soir. Mais, revenons plutôt à nos moutons. Pouvez-vous, s'il vous plaît, m'expliquer la personnalité de Bastien Grenier ? J'ai grandement besoin d'éclaircissements à ce sujet. J'ai eu sa femme au téléphone et je dois dire que le tableau qu'elle m'a dressé n'est pas fameux. Pouvez-vous m'éclairer, Maître ? Cela m'aiderait.

Bercé entre sa peine et la gravité des faits, Didier essaya de dresser un portrait des plus modéré et des plus précis possible. Il parla des relations qu'avait Bastien avec sa belle famille, il parla des différentes convictions de Bastien et de sa hargne, mais il se garda bien de donner un avis personnel sur l'intéressé, ce qui agaça nettement Goldman sur le coup :

- Mais, dites-moi, Maître, en dehors du fait que c'était un personnage étrange, quelle est votre opinion personnelle au sujet de Bastien Grenier ? Que vous dicte votre intuition ?
- J'aurais du mal à juger Grenier dans un sens ou dans un autre, Inspecteur. Tout ce que je sais, c'est qu'il était convaincu de son innocence malgré son état d'ébriété avancé lors des faits.
- D'accord, Maître, je comprends bien. Mais vous, *vous* personnellement, est-ce que *vous* le croyez ? C'est ça qui m'intéresse.
- Il semblait sincère. Profondément sincère. Je ne dirais pas qu'il m'a intégralement convaincu, mais je crois en tout état de cause, que s'il est coupable du meurtre de sa sœur, il ne l'a pas fait avec préméditation. Il y avait de toute manière un blocage, nous

n'avons pas eu beaucoup de temps pour parler des faits qui lui étaient reprochés. Quel que soit sa nature, Bastien Grenier s'est noyé en emportant avec lui son secret. Désolé Inspecteur.

- Ouais... bref, personne ne sait grand chose. La maison d'arrêt de Nantes ressemble à un village hawaïen après le passage d'un cyclone et personne n'est capable d'expliquer ce qui s'est réellement passé. C'est décidément l'affaire du siècle ! Enfin... bon, on va continuer à chercher, on est payé pour ça après tout. Sur ce, je vous remercie de votre collaboration et vous souhaite une bonne journée.

- Oui, merci, de même Inspecteur. Bonne chance.

- Ah... ah oui ! je vous donne mon numéro direct au cas où quelque chose vous revenait dans les prochains jours, que ce soit capital ou non à vos yeux, n'importe quoi... Euh, vous notez ?

- Oui, allez-y.

Didier nota le numéro de téléphone sur un post-it, salua encore l'Inspecteur et raccrocha.

De nouveau seul face à ses dossiers et au silence, Didier essaya d'estimer la qualité de sa défense ; lui qui avait souhaité racheter la mémoire de Bastien Grenier aux yeux du grand public, il ne s'était finalement pas trouvé lui-même très convaincant pour son premier test. Il jura donc qu'à l'avenir il travaillerait un peu mieux ses arguments. Le seul point positif, quand même, c'est qu'il avait semé le doute dans l'esprit de cet inspecteur, ce qui n'était déjà pas si mal. Peut-être que l'opinion sans doute arrêtée des policiers au sujet de Bastien, vu la perte de leur collègue, allait avoir finalement une chance de devenir plus critique, plus objective. Cette conversation téléphonique n'était pas une gloire juridique pour Didier Malory, mais elle avait permis d'aiguiller tout le monde sur la bonne voie : la voie permettant de croire qu'un enfant jadis brillant ne devenait jamais totalement sombre sans raison.

10

Samedi 11 novembre 2002 - 21:38.

Extérieurement, tout semblait ordinaire.
Dans le hall d'attente du CHU Nord Laënnec, les blessés en tout genre affluaient. Là : un gamin haut comme trois pommes s'était heurté à une table en courant sans regarder devant lui ; ici : une vieille dame était tombée toute seule chez elle. À part ça, il y avait aussi ce carambolage monstre dû au brouillard, à la nuit et à la vitesse excessive de certains ; il y avait déjà eu une victime, vingt blessés lourds et quinze légers, bref, quelque chose comme le train-train quotidien des urgences pour un samedi soir. Le restant du week-end s'annonçait à ne pas piquer des vers.
Les infirmières, aide-soignantes, médecins et coursiers passaient en tout sens. Traumatologie, radiologie, chirurgie, hématologie, cardiologie, stomatologie, tous les services étaient en effervescence. Ça fourmillait, ça grouillait : une vraie ruche aux petits soins pour les larves blessées. Dans cette ambiance de hall de gare surveillé, difficile de se frayer un chemin et de passer inaperçu ; chaque individu arrivant était accueilli et dispatché, suivant le volume à traiter et le degré d'urgence.
Contrairement à l'agitation ambiante des étages supérieurs et du rez-de-chaussée, un calme des plus religieux régnait au sous-sol de l'hôpital Nord, car il est de coutume de respecter le sommeil éternel de tout locataire d'une morgue.
Globalement, la récolte de la journée avait été faible et les "médecins" du service de la morgue s'étaient plus ou moins tournés les pouces. Il n'y en avait d'ailleurs plus qu'un en train de garder les lieux. Il s'appelait Gontrand. Il avait trente ans, et, à force de tuer le temps en lisant le journal de Spirou, il s'était endormi à moitié. Assis à son bureau des admissions, Gontrand était bien calé

dans son fauteuil et, tout doucement, des ronflements de plus en plus rauques émergeaient de sa personne. Plus loin, en poursuivant le long d'un couloir, on pouvait arriver dans la salle de préparation. Dans cette pièce, on rafistolait, habillait, recollait, recousait, enrubannait et pomponnait les corps pour la mise en bière, histoire qu'ils soient présentables aux familles. De l'autre côté, en face, il y avait la salle d'examen. Ici, on faisait des prélèvements, on disséquait, on découpait, en un mot : on analysait. On analysait une mort étrange, on prélevait des organes ou on pratiquait une autopsie. Au fond du même couloir, il y avait enfin une grande pièce avec, sur la droite, les tiroirs frigorifiques et, à gauche, les brancards à roulettes des nouveaux arrivants et, également, un autre petit bureau. Côté brancards, trois corps recouverts d'un voile blanc s'alignaient. De ces linceuls mortuaires et cliniques, seuls les pieds nus des défunts dépassaient, chacun possédant une petite étiquette attachée au gros orteil droit. Sur la première de celles-ci, on pouvait lire : Marillon Jean Baptiste, 34 ans, cancer de la thyroïde, St Herblain ; sur la deuxième, Karen Adriana, 28 ans, hémorragie interne au silicone, La Jonnelière ; et sur la dernière, Audueau Hubert, 29 ans, alcoolisme, Montaigu. Chacun des corps étiquetés possédait une référence en plus de ces descriptions sommaires ; tous, sauf un : le dernier. Etait-ce un oubli ou était-ce normal ? Il fallut attendre que les ronflements de Gontrand parviennent jusqu'aux oreilles de cet individu pour avoir la réponse, car c'est à ce moment là qu'il décida de se relever, tel un Lazare ressuscité des temps modernes. Cependant, tout comme le drap ne fait pas le fantôme, si la fiche signalétique au nom d'Hubert Audueau n'avait pas de numéro, c'est bien parce que ce n'était qu'un mort imaginaire, un nom propre imaginé par Bastien Grenier afin de le faire pénétrer plus facilement au service de la morgue du CHU Nord.

 Tout en ôtant son voile, Bastien retira son masque à oxygène et ses micro-lunettes noires, parements respectivement nécessaires afin de masquer sa respiration et ses réflexes nerveux indésirables dus à la lumière trop vive. Scrutant la pièce éclairée, Bastien sauta de son brancard et se dirigea vers la double porte battante à moitié ouverte donnant sur le couloir. Suivant son ouïe, Bastien estima que le "médecin" endormi était situé dans le bureau éclairé au fond à gauche, ce qui était une distance, ma foi, fort raisonnable. Bastien referma alors lentement le second battant, se retourna et fonça vers le petit bureau. Aucun bruit.

Il referma la porte du bureau, occulta le store vénitien de la petite baie vitrée, alluma la lampe de travail et la dirigea vers une armoire remplie de casiers. Sous la faible lumière, Bastien chercha à la lettre "G", puis se ravisa de ce réflexe malheureux et chercha plus loin, à la lettre "V". Enfin trouvé, il sortit le casier de l'armoire et s'installa au bureau. Très vite, il extirpa d'un tas de dossiers celui griffonné au nom de "Vanier Sophie".

Bastien décrocha un bouton pression sur le dessus du dossier, rapprocha la lumière, ouvrit la première page et commença à lire :

"
Samedi 14 octobre 2002
17 h 38

Rapport d'autopsie

Sujet : VANIER, Sophie (née GRENIER)
Age : 23 ans (4 août 1979)
Sexe : féminin

Rapport établi par   le médecin chef JOLIVET,
Assisté de_/_

a-/Etude morphologique externe :

La partie inférieure du corps est intacte, hormis quelques ecchymoses au niveau des tibias et de la cuisse droite. Pieds et bassin intacts. Sur la moitié supérieure du corps, nous notons de nombreux hématomes au niveau de l'abdomen ainsi que sur la face antérieure des bras ; des griffures importantes sont visibles au niveau des poignets et deux ongles sont cassés à la main gauche. Ces éléments indiquent que la victime a été fortement retenue par les bras, ceci pendant certainement plusieurs minutes ; les ongles cassés précités et les traces d'épiderme étranger relevés sous les autres ongles attestent que la victime a essayé de se défendre. La plaie la plus visible se situe au niveau du cou : une entaille de 12 à 13 cm de long s'étend des muscles du trapèze droit jusqu'à la pomme d'Adam. Cette blessure a sectionné l'artère jugulaire ce qui a provoqué presqu'instantanément la mort. La blessure est moyennement profonde ce qui indique que le coup a été porté à la va-vite sans effectuer une très forte pression. L'objet utilisé est sans doute un grand couteau du type couteau de cuisine, modèle courant. De fines échancrures sur un côté de la plaie indiquent également que l'arme possédait des dents assez longues et striées d'un côté.

Rien d'autre n'est visible au niveau du sternum et du visage.

b-/Etude morphologique interne :

Pas de traces de violence au niveau des parois vaginales et des lèvres externes de l'appareil génital. Conséquence des hématomes externes au niveau de l'abdomen, une hémorragie interne s'est déclarée post mortem après un éclatement partiel du pancréas et de plusieurs vaisseaux. La radiographie indique aussi la cassure du talon d'Achille gauche ainsi que du majeur de la main droite. Ces dégâts internes indiquent que les coups reçus étaient d'une grande violence, les cassures sont nettes, l'hémorragie aurait fait succomber la victime même sans le coup de lame fatal à la gorge noté ci-dessus.

c-/Etude toxicologique :

c-1/EXAMEN HEMATOLOGIQUE

Globules rouges	4,82 M/mml
Hémoglobine	15,40 g %
Hématocrite	45 %
Volume globulaire Moyen	93 µ3
Taux globulaire Moyen Hémog.	32 pg
Conc. Corp. Moy. Hémog.	34 %
Globules Blancs	8,200/mml
Polynucléaires neutrophiles	65% 5.330/mml
Polynucléaires éosinophiles	1 % 82/mml
Polynucléaires basophiles	0 % 0/mml

```
Lymphocytes                         25%  2050/mml
Monocytes                           9 %  738/mml

Plaquettes                          271.000/mml
```

c-2/EXAMEN CHIMIQUE DU SANG

```
Glycémie            0,98 g/l        5,49 mmol
Hémog. glyquée A1c  5,4 %
Cholestérol total   1,79 g/l        4,65 mmol
Cholestérol HDL     0,48 g/l        1,25 mmol
Cholestérol LDL     1,12 g/l        2,90 mmol
Triglycérides       0,94 g/l        1,03 mmol
Aspect du sérum     Limpide

Sodium              142 mEq/l
Potassium           3,6 mEq/l
Chlore              99 mEq/l
Protides sériques   70 g/l
Protéine CRéactive  3 mg/l
```

d-/Conclusions :

Les blessures infligées à la victime montrent qu'après s'être débattue brièvement mais violemment, cette dernière a été fortement retenue par les bras avant qu'on ne lui attache les mains dans le dos ; ainsi, rendue inoffensive, plusieurs coups de poings lui ont été portés dans le ventre ainsi que quelques coups de pieds dans les jambes. Chronologiquement, il y a donc d'abord eu torture, puis au bout de quelques heures (4 à 5 tout au plus, vu l'état d'avancement des hématomes extérieurs), la victime a été égorgée par une lame épaisse, d'un coup sec et rapide.

Pas de trace de drogue dans le sang ou d'intoxication dans les poumons. Pas de trace d'agression ou de viol post-mortem.

```
Le Médecin chef              Suppléant
J.JOLIVET                /
                                              "
```

Les pièces restantes du dossier étant constituées de fiches administratives (état civil, procès verbaux du décès et de police) ainsi que de radiographies et d'enveloppes remplies de photos, Bastien ne s'y attarda pas et referma la chemise. De toute manière, il en savait plus qu'il n'en fallait.

Il prit une ficelle dans sa poche, fit comme s'il voulait empaqueter le dossier, se leva, puis noua le tout à sa taille. Il sortit du petit bureau et avança. Rendu au milieu de la grande pièce, il s'assura que les ronflements de Gontrand soient toujours bien audibles puis avança encore. Explorant d'abord le mur le plus proche, il ne trouva pas son affaire et passa donc à l'autre.

Soudain, il se mit à l'arrêt.

Cette fois, le numéro était bien là, face à lui ! Oui, là, juste à la hauteur de ses yeux, au numéro 163 reposait le corps de sa sœur, allongé de tout son long dans un tiroir frigorifique. Inconsciemment, en voyant tout à l'heure le numéro du casier sur l'en-tête du rapport d'autopsie, Bastien s'était cru capable et obligé d'aller voir le corps de sa sœur une dernière fois avant de partir. Mais, maintenant qu'il se trouvait devant la façade du tiroir, il se sentait sérieusement défaillir. C'était trop.

Qu'est-ce qu'il y avait vraiment dans ce cercueil glacé ?

Que pouvait-il y avoir d'autre, sinon un corps meurtri, un corps taillé, un corps laminé par l'auscultation intime d'un croque-mitaine irrespectueux !

Oui, que pouvait-il y avoir, sinon une poupée d'épouvante !

Bastien pouvait-il supporter une telle image, une telle vision de sa sœur ? Qui sur cette terre le pouvait vraiment en des circonstances similaires ?!

Personne.

Non.

Bien sûr que non... personne !

Il n'était pas question d'aller voir le résultat de cette abomination, de cette horreur, de toute cette viande désossée et putréfiée.

Restait seulement une pâle consolation à Bastien : prier.

Prier pour le repos d'une âme : l'âme d'une sœur douce, gaie et généreuse. Prier pour dire que l'on n'oublie jamais un être cher et une sœur comme celle-là. Prier pour que, comme elle l'aurait souhaité, justice soit faite.

Bastien posa ses mains sur la façade glacée en acier, recula les pieds comme s'il avait voulu faire des étirements, puis baissa la tête et commença à se recueillir.

Silence.

Silence religieux.

Concentration extrême. Evasion de l'esprit. Communion. Paix. Chaleur intérieure. Fluide. Ondes. Sagesse. Quiétude. Océan de bien-être. Sérénité. Harmonie. Tranquillité.

Tranquillité jusqu'à...

« Mais... mais qu'est-ce que vous faites-là vous ?! »

...l'intervention inopportune d'un "médecin" de garde ayant, contre toute attente, bâclé sa sieste.

Surpris l'un comme l'autre, le moins effrayé des deux ne laissa pas le temps de réagir à celui qui avait normalement autorité en ce lieu. Bastien décocha un crochet du droit à ce brave Gontrand, ce qui l'envoya cul par terre illico. Un coup de pied latéral termina le travail avant que techniquement le médecin ne puisse reprendre ses esprits. Le danger était écarté. Gontrand allait être K.-O pendant un moment.

La présence de Bastien n'étant plus maintenant un secret et le travail étant accompli, il fallait partir rapidement.

La lutte à mort, le duel proprement dit, viendraient de toute manière bien assez tôt. Inutile de prendre des risques inconsidérés.

Bastien se retourna une dernière fois vers le tombeau froid et aseptisé de sa sœur, embrassa le bout des doigts de sa main droite et posa délicatement ce baiser virtuel sur la façade métallique du numéro 163.

Logiquement, des milliers de larmes coulèrent.

Un souffle haletant se fit entendre.

Reniflement.

Peine intense.

Déchirement à une puissance infinie...

Bastien tourna les talons et s'éloigna.

Bastien s'éloigna en ne laissant encore une fois derrière lui que des interrogations.

***

Si l'intervention de Bastien Grenier sur le site de la morgue du CHU Nord avait eu lieu pratiquement une semaine après son échappée sauvage, ce n'était pas un hasard.

Ce laps de temps correspondait effectivement à la période indispensable qu'il lui avait fallu pour récupérer physiquement et préparer le matériel utile à ses prochaines expéditions. Rétrospectivement, pour tout ce qui touchait les questions d'approvisionnement, les maîtres en la matière étaient sans conteste les Animaux du Monde Intermédiaire, c'est-à-dire les chats de gouttière.

Pendant plusieurs jours, sous les ordres directs de Bastet, la chatte au corps voluptueux, des troupes se mirent à fureter le moindre élément utile à Bastien Grenier. Ces troupes étaient composées de plusieurs clans, chacun ayant sa spécialité. Il y avait tout d'abord "les négociants de Carquefou", qui savaient facilement dépouiller les stocks palettisés de grands hangars industriels. Ces grands hangars pouvaient contenir des produits basiques comme de l'huile, du sucre, de la farine, du blé, ou des produits déshydratés comme de la soupe, des nouilles et des biscottes. Pour les produits frais, un réseau très ancien nommé "les crieurs du Bouffay" ou "de Talensac" avait l'expérience suffisante pour dérober, pendant les marchés en plein air bi-hebdomadaires, des produits comme des carottes, des navets, des tomates, des pommes, des bananes, des salades ou des patates.

Pour ce qui est des éléments techniques et plus matériels tels que : vêtements, cordes, grappins, armes ou instruments électroniques ; la tâche était nettement plus ardue. Elle fut confiée aux services secrets fédéraux des Animaux du Monde Intermédiaire. Le général en chef de ce milieu était un gros chat noir aux yeux jaunes nommé Tombass.

Avec une importante corpulence, le corps de Tombass était complètement à l'image de son service puisqu'il pouvait facilement se confondre avec la nuit. En perpétuel contact avec tout un réseau d'informateurs positionnés devant tous les points sensibles de la ville, Tombass savait en temps réel quel était le meilleur moment et le meilleur moyen pour intervenir sur un site. Ainsi, des entreprises renommées comme Matra, IBM, Alsthom, France Télécom, Alcatel, des endroits faciles d'approche comme l'Ecole des Mines, les lycées techniques et les IUT, mais également des enclos surveillés comme les casernes et les boutiques d'armes, tous ces endroits étaient observés, épiés 24 heures sur 24 sous toutes les coutures. Concrètement, on ne plaisantait pas et tous les moyens étaient là pour faire du bon travail. Grâce à cette méthode et en très peu de temps, c'était du matériel d'importance et de grande valeur qui avait pu être subtilisé aux possessions humaines.

Pendant cette période, même si, pour des raisons logistiques, les pigeons et les rats s'étaient légèrement immiscés dans les missions d'approvisionnement, le travail efficace de surface n'était dû qu'au professionnalisme et à la maîtrise des chats sur ce terrain. De plus, le siège du Gouvernement Fédéral des Chats se trouvant au cœur du Château des Ducs de Bretagne au deuxième étage d'une tour appelée le "Vieux Donjon", et le QG de Bastien se trouvant lui aussi dans la même enceinte, les Animaux du Monde Intermédiaire faisaient ainsi d'une pierre deux coups ; les troupes militaires pouvaient commodément assurer non seulement la protection de Bastien Grenier, mais également la protection de toutes les bases culinaires et matérielles récupérées par chapardage.

Ces derniers jours, pendant des nuits entières, ce fut un bal incessant de chats multicolores qui ne faisaient qu'aller et venir le long des remparts et des courtines du château. Coursiers, messagers, livreurs, gardiens, espions, ou tout simplement curieux, tous les corps de métiers et types de fonctionnaires félidés avaient été mis à rude épreuve. Mais, heureusement, vers la fin de la semaine, tout ce tohu-bohu s'était progressivement apaisé quand Bastien avait commencé à reprendre le dessus.

Bien installé dans la petite maison placée au sommet de la "Tour du Fer à Cheval", Bastien Grenier avait petit à petit réuni et bricolé tout le matériel nécessaire à ses investigations.

La maison de la Tour était en fait constituée de deux pièces moyennes situées l'une au dessus de l'autre. Dans celle du bas, Bastien y avait improvisé un atelier et une zone de stockage des vivres. À l'étage, il s'était installé une chambre, un lieu intime où il pouvait se reposer et méditer.

L'air de rien, Bastien s'était aménagé un vrai petit nid fort confortable pour un fugitif de son calibre.

Bastien savait bien qu'à un moment ou à un autre son statut de présumé mort serait remis en cause et que, là, il risquerait gros en circulant à visage découvert. C'est pourquoi il avait décidé très vite de porter une cagoule et une combinaison intégrales. Pour l'instant, les autorités ne l'ayant pas inquiété, il profitait à fond de la situation et s'était tout de même permis d'inspecter la morgue où avait été autopsié le corps de sa sœur.

Globalement, le bilan de cette première excursion était on ne peut plus positif. Restait maintenant à mettre à profit les informations recueillies et c'est ce qu'il fit en ce dimanche 12 novembre 2002.

Assis dans son atelier, Bastien s'empara d'un téléphone portable volé par un chat deux heures plus tôt.

L'appareil étant toujours resté allumé depuis son changement de propriétaire, Bastien composa directement un numéro et attendit...

*

...que l'on veuille bien décrocher :
- Allô, oui, Hôpital psychiatrique St Jacques, bonsoir !
- Oui, bonsoir Madame, répondit Bastien Grenier. J'aimerais parler à Monsieur Vanier. C'est urgent.
- Les communications personnelles sont autorisées entre 10h et 11h, c'est de la part de qui ?
- Mais enfin, ma chère, je suis le Docteur Alembert, son thérapeute ! Ne discutez pas et passez-le moi, comme je viens de vous le dire : c'est très urgent !
- Oh, pardon,... excusez-moi, Docteur. Je n'avais pas reconnu votre voix. Ne quittez pas, je vous le passe.
- Ah, tout de même ! Ce n'est pas trop tôt !
- Euh... Ne quittez pas...

Afin de faire passer la supercherie identitaire, Bastien avait usé du ton arrogant et condescendant de la plupart des médecins face à un personnel sous diplômé, ce qui avait marché.

Ce "Monsieur Vanier" que cherchait à joindre Bastien n'était autre que le mari de sa sœur Sophie.

Sophie et Jean-Paul Vanier s'étaient mariés depuis à peine deux ans quand, soudain, ce dernier tomba dans une dépression chronique ; dépression qui n'avait d'ailleurs pas trouvé d'issue médicale jusqu'ici. De semaines de cures en semaines d'hospitalisation, de périodes optimistes en périodes déprimantes, d'envies de vivre en tentatives de suicide, Jean-Paul Vanier avait fini par être interné. Contrairement à certains lieux communs, l'internement d'un malade signifiait le plus souvent une volonté de protection de ce dernier face à la Société et non l'inverse. D'ordinaire perçues comme des maladies honteuses ou inexistantes car impalpables, les symptômes des maux de l'âme peuvent s'abattre sur l'équilibre précaire de tout individu, même le plus fort soit-il. Evoquant sans cesse une souffrance ancienne et une famille au passé étrange, l'esprit de Vanier avait peu à peu littéralement chaviré. Depuis son naufrage, ses relations avec les autres, comme avec Bastien Grenier, n'étaient pas des plus faciles et toute discussion avec lui ressemblait plus à une épreuve qu'à une détente. Clairement conscient de l'aliénation mentale de son beau-frère, Bastien Grenier tenta tout de même l'expérience d'une conversation.

Le transfert téléphonique s'opéra enfin.

Bastien s'attendait au pire. Il tremblait.

- Allô, Docteur... c'est vous ? Qu'y-a-t-il ?

La voix de Vanier n'était qu'un murmure, il semblait dans le cirage le plus complet. Ça s'annonçait déjà très mal.

- Ce n'est pas le Docteur Alembert à l'appareil, Jean-Paul, c'est Bastien. Bastien, le frère de Sophie.

- Bastien ?

- Oui, Bastien Grenier.

- Mais... où est le Docteur ?

- Non, je ne suis pas le Docteur. Il n'y a pas de docteur ! J'ai besoin de te parler, Jean-Paul. J'ai besoin de tes souvenirs.

- Hein... pourquoi ? Quels souvenirs ? Je n'ai rien à te dire... Oh mais... mais, c'est toi qui l'a tuée ! Tu as tué ma Sophie !

- Non, Jean-Paul ! C'est faux ! Je n'aurais jamais fait de mal à Sophie. Je l'aimais infiniment, tu le sais. Cela dit, c'est bien au sujet de sa mort que je t'appelle. Du moins, au sujet des quelques jours qui ont précédé sa mort.

- Tu es un salaud, Bastien ! Un salaud ! Je... je n'ai rien à te dire. Vous m'avez laissé tomber, toi et Sophie. Vous m'avez abandonné comme ma mère l'a fait quand j'avais cinq ans. Vous... vous m'avez fait... du mal. Abandonné... vous m'avez... abandonné.

Sous le contrecoup de quel antidépresseur était-il à cet instant ? Bastien se le demandait vraiment. Toujours est-il que Jean-Paul passait du coq à l'âne.

Le calvaire s'intensifiait.

Bastien reprit néanmoins courageusement le fil :

- Personne ne t'a abandonné, Jean-Paul. Tu es ici parce que tu es malade, tu le sais bien. Ne recommence pas à jouer au martyr de service avec moi, je t'en prie. Sophie et moi étions les seuls à venir te voir régulièrement. On ne t'a pas abandonné. Jamais !

- Vous vous êtes ligués contre moi. Moi qui... moi qui vous faisais confiance. Un meurtrier... tu es un meurtrier ! Quel malheur! Oh mon Dieu, quel malheur !

- Jean-Paul, Jean-Paul je t'en prie... ne dis pas ça. Tu sais que je n'ai pas touché à un cheveu de Sophie. Tu sais que je ne lui ai fait aucun mal, ni à elle ni à toi d'ailleurs. C'est moi qui ai soutenu votre mariage en son temps ; je suis le seul qui vous aie aidé malgré les critiques de nos deux familles. J'ai toujours eu confiance en toi, et toi, tu as toujours eu confiance en moi. Alors aide-moi, je t'en supplie. En souvenir du bon vieux temps, de ce qu'on a partagé, essaye de comprendre ce que j'ai à te dire.

- Non. Non... je ne peux pas. Tu es un méchant. Tu es une âme noire, un démon. Tu es une vipère !

- Non, Jean-Paul, jamais de la vie. Je n'ai jamais été ce que tu dis. Dis-moi...

- Je ne peux pas, je ne dois pas te faire confiance. Tu as signé mon dossier d'internement avec ta sœur. Vous êtes des salauds ; vous êtes des démons, de vrais "Grenier démoniaques". Je... je ne dirai rien... je ne *te* dirai rien.

- Dis-le-moi, Jean-Paul. Dis-moi si Sophie t'a parlé de quelque chose de particulier quelques jours, quelques heures avant sa mort. Est-ce qu'elle est venue te voir ? Dis-le-moi Jean-Paul. Par pitié, j'ai besoin de savoir !

- Il ne faut pas ... il ne faut pas dire "j'ai", "j'ai", "j'ai" comme ça, à tout bout de champ, toujours "toi", toujours "elle", toujours "vous" ! Quel malheur, vous ne pensez qu'à vous et... et pas à moi ! Non, moi, personne n'en a jamais rien eu affaire. Mon tuteur me battait, ma mère m'a abandonné, et puis on m'a étiqueté à la DASS comme ça, et voilà, balayé, rangé, classé, largué. Non... non-non, rien à fout' du Jean-Paul ! Toujours les autres ! Toujours, toujours, toujours ! Assez... y'en a assez !

- Dis-moi ce qu'elle t'a dit, Jean. C'est capital pour savoir qui l'a tuée.

- Mais... mais c'est toi qui l'a tuée, non ? Aaahf, je n'y comprends plus rien. Par contre, ce qui est sûr c'est que je suis là moi, dans la maison des fous, chez les tarés du village. Ah... on m'a toujours piétiné, ça c'est sûr ! A coup de martinet, à coup de ceinturon, à coup de manche de pioche, toujours des coups, toujours des traces dans le dos, toujours des bleus, des croûtes, toujours "je suis tombé dans l'escalier" ou "j'ai pris la porte sans faire attention", toujours "c'est en jouant dans les arbres", toujours "c'est normal, tu sais Jean-Paul, c'est comme ça qu'on apprend à devenir un homme", ou bien "c'est la vie et tu dois m'obéir !", "la vie est souffrance, Jean-Paul, il faut que tu l'admettes un jour ou l'autre, et que cela te plaise ou non : tu es là pour que je te saigne !".

« Ah, putain... putain de Dieu, quel malheur ! Non, assez les gars ! Assez !

- Non, Jean-Paul. Non... ne dis pas ça.

C'était purement et simplement un dialogue de sourds. Jean-Paul Vanier restait bloqué sur le passé, un passé tortueux qu'il ressassait nuit et jour dans sa geôle médicale entre deux breaks de semi-lucidité. Quant à Bastien, il était au bord des larmes devant la profonde perte de raison de son beau-frère, ceci au point que la guérison lui semblait maintenant désespérée, pour ne pas dire nulle. Lui qui estimait profondément Jean-Paul, c'était un déchirement de voir son bon sens lui échapper à ce point. C'était un drame.

Bien que désormais persuadé de l'inutilité de l'entreprise, Bastien reposa une dernière fois sa question:

- Jean-Paul, je te le dis et je te le redis : je n'ai pas tué Sophie. Je l'aimais tout autant que toi ! Je ne t'oblige pas à me croire, mais, même si tu me crois coupable, rien ne t'empêche de me dire si elle t'avait vu ou appelé juste avant sa disparition. Elle avait besoin d'aide, Jean-Paul. Elle a dû venir te voir, elle t'a peut-être même confié quelque chose, n'importe quoi : un bout de papier, une boîte, une adresse... je ne sais pas. Dis-moi si elle t'a dit quelque chose, s'il te plaît ? Que faut-il te dire pour te faire comprendre que je ne recherche que la vérité ? Faut-il que je meure pour que tu me fasses confiance ?

- Et moi, si je meure, qui s'en souciera, hein, tu peux me le dire ? Vous vous en foutez tous ! Tous !

- Non.

- Je suis un pion, une figurine, on me place là et j'ai seulement le droit de me taire. Et maintenant que vous m'avez bien rangé dans un tiroir comme une vieille chaussette, vous avez soudain besoin de moi ! On se moque de moi il me semble, non ?

- Non Jean Paul. Non !

- Ah... ça vous fait plaisir de me battre, de m'humilier, de me baiser la gueule à chaque instant. Vous aimez torturer les faibles dans la famille, hein !? Ça a toujours été ainsi dans ma vie et ça l'est encore ! Vous êtes des sadiques !

- Arrête, Jean ! Dis-moi si tu as vu Sophie, c'est tout.

- Mais... dam... tu ne crois pas que je vais parler comme ça à un bourreau ! Je n'ai rien... rien de rien à te dire ! Assez, ça suffit... marre... bon Dieu... j...

« *Clac !* »

Bip... bip... bip... bip... bip...

Jean-Paul venait de raccrocher au nez de Bastien.

Échec caractérisé.

Déroute complète.

Bastien balança le portable par terre et mit quelques minutes à calmer son mécontentement.

Même s'il s'était pourtant préalablement préparé à ce résultat décevant, il tenait beaucoup à ne négliger aucune piste. Et là, se retrouver dès le départ devant une impasse lui était insupportable. Certes, la route était encore longue et composée de multiples voies, mais ce n'était guère encourageant pour l'avenir. Bastien eut donc du mal à encaisser ce premier coup.

Son irritation passée, Bastien essaya de penser à la suite des réjouissances. Il se leva de sa chaise et se dirigea vers la fenêtre exposée vers l'Est. Entourée d'une structure décorée en pierre, cette fenêtre était la plus grande lucarne qu'il y avait à l'étage de la maison. Durant ces derniers jours de récupération, il s'était souvent assis en travers de l'embrasure de cette lucarne, un pied posé sur la tablette en pierre intérieure et un autre pendouillant à côté. Bastien avait pris l'habitude de faire le point de la situation à cet endroit et, face à l'inutilité de son récent appel téléphonique, il était temps qu'il pense à une suite plus efficace.

Dehors, la nuit commençait à tomber. Des nuages très denses obscurcissaient l'horizon en ne laissant aucune chance au soleil. La température ne cessait de chuter. Des halos de fumée blanche entouraient d'ailleurs les pots d'échappement des voitures, ainsi que les conduits de cheminées et les bouches des passants en train d'expirer. L'atmosphère n'était pas lourde, mais une voûte noire et légèrement brumeuse prenait peu à peu possession des lumières de la ville, un peu comme si une antimatière sombre avalait goulûment tout ce qui était constitué de matière brillante. Baignée de ce rideau céleste couleur d'ébène, Nantes semblait prisonnière, comme engoncée dans la valise d'un géant. Pourtant, comparé aux coups de colère d'un géant, ce qui attendait les habitants de cette ville n'était pas grand chose : une goutte d'eau dans la mer. Ça n'avait rien à voir.

Il s'agissait - pour ainsi dire - d'une autre dimension.

Confortablement assis dans la lucarne de la Tour du Fer à Cheval, contemplant le ciel monochrome et les passants grouillant au niveau du sol, Bastien méditait. Il méditait sur ce qu'il allait pouvoir faire afin d'assouvir sa vengeance et prouver par la même occasion son innocence.

L'action ne faisait que commencer.

La guerre était déclarée et risquait de gagner en intensité jour après jour.

Si la société avait pu d'ailleurs en cet instant exact saisir et mesurer la force tacite de cette révolte en marche, il est sûr qu'elle ne s'en serait jamais remise. Car, quand Bastien Grenier méditait du haut de sa tour, c'étaient derrière lui plusieurs millions d'Animaux de l'Ombre qui méditaient en même temps et le soutenaient.

11

Écran A8 : Mosaïque de toutes les chaînes reçues.

Écran B2 : Emission ringarde sur l'argent public gaspillé, les arnaques, l'astrologie et les combines pour payer moins chers des objets de marque. Sous-culture. Sans intérêt.

Écran B5 : Chaîne météo. Prévisions de demain sans grande prise de risques : temps variable et température de saison.

Écran B8 : Film porno suédois au stade de la partouze finale.

Écran C1 : Feuilleton américain à l'eau de rose, épisode N°4287 ; ce soir, Mike a revu Sandy alors qu'il avait juré à sa femme de ne plus la revoir ; John ne s'entend plus avec Lili et veut la quitter juste au moment où celle-ci lui annonce qu'elle est enceinte. Amour en bidon de cinq litres. A suivre...

Écran C3 : Reportage sur les oiseaux migrateurs et, plus précisément, sur les cigognes d'Afrique et d'Europe de l'Est.

Écran C4 : Au télé-achat aujourd'hui et pour une somme modique, vous pouvez acquérir : le polish voiture avec son chiffon doux, le robot ménager 24 fonctions, le rameur pliable en aluminium, l'appareil à épiler sans douleur, le cuit-tout à vapeur et l'établi universel. Dépêchez-vous, offre exceptionnelle limitée.

Écran C5 : Vieux dessin animé japonais. Goldorak se bat contre un Golgoth en forme de lézard. "Cornofulgure", "Fulguropoint" et "Pulvonium" ne font pour l'instant que de maigres dégâts sur le Golgoth ; le coup de grâce viendra quand Actarus lancera les puissantes "Astéro-hâches". Patience. Fin heureuse.

Écran C7 : Retransmission du concert du groupe synthé-pop Alphaville, donné à Salt Lake City l'été dernier. Entracte.

Écran D1 : Film de science-fiction : « Jurassik Park ». Scène où les voitures en train de visiter le parc stoppent devant les cages des tyrannosaures. Des visiteurs innocents se retrouvent soudainement devant une triste réalité : le tyrannosaure aime chasser.

Écran D3 : 13ème journée du Championnat de France de football. Match en retard entre Nantes et Sedan. Score nul. Déjà quinze minutes de jeu en deuxième période.
Écran D6 : Journal télévisé. Reportage sur la tendance des achats de Noël pour cette année 2002 : les consoles de jeux font un malheur, tout comme les rollers, la voiture Batman, le pistolet laser Buzz l'Eclair, les portables et les équipements pour micro-ordinateurs.

Étalés sur le mur dans un rectangle de 4 mètres de haut sur 8 mètres de large, 32 écrans larges débitaient sans discontinuer des images et des sons inaudibles. Un festival de tout et de rien, d'informations et de désinformations, d'ennui et de divertissement illuminait une salle immense et très sombre.

En son centre, un seul spectateur.

Assis dans un grand fauteuil noir à dossier large et évasé, Serge Legrand survolait d'un œil triste ce tournoiement de flashs colorés. Cela faisait déjà pratiquement une heure qu'il était là à ne rien faire, le regard fixe, silencieux et immobile, les mains sur les accoudoirs et les jambes croisées. Ceci jusqu'au moment où il appuya sur un bouton et tous les écrans s'éteignirent.

« *Clic !* »

Noir.

Calme.

Inaction totale.

Légère lueur issue d'un ordinateur allumé derrière lui.

Rien d'autre jusqu'à ce qu'il appuie sur un deuxième bouton.

Une photographie apparut alors en grand.

Il s'agissait d'une vieille photographie en noir et blanc, la photo d'un visage d'homme tourné de trois-quarts. La résolution n'était pas très bonne, mais l'allure ne laissait aucun doute. Cheveux plutôt foncés, nez fin bien dessiné, bouche sensuelle, regard perçant, sourcils d'aigle guetteur, joues creuses de sportif : cette composition dessinait les contours d'un ensemble agréable à contempler.

Touché par cette beauté doublée de jeunesse, Serge Legrand était au bord des larmes. Un profond dégoût envahissait tout son être : contempler ce visage revenait pour lui à contempler une désillusion de plus dans une quête qui ne trouvait décidément pas d'issue.

Intérieurement, il savait que c'était se faire du mal, mais, plus il fouillait dans le dossier de ce jeune homme, plus il se rendait compte qu'il aurait été un candidat vraiment idéal. Excellent niveau scolaire, bon gymnaste, service militaire dans les commandos, technicien estimé en électronique et mécanique : c'était la perle rare, l'homme-clé qu'il n'aurait fallu laisser s'échapper pour rien au monde.

Mais aujourd'hui, malheureusement, il était trop tard.

L'homme était mort. Ou avait disparu, ce qui était finalement la même chose.

Plus de raisons d'espérer.

Le temps était compté et Serge Legrand ne pouvait que constater son propre désarroi.

À quoi bon lutter...

La chance tournera-t-elle un jour ?

Mystère.

Toujours est-il que Serge n'en pouvait plus.

Il n'en pouvait plus de sa mission, de son corps en décrépitude la plus totale et de ses espoirs sans cesse refoulés.

Il ne supportait plus cette logique, tous ces morts oubliés, toute cette merde, tous ces sales boulots dont un vieux rat n'aurait même pas voulu.

Il en avait tout simplement marre d'attendre un événement improbable.

Il était las.

Las et triste.

Triste de son manque de marge de manoeuvre, triste de n'avoir pas aidé plus tôt cet excellent élément.

Il fallait maintenant faire une croix sur cet homme et le rajouter à une liste déjà longue, ce qui n'était pas facile.

Au bout de quelques minutes, la main tremblante, Serge Legrand appuya sur un troisième bouton.

Avant que l'image immense ne disparaisse complètement, une légende apposée au bas de la photographie resta légèrement en surbrillance. Et pendant une poignée de secondes, on put alors lire :

BASTIEN   GRENIER
(7 jan. 1974 - 5 nov. 2002)

***

(Conversation téléphonique. Ligne sécurisée)

- Allô... ? Monsieur ?
- Oui, Capitaine. Parlez !
- J'ai une mauvaise nouvelle.
- Je vous écoute.
- Notre dernière mission de camouflage n'a pas marché.
- Comment ça ? Que voulez-vous dire ?
- Bastien Grenier est en vie.
- Hein ?! Vous en êtes sûr ?
- À cent pour cent. Nous venons d'intercepter il y a quelques heures une conversation téléphonique entre lui et son beau-frère. C'était lui, l'analyse vocale est formelle.
- Vous avez mal jugé cet homme, Capitaine. C'est une faute grave ! Le beau-frère en question aurait fait dix mille fois mieux l'affaire.
- Je sais, Monsieur. J'en suis désolé. Je crois qu...
- La ferme, Capitaine ! Vous êtes mal placé pour croire quoi que ce soit en ce moment. Débrouillez-vous mais il faut absolument l'éliminer. À tout prix ! Peu importe l'alibi, débarrassez-vous de lui, Bon Dieu ! Le temps presse.
- Nous... nous sommes sur sa piste, Monsieur. Nous écoutons chaque battement de cette ville.
- Y-a-t-il quelqu'un d'infiltré ?
- Nous avons un mouchard.
- Bien. Tenez-moi informé, Capitaine.
- Bien entendu, Monsieur.
- Capitaine !
- Oui ?
- N'échouez pas cette fois. Compris ?
- À vos ordres.

(Fin d'émission)

DEUXIÈME PARTIE

~

De l'Ombre à la Lumière

12

Lundi 13 Novembre 2002 - 23:13

Au cœur de la ville de Nantes, le large lit de la Loire se séparait en deux bras : celui de la Madeleine et celui de Pirmil. Encerclée par ces tentacules d'eau immenses, une parcelle de terre en forme d'œil égyptien se dressait au milieu des flots : l'Ile Beaulieu.

Pourvue d'un centre ferroviaire d'un côté et d'un grand parc de l'autre, la partie intermédiaire de l'île était constituée de quelques centres commerciaux et administratifs, mais surtout d'une multitude d'immeubles résidentiels et de grandes tours. Il y avait là du logement à profusion, à tous les prix et de toutes les qualités ; un véritable paradis pour les promoteurs.

Malgré les heurts liés à une telle promiscuité d'individus resserrés par la force des choses sur une île, Beaulieu était néanmoins un endroit calme et relativement agréable. Mais, en cette nuit peu étoilée et froide, le calme n'était qu'une apparence sournoise.

Perché en haut d'une corniche située le long du Boulevard Alexandre Millerand, un pigeon au manteau écaillé bleu se mit à roucouler. De l'autre côté de la rue, un peu plus loin, un deuxième « rrrouuu... rrrouuu » succéda au premier. Encore un peu plus loin, un troisième se fit entendre, puis un quatrième, un cinquième...

Quand le quinzième pigeon fit vibrer sa glotte, le message de RAS fut par la même occasion transmis au chef spirituel des Animaux Ailés, c'est-à-dire Vaillant : le Pigeon Blanc magnifique.

Posé sur la rambarde en aluminium d'un balcon, Vaillant déploya ses ailes en guise de drapeau de départ.

Tapi dans l'ombre, Bastien put alors commencer à agir.

Vêtu des pieds à la tête d'une combinaison grise anthracite, Bastien glissa une lame entre les deux battants centraux d'un volet-persienne et força un peu pour soulever l'espagnolette.

« *Clac !* »
Ouverture.

Le premier barrage passé, Bastien se trouva devant une porte-fenêtre coulissante, bien décidée à rester close elle aussi. Mais, qu'à cela ne tienne, ce n'était pas un écueil pour Bastien. Armé cette fois d'une barre en acier, il coinça cette dernière entre les deux rails bas du coulissant et souleva d'un bras de levier le vantail principal. À mi-hauteur de la fenêtre, côté mur, on entendit le crochet de la fermeture se casser dans la gâche. Bastien fit redescendre le vantail, retira la barre d'acier, força un peu, puis le vantail meurtri coulissa sur la droite sans se faire prier. La phase d'introduction était terminée.

Bastien pénétra dans ce qui était une petite chambre d'amis. Il repoussa le volet et la partie coulissante, puis alluma une lampe torche.

La chambre ainsi violée était des plus classiquement meublée : une commode en pin à trois tiroirs, un lit une place qui en cachait un deuxième en tirant le tiroir qu'il y avait en dessous, une petite lampe de chevet en forme de fusée Tintin posée sur une table basse et noire, une chaise métallique et un grand placard accordéon aux portes en bois. Côté décoration, il y avait deux posters punaisés : "The Walls" de Pink Floyd et "Prostitute" d'Alphaville.

Passé cette chambre sommaire, l'ombre grise de Bastien arriva dans un petit couloir. À sa droite, il y avait la porte menant à une grande chambre, celle où résidait jadis la locataire des lieux, c'est-à-dire Sophie Grenier, sa sœur.

Sur le moment, Bastien ne put jeter un coup d'œil dans cette chambre. Il resta bloqué, comme effrayé par ce qu'il y avait derrière. Il resta comme cela, plusieurs minutes, le faisceau de sa lampe braqué sur la porte close. Puis, comme soudain réveillé, il tourna les talons et décida de poursuivre. De toutes façons, il savait que le pire ne l'attendait pas là, mais au bout du couloir.

Il passa sur sa gauche près d'une pièce faisant office de "bureau-salle de repassage-débarras".

Il y régnait un foutoir incommensurable. Etait-ce dû aux flics ou à quelqu'un d'autre ? Ou bien était-ce tout simplement normal ? Autrefois, Bastien n'avait pas suffisamment porté attention à l'intérieur de cette pièce pour pouvoir répondre sur le champ de la normalité ou non de ce désordre. Aussi vite arrivée qu'oubliée, la question s'effaça et Bastien continua.

Il arriva à la salle de bain. Exiguë et entièrement carrelée de bleu, quelques serviettes éponge y traînaient un peu anarchiquement, mais rien de plus. Sans intérêt.

Bastien fit quatre à cinq nouveaux pas et s'arrêta. Il ouvrit alors un panneau métallique situé à hauteur des yeux près de la porte d'entrée, et...

« *Tak !* »

...enclencha le disjoncteur.

Seule une faible ampoule répondit à cette arrivée du courant, celle d'une petite lampe située dans le salon.

Bastien se retourna, éteignit sa lampe torche et la rangea.

À deux mètres de là, la porte légèrement entrebâillée du salon laissait passer un léger filet de lumière. Bastien savait qu'il devait malheureusement aller dans cette pièce afin d'accomplir correctement sa mission, mais cette fois la peur était terrible. Terrible car bien réelle. Cette fois, il n'était plus dans un rêve dont il pouvait sortir à chaque instant. À pas de fourmis, Bastien se laissa guider par ce clair-obscur des plus amers à son cœur. Parvenu d'un pas traînant sur le seuil, la main tremblante de Bastien saisit le bouton de porte en laiton poli et poussa en grand le battant. C'est alors qu'il y eut un flash dans son esprit, comme un éclair de 10000 volts qui s'abattit sur son crâne, traversa sa moelle épinière et ressortit en creusant un trou sous ses talons. Oui, la terreur fut à cet instant totale, car la dernière fois qu'il s'était tenu ainsi, immobile dans l'embrasure de cette porte, sa vie avait bel et bien basculé. Sa raison, sa joie, son appétit, son sens du bon et du mauvais, tout était devenu instantanément une mer noire sans saveur, un horizon bouché n'offrant aucune perspective. Cela remontait au 13 octobre dernier. Un vendredi parmi tant d'autres. Un vendredi qui aurait dû se dérouler normalement. Mais malheureusement ce ne fut pas le cas. La vie en avait décidé autrement.

Paralysé, Bastien laissa son esprit se souvenir.

Encore une fois, ce n'étaient que des images fragmentaires qui défilaient dans son esprit, comme un film d'animation en noir et blanc des années cinquante, muet et sautillant. Cependant, certaines choses étaient très claires : la présence de tierces personnes étrangères derrière lui, une atmosphère d'agitation perpétuelle, une pression très forte sur ses bras, la bousculade, les cris étouffés, le regard terrifié, horrifié, agonisant de sa sœur ! Ces bribes d'images zappaient dans la mémoire de Bastien, des images floues, incompréhensibles, désordonnées ; des images dures, déprimantes, accablantes, et conduisant directement à l'assassinat de Sophie.

Après ce choc naturel, Bastien reprit lentement son souffle. Il ôta d'ailleurs sa cagoule intégrale pour mieux respirer. Ici, personne ne pouvait le voir, il ne courait donc aucun risque en agissant à visage découvert. Intérieurement remis de ses émotions, Bastien dirigea directement ses pensées vers une remarque qu'il ne s'était jusqu'ici jamais faite. Bastien trouva en effet étrange de se souvenir aussi peu, ou, dirons-nous, de manière aussi brouillonne et "cafouillante", d'un événement aussi dramatique et important que l'assassinat de sa propre soeur. Qu'est-ce qui faisait que, dans son pauvre crâne, la chronologie du drame, et notamment ce qu'il avait vu ou ce qu'il avait fait, lui étaient obscure ?

S'il avait été aux premières loges, pourquoi ne s'en souvenait-il pas ? Un refoulement de mémoire post-traumatique ? Une amnésie pure et simple ? Qu'est-ce que cela cachait vraiment ?

Il se savait fort. Il se savait dur au mal. Ses neurones n'auraient pas flanché aussi vite, hors de question, et ceci, même si la fatalité qui avait opéré ici pouvait se vanter d'être de taille. Réflexion consécutive et logique : peut-être que Bastien était moins costaud qu'il ne le pensait ! Cette épreuve était-elle finalement une leçon sur lui-même ? Que dire... Sinon que son seul souvenir net et précis, c'était son réveil, le samedi suivant, c'est-à-dire dans la cellule de dégrisement du Commissariat de Police. Voilà. Rien de plus avant cela.

Bastien poursuivit.

La "salle à manger-salon" était une pièce rectangulaire d'environ 3 mètres sur 8. Une pièce plutôt grande, ceci au détriment de l'espace disponible dans les chambres du fond. Dans la partie salon, deux canapés se faisaient face. Entre les deux, une table basse en verre contenait dans ses entrailles une vitrine où était exposée toute une série de pierres précieuses, vestiges d'une ancienne collection enfantine dont sa soeur n'avait pas voulu se séparer. Non loin de là, sur le mur, il y avait un meuble-télé avec un ensemble vidéo-magnétoscope et téléviseur, des cassettes VHS et des magazines. Bastien, bien que toujours hésitant, avança un peu, poussa l'un des canapés au milieu de la pièce, posa son regard sur le sol en tournant la tête de trois-quarts sur la droite et stoppa. Aux vues de ce qui s'exprima devant lui, son front se plissa, ses sourcils s'inclinèrent, un genre de rictus déforma ses lèvres et son menton se rida. Bastien essaya de réprimer un tremblement nasal, en vain. Des larmes coulèrent sur ses joues. Une immense peine l'envahit. Sur la moquette, des tâches de sang séché avaient pris le pas sur la couleur beige clair d'origine. Bien qu'il ne l'eut pas personnellement vue, car totalement inconscient à l'époque des faits, Bastien imaginait sans peine Sophie en train de patauger dans cette mare de sang, agonisant comme une mouette engluée dans du pétrole. Bastien voyait sa sœur se vidant peu à peu de son liquide nutritif, de son liquide vital. Il voyait sa sœur en train d'haleter un souffle, le dernier, le plus pénible et le plus soulageant face à sa douleur. Un petit mouvement du thorax et puis... le grand *adieu* !

Raide, debout, Bastien pria longtemps pour le repos de l'âme de sa sœur, tout comme pour la sienne qui, pour l'instant, ne savait plus où se trouvait le compartiment des "raisonnements logiques" dans ses méandres épuisées. Trop d'émotions !

Bastien se recueillit plusieurs minutes, juste le temps nécessaire pour que ses larmes sèchent sur ses joues comme le sang répandu sur le sol.

Dans l'autre moitié de cette grande pièce, il y avait la partie salle à manger. Une grande table en merisier avec cinq chaises trônait devant une grande porte-fenêtre. Sur le mur de droite, une grande bibliothèque était ouverte, une bonne moitié de son contenu étalé par terre. Plus par acquis de conscience que par nécessité, Bastien avança quand même jusqu'à la cuisine du fond. Là, un capharnaüm digne d'un lendemain de réveillon prenait place. Fourchettes, assiettes, casseroles, verres, plats petits, moyens et grands, on ne comptait plus la vaisselle éparse, sale, grasse, opaque, encroûtée de calcaire et de résidus alimentaires, des torchons çà et là, une gousse d'ail éventrée, des fruits noirs et pourris, une odeur âcre et putride envahissait l'espace. À la vue de ce spectacle, une femme de ménage aurait été laminée par une crise cardiaque.

Bastien ne s'attarda pas en ce lieu de carnage culinaire, repassa dans l'entrée et jeta un œil à travers le judas.

Sur le palier, tout était calme.

Noir et silence.

De retour dans le salon, au pied de la tâche coagulée, Bastien mit ses mains sur ses hanches, regarda d'un mouvement circulaire la pièce et se demanda par où commencer. Peut-être qu'il faisait erreur. Il en avait pleinement conscience. Mais Bastien espérait beaucoup d'une fouille complète de l'appartement de sa sœur.

Si on oubliait cette nuit tragique du Vendredi 13 octobre, il était évident pour Bastien que, pendant les quelques jours qui avaient précédé, Sophie s'était sentie en danger. Pendant ces quelques jours, elle s'était indiscutablement cachée, avait tenté de disparaître, était réapparue chez les flics pour crier sa peur, et, devant l'incompréhension et la bêtise de ces derniers, s'était finalement de nouveau terrée pour réapparaître là, couchée de tout son long dans une flaque de sang noirâtre. Bastien voulait comprendre ce qu'elle avait fait. Ce pour quoi elle se sentait traquée. Sophie était une femme secrète et maligne, c'est pourquoi il était persuadé qu'elle avait caché quelque chose ici, quelque chose de visible uniquement par les yeux de quelqu'un de familier, comme lui ou son beau-frère. Ne pouvant compter que sur lui depuis son coup de fil raté avec Jean Paul Vanier, Bastien espérait avoir vu juste en venant ici. Il ne pouvait pas croire que sa sœur était partie sans avoir laissé derrière elle une trace de ce qui l'effrayait vraiment et avait causé, par la même occasion, sa mort. Non, elle était trop futée pour cela. Pour Bastien, il était également clair que, si Sophie ne l'avait pas impliqué directement, c'était par souci de protection. Mais cela n'avait pas suffi à la sauver elle-même. Mais elle n'avait pas pu partir sans laisser derrière elle quelque chose que seul lui, son frère de sang et de chair, pouvait comprendre tout en en mesurant l'impressionnante gravité.

Après de longues heures de réflexion du fond de sa cellule, Bastien s'était dit que l'appartement de sa sœur était l'endroit le plus sûr où il avait une chance de trouver un indice. Sur le moment, vu qu'il était sur les lieux, Bastien se dit qu'il y avait peu d'espoir vu l'état avancé des fouilles qui avaient déjà eu lieu. Etaient-ce les bandits qui avaient tué Sophie, ou des policiers profanateurs ?

Mystère.

Toujours mystère.

Mais, aussi petit soit-il, Bastien se raccrocha néanmoins à cet espoir, et surtout à cette confiance illimitée qu'il avait en sa propre sœur.

Bastien commença ses recherches dans les chambres du fond.

En essayant de faire le moins de bruit possible, Bastien vida méthodiquement chaque armoire, dépliant chaque serviette, vêtement, manteau, robe, chemisier et sous-vêtement, ouvrant et décryptant chaque papier de compte, de facture, de publicité, d'anciens cours et inspectant chaque boîte, coffret ou objet insolite se trouvant là.

Jusqu'ici... Nada !

Patience.

Bastien passa aux lits. Il défit les draps. Muni d'un cran d'arrêt, il éventra coussins, peluches, édredons, matelas et sommier avec une précision digne d'un dépeceur travaillant dans un abattoir. Il démonta les pieds des lits, décapsula les décorations rapportées, démonta les tables de nuit, dévissa les ampoules, les douilles et les prises électriques, désossa les cadres et en arracha les toiles.

Nada bis !

Déçu par l'étude des chambres, Bastien passa au bureau, déjà passablement en désordre.

Il ne l'avait pas remarqué à son arrivée deux heures plus tôt, mais l'ordinateur de Sophie avait disparu. Avait-elle caché son secret dans les circuits imprimés de cette machine infernale ? Bastien ne préféra pas y penser et fit tout pour se motiver intérieurement. Il ne devait pas abandonner. Il y avait un espoir.

Il se lança à l'assaut.

Bastien inspecta d'abord le bureau lui-même, ouvrant et faisant l'inventaire de chaque tiroir, de la plus petite boîte de trombones au calepin le plus anodin. Il démonta la machine à coudre et le fer à repasser, puis passa aux étagères. Sur ces dernières reposaient, pour la plupart, les objets souvenirs d'une petite fille ; une maison de poupée tout d'abord, vue en coupe, avec un toit pointu et deux étages ; le décor était fabuleux, les petits objets miniatures également. Soigneusement, Bastien inspecta chacun des recoins et des petits meubles de cette maison lilliputienne, de cet appartement dans un appartement. Ensuite, ce fut successivement le tour d'un coffret à bijoux, d'une horloge dorée, de vieux disques 45 tours, d'un grand bocal contenant des échantillons de parfum, d'une dînette largement usée par le temps et de divers cadres à photos, sans oublier vases, coupes de tennis et autres. Il y avait aussi de vieux cartons, remplis d'objets hétéroclites et de livres qui n'avaient pas trouvé de place dans l'appartement mais qui étaient gardés là, pour se rassurer.

Une nouvelle heure de recherche passa.

Nada.

Bastien laissa au fond du couloir un fatras inqualifiable et passa au salon.

Le même cran d'arrêt que tout à l'heure s'abattit sans pitié sur les housses des canapés, lacérant, cisaillant, découpant jusqu'à l'émiettement total et microscopique les membres tissulaires. Bastien s'occupa ensuite du téléviseur et du magnétoscope. Il démonta l'ensemble, mettant les puces et les résistances à l'air. Il remonta l'ensemble et visionna à la vitesse accélérée toutes les cassettes sans étiquette. Vint ensuite le tour de la grande bibliothèque déjà dérangée. Bastien empila d'abord les livres et les posa sur la table, aussi bien ceux qui étaient par terre que ceux restant dans la bibliothèque. Quand cette dernière fut complètement vidée et inspectée, Bastien s'attabla et feuilleta un à un les volumes.

Deux heures passèrent encore.

Nada.

Sans s'accorder une seconde de répit, Bastien marcha vers la dernière pièce, objectivement la plus désagréable : la cuisine.

Il remit sa cagoule gris foncé en guise de masque à gaz, histoire de ne pas tomber dans les pommes.

La dizaine de placards, les cinq tiroirs et le frigo passèrent sous l'œil fatigué de Bastien. En dépit des multiples cachettes possibles, des boîtes de nouilles aux tupperwares, des liquides de nettoyage au four à micro-onde, des plats creux à la cafetière à piston, rien n'y fit, simplement...

Nada !

Bastien ressortit de la cuisine nauséabonde, enleva sa cagoule, remit tant bien que mal l'un des canapés écartelé et s'effondra dessus. Une immense fatigue et surtout une profonde déception commençaient à germer au fin fond de son esprit. Il se reposa cinq, dix minutes, puis, non content de s'être fait berné par le contenu de l'appartement, il décida de s'en prendre au contenant. D'une de ses poches de pantalon, Bastien sortit un stéthoscope dérobé deux jours plus tôt au CHU Nord, et commença alors l'inspection des murs décimètre carré après décimètre carré. Cet ustensile médical avait non seulement l'intérêt de pouvoir sonder les entrailles des murs sans taper trop fortement les cloisons ni éveiller les somnambules du coin, mais aussi de remplir cette tâche avec plus de précision.

Une heure passa.

Par acquis de conscience, pour se dire qu'il avait vraiment tout tenté, Bastien démonta les radiateurs et inspecta chacun des joints de carrelage sur les plinthes, sur les murs et sur sols de la salle de bain et de la cuisine. Il enleva ses chaussures et passa en chaussettes sur toutes les surfaces en moquette, guettant, essayant de ressentir la plus petite bosse ou aspérité.

Le temps jouait de plus en plus contre lui. D'ici une heure et demie, tout au plus, le soleil allait se lever, présageant une fuite impossible à masquer.

Bastien remit ses chaussures, traîna les pieds jusqu'au salon, encore et toujours, puis se laissa tomber sur le canapé une nouvelle fois.

Nada.

Nada, putain !

La déception cette fois était devant lui. Evidente. Omniprésente.

Epuisé physiquement et moralement, Bastien n'arrivait pas à admettre qu'il s'était trompé.

Il souffla.

Il fixa le plafond, souffla une nouvelle fois.

Où pouvait-il commencer ses recherches s'il n'avait pas le plus petit indice à se mettre sous la dent ? Comment allait-il pouvoir prouver son innocence et l'assassinat singulier de sa sœur ? Comment allait-il pouvoir poursuivre sa quête de la vérité ? Des questions terrifiantes s'abattaient sur lui, sur sa profonde envie de briser le secret qui pendait au-dessus de lui. Des questions, oui, encore un nombre incalculable de questions dont il n'allait pas pouvoir obtenir une seule réponse s'il n'était pas capable d'obtenir un seul indice. Toujours des questions ! Bastien chercha et chercha encore un endroit qu'il n'avait pas fouillé. Il avait fait tout ce qu'il était humainement possible de faire quand on recherche tout et n'importe quoi. Il avait décousu maille après maille le grand ouvrage de cet appartement et n'avait obtenu que... Nada !

Que dalle.

Peau de balle.

Zéro.

Nullos.

Bastien se reposa quelques minutes, puis il se redressa et s'assit sur le canapé. Fixant la table basse aux multiples pierres précieuses en exposition, son regard tourna et tomba par hasard sur le pan de mur à côté. Dans sa précipitation, dans sa méticuleuse recherche, il était passé à côté sans *le* voir vraiment, mais *il* était là, bien posé, appuyé contre le bas du mur. Une dernière chance de vérifier sa théorie se présentait à lui. Bastien *le* reconnut et s'en saisit aussitôt : c'était un vieil album photo à la couverture de cuir rouge.

Il y avait bien longtemps qu'il ne l'avait pas vu cet album. Un bail !

Il l'ouvrit.

Les premières photos jaunies par la poussière du temps montraient ses parents : Elizabeth et Olivier Grenier. Il y avait tout d'abord des photos individuelles, de l'un et de l'autre avec leurs propres parents, leurs amis et leurs proches. Puis, arrivèrent enfin les photos du couple, le couple avant, pendant et après le mariage. Puis, très vite, juste quelques clichés après le mariage, on vit les contours d'un bébé rose dans les bras de sa maman à la maternité ; ce bébé n'étant autre que Bastien. Les clichés de l'enfant prodige se succédèrent : Bastien prenant son biberon, Bastien attrapant ses pieds, Bastien mordant son canard en plastique pendant le bain, Bastien barbouillé de chocolat, Bastien commençant à marcher, Bastien et ses premiers gadins, Bastien pleurant des larmes de crocodiles, Bastien à la plage sur le remblais de La Baule, Bastien avec sa pelle et son seau, Bastien dans l'eau tel un nudiste le zizi à l'air, Bastien faisant de la balançoire, des pâtés de sable et de la voiture à pédales dans le jardin... Bastien perché sur le berceau de sa petite sœur.

Oui, la petite était arrivée ! Un bébé magnifique. Blonde comme les blés. Des yeux comme des billes. Un sourire merveilleux. Inqualifiable. Inestimable trésor !

Bastien tourna les pages machinalement, comme fasciné. Les récents sillons de ses joues furent bientôt de nouveau irrigués de larmes salées.

Heureusement ou pas, il y eut ensuite une cassure abrupte dans la chronologie de l'album. Cette cassure correspondant au manque affectif chronique qu'avaient subi Bastien et Sophie durant leur enfance. Cette cassure correspondait effectivement à la perte de leurs parents. Terrassés par un accident d'avion, les jeunes parents Elizabeth et Olivier Grenier n'avaient pas eu le loisir de voir grandir leurs enfants. Laissés à l'origine en garde momentanée chez leur grand-mère maternelle, Bastien et sa sœur restèrent chez elle les vingt années qui suivirent ce drame. Et l'album étala donc tout logiquement son contenu fait de papiers plastiques sur cette période heureuse qu'est l'enfance, mais bizarre quand elle se passe sans ses parents. Leur grand-mère avait eu un courage immense en les élevant tous les deux. C'était une main de fer dans un gant de velours, une femme aux qualités considérables. Plus tard, Sophie et lui apprirent que des aides sociales diverses et variées avaient, à plusieurs reprises, proposé, si ce n'est imposé, à leur grand-mère de placer ses petits enfants dans d'autres familles d'accueil. Mais cette dernière ne s'était jamais laissée faire et ne s'était jamais plainte, ceci malgré son chagrin évident. Qu'existe-t-il de plus terrible au monde, de toute façon, que de survivre à ses propres enfants ? On peut se le demander. Néanmoins, à part quelques moments pénibles dus à cette quête d'identité qu'il y a forcément pendant l'adolescence, seulement de bons souvenirs revenaient à la mémoire de Bastien, mémoire stimulée par les photos qui défilaient devant lui. Il y a trois ans, leur grand-mère, usée par le temps, la santé, et surtout les deux générations d'enfants qu'elle avait dû élever, décida de se retrancher à la Maison de Retraite de St Joseph, maison située non loin du Jardin des Plantes. Devenus autonomes de leur côté, Bastien et Sophie ne comprirent pas trop, sur le coup, cette envie, puis se dirent finalement qu'elle l'avait grandement mérité. A elle de se laisser vivre maintenant. La suite de l'album s'étala sur le mariage entre amis de Sophie et Jean Paul Vanier. Le mariage avec ses traditions, ses habitudes, ses jeux, ses animations, son repas interminable et sa dancing-party jusqu'à des heures impossibles. La fin de l'album devint plus éparpillée, moins structurée. Des photos d'amis, des dîners festifs, des voyages, l'aménagement Rue Millerand, des photos de vacances en camping, des paysages, un couple banal accompagné dans toutes ses activités.

Pendant cette première lecture, Bastien ne remarqua rien d'extraordinaire. Persuadé alors que cet album délicatement posé au bas du mur était un signe, il s'acharna et repassa les clichés à la loupe, les yeux gonflés de fatigue. À la fin de cette deuxième lecture : Nada.

Troisième lecture : pareil.

Passablement agacé, Bastien arracha alors les photos une à une et en consulta le verso.

À part quelques dates et quelques prénoms, rien !

Désert d'indices.

Désolation extrême.

Fou de rage, Bastien balança l'album rempli de photos détachées sur le mur.

Une pluie de clichés colorés et glacés se répandit sur la moquette.

Bastien bascula en arrière et s'étala sur le canapé en piteux état.

Consternation.

Dégoût total.

Un temps.

Un profond soupir s'extirpa de son être.

Las.

Il était las.

Il faillit s'endormir.

Une heure à peine avant l'aurore.

Une catastrophe. Tout comme le coup de fil de la veille : une catastrophe !

Au bout de plusieurs minutes, Bastien se releva.

Il s'étira, et, tout en se frottant la joue, son regard croisa une des photos qui s'étaient répandues par terre suite à son excès d'humeur. Son regard partit ailleurs puis, réflexion faite, revint sur cette épreuve Polaroïd.

Bastien s'agenouilla, ramassa le cliché et fronça les sourcils.

- Non, ce n'est pas possible ! s'exclama-t-il alors qu'il était seul dans la pièce.

Sous le choc de sa découverte, il se dirigea d'un pas vif vers le bureau pour vérifier sa théorie.

Se tenant désormais juste devant l'embrasure de la porte, Bastien tendit devant lui, à hauteur des yeux, le cliché et le compara avec l'intérieur de la pièce. Prise à peu près depuis l'endroit où il se trouvait actuellement, la photographie représentait Sophie assise devant son ordinateur, souriante et tenant son filleul dans ses bras, c'est-à-dire Justin, le fils de Bastien alors âgé de quatre mois. Mais ce qui était intéressant pour Bastien dans cette représentation de sa sœur et de son fils, c'était ce qu'il y avait autour d'eux.

- Bon sang ! s'exclama à nouveau Bastien.

La théorie venait d'être vérifiée.

Entre cette photographie et ce qu'on pouvait observer sur place, il y avait une différence, et une différence de taille ! En effet, toute la surface d'un des murs avait été retapissée. Bastien n'avait pas besoin de vérifier les autres pièces, pour lui le signe tant attendu était là, devant lui ! Alors en pleine panade avec son mari, Sophie n'aurait jamais pris l'initiative de retapisser son bureau sans lui en parler à lui, son frère. Non, ce changement de ton dans l'agencement des papiers peints n'était pas un hasard. Bastien fouilla aussitôt la cuisine puis ramena dans le bureau un genre de spatule ainsi qu'un seau et une grosse éponge. Virant tout ce qui était adossé au mur sans faire de chichis, Bastien humidifia à la vitesse de l'éclair le papier et commença à en arracher de gros morceaux. Frottant furieusement le plâtre et les morceaux de papier imprimé récalcitrants, Bastien fut vite rendu à la moitié du mur.

« *Schtack !* »

Soudain, la spatule heurta une anfractuosité.

Rendu au comble de l'excitation, Bastien enleva nerveusement le morceau de papier peint qui cachait l'objet de toutes ses investigations. En deux secondes, Bastien sortit du mur un petit bloc de plâtre. L'objet était rectangulaire. Nettoyant les résidus de plâtre à deux mains, Bastien laissa tomber sa spatule. L'objet était enveloppé dans un papier protecteur blanc.

Bastien le déchira.

L'objet enfin dévoilé était en fait une cassette vidéo VHS 60 minutes pour caméscope.

Etait-ce un témoignage ?

Etait-ce un film amateur ?

L'enregistrement d'une camera de surveillance ?

Bastien partait plus ou moins illico dans des conjectures extravagantes. Néanmoins, il était empli de joie. Il exultait. Son indice tant attendu était en fin de compte entre ses mains, bien réel et bien palpable. Cela n'en avait pas l'air, mais cette cassette qu'il tenait, cette cassette que lui seul avait découvert, c'était la preuve qu'il n'avait pas rêvé tout le complot qui se jouait autour de lui et de sa sœur. Cette cassette prouvait également qu'avec l'aide de Sophie il pouvait réussir. Réussir à découvrir qui était à l'origine de cette catastrophe.

Cuvant peu à peu l'ivresse de sa découverte, Bastien se demanda un instant s'il avait trouvé un caméscope pendant ses recherches préliminaires.

Nada !

Il en était sûr, pas de caméscope ici.

Trente minutes avant les premiers rayons du soleil, il était temps de partir.

Bastien récupéra son matériel, enferma soigneusement la cassette dans une poche fermée, éteignit le disjoncteur et se dirigea vers la petite chambre du fond.

Bastien entrebâilla le volet.

Vaillant était là, toujours fidèle au poste.

Un relais télégraphique fait de roucoulements partit et revint tel un boomerang.

R.A.S. Ailes déployées

Bastien sortit sur le balcon, referma soigneusement derrière lui et s'échappa par les toits.

Le plus dur restait à faire.

*

Le timing était serré.

Il devait être dans les six heures du matin quand Bastien atteignit le centre ville.

S'il avait voulu intervenir avec un maximum de sécurité, Bastien aurait dû remettre son intervention dans le centre pour plus tard dans la soirée. Mais, de son point de vue, il n'en était pas question : il ne pouvait plus attendre. Il voulait savoir ce qu'il y avait sur cette cassette, à tout prix.

Peut-être que ce n'était pas la meilleure idée, mais pour le prestige Bastien Grenier voulait également violer un bâtiment célèbre de Nantes.

Situé Rue de la Marne, en plein centre de la ville, le grand magasin en question était connu de tous les nantais âgés de sept à soixante-dix-sept ans. L'architecture initiale avait été inaugurée en 1931, et, en son temps, cet établissement élevé sur sept niveaux - six étages et un sous-sol - était l'un des plus prestigieux d'Europe. Détruit en 1943 lors de la deuxième guerre mondiale, les travaux de reconstruction furent achevés définitivement en 1955 selon une architecture plus moderne. Moins haut que la mouture d'origine, le magasin actuel était constitué de quatre étages, d'un sous-sol et s'étalait sur l'angle de tout un pâté de maisons. Racheté il y a quelques années par Les Nouvelles Galeries, ce magasin portait toujours dans le cœur de chaque nantais le doux nom de "Decré" ;

Decré n'étant autre que le patronyme des fondateurs d'origine du début du siècle.

Utilisant les câbles électriques suspendus entre les bâtiments, Bastien atterrit en haut de l'enseigne lumineuse verticale du magasin DECRÉ, enseigne gardée en souvenir, mais non utilisée aujourd'hui. Tout en restant accroupi, Bastien marcha sur la terrasse du 4ème étage jusqu'à une sorte de petit chapiteau ou de cheminée. Bulle de plastique posée comme une verrue sur la toiture plane, ce petit chapiteau servait de trappe de désenfumage en cas d'incendie du magasin. Relié au service d'asservissement incendie, Bastien shunta le capteur de position, coupa le câble d'ouverture et ouvrit la bulle. Il fixa ensuite une corde, la jeta dans le trou et descendit.

Il arriva sur le sol plastique du troisième étage, non loin des baies vitrées donnant sur la Rue du Moulin.

Marchant calmement, en silence, Bastien traversa plusieurs rayons : rayon textile avec le blanc et les couleurs, les nappes, serviettes, torchons, draps, housses, mouchoirs, rideaux ; rayon vaisselle avec les arts de la table et les listes de mariage, plats inox, collections de marque, fantaisie, plateaux en tout genre, couverts de 2 à 30 euros, argent ou pacotille, cocottes-minute révolutionnaires, faitouts vapeur, paniers avec théière et bols pour "elle et lui", salières et poivrières en forme de poitrine, verres en cristal inabordables et vases décoratifs en terre cuite ; rayon papeterie avec livres et carterie, albums photos, cahiers, crayons, agendas, trousses "Pokémon", gommes magiques, règles et cartables "Barbie", cartes de voeux, d'anniversaires, de retraite, faire-part de naissance, cartes du "plus gros baiseur du quartier" et du "plus beau mec de la soirée", etc, etc...

Passé ces fantaisies, Bastien arriva à l'Escalator central.

Dépliée comme les segments d'un mètre pliant, une double rampe d'Escalators desservait en montant et en descendant chaque étage de Decré. Bastien descendit rapidement les marches en fer rainurées et passa successivement le deuxième : confection femme et enfants ; le premier : confection homme ; et, enfin, le rez-de-chaussée.

Conçu comme un grand hall circulaire et aérien, le rez-de-chaussée s'ouvrait sur les trois étages supérieurs. On y trouvait les grandes marques de parfum et de produits de beauté : Chanel, Yves Saint Laurent, Paco Rabanne, Ninna Ricci, Rochas, Calvin Klein, et on y trouvait également sur plusieurs mètres carrés des sous-vêtements, de la maroquinerie, de l'horlogerie, des foulards et autres objets plus ou moins saisonniers.

Toujours dans le fond de ce même rez-de-chaussée, se trouvait un autre secteur réservé à la Hi-fi et à l'électroménager, un secteur portant l'enseigne BHV. Aidé de sa lampe torche, Bastien se dirigea vers cette enseigne à trois lettres. Passé plusieurs présentoirs et des longueurs de rayons à n'en plus finir, Bastien arriva devant le stand Hi-fi. Là, il repéra dans une petite vitrine l'outil nécessaire à sa croisade : un caméscope JVC High-tech Numérique VHS. Il crocheta la serrure et s'en empara. Pas d'alarme.

« Blamelebredeleuf... Mmmtassatofmmelileli... »

Bastien s'immobilisa. Des murmures.

Il éteignit sa lampe poche et rangea sa caméra volée dans son sac dorsal.

Le faisceau d'une lampe étrangère s'approcha, un faisceau hésitant, tremblant, anarchique, nerveux.

Alertée par une voisine à l'oreille fine, une patrouille de police s'était déployée dans le magasin à la recherche d'une quelconque présence suspecte. La patrouille en question était constituée de deux hommes, armés chacun d'un beretta et d'une pile électrique.

Lentement, le premier s'avança vers Bastien sans le savoir. À la faveur des multiples étagères métalliques où reposaient grille-pain, friteuses et gaufriers de tout poil, Bastien put s'éclipser très facilement à la manière d'un chat se faufilant comme une anguille et sautillant silencieusement sur ses coussinets.

Arrivé au pied de l'Escalator du rez-de-chaussée, Bastien eut tout juste le temps de voir arriver un renfort de motards près des portes de sorties en verre. Coincé dans son plan de repli initial, Bastien remonta donc les marches, retour à la case départ. Même si sa combinaison grise empêchait qu'on ne l'identifie précisément, une immense verrière ronde, à la verticale des escaliers mécaniques, permettait de distinguer sa silhouette à la fois humaine et féline. C'est pourquoi, le deuxième agent qui était parti visiter les étages supérieurs n'eût pas de mal à distinguer le "gredin-voleur" Bastien Grenier malgré l'obscurité. Tandis que ce dernier avait à peine entamé sa progression vers le troisième étage, un...

« Au nom de la loi, ne bougez plus ! Police ! »

...se fit entendre.

La phrase de l'agent assermenté tout juste terminée, l'ombre grise gravit les marches restantes à la vitesse de l'éclair.

Un...

« Arrêtez-vous ! »

cingla, et un...

« *PAN !* »

...suivit illico.

Une des rambardes en verre explosa.

Le policier-criard suivit très vite les pas du voleur-fuyard.

Quand Bastien arriva près de la corde qui pouvait l'emmener vers le ciel, le policier tira au plafond et lança :

- Pas un geste ! On ne bouge plus !

Impressionné par ce deuxième coup de feu, Bastien se retourna et resta immobile, les yeux fixés sur le braqueur. Cette fois sûr de sa prise, le policier s'avança lentement tout en invectivant Bastien :

- Alors, espèce de tapette, on a sorti le costume du soir ? C'est un peu tôt pour la mi-carême, tu ne crois pas, ma chatte ?

Beau joueur, à ces mots Bastien répondit :

- Vous ne croyez pas si bien dire !

Le policier-blagueur ne vit rien venir. Sur son côté droit, la chatte grise Bastet se jeta sur lui toutes griffes dehors, telle un condor d'Amérique fonçant en piqué sur sa proie.

« *PAN !* »

La gâchette chatouilleuse du beretta fit partir un nouveau projectile qui s'écrasa à nouveau dans le plafond.

Anéanti par plusieurs coups de griffes successifs au visage et une plaie au cou laissée par une paire de canines puissantes, le policier dût se débattre plusieurs secondes à même le sol avant de se débarrasser de l'animal à fourrure en fureur. Ces quelques secondes permirent à Bastien de grimper en moins de deux sur la terrasse. Dans la foulée, il coupa la corde qu'il laissa retomber à l'étage en dessous et referma aussitôt la cloche plastique du conduit de désenfumage.

Bastien prit son élan sur vingt mètres et sauta sur la toiture des immeubles face à Decré, côté Rue du Moulin. Attirée par le bruit des coups de feu, seule une vieille grand-mère à sa fenêtre fut témoin du saut majestueux de Bastien, tel un singe gris dans la nuit ; cette grand-mère étant celle-là même qui avait préalablement donné l'alerte aux policiers.

Au troisième étage du magasin Decré, quand le policier agressé fut rejoint par son collègue, ce dernier fut horrifié à la vue du visage amical cisaillé en tous sens et perlant de sang. Inquiet, il sonda aussitôt :

- Jeannot, ça va ?! Qu'est-ce qui s'est passé, dis-moi ? Qui a fait ça ?

Incapable de parler à cause de la douleur, le policier désigna soudain, d'une main tremblante, un porte-parapluies en forme de chat qui était planté là dans un rayon.

- Hum... Hum... émit-il en ne pouvant réprimer l'effet de chaleur qui, en retour, lui léchait le visage.

Pour le moins perplexe, son camarade osa lui demander alors :
- Quoi ?... C'est un chat qui a fait le coup ?

***

Bastien regagna in extremis son quartier général de La Tour du Fer à Cheval.

Barrant la porte derrière lui d'une poutre en bois horizontale, il alluma le chauffage et retira sa combinaison gris foncé. Habillé désormais d'un vieux polaire bleu et d'un jean "pourave", il but un verre d'eau glacée et avala d'un trait trois barres hautement énergétiques aux céréales. Quand la pièce fut thermiquement devenue plus confortable, Bastien ôta une bâche recouvrant une grande table. Sur celle-ci, une multitude d'outils, d'objets métalliques et électroniques étaient entassés sans ordre apparent. Sur une partie trônait un ordinateur. Il l'alluma. Il sortit le caméscope volé de son sac, installa le disque CD-Rom de l'appareil dans son computer et connecta le tout. Enfin, il installa dans le caméscope la cassette trouvée dans l'appartement de sa sœur pendant la nuit.

Tout en diffusant pour la première fois cette cassette mystérieuse sur l'écran de son ordinateur, Bastien cocha dans un menu l'option "Saisie des données", ce qui allait lui permettre de faire en parallèle une première sauvegarde sur disque dur.

Après exactement un mois d'attente jour pour jour, Bastien Grenier allait peut-être commencer à comprendre ce qui s'était réellement passé durant cette fameuse nuit du 13 au 14 octobre 2002, ou du moins comprendre, par déduction, ce qui avait occasionné le drame.

À la fois excité et stressé, Bastien déglutit, s'assit à environ un mètre cinquante de l'écran et attendit.

Dans une petite fenêtre informatique animée, une feuille de papier volait d'un dossier à un autre, le chargement s'opérait.

« *Ding* »

Terminé.

Bastien s'étira et cliqua avec la souris sur le bouton "Lecture" du fichier.

Moment de vérité.

L'image s'anima.

Un fond bleu arriva, un chiffre en haut à droite indiquait la date d'enregistrement : 12 oct. 2002, et un chiffre en haut à gauche représentait un compteur.

Le fond bleu disparut et révéla un autre fond bleu : c'était le papier peint d'un mur relativement délabré. La vue était très rapprochée. On voyait juste au bas de l'écran une sorte de table, et également une chaise, positionnée entre la table et le mur.

L'image bougea très partiellement. Il y eut un zoom furtif, des parasites, du flou, un grésillement, un à-coup... quelqu'un semblait faire une mise au point.

Très lointaines, des paroles d'agacement se firent entendre :

« Mais... aaaah !... Zut ! »

Bastien reconnut aussitôt la voix de Sophie.

Plus de mystère.

Interlocutrice identifiée.

L'image s'immobilisa cinq secondes.

Des pas.

Soudain, Sophie vint s'installer sur la chaise face à l'objectif.

Le visage de Bastien se crispa.

Vêtue d'une chemise et d'un gilet, Sophie sortit de sa poche un paquet de cigarettes et un briquet. Son visage était grave. Un visage que Bastien n'avait jamais vu de cette manière, un visage qui lui souleva le cœur.

Des cheveux hirsutes, des yeux gonflés par la fatigue, une peau terne, moite, de cadavre, une lèvre inférieure tâchée de microcoupures dues à un mordillement nerveux : le visage de Sophie faisait véritablement peur. Peur surtout pour quelqu'un sachant à quoi elle pouvait ressembler en temps normal, c'est-à-dire sachant combien elle pouvait être belle, scintillante, joyeuse... telle une étoile.

Les yeux de Sophie étaient perdus dans le vague. Elle semblait errer sur une autre planète. Elle se passa une main dans les cheveux.

Tremblante, elle alluma une cigarette. Nerveuse, elle rapprocha un cendrier.

Puis, elle regarda l'objectif...

et raconta enfin son histoire :

- Qui que vous soyez à cet instant, en train de lire cette bande, sachez que je comprends totalement l'état de jubilation dans lequel vous devez être. Cependant, en tout premier lieu, je vous implore de croire que si vous avez découvert cette cassette vidéo dans le ciment d'un mur, c'est essentiellement parce que son contenu en est sévèrement dangereux. Et quand je parle de dangereux, je veux dire Mortel !

« Je sais bien que toute cette mise en scène a l'air d'une farce, d'un canular odieux, mais il n'en est rien. J'aimerais bien, croyez-moi. Mais ce n'est pas le cas. C'est, au contraire, tout l'inverse !

« Je vis dans la terreur depuis ces derniers jours et si vous ne souhaitez pas faire de même d'ici peu, je vous conseille fortement d'arrêter sur le champ cet enregistrement et d'envoyer le plus loin possible de vous cette cassette. Envoyez-là à des journalistes ou à un détective privé, mais surtout, faites-le anonymement. Je le répète, ce qui m'est arrivé récemment est ultra-dangereux. Vous risquez votre peau. Alors, je vous en supplie, croyez-moi et n'insistez pas si vous ne vous sentez pas de taille.

Tout en aspirant une bouffée de nicotine, Sophie marqua un temps. Bien que légèrement enrouée au début, sa voix devenait de plus en plus limpide.

Son préliminaire avait globalement bien posé l'enjeu. Mais, face à ce dilemme, Bastien n'avait rien à perdre. Depuis son évasion, il vivait lui aussi dans le danger, nuit et jour.

Il attendit donc la suite.

Sophie reprit :

« Vous êtes toujours là ? Si c'est effectivement le cas, je pense que vous devez appartenir à l'une de ces trois catégories : a/Vous êtes fou, b/Vous êtes mes oppresseurs, c'est-à-dire les salauds à l'origine de cette catastrophe que je suis en train de vivre, ou c/, vous êtes la personne que j'espérais toucher à travers ce film, c'est-à-dire un justicier. Maintenant, si concrètement vous faites partie de la première catégorie : tant pis pour vous ; et si vous faites parti de la deuxième, alors je pense que vous pouvez désormais savourer votre victoire et que vous allez vous rincer l'œil tout au long de ce qui va suivre. Par contre, si vous êtes un individu avide de justice et courageux, sachez que je vous remercie d'être là et que je vous souhaite bonne chance.

Temps mort.

« Assez tergiversé, allons-y ! Nous sommes le 12 octobre 2002 et il est environ 7 h 30 du matin. Pour comprendre ce qui m'est arrivé ces derniers jours, il faut d'abord que je me présente et que je vous explique qui je suis. Je m'appelle Sophie Vanier, mariée, 23 ans et sans enfant. Mes parents étant décédés alors que j'étais tout bébé, je n'ai pour famille qu'une vieille grand-mère fatiguée et un frère, Bastien Grenier. Mon mari et moi sommes à ce jour séparés pour cause de maladie : il est dépressif. Dans ce filigrane familial réduit, seul mon frère pourra peut-être trouver de l'importance à ce témoignage, je vous incite donc, qui que vous soyez, à prendre contact avec lui. Mais, encore une fois, restez prudent ! Car, si en ce jour je ne le fais pas directement, c'est parce que sa vie serait immédiatement en danger. Alors, avant de transmettre ces éléments, assurez-vous de l'identité de chaque personne, et assurez-vous que vous n'impliquez personne d'autre par la même occasion. Je le répète encore : c'est tout sauf une plaisanterie !

« Sur ce, revenons à moi.

Un temps.

« Comment dire... Par où commencer ?

Cigarette.

« Un milieu familial réduit incitant la plupart du temps à se créer un réseau d'amis assez étoffé, j'ai toujours eu des facilités à rencontrer des gens. C'est pourquoi, au hasard d'une rencontre, il y a cinq ans, je suis tombée sur Mathieu Despi. En dehors de certaines affinités sur l'humour ou la cinématographie, Mathieu faisait partie d'un groupe de Hackers baptisé le "Chaos Computer Club" ; les Hackers n'étant autres que des pirates informatiques. Passionné depuis son plus jeune âge par les systèmes de réseaux et de cryptages, Mathieu était un génie de l'informatique et le voir travailler sur son ordinateur a toujours été pour moi un immense plaisir. Bien sûr, livrer un tel secret sur sa vie privée n'est jamais facile, mais, bien que je ne me l'explique pas vraiment, Mathieu m'a toujours fait confiance. C'est donc lentement mais sûrement que j'ai rejoint son groupe, admirative et excitée à la fois. Malgré mon inculture informatique flagrante, peu à peu, Mathieu m'a appris les rudiments du "métier" et m'a transmis sa passion. Même si je n'atteindrais jamais son niveau de maîtrise, je peux néanmoins m'enorgueillir aujourd'hui d'être une pirate confirmée et surtout inventive. Peut-être que, pour vous, le fait que je sois une pirate ne vous inspire pas confiance et vous rebute, mais, comme cela peut exister dans tous les milieux, on peut dire qu'il y a dans notre branche pirate et *"pirate"*. Mathieu et moi faisions parti d'une branche soft de hacking, notre but n'étant autre que la pénétration de systèmes jugés inviolables. Il nous est arrivé de signer nos méfaits par l'intermédiaire d'images, de phrases humoristiques ou en modifiant des pages d'accueils ; il nous est même arrivé de créer des virus ; mais toutes ces investigations n'ont jamais eu pour but de détruire littéralement les systèmes pénétrés, à l'inverse d'une autre branche de pirates que l'on appelle généralement les "Crashers". Le Crasher est, par définition, quelqu'un qui prône l'anarchie et qui n'a aucune moralité. Son but est de détruire, de piller, d'anéantir. Eprouvant un fort sentiment de puissance derrière sa machine, le Crasher est surtout quelqu'un en mal d'affirmation et qui ne se rend pas compte qu'il peut détruire des Entreprises ou faire perdre des millions d'euros à d'honnêtes citoyens. À la base, même si la démarche est la même, la finalité reste toute différente. C'est pourquoi, en général, un Hacker n'apprécie guère les facéties d'un Crasher.

« Le but de Mathieu et de moi-même a donc toujours été la performance, le fun, et non le profit personnel ou la nuisance. Pourtant, ces derniers jours, un événement que nous n'aurions jamais pu préméditer, ni l'un ni l'autre, lié à notre activité, nous a transformés d'un coup de baguette magique en bêtes traquées.

Sophie renifla, écrasa sa cigarette, en alluma une autre et reprit son souffle. Elle semblait nerveuse, hypertendue. Bastien ne l'avait jamais vue stressée à ce point, ce qui augmentait considérablement son angoisse. Qu'est-ce qui pouvait bien lui faire peur à ce point ? Etait-elle vraiment seule dans cette pièce à faire ce film ? Lisait-elle un prompteur ? Y-avait-il un fusil braqué sur elle ? Par qui ? Pour quoi ? Où...

Tant de questions.

Pas le temps d'y répondre.

Sophie ramena ses cheveux couleur d'or en arrière, regarda la caméra à nouveau et poursuivit :

« Hum... l'événement dont je parle date d'il y a quelques jours, de samedi dernier plus précisément. Ce jour-là Mathieu et moi étions en train de concevoir la structure interne d'un virus très spécial que l'on nomme un "Troyen". Ce genre de virus tire son pseudonyme du mythe célèbre du "Cheval de Troie", fait historique où les Grecs purent investir la ville de Troie en cachant des soldats à l'intérieur d'un gigantesque cheval de bois. Parallèlement à cette tactique militaire très connue, un virus informatique dit "Troyen" est en fait un programme malsain qui est caché dans un autre plus ordinaire et qui permet de créer une passerelle entre l'ordinateur cible et celui du pirate. Ainsi, ce dernier peut prendre totalement possession d'un autre poste à distance et en faire donc un esclave, ceci, tant que la connexion bien sûr n'est pas interrompue.

« Bref, il devait être deux à trois heures du matin, ce samedi, et nous étions devant notre écran en train de programmer le Troyen. Quand, soudain, via le Net, un fichier s'est mis à se télécharger sur le disque dur. Bien que, personnellement, légèrement inquiétée, Mathieu, lui, resta zen et attendit sagement la fin du téléchargement. Quand nous lançâmes le programme, Mathieu reconnut presqu'aussitôt un virus mouchard que nous avions envoyé explorer le Net environ un an plus tôt. Lancé au bonheur la chance sur le réseau, ce virus avait été conçu pour infecter et trahir le micro résidant seulement lors du lancement d'une commande VER sous le système d'exploitation DOS. La commande VER précisant à l'utilisateur la version du DOS installée sur sa machine, cette commande est aujourd'hui très peu utilisée, voire inutile, c'est pourquoi le virus en question a mis visiblement presqu'une année avant de se déclencher. Il avait donc fallu une année avant qu'un utilisateur daigne lancer cette commande VER et, du même coup, infecte son propre micro sans le savoir. L'infection programmée en tant que telle n'était pas méchante puisqu'elle consistait, entre autres, à inverser l'écran, insérer des photos de pin-up et changer la forme de flèche de la souris en celle d'une colombe. Cependant, en plus de taquiner l'utilisateur infecté, ce virus avait pour mission de ramener à son concepteur, c'est-à-dire nous, l'adresse IP du micro en question et éventuellement ses mots de passe internes. Or, quand nous lançâmes la connexion vers ce micro-ordinateur vérolé, notre surprise fut totale !

Sophie stoppa trois secondes, plaqua encore ses cheveux en arrière, et reprit :

« Oui, Mathieu et moi n'en revenions pas, mais, au bout de quelques secondes, nous nous rendîmes compte que nous nous trouvions ni plus ni moins devant le site interne de la DST (La Direction de la Surveillance du Territoire), c'est-à-dire le contre-espionnage français.

« C'était incroyable ! Le jack-pot ! L'exploit suprême !

« Sur le coup, nous étions aux anges, mais nous avons malheureusement très vite déchanté.

« En se baladant au hasard dans un secteur baptisé le "DSIN" (aucune idée de ce que cela veut dire), presqu'aussitôt un message s'est affiché sur notre écran. Ce message précisait que nous étions sur un site classé secret défense et que nous encourrions une peine irréductible et immédiate de vingt à trente ans de réclusion ; la fin du message demandait également de décliner sur le champ notre identité et nos coordonnées et d'attendre la venue d'agents soi-disant déjà mobilisés pour l'enquête.

« À cet instant, l'atmosphère du local où nous étions devint terrifiante. C'est bête à dire, mais c'est la première fois que nous étions victime d'un piratage. Nous qui étions généralement les assiégeurs, nous vivions à la puissance mille un remake de l'arroseur arrosé. Je sais bien que certains d'entre vous penseront des choses du genre : *bien fait pour ta gueule ! on ne fait pas d'omelette dans casser des œufs, ma vieille*, ou je ne sais quoi encore. Mais, je peux vous assurer que, sur le coup, on a flippé à mort. Surtout moi. Paniqués comme c'est pas possible, on a tout coupé, appareil et prises. Devant mon angoisse sans cesse grandissante, Mathieu s'évertua à me rassurer et à se rassurer lui-même en disant que c'était un message d'intimidation et qu'*ils* ne pouvaient pas savoir où nous étions ni même qui nous étions, et que, même si le piratage était certes un délit, ce n'en était pas pour autant un crime. Selon lui, tout au plus, on risquait, dans ce genre d'histoire, une grosse amende. De plus, Mathieu me jura que dans ce local pirate qu'il louait une misère, rien n'était à son nom et que le voisinage était on ne peut plus discret. Bref, selon lui, en tant que Hackers, nous étions totalement anonymes et intouchables. Il n'y avait pas à s'en faire.

« Deux minutes plus tard, nous nous quittâmes donc avec l'illusion d'avoir réalisé un exploit, mais aussi avec la certitude d'avoir légèrement compromis la quiétude de notre avenir.

Un temps.

Sophie se versa un verre d'eau.

Rendu à ce stade du récit, Bastien accusa quelque peu le coup. Même s'il savait que l'affaire était assez importante au point d'avoir pu notamment engendrer un tas de mensonges sur lui et sa sœur, Bastien n'imaginait cependant pas que les secrets de la DST en fussent à l'origine. Oui, vu les circonstances, l'affaire prenait une toute autre dimension. La lutte risquait de se situer à une autre altitude, à un niveau plus politique. Il risquait d'y avoir d'autres morts. C'était inévitable.

Pour le moins toujours maniaque avec ses cheveux, Sophie Grenier-Vanier joua quelques secondes avec des mèches qui se repliaient sur sa nuque, puis continua :

« Cette nuit-là, j'eus un mal fou à dormir. Des milliards d'interrogations m'assaillirent. Des tas de délires me traversèrent l'esprit. Ce fut un cauchemar... et, je ne sais pas si ce fut quelque part prémonitoire ou quoi, mais, le lendemain, je fus fixée.

« Ahfff... Comment dire...? Dès l'après-midi, je suis retournée au local. Un véritable carnage ! Le matériel avait disparu, et le peu d'affaires sur place avait été détruit par le feu. C'est la concierge d'un immeuble mitoyen qui avait appelé les pompiers en voyant une épaisse fumée s'échapper d'un soupirail. Toujours d'après cette brave dame, j'appris sur le coup que personne n'avait rien remarqué d'anormal et que des policiers en civil étaient partis prévenir le ou la propriétaire... L'incendie datait déjà de la veille au soir.

« Pour le moins affolée, j'espérais intérieurement que l'individu qui avait saccagé le local n'était autre que Mathieu lui-même, ce qui expliquait notamment son silence durant les dernières heures. Mais, malheureusement, la réalité eut une toute autre saveur !

« En appelant chez Mathieu, sa femme m'apprit qu'il avait été arrêté dans la nuit et que, depuis, elle n'avait pas reçu une seule nouvelle. D'après elle, l'arrestation avait été violente. Il n'y avait pas eu de mandat, pas de noms de responsables, aucune présentation dans les règles. Elle était encore sous le choc. Elle pleurait à chaudes larmes. Ce qu'il faut savoir, c'est que la femme de Mathieu me connaissait, mais elle ignorait totalement l'existence de mes activités informatiques et nocturnes. Cette ignorance la mettait indéniablement à l'abri. Devant son innocence et son chagrin, je n'eus d'autre échappatoire que de venir la réconforter jusqu'au soir. Ayant personnellement très vite compris que Mathieu s'était sacrifié pour moi, apaiser les frayeurs de son épouse me sembla une tâche évidente et légitime. En fin de soirée, un coup de fil de Mathieu nous apprit qu'il avait été inculpé pour espionnage, qu'il allait bien, qu'il ne fallait pas s'inquiéter et qu'il rappellerait plus tard pour préciser qui s'occuperait de sa défense. L'appel fut bref, sec et tranchant. Sa voix était méconnaissable, comme mécanique. Je ne pouvais pas y penser un seul instant lors des faits, mais, avec le recul, je suis quasiment certaine que cette voix n'était pas celle de Mathieu, mais plutôt celle d'un imposteur ou la voix synthétique d'une machine. Cette hypothèse doit vous paraître délirante, n'est-ce-pas ? Mais avant de conclure trop vite, attendez un peu la suite. »

Un temps.

Verre d'eau.

« Le lundi suivant, je suis partie bosser comme si de rien n'était. Faire ainsi, c'était non seulement la meilleure des couvertures possibles, mais, après ce week-end tourmenté, j'avais également besoin de me vider l'esprit et de souffler. Trop de questions m'obsédaient. Le soir, j'appelai chez sa femme pour prendre des nouvelles de Mathieu : elle n'avait reçu aucun appel de la journée. Elle s'était mise en arrêt toute la semaine et se rongeait les sangs. Elle était au plus mal.

« Le mardi pareil. Moi au boulot, elle à attendre.

Silence.

« Mercredi, même topo. Elle craqua. Moi aussi.

« La femme de Mathieu se rendit donc au Commissariat, seule. Vers 20 heures, elle m'appela, effondrée, au bord de l'hystérie. L'arrestation de son mari pour espionnage était inconnue des registres et des policiers en faction. Mathieu ne s'était jamais présenté à quelque poste de police que ce soit. Stupeur immense ! Catastrophe ! Du statut d'inculpé, Mathieu passa en cinq secondes à celui de disparu. Je crois que c'est à ce moment-là que je compris combien la situation était grave, combien elle était hors norme contrairement à ce que l'on pouvait penser jusqu'ici.

« Cependant, malgré désormais une menace de plus en plus lourde et sans visage qui pesait sur mes épaules, je décidai le soir même de passer à l'attaque et d'en savoir un peu plus sur ce que nous avions réellement découvert, Mathieu et moi. Car, demeurant plutôt incertaine au sujet de ce qui pouvait m'arriver dans un avenir proche, il me parut évident qu'il fallait approfondir, dans un premier temps, les faits du passé.

Un temps.

« Ayant conservé soigneusement les informations transmises par le virus-mouchard de Mathieu, je n'eus pas de mal à atteindre la porte arrière du système avec mon propre ordinateur. Une fois sur place, les mots de passe ayant été changés, je dus lancer une "Routine", c'est-à-dire un casseur de code, et attendre. Vers trois heures du mat', le programme -une merveille à la Mathieu, cela dit en passant - trouva la suite alphanumérique du code et je pénétrai une nouvelle fois sur le site interne de la DST. Ne pouvant sauvegarder les écrans qui se trouvaient devant moi, j'ai filmé certaines pages du site, vous les trouverez à la fin de cet exposé sur cette cassette. En première analyse, même s'il s'agissait d'affaires internes et bien évidemment secrètes, je ne vis rien d'alarmant dans les menus disponibles. Des ventes d'armes, des fiches techniques, des statistiques, des flux de capitaux, des renseignements commerciaux, le panel d'infos diffusées était très hétéroclite, les divulguer ex-abrupto n'aurait pas forcément nui à la Sécurité Nationale. Du moins, ce fut mon appréciation.

« Je devais donc aller plus loin. Or, dans la page d'accueil du site, certains menus réclamaient, afin d'y accéder, d'autres mots de passe. La clé de l'énigme était vraisemblablement là. Je me suis mise à travailler hors connexion sur les adresses d'accès de ces menus pendant des heures, mais jusqu'ici en vain. Ma seule chance désormais est d'interroger le site à partir d'un serveur principal, c'est-à-dire à partir d'un poste habilité à dialoguer avec le serveur final, celui où réside le site de la DST ; car il s'avère que le cryptage/décryptage des données dépend dans ce cas précis, non seulement du programme utilisé, mais également du matériel informatique utilisé proprement dit. D'après mes recherches, l'un des serveurs est situé à la Tour de Bretagne, au siège d'une Société baptisée "Infotech". Je ne sais pas encore comment je vais m'y prendre, mais, ce soir, j'ai l'intention d'aller y faire un tour et de me connecter à nouveau. J'apprendrai peut-être des choses intéressantes. De toute façon, je n'ai rien à perdre.

Sophie se racla la gorge et se tapa la poitrine. Le tabac ne semblait pas lui réussir, comme c'est le cas pour beaucoup d'autres personnes d'ailleurs. Une petite gorgée d'eau la remit d'aplomb, malgré une fatigue marquée en lettres majuscules sur son front.

Elle reprit :

« Voilà... À l'heure où je vous parle, j'en suis là. Ce soir, je vais tenter d'interroger le serveur d'Infotech en lançant ma "Routine" et on verra bien. Ne sachant toujours pas sur quoi je vais tomber, j'ai préféré par souci de prudence enregistrer ce film et le cacher. Je laisse derrière moi également un fichier baptisé "Skul.sys" sur mon ordinateur, c'est la Routine dont je vous parlais. L'étape qui se présente va être cruciale, d'un danger certain. Je ne désespère pas pour autant réussir à percer le mystère entourant la disparition sauvage de Mathieu. Une fois sûre de ma percée du système informatique, je diffuserai tout sur le net, c'est ma seule couverture valable. Maintenant, on a trop perdu de temps. La vie de Mathieu est en jeu. Vous avez toutes les cartes pour continuer les recherches sans moi si j'échoue. Si vous avez été assez malin pour trouver cette cassette, vous pourrez vous en sortir.

« Dernière chose : je le répète, qui que vous soyez devant ce poste, ne prenez pas ce message à la légère. Sinon, vous risquez de vous transformer en très peu de temps comme moi, c'est-à-dire en bête fauve, anxieuse et vidée de son sang.

« Voilà... Ceci dit, à bientôt.

« Enfin, j'espère !

Difficilement, Sophie tourna sur son siège et se leva.

Elle disparut de l'écran.

Des pas.

Image décentrée.

Temps neigeux sur l'écran.

Plusieurs minutes après la fin du témoignage de Sophie, Bastien analysa en long et en large les écrans du site violé qui avaient été filmé et mis à la fin de la cassette. Tout n'était pas franchement net mais la teneur de certaines pages était aisément compréhensible. Honnêtement, peut-être que la réponse à la question que se posaient aussi bien Bastien que Sophie se trouvait là, en ces pages d'écrans. Mais, pour les comprendre, Bastien allait devoir disposer d'un matériel nettement plus sophistiqué. Pas facile quand on vit reclus dans les entrailles pierreuses d'un château du XIIIème siècle. Mais qu'importe, la priorité était de récupérer le programme "Skul.sys" sur le micro-ordinateur de Sophie. Inutile de chercher plus longtemps où il se trouvait vu qu'il était une des pièces à conviction récupérée par les flics lors des faits. Dès ce soir, Bastien allait donc devoir s'attaquer au Commissariat Central de Waldeck Rousseau en plein centre de Nantes. Décidément, dans ce conflit, la barre se situait à un niveau plutôt assez haut. Une mission de ce type revenait quasiment à se jeter dans la gueule du loup. Il n'y avait pas de doute là-dessus, la journée allait être encore longue, très longue.

Dans l'immédiat, Bastien s'accorda une sieste de trois heures.

Plus tard, il réfléchirait à un moyen de pénétrer dans le Commissariat.

Et plus tard encore, il donnerait ses ordres aux Animaux de l'Ombre.

13

Mardi 14 novembre 2002 - 21:00.

En haut des tours de la Butte Sainte Anne, dans le quartier Ouest de Nantes, il se trouve une antenne d'environ cinq mètres de haut. Rattachées autour de ce mât central tubulaire, une dizaine de branches métalliques absorbaient à longueur de journée les ondes vidéo émises à travers le ciel. Il n'y avait là rien d'anormal, ceci jusqu'à ce que, soudain, un cri ultrasonique ne surgisse de la nuit.

Aussitôt alertée, une bonne dizaine de chats se mit à grimper le long du mât de l'antenne. Très vite, un véritable bombardement de félins suivit et s'abattit sur chacune des branches, tel une pluie de flocons à fourrure. Petit, gros, jaune, noir, marron, roux, tacheté, uniforme, le panel d'individus était des plus hétéroclite. À raison d'une moyenne de 7 à 8 kilos par tête de pipe, quand le trente-quatrième individu se jeta dans la mêlée, le vacillement grinçant de "l'arbre à chat" se transforma en un craquement définitif. Anéantie par une masse surprenante, l'antenne s'étala sur le sol dans un fracas épouvantable.

Bilan de l'opération : neuf chats blessés (oeils crevés et pattes brisées), trois chats morts (deux embrochés et un coup du lapin), mais surtout : quinze mille Nantais privés de télévision jusqu'à nouvel ordre. Autrement dit, la perte de ce récepteur aérien pouvait être considérée comme une catastrophe régionale, une catastrophe qui allait faire du bruit dans les chaumières !

Postés par groupes de quarante à cinquante bêtes en dix points différents de la ville, ce fut un déluge de chats enragés qui déferla en fait sur les toits de Nantes tout au long de la nuit, et ceci, à la plus grande surprise et à la plus grande frayeur d'habitants pourtant bien décidés à dormir.

En dehors des évidentes antennes pliées et des trop faciles paraboles démantelées, les dégâts provoqués par les meutes de chats déchaînés eurent le loisir de prendre plusieurs formes. Des centaines de jardinières et de pots de fleurs furent expulsés des balcons et allèrent s'écraser comme des mini-bombes végétales au milieu des ruelles.

Bruit de tonnerre... Vague de terre...

Bon nombre de Velux ou de verrières en toiture reçurent des projectiles du style : morceaux de cheminée, cailloux, tuiles, ardoises ou billes de fer.

Eclats de verres... Poussières d'étoiles...

Puis vint le tour des poubelles instables, des voitures à l'alarme sensible, des décorations de Noël en tout genre, lumineuses et fragiles, et des pancartes publicitaires mal scellées aux trottoirs. Bref, en même pas trois quarts d'heures, un chaos indescriptible avait réveillé la moitié de la ville, et Dieu sait si un homme peut être désagréable quand on le coupe dans son sommeil.

Très vite les coups de téléphone de désapprobation fusèrent. Pompiers, services techniques municipaux, policiers, EDF, tous les fonctionnaires de garde cette nuit-là en prirent pour leur grade et furent employés à rétablir la situation. Au Commissariat Waldeck Rousseau, les trois équipes de patrouilles disponibles furent très vite dépêchées sur différents points chauds. Trois policiers restèrent à l'accueil afin de recevoir les citoyens mécontents qui affluaient et conspuaient sans relâche. Il y eut des cris, il y eut des coups, des amendes, des blâmes et des bousculades. Il y eut l'horreur même, l'effet de masse sombre et crétin poussé à son paroxysme. Des renforts furent mobilisés. Devant le déferlement des bêtes sauvages, la SPA, des vétérinaires et des chasseurs furent conviés à la danse : il fallait disperser et décourager les gêneurs au plus vite. Vers les dix heures du soir, la situation dans la ville était rendue au summum de la confusion et personne ne semblait savoir comment arrêter le phénomène. Personne, sauf Bastien Grenier, seul Maître des Mondes d'En-Bas, Intermédiaire et d'En-Haut en cette nuit particulière.

*

Profitant de l'agitation générale, Bastien n'eut pas de mal à s'introduire dans le Commissariat Central de Waldeck Rousseau.

Passablement occupés à rassurer les habitants ou à contenir le plus petit débordement, les policiers de Waldeck Rousseau avaient déserté leur QG, ce qui était une erreur stratégique notoire pour la sécurité du lieu.

Vêtu des pieds à la tête de son habit gris anthracite, Bastien sauta d'un toit adjacent sur le toit d'un des bâtiments du Commissariat, haut de quatre étages et construit tout en longueur. Bastien marcha le long de la faîtière du bâtiment jusqu'à une petite lucarne. Un pied placé sur l'appui en zinc et un autre dans la gouttière, Bastien poussa fortement sur le battement central d'une fenêtre à double vantail. Quand la déformation du montant atteignit une certaine courbe, le verrou haut craqua et sortit de sa gâche, libérant l'ouverture. Refermant derrière lui les battants, Bastien avança dans un vieux grenier poussiéreux rempli de dossiers jusqu'au plafond. Après avoir entrebâillé légèrement la porte et sondé l'extérieur, Bastien sortit et se retrouva sur un palier. En regardant les étages en contrebas depuis la rambarde de l'escalier, il aperçut de la lumière au rez-de-chaussée. En marchant sur la pointe des pieds, il descendit, très lentement. Arrivé dans un couloir, du côté gauche un brouhaha lointain permettait de localiser les citoyens mécontents déposant leurs plaintes à l'accueil, alors que, du côté droit, il semblait y avoir une inactivité notoire. Bastien prit cette dernière direction. Tout en restant sur ses gardes, il observait les petits écriteaux collés sur chacune des portes qui se présentaient à lui. Vers la sixième porte, il stoppa devant l'inscription : "Salle des pièces à convictions". Comme il s'en doutait, la porte était blindée et fermée à double tour par une serrure de sécurité inviolable. La seule solution était de trouver les clés. Bastien se mit donc à fouiller les bureaux et les armoires où il avait accès. En un quart d'heure de recherche frénétique, sa progression l'amena finalement vers le lieu qu'il redoutait le plus, c'est-à-dire l'accueil. En regardant discrètement à travers le hublot d'une porte de service, Bastien remarqua que la clé du local se trouvait accrochée sur un tableau situé juste derrière les trois policiers en train de réceptionner les nantais, des nantais pour le moins rouges de colère. Les cloisons vibraient devant les gueulantes incessantes et les coups de poings répétitifs sur le comptoir. Sans compter les policiers, il devait bien y avoir une trentaine de personnes, autrement dit : une vraie foule de foire. Agir par surprise en sa seule et unique personne était impossible pour Bastien ; pourtant, il fallait à tout prix déloger tout ce monde du bureau. Cela semblait impossible, mais, à chaque problème il existe toujours une solution.

Bastien s'isola dans un bureau adjacent à l'accueil. Il s'empara alors de son sac à dos et l'ouvrit. De la fermeture éclair ouverte, un petit museau rose et pointu surgit ; vinrent ensuite successivement des vibrisses, des petits yeux ronds et sombres, des oreilles bien dessinées, un cou pratiquement inexistant, un tronc court, un corps long et noir, un ventre gris et puissant, et, enfin, une queue annelée. De toute sa majesté et de toute sa suffisance royale, Cluny, le Roi des Rats, se posta devant Bastien et attendit les ordres. Sous l'égide de la Filiation, les sensations passèrent comme une lettre à la poste entre l'homme et la bête.

Message reçu.

Bastien entrebâilla une fenêtre et fit sortir Cluny.

En quelques secondes, le Seigneur Tout Puissant des égouts battit le rappel et c'est aussitôt près de trois cents rats qui sortirent des ténèbres.

Telle une flaque noire et brune en sustentation, l'Assemblée des Rats se dirigea, d'un commun accord, vers le seul bureau éclairé du Commissariat. Ils entrèrent à l'accueil, et, une seconde plus tard, les cris de consternation des poseurs de plaintes se transformèrent en cris de douleur.

L'assaut proprement dit fut brutal.

La première vague d'attaque sectionna avec une précision chirurgicale une bonne quinzaine de tendons d'Achille. Cette coupe franche fut de loin la plus efficace, l'effet de surprise étant à ce moment-là total. Une bonne moitié des hommes étant à terre, ceux-là ne présentèrent plus aucun danger. La plupart des rats s'acharnèrent alors à mettre au sol l'autre moitié humaine présente. Et pour ce faire, tous les moyens furent jugés bons. Dans le désordre, il y eut des crocs plantés dans les mollets et les parties génitales, des griffures sur les mains et le ventre, des sauts avec élan jusqu'à la tête pour faire perdre connaissance et des "faufilements" entre les jambes pour faire trébucher. Autrement dit, il y eut un acharnement, une lutte sans merci. En même pas une minute, la cause fut entendue.

Ensevelis sous le poids énorme de rats musclés, terrifiés par la menace d'incisives aiguisées comme des sabres, les nantais présents ne purent rien faire, hormis pleurer et souffrir. Sur les trois policiers en poste à la réception, un seul parvint à dégainer et à abattre trois rats avant de plier, lui aussi, sous le poids de la charge animale. Le sang macula très vite le sol et les murs de l'accueil en un tableau fantastique digne du film "Carrie". N'ayant très rapidement plus d'adversaire à combattre, la meute s'en prit logiquement par la suite au mobilier. Une deuxième vague d'attaque appliqua donc au lieu ce qu'on appelle, dans le jargon des hommes, la politique de "la terre brûlée". Toujours dans le désordre, quelques plantes vertes furent taillées en bâtons d'allumettes, des chaises publiques furent décomposées en kits d'assemblages et des papiers peints calibrés en confettis modèle standard. Au final, le rapport de 10 contre 1 à l'avantage des rats ne fit pas de quartiers. Quand le signal de la retraite sonna, le spectacle de tous ces hommes couchés au milieu des débris, des poussières et du sang donna l'impression qu'une bombe venait d'exploser, qu'un attentat venait de se produire. Cependant, la diversion avait fait son œuvre et c'était le principal : pendant la bataille, Cluny s'était discrètement emparé des clés sur le tableau derrière l'accueil et les avait remises à Bastien.

Dans la "Salle des Pièces à Convictions", Bastien consulta d'abord le registre des dépôts puis ouvrit le casier "C13" où avait été entreposé l'ordinateur de Sophie. Là, il tira d'une poche située sur la cuisse de son pantalon un tournevis et commença à démanteler l'unité centrale. Une minute plus tard, il sortit du cœur de l'engin son disque dur et le rangea dans son sac à dos. Il referma l'ordinateur et le casier "C13", éteignit et referma à clé derrière lui. Comptant bien repartir par où il était entré afin de ne pas être vu, Bastien se sépara de Cluny au pied de l'escalier. Se voyant confier à nouveau les clés de la porte blindée, Cluny passa une nouvelle fois à travers le champ de bataille encore fumant. Le spectacle alors disponible à cet instant le fit jubiler. Lui qui avait jadis tant rêvé de tester la résistance des hommes, le résultat de cet assaut était allé bien au-delà de ses espérances. Ce jour était historique. Une grande première dans les rapports de force "humains-muridés". C'était le jour où les geôliers du Monde d'En-Bas avaient battu pour la première fois la race prétentieuse et pollueuse des hommes.

En son for intérieur, Cluny savait que le plus dur restait à venir. Mais, cette première victoire n'était que le début d'une longue série, il en était persuadé. Et le piment de l'histoire à ses yeux, c'est que c'était l'amitié même d'un homme qui avait permis la réalisation de cet exploit.

Pour l'heure, le Roi au pelage noir déposa les clés sur le sol, au hasard, et quitta l'endroit. Avant de rejoindre l'Ile de Versailles, Cluny stoppa peu avant le pont de La Motte Rouge, observant au loin une voiture de police qui approchait, toutes sirènes allumées. Se mettant à la place des gens qui allaient d'ici peu découvrir les dégâts perpétués au Commissariat, Messire Cluny sut sans équivoque que, depuis cette nuit, la terreur avait bel et bien changé de camp.

*

Accompagnée de Tombass, son général en chef des services secrets, la chatte Bastet attendait que Bastien daigne bien vouloir sortir du Commissariat.

Depuis plus d'une heure et quart que les différentes fédérations de chats faisaient le bal en ville, la situation semblait tourner de plus en plus au vinaigre et il était temps de partir. Quelques coups de feu s'étaient fait entendre au loin, des cris, des bousculades, des bruits d'affolement aussi, les derniers rapports hertziens signalaient déjà une bonne dizaine de chats morts en mission. Si Cluny pouvait ce soir s'enorgueillir d'avoir maté un groupe d'hommes, Bastet et son peuple risquaient en contrepartie de faire les frais du mécontentement général. Il valait mieux ne pas pousser le bouchon trop loin.

Alors que des lumières commençaient à clignoter sur certaines fenêtres avoisinantes, Bastien apparut enfin sur le toit du Commissariat.

Agrippant un câble électrique suspendu à l'aide d'une poulie Bastien glissa du Commissariat jusqu'au bâtiment où se trouvaient Bastet et Tombass.

La course pouvait commencer.

Imitant le pas sautillant et agile des félins, Bastien suivit l'itinéraire sécurisé et rapide défini par les éclaireurs du Monde Intermédiaire. Traverser un espace à la planéité quasi inexistante n'est pas franchement une chose aisée, cela oblige à défier sans cesse les lois de l'équilibre, ainsi que la fameuse théorie de la ligne droite comme le plus court chemin entre un point A et un point B. De plus, il faut choisir l'itinéraire le mieux éclairé qui soit, à cause des ombres trompeuses et des reliefs ; sinon, bonjour la chute et gare aux bobos. Bref, quand on est un bipède dénué d'un champ visuel à 180°, d'une pupille à la dilatation exceptionnelle, d'oreilles avec trois canaux semi-circulaires et d'une capacité de détente musculaire spectaculaire, on peut dire que la course nocturne sur toitures revient un peu à vouloir diriger par mille mètres de fond un sous-marin sans cartes ni sonar. Conscient du danger, Bastien avait préalablement étudié l'environnement sur plan avant de le mémoriser dans sa tête à maintes et maintes reprises. Les dénivellations, la prise d'élan au bon moment, la prise d'appui, la distance optimale pour un saut, il devait faire attention à chaque seconde et copier, à la lettre, les attitudes fluides et sûres de ses guides poilus. Après cinq minutes de périple, Bastet et Tombass étaient déjà rendus dans le quartier Saint Clément. D'ici dix minutes, ils devraient être définitivement à l'abri, bien au chaud, dans la Tour Nord-Est du Château Des Ducs.

***

Serveuse au bar du "Lieu Unique", Nadine Vost avait terminé son service et rentrait chez elle à pied. Habitant Allée de la Reine Margot, elle remontait Rue Henri IV et poursuivait vers Sully, comme tous les soirs.

Fatiguée plus moralement que physiquement par des clients perpétuellement insatisfaits, elle n'avait qu'une hâte : plonger dans un bain bien chaud et visionner un DVD devant un plateau-télé. Ayant abordé l'allée descendante Sully, elle vit, au loin sur son trottoir, un homme adossé contre un mur. Apparemment clodo ou SDF, Nadine préféra discrètement changer de trottoir ; *évitons les problèmes*, se dit-elle intérieurement.

Parvenue à la hauteur du type louche, Nadine fit semblant de ne pas le voir et tourna comme pour aller vers le Groupe Scolaire. Au bout de quinze mètres, Nadine dégagea son oreille droite en recoiffant ses cheveux bruns soyeux, et, suite à ce geste, commença aussitôt à stresser car elle entendit qu'elle était suivie. Ce qu'elle redoutait le plus semblait se produire.

Pas de chance.

Ne disposant d'aucune arme dissuasive, elle réfléchissait déjà au meilleur moyen de se débarrasser de son suiveur et accéléra le pas. Fallait-il courir ? Fallait-il se retourner et gueuler un bon coup ? Fallait-il attendre qu'il soit sur ses talons pour lui balancer un grand coup de sac à main dans le buffet ? Difficile de savoir quelle était l'option idéale. Etait-elle de toute façon disposée à réfléchir ? Certainement pas. Les gestes déplacés et les remarques misogynes des hommes, ça elle connaissait ; mais le risque d'une agression violente et barbare en pleine rue, ça, elle le découvrait complètement.

Malheureusement, Nadine Vost n'eut pas le temps matériel de prendre une décision.

À la hauteur de l'Allée Villebon, des mains inconnues surgirent de l'ombre et la tirèrent vers l'impasse.

Projetée contre le mur, Nadine lâcha un cri de douleur et de frayeur mélangées. Aussitôt ceinturée d'un bras et bâillonnée d'un autre, une voix souffla dans son oreille gauche une menace :

- Tu vas être gentille, ma cocotte. Sinon je te brise la nuque. Tu saisis ?

Alors tenaillée par un homme nettement plus fort qu'elle, l'homme douteux qui l'avait suivie se présenta devant elle. Deux contre une, l'agression se précisait. Elle allait passer un sale quart d'heure. Nadine comprit très vite. Ils n'en avaient pas après son argent, mais après elle.

Inondant autour de lui un cocktail d'effluves de vinasse et de sueur, l'homme face à Nadine s'approcha très près et lui "saisit" d'abord le sein gauche. Pincé mécaniquement et pétri frénétiquement, sur le coup la victime eut plutôt l'impression d'une ablation mammaire. Crasseux et animal, le masseur-sans-expérience lécha le cou et les joues de Nadine, mordilla le lobe de l'oreille et lui tira les cheveux, le tout en bavant à qui mieux mieux. Toujours bâillonnée, la pauvre petite serveuse fermait les yeux devant les sévices subis par son corps. Sa force féminine l'empêchait de lutter correctement, son psychisme intérieur essayait de tout faire pour rejeter cet intrus qui se baladait sur son corps comme une limace. Au bout de deux minutes, le violeur pensa que les préliminaires avaient assez duré et devint plus direct. Il défit la ceinture du pantalon de la jeune fille puis, sans attendre, passa une main dans sa culotte intime et pure. Au contact froid et insoutenable de la main calleuse sur son sexe, Nadine rouvrit les yeux et, dans sa terreur, contempla malgré elle le visage disgracieux, ridé et picoré par les boutons de l'âge de son agresseur. À ce stade, bien qu'elle ne fût pas encore pénétrée, le choc était à son comble et Nadine en resterait certainement marquée à vie. L'homme qui la maintenait ricanait en regardant l'autre procéder à la profanation du corps fragile et beau de Nadine. Ils procédaient toujours de la sorte, lui matait tout le spectacle, c'était ce qui l'excitait, et l'autre se servait, prenant inconsidérément tout ce qui normalement se donnait par amour. La violence animale. La dépravation morale rendue au niveau sommital. C'était la cinquième fois qu'ils s'adonnaient à leurs plaisirs sadiques et tout se passait à merveille. À merveille, jusqu'à ce que ...

« *Schpawn !* »

…un coup ne retentisse.

Un coup sourd et sec.

Un son comme le fait celui d'une barre de fer frappant violemment un tissu de velours.

Alors qu'une excitation malsaine avait jusqu'ici tendu le corps du violeur comme un arc, Nadine sentit soudain la main indélicate et affairée de ce dernier se détendre. Tout le corps du clodo-SDF devint mollasson, désarticulé, son visage joyeux prit un air ahuri, hagard, blanc, et ses yeux tournèrent dans leurs orbites. Il tomba par terre. Assommé.

Débarrassée de son agresseur le plus dangereux, Nadine vit apparaître alors devant elle un individu vêtu d'un vêtement gris intégral. Armé d'une matraque, Bastien Grenier avait frappé sans sommation le clodo puant.

Effaré dans un premier temps, l'agresseur restant laissa malheureusement sa frustration sexuelle prendre le dessus sur la raison. Le voyou balança Nadine dans un tas de sacs poubelle, inconsciente, et se présenta face à Bastien. Sachant que sa raison aurait dû normalement le faire fuir, la confrontation paraissait inévitable.

- Tu vas payer pour tes infamies, sac à merde ! rugit Bastien.

- Tu crois me faire peur avec ton habit de tapette ! Moi, les tatas dans ton genre, je les plante, répondit l'intéressé en brandissant un cran d'arrêt.

Un premier coup de lame fendit l'air dans un sens, suivi illico d'un deuxième en sens inverse. Bastien esquiva sans problème. De plus en plus frustré, le voyeur fonça couteau en avant. Bastien fit un écart et frappa du poing gauche l'homme au visage.

Ayant changé les places respectives, Bastien attendit que l'homme reprenne ses esprits, totalement fair-play. Tout en zigzagant devant lui, Bastien faisait tournoyer comme une majorette sa matraque de fer. Enervé par cette nonchalance, le voyeur approcha sa lame par petits à-coups. Au $17^{\text{ème}}$ de ces "petits à-coups", Grenier lança sa matraque comme un boomerang et ...

« *Blang !* »

...le cran d'arrêt vola à terre.

Moralité : une main cassée.

Le voyeur était maintenant mis à mal. Les mouches avaient changé d'âne.

Pleurant comme une petite fille et se tenant la main, l'homme se plaignit à Bastien :

- Aaah !... Tu m'as pété le bras ! Bon Dieu, tu m'as bousillé la main, sûr ! Bon Dieu... (grimace de douleur)... mais qu'est-ce-que tu veux ?... haff... j'ai mal !

Bastien s'avança lentement.

- Non ! Non-non ! Qu'est-ce que tu fais ? Ne me fais pas mal... non ! Pitié non... pitié !

L'homme reculait.

- Je... je ferai ce que tu voudras. Tu ne vas pas... non... pitié !

L'homme s'agenouilla.

- Arrête... nooooon !

Effaré devant la capitulation de cet adversaire si fier quand il s'agit de séquestrer une jeune femme sans défense, Bastien ordonna :

- Redresse-toi !

Péniblement, hésitant, l'homme se releva tout en implorant de ses mains jointes la clémence du ciel. Mais ce soir, mauvaise pioche : la sanction ne se fit pas attendre.

Coup de pied direct, puis coup de pied retourné.

L'homme s'étala comme une vieille carpette.

Rideau.

Bastien se retourna, ramassa sa matraque, et, alors qu'il voulait aller voir l'état de la victime, stoppa net. La victime en question, Nadine, s'était réveillée et le regardait calmement. Pris sur le vif, Bastien ne sut quoi dire. Lui qui devait logiquement réconforter cette jeune femme éprouvée, lui qui aurait dû la prendre dans ses bras et la réchauffer, il se sentit plutôt ridicule derrière son habit de commando. Il sentit soudain que, malgré son acte courageux, finalement, de l'extérieur, il pouvait faire plus peur que les deux débiles mentaux qu'il venait d'assommer. Littéralement pris au dépourvu, Bastien transforma en flot de compassion la seule partie de son corps visible, c'est-à-dire ses yeux.

Les regards de Bastien et Nadine se croisèrent.

Moments complices.

Indéfinissables.

Feeling.

Mentalement fragile, Nadine ne put soutenir l'échange. Elle tourna la tête, sécha ses larmes et tenta de se redresser au milieu des détritus. Sans gestes brusques, Bastien Grenier s'avança en silence vers elle et l'aida.

Regards qui se croisent à nouveau.

Un sourire.

Crise de larmes.

Epaule réconfortante.

Silence...

Trop d'émotions.

Beaucoup trop.

Au loin, Bastien vit une voiture de police qui approchait : sans doute une patrouille appelée par un riverain resté bien sagement caché derrière ses volets. Bastien lança à Nadine un dernier regard, fit un signe de la tête pour faire comprendre qu'il ne pouvait rester plus longtemps et s'éloigna.

Empoignant la cheville droite du clodo-violeur, il traîna le corps alcoolisé et le balança sur la route en laissant la distance nécessaire pour que la patrouille mobile puisse éviter le broyage.

Nadine vit une dernière fois son sauveur au détour d'une gouttière, au moment précis où celui-ci sauta d'un toit à un autre avec une agilité à la fois déconcertante et fascinante.

Fascinante... surtout à ses yeux.

14

Le lendemain matin, de nombreux nantais se réveillèrent avec la tête des mauvais jours. Certes, la plupart d'entre eux avaient mal dormi et déploraient des dégâts plus ou moins importants, mais le plus agaçant à leurs yeux ce n'était pas cela. Non, le plus frustrant, c'était qu'une fois de plus l'état prouvait par son inaction et son incompétence que le contribuable payait dans cette Société des impôts pour rien.

Pourtant, les fonctionnaires de la nuit passée n'avaient pas chômé et continuaient d'oeuvrer au petit matin. L'EDF avait passé une bonne partie de la nuit à remettre d'aplomb des antennes de télévision, des lampadaires et des lignes de tension. Les sapeurs-pompiers et menuisiers-miroitiers du coin avaient en priorité couvert de bâches les verrières et châssis de toitures éclatés et ils commençaient maintenant à fermer provisoirement avec des matériaux faits de bric et de broc toutes les vitrines de magasins fracturées ou abîmées. Mobilisés dès six heures du matin, les services d'entretien municipaux s'employaient à balayer les rues, ratisser les jardins, nettoyer les trottoirs et vérifier les infrastructures de signalisation routière.

Éprouvée par le piétinement disgracieux de chats sauvages, Nantes retrouva un "visage humain" seulement vers midi.

Cependant, si globalement l'intendance suivait, le moral de certaines corporations en avait pris depuis ce soir-là un sérieux coup. En tête de liste, on trouvait les policiers et gendarmes de tous poils. Entre les insultes, les micro-émeutes, les débuts de pillages, les dépôts de plaintes et les bagarres, les soldats de l'ordre avaient payé un lourd tribut aux dérives des Animaux de l'Ombre. La touche finale à ces malheurs ayant été le carnage sanguinaire du Commissariat Waldeck Rousseau. Certes, il n'y avait pas eu de morts, mais, quand la presse du matin titra "Attaque terroriste au cœur de Waldeck Rousseau" ou "Génocide en plein centre urbain", l'angoisse, ou du moins le doute, commença à ébranler les plus récalcitrants.

Si depuis l'Antiquité le rat symbolisait le maléfice et la maladie, le témoignage sur trois colonnes des rescapés du bureau de police n'avait fait qu'amplifier les plus vieilles phobies liées aux rongeurs. Comme l'avait remarqué Cluny, la peur semblait avoir changée de camp.

Cependant, si tout le monde avait pu constater aisément l'ampleur des dégâts produits par les rats, personne ici-bas n'en comprenait le sens ni l'utilité, et c'est ce qui agaçait par dessus tout.

Pour que le vent d'énervement général ne tourne, il fallut attendre le surlendemain, c'est-à-dire le Jeudi 16 novembre, quand un journaliste du quotidien "Presse Océan" rapporta au public plusieurs témoignages :

[...] *« Alors agressée par deux hommes qui tentaient de la violer,* raconte l'article, *Nadine Vost dût son salut à l'intervention musclée d'un mystérieux défenseur pour le moins "fanfaronesque". Non content de ne s'être pas présenté à l'intéressée, l'homme était étrangement vêtu d'un habit et d'une cagoule gris foncés. Autant dire que cet accoutrement ne laissait donc présager aucune possibilité d'identification.*

« Suite à l'analyse des faits, le doute sur la véracité de ce témoignage n'est pas permis, car corroboré parallèlement par deux officiers de l'ordre public présents sur les lieux peu de temps après l'agression.

« Qui est ce mystérieux personnage ? Pourquoi est-il masqué? Est-ce un nouveau Fantomas ou un Arsène Lupin des temps modernes ? Est-ce le délire d'un fou ? Y-a-t-il une explication logique à ce fait divers troublant ?

« Une explication : peut-être bien que oui. Du moins, il y a une théorie.

« Pour comprendre, il faut aller chercher le témoignage de deux autres personnes. Même si elles ne se connaissent pas personnellement, le point commun de ces deux personnes, c'est qu'elles habitent chacune le dernier étage de leur immeuble, juste sous les toits. Depuis leurs fenêtres, en deux lieux différents de la ville, ces deux personnes affirment avoir aperçu sur les toits de Nantes, un homme déguisé en noir et accompagné de plusieurs chats sauvages. Pas besoin d'être l'Inspecteur Columbo pour faire

un rapprochement entre ce "cavaleur des toits" et le défenseur de Nadine Vost. Pas besoin non plus de faire un rapprochement entre les compagnons félidés de cet individu et les hordes animales responsables des troubles nocturnes de mardi dernier ; troubles qui ont blessé une trentaine de personnes et ont fait des milliers d'euros de dégâts.

« *Ainsi, les perturbations urbaines récentes trouvent une explication, ou plutôt : une origine humaine. Alors que la plupart de nos concitoyens voyaient déjà avec angoisse les remparts de la ville attaqués et assiégés par des bataillons de parasites, l'instigateur de cette rébellion prend peu à peu forme au milieu de l'ombre. L'homme, pour l'instant, n'a pas de visage ni de nom. Mais, à défaut de savoir qui il est vraiment, on sait bel et bien aujourd'hui qu'un "Baron Gris" rode sur les toits de Nantes et qu'il n'a pas peur de défier les autorités. Quelle est la quête profonde de cet homme ? A-t-il pour but de semer uniquement le désordre et la terreur ? Ou bien cherche-t-il quelque chose de particulier ? Quelles sont ses vraies intentions et ses vraies limites ? Peut-être le saurons-nous bientôt. Toujours est-il que les explications officielles et foireuses de ces derniers jours prennent une autre tournure devant la silhouette anonyme de ce Baron Gris. Espérons seulement que nos élus sauront prendre au plus vite les mesures qui s'imposent afin de stopper cet agitateur d'une autre ère, et ceci surtout, avant que la ville ne soit à feu et à sang.*

J.Y.C. »

Grâce à cet article, la douleur de Nantes avait enfin trouvé une forme, et les policiers et les conseillers municipaux de la ville avaient enfin trouvé un suspect.

Journaliste pratiquement inconnu jusqu'alors, J.Y.C. avait réellement trouvé l'idée du siècle, l'idée populaire et vendeuse.

Quant à Bastien Grenier, d'un coup de baguette magique il venait de renaître, réincarné en Baron Gris d'opérette.

15

Vendredi 17 novembre 2002 - 01:00.

À peu près au milieu de la courbe dessinée par le Cours des 50 Otages, en plein centre ville se dresse le plus haut édifice contemporain de Nantes : La Tour Bretagne.

Posée à sa base sur un socle de six étages où se trouvent des parkings, le mât principal et carré de la Tour s'élève jusqu'à plus de cent mètres de hauteur. Orientées suivant les quatre points cardinaux, ses façades faites de verres réfléchissants noirs abritent pour la plupart des locaux de bureaux.

En cette nuit de Jeudi à Vendredi, bon nombre des effectifs présents au sein de la Tour avait travaillé tard. C'est pourquoi, bien qu'en place dès 23 heures, Bastien Grenier, dit désormais par presse interposée "Le Baron Gris", dût attendre au moins qu'il soit une heure du matin avant de se permettre d'intervenir. Il devait s'assurer que tout le monde avait concrètement quitté les lieux.

Dissimulé dans un local d'entretien près des ascenseurs, Bastien était monté jusqu'au 28ème étage et avait attendu ici sagement.

Patience et longueur de temps font plus que force ni que rage, s'était-il dit intérieurement jusqu'ici.

Maintenant, feu vert à l'action.

Après avoir préalablement bloqué les portes de l'ascenseur, Bastien sortit finalement de son trou et s'avança directement vers l'enseigne baptisée "Infotech". Il testa d'abord l'ouverture de la porte d'entrée. C'était fermé, normal. Suite à cette première analyse, il s'accroupit et sortit de son sac à dos une petite mallette. Il la posa par terre et l'ouvrit. En trois secondes, extirpant diverses pièces mécaniques, il monta une sorte de perceuse, modèle artisanal. En connectant deux fils à une batterie située sur sa ceinture, la mèche en carbure de la perceuse se mit aussitôt à tourner à une vitesse de coupe optimale. Bastien planta le foret dans le cylindre de la porte. Dans un geste de poussée, combiné à de petits retours en arrière, l'engin s'enfonça rapidement dans le cylindre et traversa la porte. Evacuant d'un geste d'essuie-glaces de la main la fumée et la poussière, Bastien tapa violemment avec un marteau sur la partie en saillie du cylindre, ce qui fit gicler ce dernier de l'autre côté de la porte. Grâce à un petit crochet qu'il inséra dans le trou restant, il déverrouilla les divers points de condamnation de la porte. Il se releva, baissa la béquille et ouvrit seulement d'un petit centimètre le battant. Repérant un capteur de position, il extirpa d'une petite poche située sur la cuisse droite de son pantalon une petite plaque métallique et un tube de colle. Après avoir barbouillé l'une des faces de la plaque de liquide gluant et translucide, il plaça la pièce sur le contacteur inséré dans le chambranle, ce qui libéra consécutivement l'ouvrant et l'accès au local d'Infotech.

Ramassant son matériel, Bastien pénétra dans la pièce et referma derrière lui.

Après un tour d'horizon silencieux et prudent, Bastien ne détecta aucune caméra, aucun rayon laser, aucun autre détecteur de présence ou de mouvement.

L'architecture interne de la Société Infotech était des plus succinctes. Le bureau central dans lequel on pénétrait grâce à la porte principale permettait un dispatching vers quatre autres bureaux, deux à droite et deux à gauche. Le mobilier de chaque pièce était des plus basiques et datait des années 70. Bureaux en tôles pliées et posées sur des armatures faites de grands tubes métalliques. Les armoires et les chaises dito, mais avec, pour ces dernières, des morceaux de mousse orange ou verte collés en guise de rembourrage. Sur les tables de travail proprement dites, les fournitures présentes n'étaient guère plus branchées : tourniquet pour tampons digne de la poste, porte-crayon avec petit bloc de papiers carrés incorporé, téléphone modèle ancien avec touches digitales, sous-main en plastique noir, règle en fer, casiers de rangement style filet de pêche, bics classiques rouges et noirs, gomme rose et bleue, bref, rien d'excitant. En auscultant plus à fond les pièces et les tiroirs des bureaux, Bastien fut surpris et se rendit compte qu'il n'y avait ici aucune machine complexe. Pas de fax, pas de photocopieuse, pas de machine à café, pas de machine à calculer, et, surtout, pas d'ordinateur, nulle part.

Choc !

En une fraction de seconde, Bastien se demanda si Sophie ne s'était pas trompée. Apparemment stoppée avant d'avoir pu poursuivre ses investigations au sein d'Infotech, peut-être que l'idée de sa sœur était une fausse piste, ou peut-être aussi que les conspirateurs, comprenant son manège, avaient fait le nettoyage en éliminant tout ce qui pouvait être compromettant. Comment savoir ? La seule chose sûre, c'est que Bastien avait confiance en sa propre sœur. Jusqu'ici, ils avaient été, elle et lui, en totale coordination malgré leur "éloignement", en total accord sur la marche à suivre, sur la même longueur d'onde. Et Bastien savait qu'il devait persister. Il scruta donc plus soigneusement les entrailles d'Infotech.

En dix minutes l'affaire fut faite, grâce à une armoire.

Fermée à double tour, ne possédant ni poignée, ni serrure extérieure, cette armoire demeurait inexpugnable; seul un système complexe, sans doute télécommandé, semblait pouvoir l'ouvrir. Loin d'être prêt à faire des manières, cette fois, Bastien scruta avec des lunettes-loupes et une lampe de poche le pourtour des battants, et, une fois qu'il fut à peu près sûr qu'il n'y avait aucun mécanisme relié à l'ouverture, il s'arma d'un pied de biche pour faire voler les portes de l'armoire. Après un quart d'heure d'effort intensif, Bastien put enfin observer l'intérieur si précieux. Au-dessus et en-dessous d'un panneau central lisse, des centaines de fils téléphoniques et électriques allaient et venaient, des dizaines de voyants rouges, jaunes et bleus clignotaient, et des centaines de petits engrenages et de micro-mécanismes cliquetaient. La sophistication de cet engin contrastait de façon flagrante avec l'atmosphère des bureaux, comme quoi tout n'était que poudre aux yeux dans cette Société écran nommée "Infotech". Quelqu'un de non-averti se serait sans doute laissé prendre au jeu, mais le seul trésor que recelait cette Société, c'était cette armoire électronique.

Sur la partie lisse de l'armoire, Bastien remarqua deux petites encoches pour les mains en haut. En tirant il rabattit à l'horizontale une planche de travail. A l'intérieur, se trouvaient les éléments essentiels que Bastien cherchait ici depuis le début, à savoir les composants définissant un ordinateur : écran, clavier, lecteur, unité centrale ; tout était devant lui.

Bastien prit son sac, saisit une chaise pour s'asseoir et commença. Il inséra un CD-Rom dans le lecteur de l'ordinateur et lança aussitôt le programme, la "Routine" qu'il avait récupérée sur le disque dur du micro de Sophie. Etant complètement autonome, le programme installait et "autorèglait" tous les logiciels nécessaires à son exploitation sur le poste d'Infotech. Quand l'écran lui indiqua "Recherche Information Source ?", Bastien sut alors que la Routine était enfin prête à faire son travail, c'est-à-dire chercher à se connecter au serveur d'origine des Services Secrets, autrement dit : chercher à se connecter à la source de toutes ses emmerdes.

Bastien tapa sur le clavier : « Execute file : "Skul.sys" », puis valida. Des centaines de lignes, d'adresses électroniques et de caractères étrangement tordus s'enchaînèrent : le programme pirate cherchait sa cible. Comme des centaines de possibilités d'adresses devaient être explorées, il ne restait pour Bastien qu'à attendre et faire preuve de patience. Cela pouvait prendre des heures.

*

Pratiquement cinq heures plus tard, alors que Bastien dormait à moitié, les lignes défilantes sur l'écran s'arrêtèrent et une fenêtre proposant un choix apparut :

```
Machine Protocole Identifié
Voulez-vous continuer : O/N
```

Bastien s'approcha aussitôt et tapa `"O"`.

L'écran répondit : Connexion en cours...

Bastien sentit un grésillement, un fourmillement dans les circuits de l'armoire électronique. La connexion vers l'ordinateur de la DST s'opérait. Au bout d'une minute, un écran rempli de caractères illisibles apparut. Bastien mit en marche sa caméra JVC afin de filmer la suite, et, suivant les instructions de Sophie, inséra un second disque CD-Rom dans le lecteur. Automatiquement, au bout de quelques secondes, le programme de décryptage contenu dans le CD-Rom commença à oeuvrer. Par balayage successif, le curseur dévoila lentement une partie de l'écran. Le petit manège dura bien plusieurs minutes, jusqu'à ce que Bastien ait la main et puisse explorer le site.

D'une architecture et d'une ergonomie fort simples, le site privé de la Sécurité du Territoire Français était en fait une mine d'informations en ligne pour tous les agents en place dans l'hexagone et à travers le monde. Iran, Soudan, Afghanistan, Tchétchénie, Irlande du Nord, Algérie, Israël, Palestine, Pays Basque, Corse, les informations chaudes et actualisées concernaient tout ce qui avait trait de près ou de loin au terrorisme. Des fiches techniques très détaillées expliquaient les régimes en place, les principaux dirigeants et décideurs, chacun des protagonistes étant également détaillé dans un dossier défini selon plusieurs critères : psychologie, physiologie, profession, famille, faiblesses, forces ou autres... le tout étant apprécié à la fin par une note sur 20 définissant la confiance que l'on pouvait avoir envers le personnage étudié. En dehors du terrorisme, d'autres rubriques traitaient des réseaux clandestins situés en Pologne, Bulgarie, Turquie et Roumanie. Il y avait les réseaux de contrefaçons situés à Taïwan, Hong-Kong, Calcutta, Hanoï et, plus largement, dans une bonne partie de la Malaisie. Il y avait, bien sûr, les filières de la drogue, de la prostitution et de la fausse monnaie. Venaient ensuite des rubriques plus internes au sujet de la France. Certaines industries, privées ou publiques, étaient présentées à la manière d'un rapport de stage produit par des élèves-ingénieurs en fin d'année. Certains procédés techniques ou produits étaient disséqués et expliqués très précisément avec en bas de paragraphe les éléments classifiés par degré de dangerosité, de confidentialité et d'exclusivité mondiale. Quand Bastien arriva dans la rubrique "Energie" et qu'il cliqua sur "Nucléaire", ce qu'il cherchait vraiment scintilla finalement en rouge devant lui. En bas d'une liste de sous-rubriques, se trouvait inscrit le titre "Secteur DSIN", soit la rubrique qui avait tout déclenché quand Sophie et son ami hacker Mathieu avaient essayé de savoir ce qu'il y avait derrière. L'origine du mal était là, devant lui, devant Bastien Grenier, et résumé en deux mots simples. En cliquant sur ce sous-menu, allait-il lui aussi signer son arrêt de mort ? Allait-il être empoisonné à son tour ? Allait-il emballer à la vitesse du son le compte à rebours de son existence ? Allait-il définitivement boucler la boucle ?

    Hésitation.
    Réflexion.
    Il avait jusqu'ici déjà frôlé la mort. Les pouvoirs publics et la police le considéraient comme officiellement disparu dans les profondeurs de la Loire. Alors, à quoi bon s'en faire ?! Un fantôme ne risque pas grand chose au milieu d'un univers mortel. Alors qu'importe, entrebâillons gaiement la porte, histoire de voir à quoi peut bien ressembler la "trombine du diable" !
    Advienne que pourra...
    À l'aide de la souris, Bastien cliqua sur "Secteur DSIN".
    Une fenêtre apparut :

```
Accès Secteur DSIN réservé
Code entrée requis : .....
```

Déjà l'écran n'avait pas sauté, ce qui était bon signe. La ligne jusqu'ici n'avait pas été coupée volontairement. Cela dit, peut-être qu'elle était épiée.

Toujours suivant les directives posthumes de sa sœur, Bastien tapa cinq étoiles et valida ; le lecteur CD-ROM de l'ordinateur se mit immédiatement en marche et commença à lister les codes possibles.

***

Dans le Trafic noir garé non loin de la Place Graslin, Norbert, le spécialiste des réseaux, sauta comme une furie sur l'écran d'un ordinateur qui clignotait et émettait un bip. Comprenant aussitôt l'enjeu, il lança quelques programmes via d'autres machines, puis, les mains tremblantes, rameuta la galerie. Quand le Capitaine entendit par talkie-walkie Norbert gueuler dans son oreillette, il laissa tomber par terre son milk-shake chocolat et courut aussitôt.

Une fois dans la camionnette immatriculée dans la Vienne, le Capitaine questionna d'une voix sèche et militaire son collègue :

- Alors Norbert, c'est quoi ?!
- Comme nous l'espérions, Capitaine : tentative de connexion sur le site.
- Provenance ?
- Je... je suis dessus, Capitaine.
- Faites vite !
- Je sais Capitaine.
- Ne me décevez pas, Norbert. On paye vos talents assez chers pour cela. Et ne me balancez pas des excuses techniques à la con avec des termes qui m'embrouillent, Ok ! Vous n'avez pas intérêt !
- 5 sur 5, conclut Norbert.

Sur cette menace, le Capitaine empoigna un casque muni d'un micro et lança :

- Capitaine à Caporal Derk et 2ème classe Garou : restez en position, tenez-vous en alerte !

Regagnant au pas de course leur Xantia gris métallisé, les intéressés acquiescèrent.

La chasse était lancée.

***

"5. 7. 8. 4. &."
Code trouvé !
Décidément, le "Chaos Computer Club", groupe pirate constitué, entre autres, de Sophie Grenier et de Mathieu Despi avait du talent. La pénétration du système avait été jusqu'ici pour Bastien, pourtant profane en informatique, d'une simplicité et d'une facilité impressionnante. Trop facile même, peut-être. Mais Bastien avait des questions et il était prêt à tout pour avoir des réponses. Il voulait comprendre.

Bastien valida et passa à la suite.
Sur l'écran, trois menus se présentaient à lui :
```
a/-Site d'Installations en Projet.
b/-Entretien des Raccordements.
c/-Répertoires des Personnels Externes.
```
En cliquant sur les deux premiers menus et en les explorant brièvement, Bastien n'en comprit pas très bien l'aspect confidentiel, en dehors de l'aspect technique proprement dit. Malgré ses connaissances en mécanique et en électronique, Bastien ne vit rien d'extraordinaire dans les descriptifs et tableaux de performances énoncés. Peut-être que les futurs sites d'implantations de centrales nucléaires pouvaient être considérés comme secrets, mais, de toute manière, ils étaient destinés à être connus un jour ou l'autre, alors, à quoi bon tant de chichis? Le plus curieux, c'était le chapitre des "Raccordements". Raccordements à qui, à quoi ? Entre qui et quoi? Etait-ce l'évacuation des déchets d'une centrale par rapport à son environnement ? Le camouflage d'un déchet ignoré et particulier ? Y-avait-il un savoir-faire français ultra-perfectionné dans l'art de raccorder une centrale nucléaire aux utilisateurs finaux ? Des tonnes de schémas d'assemblages, de solutions de camouflages, de sites d'exploitations des canalisations étaient énumérés, il y avait de quoi remplir un bouquin. En faisant défiler ces pages, Bastien en comprenait l'utilité sans en comprendre le but. Devant lui, s'étalait une carte de France qui était reliée en divers points à un réseau de transmissions électriques, mais reliée à quoi et pour aller où, ça, il n'arrivait pas à le savoir. Très vite, Bastien comprit que cette omission était volontaire. Il laissa donc choir, dépité, et alla visiter le dernier menu : "Répertoires des Personnels Externes".

Dans un premier temps, face à l'écran devant lui, Bastien ne comprit pas tout de suite la teneur du drame en train de se jouer. La première image présente était une sorte de fiche signalétique portant le nom d'Abdul Abraoui. En dessous de la photo en noir et blanc de l'intéressé, des informations plutôt usuelles s'étalaient : Age, sexe, parents, métier, loisirs ; mais aussi d'autres informations, celles-ci moins usuelles : numéros d'identité, de sécurité sociale, de cartes bancaires avec codes, tendances sexuelles, casier de police, faiblesses anatomiques, souvenirs refoulés, vices, phobies, tendances politiques, tendances religieuses, etc, etc... Bref, tout ce qui paraissait avoir un degré privé sur la personne étudiée semblait prendre une place privilégiée sur cette page Web. Mais là n'était pas le plus déroutant. Les choses se gâtèrent quand, un peu plus bas, Bastien commença à s'intéresser au paragraphe "Mission". Définie en une seule ligne, une mission semblait avoir été affectée à cet Abdul Abraoui. D'après ce que Bastien comprit, cette mission, décomposée en plusieurs tâches, consistait à assembler les différents modules d'un centre de refroidissement. À chaque tâche assignée, un statut était coché suivant trois choix possibles :

```
              Dessaisi  En cours     Terminé
```
Pour Abdul, une colonne entière de "Terminé" était cochée, signe qu'il avait bien travaillé, du moins apparemment. Car en fin de liste, une toute dernière question était posée :
```
              Statut de l'Exécutant après mission ?
```
Suite à cette question, trois choix étaient également possibles :
```
              Reconduit  En cours de décision   Éradiqué
```
Pour Abdul, le dernier choix était coché.

Autrement dit, on l'avait clairement éliminé, éradiqué de la surface de la terre, mis à la casse après fonctionnement !

Voulant éviter tout d'abord un jugement à l'emporte pièce, Bastien passa à une autre fiche. Bilan : même topo dans la forme, et à la fin la même question qui tue.

Un éradiqué de plus !

Ne pouvant pas cérébralement se résoudre à l'inacceptable, Bastien poursuivit la liste, le cœur de plus en plus tressautant, la gorge de plus en plus serrée, l'âme de plus en plus noire :

```
Fiche n°3 : Achenot Henry, éradiqué.
Fiche n°4 : Achery Zoé, éradiquée.
Fiche n°5 : Aden Ben, éradiqué.
Fiche n°6 : Aden Pascal, reconduit.
Fiche n°7 : Aden Romain, éradiqué.
Fiche  n°8 : Affenit Hubert, éradiqué.
Fiche n°9 : Affenito Ruis, éradiqué.
     ...
```

```
Fiche n°52  : Assémot Deny, reconduit.
...
Fiche n°138 : Babar Justin, éradiqué.
...
Fiche n°172 : Battarel Jean, éradiqué.
...
Fiche n°273 : Couyer Marcel, éradiqué.
...
Fiche n°388 : Denizot Miche, en cours de décision.
...
Fiche n°490 : Faudel Fabienne, éradiquée.
...
Fiche n°696 : Fot Emile, éradiqué.
...
Fiche n°718 : Gouriot Pascal, éradiqué.
...
Fiche n°737 : Gravoil Pascal, reconduit.
```
Rendu à la fiche n°788, Bastien stoppa net.

Figé.

Même si une partie inconsciente de son être s'y était quelque part préparée, tout son être conscient fut totalement pris de court en voyant le nom de sa sœur s'étaler sur le moniteur.

La photo de Sophie présentée était brouillon, prise de trois-quarts, réalisée sans doute à la va-vite depuis une voiture et grâce à un appareil avec téléobjectif. C'était du travail de guetteur, d'épieur. Du travail d'espion sournois et mal-léché. *Du travail de fiotte !* selon le propre qualificatif interne de Bastien.

La respiration de plus en plus altérée, Bastien lut ensuite la partie administrative de la fiche signalétique. Bien sûr, il n'apprit rien pour sa part. Mais, quand il arriva sur le passage subjectif concernant la vie privée de Sophie avec des appréciations du genre: `"feignante au travail"`, `"allures lesbiennes"`, `"humour graveleux"` ou `"portée sur la boisson"` ; là, la coupe fut pleine. Si Bastien avait eu à cet instant devant lui le responsable de ce rapport, il se serait fait un malin plaisir à lui arracher la peau du dos avec une sarcleuse, histoire qu'il comprenne. Tant de conneries réunies en aussi peu de lignes lui sembla comme du surréalisme pur et dur.

À la rubrique finale "Mission", on avait écrit une phrase:

Intrus rapporté par piratage système

Et, dans la case "Statut", on avait marqué en gros caractères rouges :

SUJET ÉRADIQUÉ

À ces mots, au creux de l'esprit de Bastien, il y eut un déclic. La bouilloire de sa tempérance explosa soudain telle une bombonne de gaz au milieu d'un feu ardent. Comme pour se détourner de la triste réalité étalée devant lui, il fut projeté en arrière brutalement. Dans sa retraite, il attrapa la chaise métallique sur laquelle il était assis et la balança à travers la pièce avec une force surhumaine. Délirant sous la douleur, il balança ensuite les affaires disposées sur le bureau, lampes, stylos, téléphone et corbeille à papiers volèrent, puis il tapa comme un malade sur les cloisons jusqu'à déformer celles-ci.

- NON... NON... **NON** ! BON DIEU, NON... BANDE D'ENFOIRÉS !! JE VOUS TUERAI ! JE VOUS MASSACRERAI... BANDE D'ENFOIRÉS !!! MON DIEU NON !

Criant comme un sorcier qu'on torture, injuriant à tout-va, Bastien laissa échapper sa colère, son dégoût profond devant l'injustice, devant l'horreur de cette liste de moribonds.

Il eut envie de vomir.

Et c'est ce qu'il fit.

Puis, quand ces nerfs lâchèrent finalement leur emprise sur sa raison, son débordement d'humeur laissa place à un immense chagrin. Debout, les mains plaquées sur la fenêtre comme s'il voulait la pousser, Bastien évacua son trop plein de larmes. Il chiala comme un môme, reniflant, crachant, toussotant, tremblant comme un fiévreux aux spasmes incontrôlables. Dieu sait que la mort, en soi, est injuste. Inévitable, mais injuste. Alors Dieu sait qu'elle peut devenir révoltante quand elle est programmée par d'autres hommes. Dieu sait que la barbarie peut avoir ici-bas plusieurs visages.

Il fallut du temps, mais, peu à peu, Bastien se calma. Redressant les épaules, passant une main sur ses joues humides, Bastien jeta derrière lui un regard furtif sur l'écran de l'ordinateur. A peine eut-il détourné le regard de ce dernier, qu'il y revint et se rapprocha lentement, bouche bée. La fiche signalétique de Sophie avait disparu. L'écran était noir, vierge. Pensant qu'il s'agissait peut-être d'un économiseur d'écran, il agita la souris. Sans résultat. Le poste d'Infotech était toujours en ligne mais il n'y avait plus rien à l'écran. Bastien pensa tout de suite qu'on cherchait la source de son piratage.

Apparemment, on le pistait.

***

Dans le Trafic noir habité par le Capitaine et Norbert, la jubilation prit place après une heure d'attente, de doute et de tension. Les nouvelles étaient bonnes :

- Identification, Capitaine ! Identification du poste relais n°33, cria Norbert. Il ... Bon dieu ! Il émet depuis les bureaux de la Tour de Bretagne, à 400 mètres d'ici ! C'est dingue !

- Bon sang, ce n'est pas possible ! s'exclama le Capitaine à cet info.

- On fonce, Capitaine ?

- Silence !

- Ok, 5 sur 5.

Fier de son autorité, le Capitaine ramassa son casque-émetteur et dit dans le micro :

- Caporal, soldat, mettez-vous en place au pied de la Tour Bretagne, côté cour !

- À vos ordres, répondit une voix dans les hauts-parleurs.

Le Capitaine reposa très calmement le casque près d'un clavier. Ne laissant paraître aucune émotion, il s'assit et resta immobile.

Stupéfait par cette attitude "relax", Norbert titilla le gradé :

- C'est... c'est tout, Capitaine ? On n'intervient pas ?

Le Capitaine releva le regard alors très calmement vers Norbert, puis répondit :

- Vous êtes stupide, Norbert. Je vous laisse faire votre travail, alors laissez-moi faire le mien !

- OK, 5 sur 5.

Un temps passa.

Chacun détourna son regard de l'autre.

- Ce qu'il nous faut, relança le capitaine, c'est prévenir les flics du coin.

Norbert ne comprit pas la logique de son supérieur.

***

Pourtant rassuré par le fait qu'il avait bloqué les portes de l'ascenseur et de l'escalier de secours, le Baron Gris pensa que la plaisanterie avait néanmoins assez duré. Face à l'écran noir de l'ordinateur de la DST, il décida de tout arrêter. Il récupéra les CD-

ROM, rangea le clavier et, alors qu'il s'apprêtait à rabattre le panneau central de l'armoire, vit soudain une fenêtre bleue s'ouvrir avec demande de validation :

```
Tentative de Connexion "Tchatroom Privé" ?
            OUI     NON
```

Qu'est-ce que cela voulait dire ? Etait-ce réellement ce que cela semblait être, une demande de connexion à un Tchat, c'est-à-dire à un dialogue avec un ou plusieurs correspondants via internet ? Sur le moment, pour Bastien, c'était une preuve de plus qu'il avait raison en rangeant le bazar et en mettant les voiles. Mais, après coup, il réalisa que quelqu'un l'avait trouvé. On savait où il était et ce quelqu'un voulait dialoguer avec lui. Alors, pourquoi refuser ? Finalement, ses ennemis l'avaient déjà localisé, que risquait-il vraiment ? Etait-ce une manière de gagner du temps ? Sûrement. Mais n'était-ce pas aussi pour Bastien un moyen d'obtenir plus d'informations sur les tueurs de tous ces gens. Oui, il était prêt à aller jusqu'au bout. Alors, Bastien se rassit et cliqua à l'aide de la souris sur `"OUI"`.

La connexion s'opéra.

Un écran de Tchat classique apparut : zone de texte en haut, ligne de saisie en bas, bouton de validation à droite.

Une deuxième fenêtre s'ouvrit, demandant :

```
          Saisissez votre pseudo : ...
```

Face à la situation, un seul pseudo lui vint à l'esprit. Bastien tapa `"Le Baron"` et valida. Revenu devant l'écran du Tchat, Bastien attendit que dans la zone texte son mystérieux interlocuteur daigne enfin donner signe de vie.

Au bout de quelques minutes, l'homme mystère se manifesta:
Unknown> *Hello... Baron !*

Entrée en matière plutôt sage, se dit Bastien. Son ou ses interlocuteurs n'avaient apparemment même pas pris la peine de taper un pseudo, contrairement à lui. Cela s'annonçait mal pour ce qui était de briser des secrets et d'obtenir des informations.

La réponse de Bastien fut directe, pas de papotage :
Le Baron> *Qui êtes-vous ?*
Unknown> *Un ami.*
Le Baron> *Les amis s'appellent en général par leurs noms. Quel est le vôtre ?*
Unknown> *Mon nom ne vous dira rien. Le temps est compté.*
Le Baron> *Le vôtre certainement. Croyez bien que je m'y emploie.*

Unknown> *Vous ne croyez pas si bien dire.*

La réponse de cet "`Inconnu`" dérouta quelque peu Bastien. Lui qui s'attendait à un dialogue proche de la mise en garde nazis et de la fustigation style inquisition, ce début d'échange relativement plutôt "cool" l'étonna. Bastien chercha à approfondir :

Le Baron> *Expliquez-vous.*

Unknown> *Nous ne sommes pas assez amis et je n'ai pas assez de temps pour tout vous expliquer convenablement, croyez-moi.*

Le Baron> *Pourquoi sommes-nous alors, d'une certaine manière, des amis ?*

Unknown> *Tout simplement parce que nous poursuivons le même but.*

Le Baron> *C'est-à-dire ?*

Unknown> *Montrer au monde les exactions commises par la DSIN.*

Le Baron> *Exactions, dites-vous ? C'est l'euphémisme à la mode chez vous pour dire "assassiner"?*

Unknown> *Ne vous trompez-pas de cible, Monsieur Le Baron. Je suis un ami. Je n'ai jamais assassiné quelqu'un.*

Le Baron> *J'en ai assez. Qui êtes-vous ?*

Unknown> *Je comprends votre agacement. Cela dit, si vous voulez des réponses à vos questions, il va falloir me trouver.*

Le Baron> *Blablabla... Bisque-bisque ra...*

Unknown> *Encore une fois, je comprends le peu de crédit que vous devez vraisemblablement accorder à mes paroles. Cependant, je vous assure n'être en rien dans la mort de votre sœur. Tout ce que je veux vous dire ce soir, c'est que, à part vous et votre sœur, personne n'avait réussi jusqu'ici à violer le système de sécurité de la DST. C'est une première, une performance, un exploit ! Et ceci prouve en soi combien vous êtes précieux et exceptionnel.*

L'inconnu savait tout ! Il savait qui était le Baron et il avait tout suivi de sa manoeuvre de piratage. Dépassé sur le coup, Bastien ne sut que penser du flot de compliments énoncé. Humour déplacé, sincérité exagérée ? Toutes les hypothèses étaient possibles.

Bastien laissa venir.

Unknown> *Pardonnez-moi, cher Baron, mais ce n'est qu'en surmontant les épreuves vous menant jusqu'à moi que vous saisirez complètement ce qui se trame dans ce pays depuis des années. Un secret comme celui-là, ça se mérite.*

Le Baron> *Ne peut-on pas se rencontrer ? Ce serait plus simple.*
Unknown> *Je ne peux pas me déplacer.*
Le Baron> *Pourquoi ?*
Unknown> *Malheureusement, vous ne pourrez comprendre pourquoi qu'une fois jusqu'à moi.*
Le Baron> *Cet échange ne mènera nulle part. Je vais m'en aller.*
Unknown> *C'est votre droit. Ma réponse n'était pourtant que la stricte vérité.*
Le Baron> *Avec des types de votre genre, je pense qu'il y a plusieurs vérités.*
Unknown> *C'est faux. Mais comme, de toutes façons, je n'arriverai pas à vous convaincre, ce n'est pas la peine de se bloquer sur ce sujet.*
Le Baron> *Je vous laisse une minute. Après, Ciao ! Ou du moins : à très bientôt, petit salaud !*
Unknown> *Traitez-moi de tous les noms, cela ne vous aidera pas pour autant dans votre quête.*
Le Baron> *50 secondes...*
Unknown> *Cependant, une chose peut vous aider. Cela vous intéresse, Monsieur le Baron ?*
Le Baron> *40 secondes...*
Unknown> *OK. Vu comme ça, ça devient clair.*
Le Baron> *30 secondes...*
Unknown> *Jusqu'ici vous avez trouvé des indices, mais vous ne cherchez pas dans la bonne direction.*
Le Baron> *Plus que 20...!*
Unknown> *Laissez-moi vous aider.*
Le Baron> *Compte à rebours...*
Unknown> *Si j'étais vous, j'irais faire un tour du côté de l'Association Mercoeur.*

Tiens, tiens. Que venait faire cette Association dans l'histoire ? Etait-ce un effet de manche pour calmer le jeu ? Ou bien s'agissait-il d'une vraie révélation ? Comme toujours : comment savoir...? Etait-ce une tentative ultime pour maintenir Bastien devant cet écran ? Devait-il partir sur-le-champ ?

Halte, trop de questions !

Perdu à la puissance mille, Bastien ne répondit pas.
Unknown> *Y-a-t-il toujours quelqu'un à bord ?*
Le Baron> *Elle existe, cette Association ?*
Unknown> *A vous de le découvrir.*
Le Baron> *Comme c'est pratique !*
Unknown> *Ce n'est pas pratique, c'est utile ! En dehors de ça, un petit conseil : ne trainez pas !*
Le Baron> *Oui, je sais, le temps nous est compté.*
Unknown> *Certes, mais ce n'est pas tout.*
Le Baron> *Que voulez-vous dire ?*

Unknown> *Ce que je veux dire c'est : ne traînez-pas dans cette Tour ! Barrez-vous !*

Pure coïncidence ou pas, deux secondes après avoir lu cette recommandation, une lumière de projecteur illumina soudain le bureau d'Infotech. Pris de panique, Bastien se retourna et se précipita vers les fenêtres. Dehors, au pied de la Tour de Bretagne, côté Cours des 50 Otages, cinq ou six voitures de police étaient alignées, portes ouvertes et galeries allumées. Des barrières bloquaient la circulation. Une bonne trentaine de flics grouillaient dans tous les sens et deux projecteurs ultra puissants faisaient zigzaguer leurs faisceaux sur la façade vitrée de la Tour.

Piégé.

Fait comme un rat.

***

Vingt-huit étages plus bas, l'inspecteur Goldman avait déployé ses hommes. Aussi bien côté Place de Bretagne que Cours des 50 Otages, tous les flics du coin bloquaient les issues. A moins qu'il ne lui pousse des ailes, le Baron Gris ne pouvait pas leur échapper. Pour une fois que la chance leur souriait, Goldman et son acolyte Villemain n'allaient pas faire la fine bouche. D'ailleurs, les directives du Commissaire et du Maire avaient été très claires : arrêter cet homme à tout prix ! Peu importe la manière, on inventerait la version des faits plus tard. La routine, quoi !

L'appel téléphonique signalant que l'on avait vu un homme déguisé en costume sombre pénétrer dans la Tour remontait à environ un quart d'heure. Un appel anonyme, bien sûr.

Dans un premier temps, on avait dépêché le policier de garde pour aller vérifier sur place, tout en pensant à une énième plaisanterie ou illusion d'optique style "Rencontre du IIIème type". Mais, quand le policier en question se mit à gueuler dans sa CB que l'alerte était on ne peut plus sérieuse, vu que l'accès aux étages supérieurs avait été bloqué de l'intérieur, là, une machine de guerre sous le commandement de l'Inspecteur Goldman se mit en branle. Affectés par le trop récent carnage de Waldeck, tous les effectifs valides rappliquèrent au pas de course. Toute la police de Nantes ayant envie de casser du Baron Gris, cette fois il n'était pas question qu'il leur échappe.

Suivant le plan de Goldman, les barrages et les policiers avaient été installés en silence. Goldman voulait que la surprise soit totale ; il voulait que le Baron se rende, la queue entre les jambes et les mains tremblantes.

Presqu'aussitôt après que les projecteurs se soient allumés, Goldman dicta la règle du jeu au Baron Gris, via un porte-voix, histoire d'enfoncer le clou :

- Ici l'inspecteur de police judiciaire ! Je m'adresse à l'homme qui a bloqué les sorties de cette Tour : qui que vous soyez, rendez-vous sans discuter, les mains sur la tête. Utilisez l'ascenseur B et faites vite ! Au moindre geste suspect qui n'aura pas fait l'objet d'une autorisation, nous ferons feu sans sommation. Vous avez dix minutes ! Dix minutes avant que je n'ordonne l'assaut !

Le "sans sommation" précité n'était en grande partie que du bluff. Tout le monde ici présent tenait à prendre l'oiseau vivant. Car, pour que l'impression de justice soit totale, il devait y avoir un procès.

Goldman bloquant le secteur côté Cours, Villemaintier s'occupait du côté situé Place de Bretagne. Ne sachant de quel côté de la Tour se tenait le Baron Gris, Villemaintier lança alors en l'air le même message d'avertissement que son collègue.

L'ultimatum envoyé, les hommes se mirent en veille, attendant les ordres.

***

Le dos au mur, Bastien opta pour la seule solution qui lui restait, c'est-à-dire une solution extrême.

En un temps record, il rangea son matériel et se dirigea vers une des fenêtres située à l'angle Sud-Est. Constatant avec rage qu'aucun châssis ouvrant ne s'offrait à lui, il saisit une lourde chaise par le dossier et commença à briser la vitre en s'en servant comme d'un marteau. Au bout du cinquième coup, alors que dehors le jour commençait à se lever et qu'une légère bruine perlait, un animal flamboyant apparût derrière le carreau. C'était Vaillant, le pigeon à la robe d'hermine, étincelant et virevoltant comme un acrobate sur un trapèze. Quand il le vit, Bastien interrompit un instant son rituel de dégradation, tapa du plat des mains sur la vitre et cria, hurla, implora à travers une fissure :

- AU SECOURS ! À MOI ! FAITES-MOI SORTIR ! FAITES-MOI SORTIR MAINTENANT !

Effectuant une roulade en guise de ok, l'oiseau repartit aussitôt.

Redescendant à mi-hauteur de l'immeuble, Vaillant entama alors plusieurs tours consécutifs de l'édifice, diffusant par la même occasion aux Animaux de l'Ombre qui pouvaient l'entendre un message ultrasonique.

Déjà en marche depuis l'arrivée de la première voiture de police, plusieurs colonnes constituées chacune d'un bon millier de rats avaient commencé à grimper le long de la Tour de Bretagne. Ayant pénétré à l'intérieur de la Tour par les conduits d'aération et les tuyaux d'évacuations des eaux usées, chaque groupe s'était ensuite réparti en nombre égal sur chaque façade.

Normalement vu comme un ouvrage très perfectionné, la conception d'une façade vitrée habillant un immeuble sur toute sa hauteur ressemble, en fait, à un grand jeu de mécano.

La résistance d'une façade vitrée repose essentiellement sur les grands poteaux verticaux - latéraux et intermédiaires - composés généralement d'aluminium. Rendus solidaires de la charpente grâce à des pattes de fixation chevillés en nez de plancher, ces poteaux étaient ensuite reliés entre eux par des traverses. Pour finir, on coinçait le vitrage dans un système de joints en forme de portefeuille, et, hormis quelques habillages en tôles et un raccordement avec les cloisons intérieures, le tour était joué.

Se répartissant niveau par niveau et façade par façade, chaque unité de rats avait pour mission de ronger les pattes de fixation des poteaux raidisseurs.

Avec acharnement, les canines terrifiantes et surpuissantes des Rattus Rattus firent diligence. A l'œuvre depuis le signal du pigeon Vaillant, les boulons en acier sautèrent par centaines en divers endroits du building.

Avant que l'ultimatum de Goldman ne prenne fin, alors que la victoire des forces de police semblait bel et bien assurée, les deux équipes au sol furent soudain témoins d'un spectacle hallucinant.

D'abord, il y eut un bruit. Le bruit d'un navire sombrant dans l'océan, pire que le Titanic. Emettant des grincements et des craquements métalliques, la grille vitrée laissa très vite entendre qu'elle était de moins en moins solidaire de la charpente béton de la Tour. Par la suite, les policiers situés au pied de l'édifice virent à leur plus grande stupeur certains poteaux se décaler, d'autres s'avancer, comme s'ils étaient prêts à tomber. Ils virent aussi des traverses de liaison se mettre en biais et des objets de toutes sortes voler dans tous les coins. Scotché par ce drame matériel vécu en direct-live, pas un des hommes ne réagit, tétanisé, fasciné. Cependant, la contemplation béate des spectateurs ne dura pas et se transforma rapidement en peur panique quand le premier volume de verre tomba du 21ème étage et s'abattit sur le sol en un millier d'éclats coupants et piquants. Avoisinant les cinquante kilos chacun, les vitrages qui s'écrasaient à intervalles de plus en plus rapprochés représentaient de vrais bombes aux dégâts foudroyants. Dispersés à la vitesse grand "V" par un bombardement de miroirs noirs, bon nombre de policiers furent très vite coupés, tailladés, picorés par de micro-morceaux de verres et gênés par des micro-poussières de silice. Sur la vingtaine de véhicules policiers ou civils en place, la totalité fut endommagée et un bon tiers écartelé, écartelé comme si on les avait découpé à la scie. Ce fut un véritable déluge de grêle qui s'abattit sur les forces de l'ordre, impuissantes, obligées de subir et d'attendre une accalmie.

***

Alors que tout s'effondrait plus bas, tout en haut de la Tour, Bastien s'affairait. Après avoir brisé une fenêtre, Bastien sortit de son sac plusieurs accessoires. La première partie du matériel assemblée, il fixa au plafond, grâce à un pistolet à percussion, ce qui ressemblait à un treuil. Après avoir testé la solidité de l'amarrage, il monta une autre partie. Cette partie était en fait un fusil de type *Uzi*, trafiqué pour l'occasion en lance-grappin.

Bouclant le montage par un viseur-laser, il chargea ensuite l'engin d'une flèche en acier reliée à un câble. Désormais prêt, il s'installa, arme à l'épaule, près de la fenêtre ouverte et visa. Cinq secondes de concentration et...

« *Paw !* »

...le coup partit.

Emportant avec elle le câble, la flèche en acier alla se planter 400 mètres plus loin dans le clocher de l'église Saint Nicolas. Ne tirant aucune fierté de son tir parfait, Bastien amarra le câble au treuil et tendit le tout. Il installa enfin un chemin de roulement sur le câble, chemin muni d'un genre de dragonne pour se suspendre.

Maintenant devant un précipice de 400 mètres de long et de 100 mètres de profondeur, Bastien sentit son cœur palpiter. Il déglutit, essaya de réguler son souffle et ferma les yeux.

Concentration.

Respirant par de profondes inspirations, Bastien monta sur une chaise, passa ses mains dans la courroie suspendue sous le roulement et regarda son objectif. Pourtant prédominant par rapport aux autres bâtiments, le clocher de Saint Nicolas semblait tout petit, tout bas, minuscule, ridicule, loin, loin, loin... mortellement loin !

Mais il n'était plus temps de réfléchir. Il était, de toute manière, hors de question qu'il se rende.

Bastien tendit alors les jambes à l'équerre, donna une légère impulsion en faisant jouer son corps et partit.

***

Alors que le flot de pavés de verre et de morceaux de structures s'effondrant sur le sol commençait à se calmer, un homme en uniforme cria à gorge déployée, désignant un point haut dans le ciel. Surpris, Goldman regarda machinalement la direction indiquée par son collègue et tomba une nouvelle fois sur le cul. Apparemment sorti des derniers étages de la Tour de Bretagne, l'inspecteur Goldman vit un homme glisser le long d'un câble, un homme en costume sombre, celui-là même qu'ils étaient tous venus chercher et qu'ils croyaient déjà avoir coincé.

La surprise passée, Goldman ordonna à ses hommes de bouger. Il fallait suivre ce câble et stopper l'homme. Il chargea Villemaintier de sécuriser le périmètre autour de la Tour décomposée, cette Tour qui partait en lambeaux.

***

Malmené par le vent, balancé par la souplesse du câble, Bastien n'en menait pas large. Sa vie ne tenait qu'à un fil, et, intérieurement, il priait pour que ce fil tienne jusqu'au bout de sa course. Ce saut de l'ange en téléphérique de fortune fut la pire expérience sportive de sa vie. Terrifié, tout au long de la descente il émit - ou plutôt hurla - des « Mon Dieu ! » ainsi que des sons gutturaux d'homme de cro-magnon. Le dénivelé entre la Tour et l'Eglise étant relativement important, Bastien prit très vite de la vitesse. Si bien qu'à mi-parcours il commença à freiner, tirant sur une manette conçue à cet effet comme un dératé. Cependant, en dépit de son insistance sur la manette, Bastien décélérait très peu, l'humidité dans l'air ayant rendu le câble peu enclin à l'adhérence.

Alors en rénovation, un échafaudage gigantesque, véritable œuvre d'art en soi, couvrait le fronton de l'église St Nicolas et remontait en encerclant son clocher. Quand Bastien arriva face à la passerelle du dernier niveau de l'échafaudage, il prit violemment une rambarde de la structure dans les côtes, ce qui lui coupa le souffle. Alors en apnée, Bastien trouva la force de se hisser et se laisser retomber sur une passerelle.

Freinage brutal, mais efficace.

Arrivé à bon port, sain et sauf, grimaçant comme un sorcier qu'on écartèle, Bastien reprit lentement son souffle et essaya autant que faire se peut de calmer sa douleur au thorax. Les bruits de sirènes approchant, Bastien se remit aussitôt en marche car il était loin d'être à l'abri.

Sans prendre le temps de regarder la vue ou les travaux en cours, Bastien descendit les échelles avec la rapidité d'un soldat sous-marinier en guerre. Arrivé au parvis, Bastien entrebâilla une porte de chantier et sonda l'extérieur. Plus loin, dans les rues adjacentes, on entendait des pas rapides de gens qui cherchent, des voitures aux pneus grinçants qui guettent, on entendait des ordres, des directives... on entendait des flics traquant une proie.

Profitant de la cohue et du fait que personne n'avait encore remarqué où aboutissait le câble partant de la Tour de Bretagne, Bastien traversa en courant la Rue Saint Nicolas et tourna Rue Basse Casserie. Voulant regagner son QG sécurisé du Château des Ducs, Bastien devait passer coûte que coûte par le cours des 50 Otages. Malheureusement, cette fois le vent tourna, car, en ressortant d'une petite venelle, il percuta de plein fouet un policier à sa recherche. Un peu plus loin, sur le Cours, un autre policier entendit le choc et se retourna aussitôt. Le premier flic K.-O, de son côté Bastien se releva sans peine et vit alors le deuxième arriver, arme au poing et ordonnant :

- Arrêtez-vous ! Les mains sur la tête et à genoux ! Pas un geste ou je tire ! Obéissez ! Maintenant !

Les consignes de Michel Goldman étaient visiblement respectées à la lettre. Le policier avait débité son texte comme un automate et, à moins d'être sourd, il ne pouvait vraiment y avoir aucune équivoque sur les risques encourus par Bastien en cas de non-respect de la procédure énoncée.

Mais, que dire, quoi expliquer... sinon que le Baron Gris n'était pas homme à se plier aux directives. Il rebroussa chemin et se mit à courir de plus belle.

Un coup de feu partit.

Raté.

Il tourna à droite au bout de la petite venelle et se retrouva Rue de la Clavurerie. Bloqué par d'immenses travaux, Bastien stoppa alors sa course et constata avec amertume qu'il venait de se piéger lui-même.

Cul-de-sac.

Pleinement conscient à cet instant de sa défaite, Bastien se retourna lentement et retomba, logiquement, sur le policier qui avait tenté de tirer sur lui deux secondes plus tôt. Les deux hommes furent très vite rejoints par d'autres patrouilles armées et, surtout, par l'inspecteur Goldman.

Tenu maintenant en joue par une dizaine de calibres, Bastien Grenier restait immobile, raide, les bras et les jambes légèrement écartés et le regard fixé sur Goldman.

À la fois impressionné et sur le qui-vive, Goldman lança les menaces d'usage.

Aucune réaction.

Dans l'assemblée policière présente, personne ne douta à cet instant que le Baron Gris était cette fois à leur merci. Mais c'était sans compter sur l'aide précieuse des Animaux de l'Ombre.

Dans ce cas précis, le salut de Bastien vint cette fois des airs.

Au premier signal de détresse émis en Langage Universel, le langage des Animaux de l'Ombre, plusieurs patrouilles de pigeons se rassemblèrent et convergèrent vers le lieu où se passait le duel entre Bastien Grenier et les forces de police. Venant de tout horizons, d'on ne sait où, et se répandant dans le ciel comme des nuages gris en forme de stratus, les Pigeons Biset de la ville n'hésitèrent pas et foncèrent.

Si pour les policiers présents cette journée avait été jusqu'ici celle des surprises, celle qui arrivait maintenant ne manquait pas non plus de piquant.

Se remplissant comme si un grillage haut l'avait transformée en volière, l'impasse fut rapidement submergée par deux bons milliers d'oiseaux. En dépit d'un vol désordonné flagrant, le groupe de pigeons qui bouchait le fond de la rue parvenait à rester compact sans rentrer en collision, ce qui était du grand art. Cette aisance ailée n'étant due en fait qu'à l'apprentissage de Vaillant, le chef spirituel du Monde d'En-Haut.

À un moment, la densité de pigeons par mètre cube d'air devint si importante, qu'elle en arriva même à saturer la visibilité. Perdue dans un grouillement d'ailes claquantes et de roucoulements hystériques, la silhouette sombre de Bastien se confondit peu à peu avec la masse des pigeons jusqu'à disparaître complètement. Tout en se protégeant la tête de leurs bras à cause des vols en rase-mottes, Goldman et ses collègues voyaient très mal ce qui se passait devant eux. Mais quand Goldman fut sûr, malgré la tempête, de la disparition du Baron, il changea de ton et tira en l'air pour éloigner les gêneurs colombidés. Prenant le geste pour un ordre, plusieurs tirs venant d'autres policiers firent écho. Au bout du vingtième tir seulement, le brouillard d'oiseaux se dissipa. Sur les deux bons milliers d'animaux présents, les deux tiers quittèrent les lieux et le reste se posa au sol.

Sous le regard éberlué des agents, la surface bitumée de l'impasse se transforma donc soudain en un champ multicolore fait de pigeons gris, bleus, roux, marron, beiges et blancs, et ceci sans l'ombre d'un Baron Gris à l'horizon.

Le fugitif s'était-il caché ? S'était-il envolé ? Etait-il parti par une porte dérobée ? Sur le coup, Goldman fut, à proprement parler, dépassé ! Alors que quelques plumes retombaient encore lentement sur le sol, zigzaguant au gré des courants aériens, Goldman se retourna, dépité, et sonda ses hommes :

- Est-ce que quelqu'un a vu s'enfuir l'intrus ? Est-ce que quelqu'un a vu quelque chose ?

Des "non" résonnèrent, ainsi que des signes de tête tout aussi négatifs.

Goldman essaya de se concentrer. Il regarda le fond de l'impasse et fronça les sourcils. Quelque chose le chiffonnait. Les deux mains sur la crosse de son pistolet automatique, Goldman avança, petits pas après petits pas. Essayant de se frayer un chemin entre les oiseaux tapissant le sol, l'Inspecteur eut vaguement l'impression de jouer le remake d'une scène des « Oiseaux », le film d'Hitchcock. Légèrement stressé, Goldman n'eut pas le courage de bousculer les pigeons, même si ceux-ci semblaient mettre une certaine mauvaise volonté à s'écarter devant lui. Rendu pratiquement au fond de l'impasse, Goldman fut interpellé :

- Michel ! Tu as repéré quelque chose ?

Cet homme assez familier avec Goldman pour l'appeler par son prénom, c'était Villemaintier, son collègue de bureau qui menait cette affaire avec lui. Désemparé, Goldman se retourna vers son collègue, desserra ses mains qui empoignaient son arme et laissa retomber ses bras le long du corps.

- Il faut continuer les recherches ! répondit Goldman. Je ne sais pas comment, Paul, mais il était là et « Pouf ! », il a disparu. C'était comme Copperfield à la télé ! Et peut-être plus fort encore... !

Villemaintier émit un léger sourire. Son collègue plaisantait rarement, il le savait, et il sentait dans cette pseudo-blague toute son incompréhension.

Voir la Tour de Bretagne éventrée à cause de rats transformés en termites voraces, et maintenant ces pigeons sagement posés sur le sol et ne semblant ni effrayés, ni découragés par des hommes armés, cela pouvait effectivement faire déjanter plus d'un individu, même le plus pragmatique, ce que Villemaintier comprenait aisément.

N'osant pas plonger tête baissée dans la flaque d'oiseaux remuante, Villemaintier resta sur la rive et contempla à son tour quelques secondes ce spectacle rare et étrange d'oiseaux regroupés en troupeaux. Pour sa part bredouille, Goldman rengaina alors son arme et revint vers Paul Villemaintier, quand soudain...

« *Klang !* »

...il heurta du pied une sorte de plaque métallique.

Partiellement cachée par un voile de plumes, Goldman crut d'abord que cette plaque était un panneau de chantier ou une publicité quelconque.

Pas du tout.

Erreur profonde.

En poussant l'objet du pied, il entendit d'abord comme un bruit de basculement, de trappe qui se ferme, puis sa chaussure se coinça.

Comprenant enfin le scénario d'évasion utilisé par le Baron Gris, Goldman releva le pied nerveusement et souleva par la même occasion une plaque d'égout en fonte.

Conscients on ne sait comment de leur inutilité pour Bastien, les pigeons restants à terre s'envolèrent alors tous presqu'aussitôt dans des directions différentes.

Face au trou béant s'offrant à lui, Goldman dégaina à nouveau immédiatement et rallia ses collègues de vive voix :

- Prenez des torches électriques ! Il s'est enfui par les égouts ! Paul, rameute les services sanitaires, qu'ils bloquent tous les tunnels partant de ce point sur un kilomètre à la ronde. Fais vite ! Les autres, vous me suivez ! Grouillez-vous !

Villemaintier s'exécuta.

La quinzaine de policiers présents rappliqua au trot et plongea avec Goldman dans les entrailles puantes et noires des égouts Nantais.

***

Dans le Trafic noir du DSIN-actif, le Capitaine fulminait. Bastien Grenier venait de lui échapper et ça risquait bientôt de lui chauffer aux oreilles.

Pourtant, à la base, son idée d'impliquer la police de Nantes n'était pas plus mauvaise qu'une autre. C'était un alibi en béton pour la DSIN. Depuis des années qu'ils oeuvraient dans l'ombre, faisant le sale boulot que d'autres refusaient d'assumer, pour une fois que les policiers d'une juridiction et eux-mêmes poursuivaient le même but, à quoi bon faire le boulot de manière illégale ! Mais Bastien Grenier s'était montré le plus fort, et le Capitaine ne parvenait pas à comprendre pourquoi.

Confus, dépassé, alors qu'il croyait tout terminé pour la matinée, un message fit soudain vibrer les haut-parleurs :

- Ici l'Inspecteur Villemaintier, le Baron s'est réfugié dans les égouts. Avertissez les services sanitaires ! Que tous les hommes disponibles bloquent les tunnels des Places Saint Pierre, Neptune, Bouffay, Commerce, Rousseau, Graslin, Delorme, Newton, Aristide Briand, Sainte Elizabeth, Saint Similien et Pont Morand. Exécution !

C'était, bien sûr, la fréquence de la police.

Face à cette piste inespérée, le Capitaine reprit du poil de la bête. Peut-être que le vent était décidé à tourner finalement.

De nouveau au cœur de l'action, il saisit son casque-micro et lança ses hommes dans l'arène.

Fini de rire.

***

Si le groupe de policiers qui s'était infiltré dans les égouts depuis la rue de la Clavurerie pouvait paraître imposant au début, il se dilapidait à vue d'œil, au fur et à mesure des embranchements rencontrés. Loin de savoir dans quelle direction s'était dirigé le Baron Gris, Goldman avançait au hasard avec seulement plus que deux hommes pour l'accompagner. En dehors de l'odeur, le tunnel était pour le moins inconfortable ; son étroitesse obligeait la plupart du temps à se courber et on risquait de glisser ou de se faire mal à chaque instant.

Soudain, des bruits étouffés de coups de feu retentirent. Un appel sonna :

- Fugitif repéré ! Tunnel à la verticale de la Rue de la Marne !

C'était la voix de Villemaintier.

Jusqu'ici prudents dans leur avancée, Goldman et sa garde se mirent à courir malgré le risque de gamelles. D'ailleurs, à un moment, ça ne loupa pas, puisqu'un des policiers ripa sur le rebord et plongea la tête la première dans l'eau gluante du collecteur central. Toussant, crachotant, expulsant hystériquement la saleté de son corps, le policier-plongeur gueula à qui voulait l'entendre qu'il allait attraper la rage, qu'il n'avait pas choisi ce métier pour ça, qu'il allait crever, qu'il avait une famille, que c'était vraiment trop horrible et qu'il n'avait pas mérité ça ! Impassible, Goldman releva l'homme trempé, lui donna une bonne tape amicale dans le dos et conclut : « On fonce, mon gars ! ».

L'affaire fut close.

La course repartit.

Ils suivirent une direction aux bruits des pas et des cris des autres unités. A un croisement, Goldman éclaira de sa lampe torche le panneau souterrain de la rue de la Bâcherie, regarda son plan et appela Villemaintier :

- Ici Goldman, où se trouve le fugitif ? Quelqu'un l'a-t-il repéré ?

Pas de réponse.

Goldman persista, sondant en même temps les bruits environnants :

- Ici Goldman, je répète : a-t-on localisé la cible ? Répondez !

- Kritch, ktzzz... rah, ..., scouitch..., ...main...tier...ici, Villemaintier. Ktzzz... est-ce que tu me reç...sgouile, Mich...ellll ?
- Oui, je te reçois ! Signal altéré, 2 sur 5. Parle !
- Où es-tu ?
- Nous sommes non loin du Bouffay. Que se passe-t-il ?

Un autre coup de feu partit, toujours étouffé, toujours lointain. Illico, les trois hommes repartirent vers l'écho. Tout en courant, Goldman réitéra sa question, demandant ce qu'il y avait. On répondit enfin.

- ...de Dieu, Michel ! Oh, nom de Dieu, on a un blessé ! Appelez tout de suite une ambulance. Je répète : blessé par balle, croisement Strasbourg et Verdun, envoyez des secours... tez... remontez-le bordel ! ... pisse le sang !

Les choses se gâtaient.

Ce Baron Gris était décidément un fou furieux. Maintenant, il n'hésitait pas à tirer, il flinguait à qui mieux mieux. *Que nous réserve-t-il encore, cet olibrius ?* se demandait Goldman, plutôt flippé.

- ...oldman ! où... où es-tu, bon sang ! cria le talkie-walkie de Michel.
- Près de la place du Bouffay, Paul ! Compris ? répondit et questionna en même temps l'intéressé.
- Ok... scouitch... shiritch... bzzz...
- Allô ? Villemaintier ? Je ne capte rien, répète !
- ...Baron... vou... tention...
- Allô... Allô, je n'entends pas. Paul ? Parle-moi Paul !
- ...Baron par chez vous... szouic... danger ! ...tention !

Goldman eut à peine le temps de baisser la tête : deux balles fusèrent.

On les canardait.

Tout en reculant, les policiers répliquèrent du tac au tac.

Fusillade.

Personne de touché, coup de bol.

Cacophonie assourdissante.

Cela dura quinze secondes. Quinze secondes intenses où chacun ne donna pas cher de sa vie sur l'instant et où chacun remercia le ciel d'être encore en vie, une fois la tempête passée.

Ensuite, silence.

Visiblement, le Baron était passé dans un tunnel perpendiculaire à celui emprunté par les policiers et s'était mis à les viser comme un forcené à la vue de leurs lampes torches. Passé le choc, Goldman et ses désormais "héros en second" entendirent des pas s'éloigner. Le fugitif prenait la poudre d'escampette. Ils le suivirent, signalant les faits et leur position à d'autres collègues. Se retrouvant, au bout de cent mètres, devant un embranchement en forme de "Y", tout le monde s'arrêta et écouta. Malgré toute la concentration possible, la provenance des bruits suspects était attribuable aux deux branches du "Y". Problème. Les tunnels devaient communiquer plus loin, ce qui faussait les impressions. Le groupe dut se séparer :

- Allez à droite, moi, j'irai à gauche, ordonna Goldman.
- À vos ordres, Inspecteur ! répondirent en cœur les policiers.

Face à un choix cornélien, Goldman n'avait donc pas hésité une seconde, mais il y avait une raison à cela. Cela avait échappé à ses deux collègues qui s'éloignaient déjà, mais dans le tunnel de gauche, l'Inspecteur avait remarqué un détail important. Sagement posé au fond du passage souterrain, regardant Goldman droit dans les yeux avec une certaine nonchalance, un Rat Noir de masse imposante et au poil luisant semblait l'attendre, immobile, calme et fixe. Trouver un rat dans les égouts, quoi de plus normal, pourrait-on dire. Mais, ce qui fit tilter Goldman immédiatement sur le côté bizarre de la chose, c'est que, depuis qu'il arpentait les artères putrides de ces canalisations, ce rat fut le premier qu'il rencontrât. Comme tous les événements anodins prenaient aujourd'hui une dimension surréaliste, Goldman prit donc ce détail pour un signe particulier et fonça.

Les deux mains toujours positionnées sur la crosse de son pistolet, l'Inspecteur avança prudemment.

Le tunnel tournait sans cesse sur la droite ou sur la gauche ; un véritable serpentin. Puis, après cette suite de virages, cent mètres plus loin, Goldman vit une lueur pâle devant lui. Balayant le sol de sa lampe torche, il repéra, vers le bout du tuyau, le rat noir de tout à l'heure. Regardant toujours Goldman de ses deux petits yeux ronds, noirs et inexpressifs, l'animal semblait s'assurer que l'Inspecteur avait bien suivi. Voyant l'homme approcher, la bête tourna les talons et disparut.

Rendu au bout de la conduite, Goldman pénétra dans une sorte de carrefour souterrain des eaux d'évacuation. Disposées en cercle, six conduites, dont celle de Goldman, se déversaient dans une rigole, elle aussi circulaire, et repartaient en suivant la direction d'une plus grosse tuyère. Au centre de cette pièce, "éclairée" plus haut par des grilles à lames, il y avait un petit plateau de quatre mètres de diamètre sur lequel on pouvait marcher. Goldman s'y plaça et se mit à chercher son guide poilu et griffu.

Au bout de deux secondes, un grondement se fit entendre.

C'était lointain, mais cela s'amplifiait à chaque instant.

Un battement de tambour ? Le roulement d'une bille sur un évier en inox ? La vibration d'un groupe électrogène ? Goldman n'arrivait pas à définir ce que c'était, mais c'était de plus en plus proche. À bien y réfléchir, Goldman parvint à comparer ce bruit à celui d'un train marchant lentement.

Même si, dans un premier temps, rien ne parut extérieurement, intérieurement, le jeune inspecteur balisait. Il crut en effet qu'une vague d'inondation due à la pluie extérieure fonçait sur lui et s'apprêtait à l'emporter. *Se noyer en avalant l'eau noirâtre et viciée des égouts serait une bien triste fin,* pensa l'inspecteur sur le coup.

Mais, alors qu'il pensait avoir envisagé le pire, un spectacle bien plus cataclysmique s'offrit à lui.

Venant des six conduits disposés en cercle, des centaines, des milliers de rats entassés les uns sur les autres apparurent. Gris, blancs ou noirs, toutes les couleurs étaient représentées et avançaient vers la pièce comme des langues de magma, grouillantes et "couinantes". Très vite, la meute de rats se répartit autour de Goldman, lui laissant seulement un mètre d'espace vital dans toutes les directions.

Face à ce flot frénétique d'animaux repoussants, Goldman fut tétanisé.

À plusieurs reprises, des rats hargneux lui firent comprendre qu'il ne devait pas broncher d'un cil en lui piquant violemment les chevilles et en fouettant le sol de leur queue. À ce stade de l'affaire, Goldman était conscient qu'au moindre geste de travers il risquait tout bonnement de se faire dévorer par une horde de rats puissants et furieux.

Un sifflement se fit entendre.

Un sifflement humain.

Deux secondes plus tard, les deux bons milliers de rats présents se turent et restèrent quasiment statiques.

Un silence religieux dama le pion au brouhaha des monstres.

C'était déconcertant de voir tout ce calme, tout cet ordre, après avoir vécu la cohue précédente ; et ceci, surtout quand Goldman s'était vu un instant jouer le rôle d'un plat de résistance.

- Lâchez votre arme, Inspecteur ! lança une voix cachée au fin fond d'un tunnel.

Silence.

- Lâchez votre arme, ou ils vous dévoreront.

Sachant totalement qu'un flic n'a pas le droit de livrer son arme, Goldman considéra néanmoins la proposition et obéit à l'inconnu.

- Merci, Inspecteur, dit le Baron Gris en se présentant alors face à Goldman.

Positionnés - de l'autre côté du caniveau circulaire pour le Baron, et au centre de la pièce pour Goldman -, les deux hommes se regardèrent intensément.

Une certaine inaction persista quelques secondes.

- Alors, quoi de neuf...? questionna enfin brièvement Goldman tout en relevant les sourcils.

Pas de réponse.

Le Baron resta muet, immobile.

Ce n'était visiblement pas la bonne question.

Goldman regarda alors à côté de lui un monticule fait de rats empilés les uns sur les autre et relança :

- Ce sont vos amis ? Vous parlez avec eux, c'est ça ?... C'est quoi votre truc, on peut savoir ?

Le Baron prit un temps, puis répondit :

- Les êtres poursuivant un même objectif n'ont pas besoin de *trucs* pour se comprendre.

- Ah... et quel est donc votre objectif, on peut savoir ?

- Mettre au pied du mur les hommes qui décident du destin d'autres hommes.

- Vous voulez donc casser du flic ? Voilà votre idéal !

- Vous n'y êtes pas du tout, Inspecteur Goldman. Vous n'y êtes vraiment pas, et c'est tout le problème.

Le fait que le Baron connaisse l'identité de l'Inspecteur Goldman déconcerta quelque peu ce dernier. Encore une fois, à cause de cette simple remarque, le policier sentait ne rien maîtriser du tout dans cette affaire, et cela l'exaspérait. Bien que, concrètement, ce n'était pas lui qui était déguisé comme un guignol, il se sentait néanmoins totalement manipulé, une vraie marionnette à la merci d'un pervers en bas gris.

Relativement déstabilisé, Goldman essaya d'approfondir ce qui l'irritait :

- Comment connaissez-vous mon nom ?
- Mais je vous connais très bien, Inspecteur. Contrairement à la plupart de vos collègues, je suis quelqu'un qui s'intéresse aux gens de valeur, moi !
- Vous avez un problème de reconnaissance, c'est ça ? Vous portez un déguisement pour qu'on parle de vous et qu'on vous fasse de la pub ?
- Vous vous égarez, Inspecteur. Je me fous de la notoriété. La mienne est d'ailleurs suffisamment noire pour que je ne m'y intéresse pas.
- Tuer et blesser des pauvres gens n'est jamais très populaire, on ne vous a jamais appris ça ?!
- Je n'ai tué personne, Inspecteur Goldman. Quant aux blessés de Waldeck ou de ce soir, je n'avais pas le choix.
- Ben, allons donc ! Vous venez de flinguer un policier, vous tirez sur tout ce qui bouge, mais, à part ça, vous n'êtes responsable de rien ! Ah, franchement, je vais vous dire, il y a des coups de pied au cul qui se perdent !
- Votre réflexion prouve, une fois de plus, votre obscurantisme. C'est dommage. Je me suis peut-être trompé sur votre compte.
- Cause toujours !
- Réfléchissez un peu, Inspecteur.
- Réfléchir sur qui, sur quoi ?!
- Ce n'est pas moi qui ai tiré tout à l'heure. Je n'ai pas d'arme !
- Bien sûr. Je sens encore la balle me frôler le crâne, mais j'ai dû rêver...
- Avez-vous vu celui qui a tiré, Inspecteur ? Au lieu de tirer des conclusions préétablies, dites-moi plutôt ce que vous avez réellement vu.
- Si ce n'était pas vous, qui c'était alors ? On peut savoir ? Le Quasimodo des égouts de Nantes, peut-être ?
- Sans doute ceux que vous devriez plutôt rechercher. Ceux qui me pourchassent et veulent réellement me faire taire.

- On dirait que tout le monde vous persécute ou veut vous abattre, et pourtant, vous semblez être le seul à avoir raison. Vous ne trouvez pas cela bizarre. A aucun moment, vous ne vous dites que, peut-être, cela vient de vous ?

- Ne le prenez pas mal, Inspecteur, mais vous êtes loin de savoir ce que sont capables de faire ces hommes. Ils sont puissants. Bien plus puissants que vous et moi. Ils dirigent le pays et ils utilisent les citoyens comme on utilise des appareils jetables. Vous pensez représenter une partie importante de l'autorité de l'état mais, en fait, vous êtes en bas de l'échelle, vraiment tout en bas. Moi, ce que je vise, c'est le sommet, et croyez bien que j'atteindrai mon but quelles qu'en soient les conséquences. En m'empêchant d'avancer, vous faites votre travail, ce que je respecte tout à fait, mais soyez sûr que j'irai jusqu'au bout. Je suis déterminé et je n'hésiterai pas à vous balayer de mon chemin comme je l'ai fait ce soir si cela s'avère nécessaire. Je le regrette, soyez-en sûr. Mais je n'ai pas le choix.

- Un homme a toujours le choix. C'est des conneries ! Comment en êtes-vous arrivé là ? Quelle est votre histoire ?

- Peu importe, je n'ai ni le temps ni l'envie d'en parler.

- Laissez tomber maintenant, abandonnez... Et si, en fin de compte, vous êtes réellement une victime dans cette histoire, je vous jure de tout faire pour traduire en justice vos agresseurs. Vous avez ma parole ! Alors, arrêtez le massacre, arrêtez tout, je vous en prie ! Il en est encore temps.

- Je crois en votre parole, Inspecteur Goldman. Vous êtes quelqu'un d'honnête et de juste, je le sais ; c'est d'ailleurs ce qui m'a poussé à me présenter devant vous. Mais si je veux prouver au monde mon innocence, je suis obligé de continuer. Vous seul, vous ne pourrez pas le faire car vous devez obéir à des ordres. Moi pas.

« Désolé de vous décevoir. Mais ce constat n'est que la triste réalité.

Plus la discussion avançait, plus Goldman voyait en ce Baron Gris énigmatique un paranoïaque de la pire espèce, c'est-à-dire "indéstabilisable" et complètement kamikaze. Pour Goldman, à tout moment cet homme pouvait devenir agressif, mortellement agressif, ou aimable au point d'en devenir touchant. C'était déroutant. Quelle était la meilleure attitude à adopter ? Contredire, aller dans son sens, faire la morale, se taire, compatir... aucune option ne parut idéale aux yeux du policier. Ce qui est sûr, c'est qu'il était à la merci de quelqu'un qu'il n'arrivait pas à analyser, et donc qu'il n'arrivait pas à prédire. Et cela lui était intolérable au point qu'il ne put se retenir de poser à son interlocuteur une question directe :

- Que comptez-vous faire de moi ?

Surpris par cette question, le Baron Gris releva la tête et émit un petit bruit, un petit souffle nerveux d'agacement.

- Que croyez-vous que je vais faire de vous ? répondit le Baron. Vous abattre comme un chien ? Vous donner en pâture à ces rongeurs !? Cela me navre que vous vous posiez ce genre de question. Croyez bien que si j'avais voulu vous tuer, je l'aurais fait depuis longtemps.

Un peu effrayé sur le coup par la réponse du Baron, Goldman fut finalement soulagé. Il connaissait maintenant ses intentions. Un temps passa jusqu'à ce que l'énervement ne retombe.

Au loin, dans la profondeur des tunnels adjacents, on entendit un coup de feu étouffé, puis des cris, des bruits de pas, des coups faisant résonner les parois. Le Baron inclina alors légèrement la tête de côté, regarda l'Inspecteur droit dans les yeux, puis, releva lentement les bras en montrant ses paumes de main vides, ceci histoire de dire : *Vous voyez bien que ce n'est pas moi qui fais tout ce raffut !* D'un léger hochement de tête, Goldman acquiesça. Il avait compris le message. Le Baron Gris baissa les bras aussitôt.

- Malgré les apparences, je ne suis pas une tête brûlée, Inspecteur, reprit le Baron. Je ne suis pas une bête sanguinaire. Ce que je veux vous faire comprendre, c'est qu'en agissant de la sorte, je poursuis un but, un but que personne ne peut m'aider à atteindre.

« Vous êtes quelqu'un de jugement, Inspecteur. Alors, ne vous fiez pas uniquement à la surface des choses, aux faits matériels. Si vous croyez que ça m'amuse de détruire une tour et de faire le zouave sur un câble à plus de cent mètres de hauteur afin de vous échapper, vous vous mettez le doigt dans l'œil. Essayez plutôt de vous demander ce que je faisais dans cette tour !

Comprenant qu'on le mettait quelque part sur le banc des accusés, Goldman ne répondit rien et laissa poursuivre le procureur du jour :

- Essayez plutôt de savoir qui se trouve à la tête d'une Société du nom d'Infotech, essayez de savoir ce qu'on y fait, et vous verrez peut-être que, parfois, les apparences sont trompeuses. C'est tout ce que je vous demande.

Sur ces mots, le Baron tourna la tête vers un des tunnels.

Sagement posé sur le rebord d'un tuyau, un rat noir au pelage luisant et au corps musclé s'agitait plus que les autres. Remuant ses moustaches et piétinant le sol comme s'il marchait sur des braises, l'animal semblait vouloir dire quelque chose à Bastien. C'est alors que, dans les méandres souterraines des égouts, un léger bruit se fit entendre. Quelqu'un approchait, et, cette fois, la menace était sérieuse. Le Baron revint un instant du regard sur l'Inspecteur, puis, il recula doucement.

Progressivement happé par la pénombre environnante, Bastien disparut peu à peu du champ visuel de l'Inspecteur. L'agitation gagna alors subitement la meute des rats agglutinés tout autour de ce dernier. Accompagné d'un flot de couinements, des centaines de rongeurs se débinèrent, grimpant jusqu'aux tunnels, fusant le long des bordures en ciment, de part et d'autre du collecteur, ou plongeant carrément dans l'eau. En un clin d'œil, Goldman se retrouva seul au milieu de la pièce. Sain et sauf.

L'entretien était terminé.

Rideau.

*

Non loin de la Rue Le Nôtre, au niveau du sol, une bouche d'égout se souleva et coulissa. Un homme en sortit et se mit aussitôt à courir. Deux cents mètres plus loin, une Xantia gris métallisé freina brusquement. L'homme monta à bord et la voiture démarra sur les chapeaux de roues. Enfin à l'abri, le Caporal Derk contacta le responsable de mission :

- Capitaine, ici Derk !
- Bon Dieu, Caporal, qu'est-ce que vous avez foutu ?

L'air soucieux, Derk tourna la tête vers le soldat Garou au volant. Il n'osait pas dire ce qui s'était passé, mais il le fallait bien :

- Je... je suis désolé, Capitaine. Je n'ai pas eu l'objectif.
- Bon sang, c'est pas vrai ! Pourtant, quand il s'agit de tirer sur des policiers à tire-larigot, vous n'êtes pas en reste. Vous êtes un vrai taré Caporal... ça va chier pour votre grade !
- C'est... c'est une erreur d'appréciation, mon Capitaine. J'ai tiré sur les flics pour les remonter contre Grenier ; je ne visais personne en particulier. Une balle a ricoché, c'est tout !
- Putain, nous n'avions pas besoin de cela !

- Je sais, mon Capitaine. C'était un vrai labyrinthe et nous n'étions pas assez nombreux pour quadriller efficacement le secteur.

- Ça va ! ... Rendez-vous au QG.
- À vos ordres, Capitaine.
- Terminé.

Derk raccrocha le micro.

Tout en conduisant à vive allure, le deuxième classe Garou se retourna vers son collègue pour lui dire ses sentiments sur la soirée :

- C'est mal barré, mon Caporal. Je donne un avenir de merde sur cette mission à 90%. On est trop exposé. Nos actions risquent de se voir. Je veux bien faire partie de l'antichambre des services secrets, mais pas à condition que l'on voit ma gueule en première page des journaux. Je ne paierai pas les pots cassés.

L'air mauvais, Derk saisit violemment Garou par l'épaule et répondit :

- Ferme ta gueule, morveux ! On finira cette mission coûte que coûte, et ceci, avec ou sans toi, tu m'as bien compris ?!
- Lâche... lâche-moi, merde ! On va se planter ! implora le jeune soldat en essayant de garder sa trajectoire sur la route.

Derk repoussa finalement Garou et lâcha sa prise.

La tension était palpable.

Bastien Grenier avait mis du sable dans les rouages.

***

Peu de temps après avoir accompli leur mission de camouflage, Vaillant et une bonne partie de ses congénères ailés regagnèrent le clocher Nord-Ouest de la Cathédrale Saint Pierre.

En ce Vendredi 17 novembre 2002, la gent du Monde d'En-Haut avait payé un lourd tribu à la révolution. Tombée sous le feu des armes humaines, une trentaine de pigeons étaient morts et presqu'autant étaient ressortis blessés de l'épreuve. Même si lui et les siens étaient prêts à se sacrifier afin de garantir la paix et la survie des générations futures, Vaillant n'appréciait cependant pas la tournure prise par les événements. Comme tout animal de foi, il ne faisait la guerre et il n'affrontait les hommes que dans le seul but de se défendre ; mais, ce soir, les pertes qu'avaient subies les Animaux de l'Ombre le laissaient perplexe.

Globalement, Vaillant n'aimait pas le gâchis. C'est pourquoi, malgré l'immense sagesse due à son rang, le chef spirituel des pigeons nantais enrageait intérieurement à l'idée que Bastien, cet homme bon et respectueux de la vie, puisse finalement échouer. D'après les rapports secrets qui avaient déjà circulé ici et là, en langage universel, à trois reprises Bastien avait failli se faire prendre ou se faire tuer cette nuit. Et ceci, pour une mission qui, à la base, n'était pas forcément très difficile. Cette multiplication de situations dangereuses entre Bastien Grenier et les forces de l'ordre inquiétait fortement Vaillant. Lui et ses collègues rats et chats devaient réfléchir sur-le-champ à une meilleure protection de Bastien, à un meilleur quadrillage du terrain lors des interventions. Sinon, tous les déploiements de force à venir risquaient de s'essouffler très vite.

Plus que tout individu résidant depuis toujours entre les murailles de cette ville, le pigeon Vaillant croyait infiniment en Bastien Grenier, seul humain de l'histoire doué du pouvoir de Filiation, seul humain assez humble pour se sentir l'égal des Animaux de l'Ombre. Cependant, depuis peu, en même temps que de ressentir toute la détermination et les convictions profondes de Bastien, Vaillant avait ressenti également toute la faiblesse et la fragilité de l'homme. Alors qu'il était pris au piège au sommet de la Tour de Bretagne, derrière le verre brisé d'une fenêtre, Vaillant avait vu Bastien paniquer comme un pigeonneau lors de son premier vol. Vaillant sentait parfaitement que Bastien pouvait faillir à chaque instant, et, encore une fois, cela ne lui plaisait guère. Bref, dans les prochains jours, il allait falloir être vigilant et il allait falloir surtout repenser tous les systèmes de défenses pouvant être utiles à Bastien Grenier. Autant dire que la tâche risquait d'être dure. Autant dire qu'il n'y avait pas de place pour l'erreur dans un match où la médaille d'argent avait, la plupart du temps, un arrière-goût de place au cimetière.

Pour Vaillant, le conflit entre Bastien et ses ennemis était rendu à son apogée. Et l'aube d'une éclaircie semblait on ne peut plus lointaine.

À vrai dire, Vaillant doutait même que la raison n'arrive un jour à reprendre le dessus dans ce qu'on pouvait désigner maintenant comme une véritable guerre civile entre le Baron Gris et la Société.

16

Le week-end qui suivit ce vendredi, baptisé logiquement par la Presse "Vendredi Gris", fut pour le moins agité.

Dans les rues de Nantes, la terreur était montée d'un cran et restait désormais présente à travers les façades démantelées de la Tour de Bretagne.

Tel un monument dressé au milieu de la ville pour illustrer la folie humaine, les peaux en verre égratignées de la Tour donnaient l'impression qu'un King-Kong ou un Godzilla d'un autre temps s'y était défoulé. Paradoxalement, cet "éventrement" d'un immeuble incontournable de la vie nantaise trouva un écho approbateur grâce à plusieurs syndicats et associations qui avaient combattu depuis toujours sa construction. Déjà, comme surgis de nulle part, de nouveaux projets d'aménagement de la place arrivèrent en Mairie, tous aussi farfelus les uns que les autres et, surtout, plus onéreux les uns que les autres. Très vite, des pétitions pour ou contre la reconstruction s'établirent, ainsi qu'une demande de référendum pour statuer sur la question. Devant cette profusion d'avis plus ou moins extrêmes, les pouvoirs publics ne répondirent rien dans un premier temps. Si les citoyens trouvaient un exutoire suffisant en concentrant leur colère sur cet amas de béton, d'acier et de verre, eh bien, c'était parfait, car cela leur évitait avant tout de focaliser sur la détresse et l'impuissance flagrante des forces de l'ordre.

Lorsque, dès sept heures du matin, le rapport de l'Inspecteur Goldman arriva sur le bureau du Commissaire Principal Jouveau, il fit tout de suite l'effet d'une bombe. Il faut dire qu'avec quinze policiers blessés par de multiples coupures dues aux pavés de verre qui s'étaient écrasés au sol, qu'avec deux autres agents blessés par balle et dans un état grave, ainsi qu'avec plus de quinze millions d'euros de dégâts en toute première estimation, tout ça en une nuit, le bilan global était plutôt catastrophique pour la police locale. Même s'il y avait eu un répit momentané après l'épisode de Waldeck, cette fois, l'état de siège dut être proclamé. Goldman fut immédiatement limogé, tout comme Villemaintier. La direction des opérations passa donc dans les mains du GIGN. Des renforts en véhicules armés et CRS furent rappelés depuis Rennes et Paris, et plusieurs laboratoires scientifiques mobilisés. Aidés par des sociétés privées, les services municipaux d'assainissement furent rapidement dépêchés sur le terrain. Appuyé par le témoignage sur l'honneur de plusieurs policiers et de certains citoyens nantais, le rapport de Goldman avait été cette fois nettement pris au sérieux en ce qui concerne les liens qu'il pouvait y avoir entre le Baron Gris et les animaux résidant au cœur de la ville. Dans les sous-sols d'habitations, dans les égouts et sur les toits, des quantités impressionnantes de poisons anticoagulants furent donc répandues, des pièges du style filets pour les pigeons et tapettes grand modèle pour les rats furent disposés un peu partout et, pour couronner le tout, on lâcha en plusieurs endroits des prédateurs naturels comme des rapaces et d'autres - moins naturels - du style chasseurs. Tout ce qui était vêtu de poil ou de plume en ville devint subitement malvenu et pourchassé.

Les animaux étaient devenus hors-la-loi.

Mais si, en apparence, l'état avait décidé d'agir face aux éléments nuisibles qui avaient souillé la "belle architecture" de la Tour de Bretagne, en ce qui concerne l'action à mener contre le Baron Gris, son impuissance demeurait totale. L'homme à la tête de cette décadence avait fait faux bond aux policiers, il s'était échappé à deux reprises et ceci était intolérable aux yeux de la loi. Cinq équipes d'enquêteurs furent mobilisées pour résoudre ce mystère ambulant qu'était le Baron. Des dizaines de témoins, de truands, de magouilleurs et de policiers furent entendus en espérant qu'un détail jusqu'ici ignoré daigne remonter à la surface ; tous les fabricants susceptibles d'avoir mis en vente un tissu de couleur gris anthracite ou foncé furent consultés, ainsi que les fabricants et revendeurs de câbles et de poulies. On procéda à des reconstitutions, on filtra les eaux des égouts, on lança un appel à la radio et à la télévision à toute personne ayant des indices sur l'homme, récompense à l'appui. Bref, on brassa du vent, on pria le ciel, on espéra longtemps et longtemps voir planer à l'horizon l'ombre d'une piste, mais en vain.

Bastien, Cluny, Bastet et Vaillant se tenaient à carreau, bien au chaud dans leurs QG respectifs.

Prêts à frapper au moment où on s'y attendait le moins, tout ce remue-ménage était bien loin de les inquiéter. Ils étaient sûrs de leur union, sûrs de leur force, et sûrs également du bien-fondé de leur action. Alors, ce n'étaient pas plus d'hommes en képis ou de dératiseurs du dimanche qui risquaient de les arrêter. Non, au contraire, toutes les mesures qui venaient d'être prises ne pouvaient que les encourager et même les persuader qu'ils étaient sur la bonne voie.

Les forces de l'Ombre étaient prêtes au sacrifice.

La quête se poursuivait.

***

(Ligne sécurisée - Fin de conversation)

- C'est tout de même incroyable d'en être arrivé là, Capitaine ! Vous savez ce que nous risquons si le réseau est démantelé. Vous imaginez le chaos !
- Oui, Monsieur.
- Non, Capitaine, vous n'imaginez pas ! Car si tel était le cas, vous auriez abattu Grenier cette nuit même ! Au lieu de cela, l'homme court toujours et il connaît l'existence du fichier.
- Que... que dois-je faire Monsieur ? Je dissous le groupe ?
- Non, Capitaine ! Non. Je vais vous dire ce qu'il faut faire. Rendus où nous en sommes, il est vrai que, peut-être, certains politiques ne s'en remettront pas, mais sachez que s'il le faut nous irons jusqu'à raser cette ville de la carte ! Nous ne pouvons plus reculer, Capitaine. Bastien est ici, alors faites pression sur tous ceux qui le connaissent ou l'ont connu de près ou de loin. Torturez, tuez qui vous voudrez, mais éradiquez-le. Eradiquez-le, sinon la France retombera littéralement à l'âge de pierre. Nous avons fait trop de sacrifices jusqu'ici pour nous faire couillonner maintenant par ce blanc-bec ! Alors mettez le paquet, profitez de notre avantage puisque nous savons son identité, et, bordel de Dieu, cette fois n'échouez pas ! Sinon, c'est moi-même qui vous dissoudrai la gueule à coups de fer à souder. Compris ?
- Compris, Monsieur ! À vos ordres !

(Fin d'émission)

***

Dans la partie cabine du Trafic noir, le Capitaine raccrocha le combiné de téléphone d'un geste nerveux. Il se recala dans son fauteuil, inquiet, contrarié, puis se massa le menton avec une main et agrippa fermement l'accoudoir de l'autre.

- Vous étiez sérieux quand vous parliez de dissoudre le groupe, mon Capitaine ? questionna Norbert, calmement installé devant ses écrans à l'autre bout de la cabine.

La question étant visiblement malvenue, le Capitaine se retourna, l'air méchant, fit rouler sa chaise jusqu'à percuter celle de Norbert, puis empoigna le col de chemise de l'informaticien et dit :

- Écoutez-moi bien, espèce de couille-molle-binaire, vous apprendrez que dans notre métier on ne plaisante pas avec l'honneur ! Si, pour sauver la mission et le camouflage, on doit tous crever, alors nous crèverons tous ! Alors ne me faites pas chier et aidez-nous plutôt à localiser ce fumier !

- Ok, ok... relax... C'était... c'était juste pour être sûr. On est dans le même bateau, non ?

L'air tout aussi mauvais, le Capitaine relâcha Norbert et se détourna quelques secondes de lui, avant de répondre :

- Je l'espère pour vous, Norbert. J'espère que vous êtes avec nous. N'oubliez pas que la peine de mort existe toujours dans le service en cas de haute trahison. De plus, votre identité ayant été effacée suite à vos méfaits antérieurs, vous devez être conscient que personne ne vous regrettera. Alors, sortez de votre rêve et faites consciencieusement votre boulot.

- Euh... oui, justement je...

- Quoi, qu'est-ce qu'il y a encore ?

- Eh bien... y'a un truc bizarre, je voulais vous en parler.

- Quel truc bizarre ?

- Voilà, j'ai repassé le processus de piratage utilisé par Grenier, enfin... le Baron...

- Et alors ?

- C'est du grand art, de la programmation virtuelle vertueuse !

- Qu'est-ce que j'en ai à faire !?

- Attendez, le truc bizarre, c'est pas ça, non...

Le Capitaine releva la tête vers Norbert, de plus en plus intrigué et, également, de plus en plus énervé :

- Alors quoi ? C'est quoi le truc bizarre ? Accouche merde !

- Peu avant que les flics n'interviennent, pendant que le serveur utilisé par Grenier était connecté au fichier de la DSIN, un autre signal est venu se greffer.

- Un signal ! Où voulez-vous en venir ?

- Quelqu'un du service a vraisemblablement envoyé un message au Baron alors qu'il était en train de lire le fichier.

- Quelqu'un de chez nous ?

- Quelqu'un utilisant une bécane de notre service en tout cas. Il n'y a pas de doute.

- Et que se sont-ils dit ?

- C'est crypté. Je suis dessus, Capitaine. Mais ce ne sera pas facile.

- Ok. Exécution !

Norbert retourna aussitôt à ses claviers. Le Capitaine s'enfonça à nouveau dans son fauteuil et s'étira, on ne peut plus las.

Après l'humiliation et l'échec de cette nuit, après l'engueulade avec son supérieur suivie de celle avec Norbert, cette annonce finale qu'une taupe sévissait dans le service et était entrée en contact avec le Baron Gris avait fini de l'anéantir. Restait seulement à savoir maintenant si le groupe qu'il tentait de mener contre Bastien Grenier allait résister encore longtemps à une constante dislocation de leurs chances.

17

Samedi 18 Novembre 2002 - 22:37.

Résonnant comme le vestige d'une industrie agro-alimentaire florissante depuis plus d'un siècle, une magnifique tour en forme de dôme blanc et bleu se dresse le long du quai Baco à Nantes. Œuvre de l'architecte Bluyssen en 1909, à travers les demi-lunes en verre de ce dôme, on peut voir ressortir, sur fond de ciel clair, les deux lettres dorées d'une Société fort célèbre : La Biscuiterie "LU". Initiales du couple fondateur -Jean-Romain Lefevre et Pauline-Isabelle Utile -, LU fut un pôle industriel intimement lié aux activités portuaires et agricoles de la région. Et, bien qu'aujourd'hui la production se déroule dans un site éloigné du centre, l'ancienne usine de la Rotonde partiellement conservée avait toujours le pouvoir de laisser émaner autour d'elle des odeurs câlines de gâteaux fameux comme le Petit Beurre, la Paille d'Or ou les Chocos BN. Entre les vieux murs noircis de cette usine où se mélangeaient, jadis, le beurre fin et le miel de Bretagne, le sucre et les œufs, la vanille et la noix de coco, aujourd'hui, une vie d'un tout autre style y régnait. Un style disons... plus nocturne.

L'un des piliers de cette restructuration réussie était notamment le Bar-Restaurant du "Lieu Unique". D'un côté il y avait une salle de restaurant gastronomique assez classe, et de l'autre, un bar avec de l'espace, des plafonds très hauts et un mobilier sobre. Derrière le bar, une salle permettait même d'assister à des concerts très "underground", alternant new-wave, hip hop, trash, techno, rock et musique expérimentale.

C'était l'un des endroits original et branché de Nantes, un endroit très à la mode.

Ce soir-là, alors que les aiguilles de la pendule avoisinaient déjà minuit, Didier Malory, accompagné de sa fiancée Karine et de quelques amis, était attablé dans un coin du bar du "Lieu Unique" et entamait son deuxième demi.

Rien de tel qu'un petit verre de bière pour faire glisser un bon repas au restaurant et enclencher la perspective d'une partie de billard ou de bowling, d'une "valse" en discothèque ou d'une compétition de jeux vidéos entre potes. On verra bien. La soirée ne faisait que commencer.

Alors que Didier se trouvait spectateur d'une discussion entre ses amis portant sur la qualité pitoyable des programmes télé, un des serveurs vint soudain poser un morceau de papier devant lui.

Didier se saisit aussitôt de ce mot mystérieux et lut :
"Rendez-vous à l'atelier 1,
Maintenant,
Un ami."

Malgré sa surprise, Didier plia le papier et releva la tête. Ses amis et sa fiancée discutant toujours sur leurs séries américaines préférées, Didier prétexta une envie pressante et s'éclipsa.

Depuis le bar, deux escaliers en béton permettaient d'accéder à un étage où deux ateliers de la vieille industrie LU avaient été conservés. Quand Didier arriva à l'atelier 1, au milieu des machines, des outils exposés sur des pupitres et devant des panneaux expliquant les diverses étapes de la fabrication d'un biscuit, l'espace était complètement vide et ne possédait qu'un maigre éclairage. N'étant jamais monté ici auparavant, il profita tout de même de l'occasion pour faire un tour d'horizon rapide, mais il était déjà décidé à ne pas traîner vu que ce billet doux sentait le canular à plein nez. Cependant, ce fut exactement au moment où Didier se mit à sourire de sa propre crédulité, qu'une voix l'interpella, cachée derrière un mur d'étagères métalliques remplies à craquer :

- Vous partez déjà, Maître Malory ?

Le destinataire de cette question ne distingua pas clairement son émetteur, mais il y avait, au premier abord, quelque chose de familier, de déjà entendu dans cette voix.

- Qui êtes-vous ? demanda logiquement Malory, posté face à une étagère.

- Ça dépend...

- Cela dépend de quoi ?

- Eh bien, parfois je suis un animal borné, parfois un fou, parfois un caractériel ou un contestataire. Parfois je suis un Baron Gris se baladant sur les toits de cette ville, parfois je suis l'ennemi public numéro un, et parfois, aussi, je suis simplement un ancien camarade d'école.

Didier fut comme parcouru d'un électrochoc. Il fit immédiatement le rapprochement entre cette voix familière et le propos énoncé. Devant l'émotion, Didier vacilla légèrement. Puis, comme finalement il devait être sûr, lança :

- Mon Dieu, Bastien ! Bastien... c'est toi ?
- Oui, Maître. Vous ne rêvez pas. C'est bien moi, en chair et en os, répondit alors Bastien en se présentant cette fois face à Didier posté à une dizaine de mètres environ.

Malgré le peu de clarté ambiante, Didier reconnut immédiatement Bastien. Pas de doute possible. Si la nouvelle de sa mort quinze jours plus tôt avait profondément choqué Didier, la présente résurrection de Bastien Grenier le remplissait à la fois de joie et de consternation. Mais, comme ce fut souvent le cas lors de leurs rencontres antérieures, Bastien avait clairement deviné les pensées de Didier et creva tout de suite l'abcès de ce sentiment contrasté :

- Je vois et je comprends ta surprise, Malory. Tu penses que je suis un monstre en ne respectant pas la mort. Tu penses que je suis capable de toutes les infamies en me jouant des autorités ainsi que de ceux qui, comme toi, m'ont fait confiance et m'ont soutenu dans les pires moments de ma vie. Tu penses que je t'ai manipulé. Tu penses que je t'ai berné, n'est-ce-pas ? Sache que je comprends ta position. Mais, je t'en supplie, je t'en conjure, oublie tout cela et crois-moi quand je te dis que je suis venu en ami.

- En ami !... Tu parles ! Si tu veux vraiment savoir ce que sont de vrais amis, viens en bas avec moi, je vais t'en présenter !

- Du calme, Malory.

- Du calme ! Dans quoi essayes-tu de m'impliquer ? Qu'est-ce que tu mijotes ? C'est donc toi le fou masqué qui fait peur à toute la ville ? Mais tu as vraiment perdu la raison, mon vieux ! Ah, bon Dieu, comment est-ce que j'ai pu t'écouter, comment est-ce que j'ai pu croire en ton innocence ? Qu'est-ce que tu cherches, qu'est-ce que tu espères ? Un massacre, une guerre civile, l'anarchie la plus totale ? Je ne sais pas ce qui me retient de t'étrangler maintenant de mes propres mains. On me décorerait pour ça, tu sais !

- J'ai bien conscience d'être un trouble-fête et d'être l'homme à abattre. Mais il y a deux choses qui t'empêchent de m'étrangler maintenant de tes propres mains. Premièrement, avouer que tu es intrigué par ma présence et veux savoir la raison de cette mascarade. Et deuxièmement, toi et moi nous savons parfaitement que tu ne ferais pas le poids dans le cas d'une bagarre entre nous.

- Tu as raison, Bastien. Cela dit, à ta place, je décamperai sur le champ car je vais appeler les flics, répondit Didier en se dirigeant d'un pas décidé vers l'escalier.

Légèrement étonné de cette entreprise, Bastien se tourna vers le dos fuyard de Didier et rétorqua d'une voix éraillée et émue :

- Il y a des fichiers, Didier ! Des pages entières de dossiers où l'on tue la force vive de notre nation, et ceci depuis des décennies. Ma sœur a été sacrifiée afin de préserver le secret d'un génocide.

Alors à un mètre de la rambarde en acier de l'escalier, Didier Malory stoppa net. Il ferma les yeux et inspira un bon coup. Que devait-il faire ? Ignorer ? Questionner ? Il resta immobile quelques secondes, respirant de plus en plus fort après chaque expiration.

Devant le silence persistant de Didier, Bastien poursuivit brutalement sur ce qu'il avait découvert, persuadé qu'il devait maintenant laisser tomber le masque et parler vrai. Il parla donc du rapport d'autopsie, le rapport de sa sœur où la preuve avait été faite qu'on avait torturé cette dernière avant de l'égorger. De plus, ce rapport ne correspondant en rien à celui qui avait été remis dans le dossier d'enquête officiel, il y avait ici les preuves d'une manipulation, d'une falsification de documents officiels. Il parla ensuite du passé de pirate informatique de Sophie, passé qu'il avait toujours ignoré, et il raconta bien sûr l'épisode de la cassette vidéo découverte dans son appartement. Il termina enfin sur le site informatique de la DSIN, du fichier mortuaire où, après exploitation de leur savoir-faire, des milliers d'hommes et de femmes en tous genres avaient été "Éradiqués" de la surface de l'hexagone.

À la fin de son exposé, Bastien temporisa une poignée de secondes, visiblement altéré. Et puis, alors que Didier se retournait vers lui, également touché, il ajouta :

- Personne sur cette terre ne peut comprendre ce que j'essaie de faire, Malory. Je tente de faire remonter à la surface toute la pourriture de cette société, toute la pourriture intérieure de ceux qui nous gouvernent, de ceux qui décident pour nous. Faire une telle chose n'est pas une tâche seulement difficile, c'est carrément du suicide. Alors, en conséquence, que veux-tu qu'il advienne sinon que l'on m'empêche par tous les moyens d'y arriver ? Hier, ils étaient plus de quarante policiers à vouloir m'arrêter et ceci, sans compter ceux qui ont été jusqu'à tirer sur d'autres flics afin de me faire porter le chapeau. Alors, encore une fois, que veux-tu que je te dise... Va-t-en, Malory ! Va t-en prévenir tes amis ! Mais sache seulement que, ce soir, je n'ai pas d'autre choix que de demander ton aide, car toi seul possède assez de connaissances sur moi et sur mon dossier pour savoir que je ne suis pas cette bête fauve qu'on essaie de diaboliser par presse interposée. Aide-moi, Malory, je t'en prie. Aide-moi, ou sinon tu ne comprendras jamais pourquoi la grande faucheuse me talonne chaque jour un peu plus.

Honnêtement, suite à cet exposé, Didier crut qu'il allait réellement défaillir. Mais une force invisible réussit à le maintenir néanmoins debout. Après une ribambelle d'entretiens stériles qui n'avaient rien donné en prison, la masse d'éléments que venaient de déballer Bastien le laissa totalement coi.

- Ça va, Malory ? questionna Bastien en scrutant le visage blême de son camarade.
- Oui...oui-oui, murmura Didier.
Silence.
- As-tu des preuves de ce que tu avances ? finit quand même par demander Didier.
- Oui.
- Fais voir !
- Tu ne crois pas que je vais te donner mes preuves comme ça. Je ne suis pas dingue au point d'oublier que tu es avocat de cœur et de formation. Une affaire comme le Watergate, ça se mérite, mon cher.
- Il y a deux secondes tu me suppliais de t'aider, maintenant tu me craches à la gueule quand j'essaie de croire à cette rocambolesque histoire de "complot national" ! Alors sois un peu logique ! Change de came, Bastien ! Celle que tu prends actuellement te grille les neurones !

Bastien sortit un CD-Rom de sa veste et le posa sur un établi.

- Je te laisse ce disque, Didier. Cela te donnera quelque chose de concret à te mettre sous la dent. Mais crois-moi quand je te dis que ce n'est pas une bonne chose. Jusqu'ici, j'ai trouvé des moyens pour fuir et pour avancer dans ma quête de vérité. Mais, pour l'instant, nous n'avons aucun moyen d'attaque. Notre ennemi n'a pas de visage. Alors, ce n'est pas la peine d'afficher ces éléments à tout va, sinon tu signerais un arrêt de mort immédiat pour toi et les tiens. J'espérais obtenir ta collaboration sur mes simples dires afin de te protéger, mais, s'il t'en faut plus, alors, à ta guise, et advienne que pourra ! Je t'aurais prévenu.

Didier constata avec amertume, et pour la énième fois consécutive, que douter de Bastien Grenier pouvait s'avérer une grave erreur. Tout était prémédité chez lui. Et ce rendez-vous avait donc un but précis pour Grenier.

Plutôt que d'attendre le pot aux roses grâce à des recoupements de questions-réponses successifs, Didier prit cette fois les devants en choisissant pleinement son rôle de complice du Baron Gris :

- Qu'est-ce que tu veux de moi, Bastien ?

Le destinataire de cette question sourit, pleinement satisfait de cette réaction, et répondit :

- Je veux que tu te renseignes sur une association du nom de Mercoeur.
- Pourquoi ?
- Franchement, je ne sais pas. Mais, c'est mon seul indice.
- Et pourquoi moi ?
- Je me suis renseigné sur cette association. Extérieurement, il n'y a rien de glauque. Une association des plus honnêtes. Je pense qu'on peut se faire une meilleure idée en la visitant en journée.
- Hum... et alors ? Je ne vois toujours pas le rapport avec moi ? Tu ne peux pas t'en charger toi-même ?
- On ne visite pas une association comme cela, Malory. Quel que soit le rôle que j'essaierai de jouer, je ne serai pas crédible. Et il est important de savoir ce qu'on y fait de manière officielle sans éveiller le moindre soupçon. Tu es avocat, tu trouveras bien un moyen, un prétexte pour rendre visite à ces gens.
- Facile à dire ! Que veux-tu que je recherche exactement ?
- Mais je n'en sais rien, Malory ! Il est même possible que se soit une fausse piste ou un piège.
- Ah, voilà, c'est ça ! Voilà pourquoi tu sous-traites tes investigations, tu as peur de tomber dans les bras des "comploteurs", n'est-ce pas ?
- Il est sûr qu'il y a de cela. Cependant, je pense que ce que l'on est censé découvrir doit être nettement plus subtil. Ce que l'on recherche, c'est une aiguille dans une botte de foin, mon cher.
- En tous les cas, ça pue la bouse de campagne ton histoire !

Bastien releva son sourcil gauche, heureusement surpris, et lança :

- On fait des blagues à deux balles maintenant, Maître ?

Didier ne répondit pas et sortit de sa poche un paquet de cigarettes. Il alluma une sèche.

- Et on fume en plus ! C'est décidément le monde à l'envers, surenchérit Bastien Grenier dans son coin.

- Comment peux-tu trouver l'envie de rire dans ta situation et dans la situation où tu me mets. J'ai peut-être fait un jeu de mots mal placé, mais le fond reste vrai : tu risques de me faire radier du monde de la magistrature alors que ma carrière vient juste de commencer. Tu vas tous nous tuer avec tes conneries !

- Tu te disais prêt à m'aider. Tu te disais mon ami. Je te donne simplement une occasion d'appliquer tes bonnes résolutions. Mais sache néanmoins que je ne t'oblige à rien et que je ne peux pas te forcer. Tu ne me dois rien, Malory. Alors... libre à toi !

- Je ne sais pas... je ne sais plus... j'ai besoin de réfléchir.

- Bien sûr. L'association n'ouvre que le lundi au public. Tu as tout le dimanche pour y réfléchir.

- Comment pourra-t-on se contacter à nouveau ?

- Ah, ça, c'est une bonne question ! Ne t'inquiète pas. Si lundi tu as visité les lieux, je serai au courant. J'ai des messagers très performants.

- Des messagers ? Quels messagers ?

- Laisse tomber. Tu ne pourrais pas comprendre. C'est du second degré.

- Si tu le dis...

Un temps passa.

Didier aspira une bouffée de tabac, l'une des dernières.

Bastien détourna légèrement les yeux, temporisa.

- Ne m'en veux pas, Malory, reprit Bastien. Si je fais tout ça, si j'enfreins la loi et si je t'implique, c'est parce que je veux connaître la vérité, ni plus ni moins. La vérité, Malory, et rien d'autre ! Je n'ai rien voulu te dire jusqu'à présent parce que je ne voulais pas qu'on t'accuse de complicité dans mon évasion. Je voulais simplement te faire comprendre mes motivations. Je ne pouvais pas prouver mon innocence et laver mon honneur en restant en prison. Tu comprends ?

- Combien de policiers, combien d'honnêtes citoyens vont devoir payer pour tes méfaits avant que tu ne "laves ton honneur", comme tu dis ? Tu es dangereux, Bastien ! Que tu le veuilles ou non, tu es dangereux !

- Alors, finalement, tu as déjà réfléchi... Tu ne m'aideras pas, c'est ça ?
- Je vais te dire, je t'aiderai à une seule condition.
- Laquelle ?
- Tu dois me jurer que, si l'on ne trouve rien de louche au sujet de cette association, tu laisseras tomber et tu te rendras aux autorités compétentes.
- Compétentes, dis-tu ? C'est un bien grand mot, tu ne trouv...
- Alors ! Ta réponse ! coupa Didier, énervé.
- Hmm... (Bastien fit la moue. Il était embarrassé. Il se retrouvait avec un couteau sous la gorge et il ne s'était pas préparé à devoir faire un tel choix. Il réfléchit un instant, puis regarda Didier Malory droit dans les yeux, avant de dire :)... Marché conclu, mon ami !
- Bien.

Didier souffla sa dernière bouffée de tabac et écrasa le reste de cigarette par terre.
- Salut, Malory . Bonne chance et merci encore.
- Ok. Et en attendant, pas de conneries, hein ?
- Ne t'inquiète pas, je me tiendrai à carreau. J'ai besoin de me reposer, tu sais, répondit Bastien en souriant.

Les deux hommes se quittèrent sur ces mots, avec chacun une promesse pour le moins embarrassante à porter sous le bras.

Restait seulement à savoir lequel des deux déshonorerait sa parole le premier par simple désir de dilapider la révolution en marche.

18

Dimanche 19 Novembre 2002 - 00:46.

Comme il était de coutume chez beaucoup de retraités, Monsieur et Madame Battarel s'étaient couchés vers 21 H 30.
Certes, ils avaient bien essayé de regarder ce que proposait la télévision en guise de divertissement, mais, comme beaucoup de fois en fait, la platitude et la grossièreté affichées sur l'écran ne pouvaient que les inciter à aller voir ailleurs.
Pour Viviane Battarel, soixante-treize ans, les principaux passe-temps oscillaient entre la couture et les mots croisés ou fléchés. Son savoir-faire en matière de couture lui venait d'une de ses soeurs. Cette dernière étant très douée, elle avait d'ailleurs tenu un magasin de prêt-à-porter et de chapellerie autrefois. Plusieurs des filles de la famille avaient fait dans ce magasin leurs premières armes ainsi que des travaux divers, déclarés ou non, payés ou non. La passion était venue plus tard, quand la faiblesse de n'avoir pas fait d'études se devait d'être enrayée par une volonté personnelle d'évolution.
En ce qui concerne Guy Battarel, bientôt quatre-vingts ans, les seuls plaisirs qu'il s'accordait en retraite se résumaient uniquement à la lecture de livres historiques et à la pêche à la ligne sur les bords de la Sèvre. En dehors de cela, il vivait toujours selon le même rythme, un rythme imposé par ses parents fermiers qui l'avaient mis au travail dès l'âge de 14 ans. On ne lambinait pas à cette époque-là. Coucher dix heures, lever six heures ! C'était comme ça. Et c'était toujours comme ça pour Guy Battarel. Tous les jours, il rendait service, faisait les courses, menait quelques affaires et faisait son tiercé. Il avait une vie pleine. Plus lente, vu son âge, mais pleine. Une vraie vie de salarié, même s'il n'avait plus de patron. Le seul désagrément notoire dû à sa vieillesse était

néanmoins des nuits entrecoupées. Depuis un an, sa fierté d'homme en avait pris un sérieux coup car il ne contrôlait plus sa vessie. Au début, c'était de temps en temps, mais, très vite, la situation s'était dégradée, si bien qu'il devait se lever régulièrement deux à trois fois par nuit.

Les aiguilles du réveil étant rendues au-delà de minuit, le bas ventre de Guy Battarel sonna la première alerte.

Après s'être extirpé péniblement d'un amas de couvertures imposé par une frilosité purement féminine, Guy se dirigea d'un pas léthargique et traînant vers les toilettes. Habitué au trajet, le vieil homme n'avait pas besoin d'allumer la lumière et se dirigea de mémoire.

« *Gniiiiiii...* »

À peine sur le trône depuis cinq minutes, un grincement se fit entendre et lui fit aussitôt palpiter le cœur.

Accélérant sa course urinaire, il appela alors instinctivement sa femme à trois reprises. Pas de réponse. Il sortit puis appela à nouveau. Toujours rien.

Sentant que quelque chose ne tournait pas rond, il s'avança à petits pas jusqu'au salon, essayant de deviner à travers les nuances de l'obscurité l'origine de ce grincement inopportun.

Après un tour d'horizon oculaire et grâce à un deuxième grincement qu'il localisa cette fois, il discerna un battant de fenêtre entrouvert.

Il sonda finalement l'espace du salon :

- Il y a quelqu'un ?

En guise de réponse, Guy Battarel n'eut droit qu'à un ronronnement. Le ronronnement d'un chat.

Rassuré sur l'origine de cette violation de domicile, Guy eut alors la mauvaise idée d'allumer le lustre du salon.

À la vue du Baron Gris stationné debout face à lui, à environ cinq mètres, Guy fut proche de la crise cardiaque.

Constatant le trouble et le choc du vieil homme, Bastien fit un geste d'apaisement à son intention et dit :

- N'ayez crainte, cher Monsieur. Je ne vous veux aucun mal. Je ne suis venu ni pour voler ni pour détruire. J'ai juste quelques questions à vous poser. Rien de plus.

Tremblant de tous ses membres, Battarel eut du mal à reprendre son souffle. Bizarrement, à la vue de ce chat gris posé sur son guéridon et qui semblait accompagner cet intrus déguisé, son rythme cardiaque s'apaisa.

- Ne vous inquiétez pas, je ne tenterai rien, je ne bougerai pas d'ici, sauf pour partir. Asseyez-vous. Mettez-vous à l'aise. Je veux juste vous parler.

Plus calme mais toujours abattu, Battarel obéit et attrapa une chaise. Le Baron ne bougea pas.

Après deux à trois minutes d'observation mutuelle, Guy trouva enfin le courage d'intervenir, ce que souhaitait intérieurement Bastien pour le bon déroulement de l'entretien :

- Ne... ne faites pas de mal à ma femme. L'argent est sur la commode, nous n'avons pas grand chose. Faites comme vous voulez, mais... mais épargnez ma femme.

Le regard implorant de Battarel toucha Bastien Grenier au plus profond. A cet instant précis, Bastien se sentit minable, un voyou de la pire espèce sans éthique ni conscience. Bastien se dégoûta tout simplement de lui-même. Quelle raison, quelle logique suffisante pouvaient justifier ce qu'il était en train de faire subir à ce vieillard ? Comment en était-il arrivé là ? Lui qui avait prôné sous tous les tons à Didier Malory et à Michel Goldman son envie de justice. Lui qui se disait vertueux, tel un samaritain du XXIème siècle, quel rôle jouait-il en ce moment, si ce n'est celui de Belzébuth ? Un Belzébuth réincarné et habillé de gris, un Belzébuth qui s'inventait une auréole virtuelle et des ailes en bulles de savon. Oui, tout Bastien Grenier qu'il était, luttant pour la mémoire de sa sœur, ce qu'il faisait actuellement était indigne, une vraie bavure, un vrai suicide.

- Vous... vous m'avez mal compris, Monsieur Battarel, murmura Bastien d'une voix douce et émue. Je ne vous veux aucun mal. Je veux juste... parler.

- Vous êtes l'homme... l'homme dont les journaux parlent ? C'est vous... le Baron ?

- Oui, mais... ne vous fiez pas à tout ce qui est dit ou écrit. La liberté d'opinion de la Presse s'arrête là où la politique commence, vous devez le savoir.

- Euh... oui, sans doute, répondit évasivement Battarel, désireux de ne pas entrer dans une conversation ayant un arrière goût de polémique. Que... que voulez-vous, Monsieur... Baron ?

Satisfait de voir le vieil homme engager à son tour la conversation, Bastien rétorqua :

- J'irai droit au but, Monsieur Battarel. Je suis venu ici pour comprendre !

L'homme ne saisissait pas. Son visage ébahi était celui que l'on revêt lorsqu'on s'adresse à un fou. Et ce soir, le fou c'était Bastien. C'était lui qui était entré chez Battarel par effraction. C'était lui qui se tenait debout au milieu du salon et, qui plus est, déguisé comme un guignol. C'était lui qui posait des questions débiles et lançait des affirmations contestables. C'était lui le dérangé, le branlant du ciboulot... alors comment le vieil homme pouvait-il comprendre un seul instant ce que voulait Bastien Grenier ?

- Mais... comprendre *quoi*, Monsieur ? Je ne saisis pas.

- Je m'excuse d'avance, Monsieur Battarel, je ne désire en rien vous blesser ou vous faire de la peine, mais je veux que vous m'expliquiez ce qui est arrivé à votre fils !

Tel un jugement dans une cour d'assise, la demande de Bastien était tombée sur les frêles épaules de Battarel. Mu par une décharge d'adrénaline secrète, Guy Battarel s'était levé, indigné :

- Que voulez-vous à mon fils ! Il repose en paix, alors laissez-le tranquille, laissez-nous tranquilles ! Vous... vous n'êtes qu'un sale con ! Débarrassez-moi le plancher ou j'appelle la police !

- Calmez-vous, Monsieur Battarel. Calmez-vous. Je suis vraiment navré de ranimer de mauvais souvenirs, mais...

- Allez-vous-en ! Du balai ! lança vertement Battarel en joignant le mime à la parole.

- Je ne porterai jamais atteinte à la mémoire de votre fils, Monsieur Battarel. Sachez combien je comprends et je respecte votre douleur. Je fais partie comme vous de ceux qui sont orphelins. Moi aussi, je pleure un être cher, Monsieur Battarel. Et si je viens vous ennuyer et si je malmène cette ville, c'est afin d'essayer de savoir ce qui est réellement arrivé à votre fils, comme à ma propre sœur.

- Vo... votre sœur ? Que voulez-vous dire ?

- Je ne veux pas tirer de conclusion hâtive, Monsieur Battarel, même si, pourtant, des éléments coïncident. Alors je ne détaillerai pas, je ne tiens pas à vous mettre en danger plus que cela, vous comprenez j'espère ?

- En danger de quoi... de qui ?

Battarel semblait trop inquiet pour saisir un seul instant ce que Bastien essayait d'expliquer, notamment la notion de danger inhérent à cette affaire.

- J'ai trouvé le nom de votre fils et celui de ma sœur sur un même fichier, Monsieur Battarel, et je veux comprendre quel lien il pouvait y avoir entre eux.

- Mon fils connaissait votre sœur, Monsieur ?

- Je ne veux pas parler de lien physique au sens strict du terme ; une génération au moins les sépare. Je veux juste parler de points communs. De points communs qui ont fait qu'ils se sont retrouvés tous les deux sur cette même liste.

- Vous... vous avez cette liste ? Vous... vous pouvez me la... montrer ?

- Malheureusement, il s'agit d'un fichier que j'ai filmé sur un écran d'ordinateur. Je n'ai pas la cassette sur moi. Je sais bien que cela doit être dur à accepter, mais vous devez me croire sur parole.

- C'est dommage...

Le vieil homme se rassit et détourna la tête.

Alors qu'il semblait apparemment croire l'histoire insensée de Bastien, le fait que ce dernier ne puisse produire la moindre preuve ne pouvait que le conforter dans l'idée que cet hurluberlu mal endimanché délirait. Et c'était là ce qu'il y avait de vraiment *dommage...*

Bien que lui-même consterné par sa propre impuissance, Bastien ne lâcha pas pour autant le morceau :

- Encore une fois, je sais bien que cela doit être dur de me croire. Sachez que je comprends votre doute et votre peur. Mais raconter ce qui est arrivé à votre fils ne vous engage à rien, alors pourquoi ne pas le faire ? Bien sûr, je ne vous forcerai pas. Mais sachez seulement que, peut-être, en me parlant de lui, vous me permettrez d'y voir plus clair en ce qui concerne la mort de ma propre sœur.

Battarel, de plus en plus avachi sur sa chaise, de plus en plus abattu, prit son temps pour répondre. Ses yeux balayaient le salon de gauche à droite et de droite à gauche, recherchant sur les lames du parquet ou sur les reliefs du plafond une quelconque parade ou phrase magique lui permettant de fuir cet endroit maléfique.

Puis, soudain, la mort dans l'âme, Battarel regarda enfin dans les yeux Bastien Grenier et lui raconta toute l'histoire de son fils Jean.

Jean Battarel était un brillant ingénieur en chimie.

Sorti major de sa promotion en 1964, très vite les chasseurs de têtes s'étaient intéressés à son avenir. Conscient que ses talents pouvaient lui permettre de voyager, Jean Battarel signa d'abord un contrat avec Elf-Aquitaine, pour une mission de trois ans dans le Golfe Persique. En 1967, son contrat se termine et il veut se lancer dans la recherche.

Il revient donc au pays, à Oyonnax dans l'Ain. Là, au coeur de la vallée de la plasturgie, il travaille pour une société baptisée POTEL, dans un laboratoire d'essais.

Loin de sa famille nantaise, Jean prend néanmoins ses marques et s'attache à la région. Il tombe amoureux d'une jeune fille bien sous tout rapport : Alexandra. Très vite, les parents se présentent, le couple s'installe et on parle de mariage. Bref, tout est parfait jusqu'en 70, quand une boîte du nom d'ATTOM, une filiale du groupe Siemens, lui propose un contrat mirifique :

- Il nous a appelés, comme ça, un matin, expliqua le vieil homme à Bastien, pour nous dire qu'un cabinet d'études l'avait embauché comme consultant en ingénierie. Le cabinet qui lui avait proposé ce poste lui offrait non seulement une paye bien juteuse, mais, en plus, on lui attribuait un secteur bien précis : les départements du 85, du 44 et du 49. Autrement dit, il revenait dans la région pour notre plus grand plaisir.

- Oui, j'imagine, acquiesça Bastien. Quel était son travail exactement ?

- Je ne sais pas... Vous savez, mon fils était très discret sur son métier. Il expliquait les grandes lignes, mais il ne disait pas un mot de plus que de nécessaire. Je sais simplement qu'il travaillait sur la composition chimique de matériaux pour des cuves ou des tuyaux destinés à des usines, rien de plus.

- Quel genre d'usines ? Vous avez une idée ?

- Non... non-non. Tout ce que je sais c'est que, six mois avant son accident, en 1972, il travaillait sur un gros projet.

- Un gros projet ?

- Oui. Je ne sais pas ce que c'était exactement. Toujours est-il que pendant presque six mois on n'a plus entendu parler de lui, un vrai zombie. On a dû le revoir seulement à deux reprises, et chaque fois de plus en plus fatigué. Il n'allait même plus voir son amie Alexandra à Oyonnax. C'est elle qui se déplaçait. Et, la plupart du temps, elle repartait dépitée ; Jean ne pensait que boulot, boulot, boulot. Une vraie bête de somme !

- Vous n'avez rien pu faire pour qu'il se repose ?

- Un jeune ingénieur en pleine explosion de sa carrière et ambitieux n'écoute pas forcément les recommandations de ses vieux parents, voyez-vous. Nous aurions dû l'arrêter, pourtant ! C'est à cause de sa fatigue générale qu'il s'est endormi au volant. Cette route il l'avait faite 150000 fois sans encombre. Et puis, il y a eu le dérapage... le platane ! Un coup qui ne pardonne pas quand on roule à quatre-vingts à l'heure. Ils ont bien essayé de le réanimer, mais à cause du choc à la tête, le cerveau ne réagissait plus... Il est arrivé à l'hôpital cliniquement mort. C'était fini. Il avait à peine trente-deux ans.

Bastien ne sut que dire sur le coup en guise de réconfort.

Il avait beau chercher, tous les mots qui lui venaient à l'esprit lui paraissaient désuets, inopérants, tellement loin de ce qu'il voulait exprimer, tellement fades ! Un silence gêné prit logiquement place entre les deux hommes.

Sentant une Filiation étrange passer entre les hommes, Bastet avança alors vers Battarel d'un pas souple et sauta avec maîtrise sur ses genoux. Gratifiant le vieil homme d'un requiem de ronronnements affectueux, la chartreuse se frotta longuement à lui, chatouillant de temps à autre le bout de son nez de sa queue velue et ondulante. Le vieil homme, pourtant au bord des larmes, se surprit à sourire. Il caressa l'animal. Le toucher était doux, laineux. Apaisant.

À travers le corps chaud et tendre de Bastet, Guy Battarel sentit passer toute la compassion de l'Ombre envers sa souffrance. Une communion s'installa, comme le plaisir d'être là, ensemble, entre amis sûrs.

- Tu aimes bien les caresses, toi, ma belle, dit Battarel en massant le ventre du félin.

Sentant que les vieux souvenirs morbides de son interlocuteur étaient en train de s'estomper, Bastien profita de la brèche pour conclure :

- Je suis... réellement désolé pour votre fils, Monsieur Battarel. C'était il y a longtemps, mais je vous présente mes plus sincères condoléances.

Laissant tomber son léger rictus du moment, Battarel releva la tête vers Bastien et répondit :

- Merci... J'ai lu ce que les gens de la ville disent sur vous. Est-ce vrai ?

- Quoi ? Qu'est-ce qui est vrai ?

- Que vous avez tiré sur des... innocents. Que vous volez votre prochain. Que vous saccagez tout selon votre bon plaisir.
- À votre avis, Monsieur Battarel ?
- Je... je ne sais pas. En tous les cas, vous n'aimez apparemment pas passer par les portes.

Bastien éclata de rire et se reprit aussitôt, de peur d'arracher Viviane Battarel à ses rêves doux et colorés.

- Vous savez, Monsieur Battarel, quand on ne trouve que des portes fermées devant soi, au bout d'un moment, on n'hésite plus à enfoncer les issues dérobées qui se présentent, même les moins évidentes.
- Qu'est-ce qui est arrivé à votre sœur ? Est-ce que ce que je vous ai dit vous apporte un début de réponse ?
- Pour l'instant, pas vraiment ! Je ne sais pas dans quelles conditions exactes ma soeur est morte, même si j'ai quelques éléments. Bientôt, le puzzle s'assemblera et prendra forme tout seul. Je suis confiant.

Battarel acquiesça d'un léger sourire.

La chatte échappa à l'étreinte de Battarel et revint vers le Baron. Elle avait compris les intentions de son maître, sans même qu'un mot ne soit prononcé.

Bastien expliqua au vieil homme :

- Je vais vous quitter, maintenant. Sachez combien je vous remercie d'avoir été attentif à mes questions et de n'avoir pas ameuté tout le quartier alors que vous auriez pu le faire. Merci de votre témoignage, Monsieur Battarel. Il est important. Important, même si je vous assure ne pas savoir en quoi pour l'instant.

Bastien avança devant la porte-fenêtre ouverte, il adressa un dernier salut de la main à Battarel, puis s'éclipsa définitivement en suivant le sillage de Bastet.

Guy Battarel se retrouva seul, assis sur une chaise au beau milieu de son salon.

Après la visite de cet individu particulier, un immense vide l'envahit. Un vide qui le ramena violemment à la désolation de sa propre existence. Un vide obsédant, omniprésent, et qu'il essayait de tuer chaque jour un peu plus.

Un vide qui ne faisait finalement qu'agrandir en lui l'absence de son fils.

19

Le lundi 20 novembre suivant, en fin de matinée, Didier Malory rendit visite à l'association Mercoeur.

Prétextant une instruction en cours, Didier s'était fait passer pour l'avocat d'un client fictif, ce dernier ayant soi-disant fait il y a trois ans don d'une certaine somme d'argent à l'association. Afin de vérifier la portée exacte de ce geste toujours fictif, Didier avait prétendu devant la directrice qu'il devait savoir à quoi était utilisé généralement l'argent récolté. Après avoir vérifié, de son côté, auprès du Commissariat de Police, l'identité de Malory, la directrice, une quinquagénaire plutôt bandante malgré ses liftings et son maquillage excessif, lui fit visiter la bâtisse de l'association.

Mercoeur avait pour fonction de palier à tous les problèmes liés de près ou de loin à l'enfant. Disposant d'une cinquantaine de lits, l'association recueillait, chaque année, des enfants orphelins en difficultés. La plupart de ces enfants étaient des enfants que la DDASS (Direction Départementale d'Assistance Sanitaire et Sociale) n'arrivait pas à gérer, ceci, soit à cause de comportements violents, soit à cause de traumatismes physiques ou psychiques graves. Grâce à une entière autonomie de l'Etablissement et à de nombreux bénévoles, les enfants recueillis étaient soignés, nourris, scolarisés et suivis psychologiquement.

Cela dit, l'association ne s'arrêtait pas là. Elle aidait aussi, dans une certaine mesure, des parents qui avaient perdu un enfant, ou bien, qui trouvaient des difficultés pour l'éduquer, soit par manque de moyens, soit par manque d'éducation personnelle. Leur mission n'était donc pas spécifiquement de placer, mais de "requinquer" des enfants au fond du gouffre.

Pour répondre à la question principale de Didier Malory, la Directrice précisa donc que l'argent d'un don entrait tout bonnement dans le budget de fonctionnement de l'établissement, servant à payer les sorties d'agrément, de la nourriture, du matériel éducatif ou des jeux. Directrice comprise, le personnel était constitué de sept personnes à temps plein, assermentées et payées par le Ministère de l'Education et de la Santé.

Son speech une fois terminé, quand la directrice s'intéressa soudain au donateur fictif créé par Didier avant de passer à la visite de l'endroit, ce dernier coupa court en demandant des prospectus ou des documents détaillés sur le fonctionnement de l'association. Ravie de pouvoir rendre service à autrui et de sentir par la même occasion un intérêt porté à son travail, la directrice inonda Didier de papiers afin qu'il étoffe son dossier.

Pleinement satisfaits, Didier et la directrice se saluèrent, sourire aux lèvres, et puis, finalement, rideau.

Lorsque la porte principale de l'association Mercoeur lui claqua dans le dos, Didier eut l'intime conviction que Bastien Grenier s'était planté sur toute la ligne. Certes, il n'avait pas encore analysé les documents qui lui avaient été remis, mais que pouvait-il y avoir de diabolique à travers ceux qui prenaient fait et cause pour des orphelins. L'action de Mercoeur ne pouvait au contraire qu'instaurer le respect, voire l'admiration. Alors que penser... que penser, sinon que ça ne pouvait être qu'une erreur, qu'un immense leurre programmé de A à Z par Bastien Grenier lui-même.

Oui, Didier Malory n'arrêtait pas de penser. Et ce qui le rassurait ce soir par dessus tout, c'était qu'il avait enfin rempli son contrat, sa promesse faite à Bastien. Après sa rencontre avec Bastien Grenier au Lieu Unique, Didier avait ressassé durant toute la journée du dimanche le problème d'éthique que lui posait le simple fait d'avoir parlé à un présumé criminel, fut-il son client, et, qui plus est, d'avoir également accepté de l'aider. Cette attitude pouvait lui coûter sa carrière ainsi que l'estime de sa belle-famille. Cette attitude pouvait lui valoir les "honneurs" dévastateurs de la Presse et, donc, de l'opinion publique. Il pouvait même être amené directement en prison. Autant dire qu'il y avait des arguments pour rebrousser chemin. Cependant, après mûre réflexion, Didier arriva à d'autres conclusions. Primo, personne ne les avait aperçus, lui et Bastien, au Lieu Unique, et personne jusqu'ici ne savait qu'ils avaient été en contact d'une manière ou d'une autre ; secundo, il lui était facile d'accéder à la requête de Bastien, en qualité d'avocat, sans éveiller les soupçons de l'association ; et tertio, aller dans le sens de Bastien Grenier était aux yeux de Didier Malory le meilleur moyen de lui faire entendre raison et de faire qu'il se rende sans effusion de sang. Oui, après tout, s'était dit Didier, si tous les flics de la ville n'avaient pas pu stopper Bastien dans ses oeuvres, que pouvait-il faire, lui, face à cet homme aux pouvoirs étranges, sinon user du seul moyen possible, de la seule arme à sa hauteur, c'est-à-dire la psychologie. Comme il l'avait fait il n'y a pas si longtemps, Didier devait persuader Bastien d'arrêter la lutte. Didier se devait de tout tenter, même de risquer son honneur.

*

Didier Malory attendit toute la nuit en vain la visite de Bastien Grenier à son cabinet. Après un brin de toilette éclair et une visite chez lui pour se changer, Didier alla plaider le mardi matin même. L'affaire n'était qu'une banale histoire de divorce, à ce détail près qu'il s'agissait de défendre les intérêts d'une amie de son patron : Maître Cazeau. L'affaire expédiée, Didier discuta quelques instants avec sa cliente et des collègues, puis alla déjeuner à la Taverne de Maître Kanter, Place Royale. À peine installé, un serveur vint vers lui et il commanda une choucroute garnie et un verre de bière. Quinze minutes plus tard, alors qu'il entamait la face Nord d'une montagne de choucroute, un des garçons de la taverne qu'il connaissait bien vint lui indiquer qu'il y avait un appel pour lui. Didier se dirigea aussitôt au sous-sol, dans une cabine téléphonique située entre l'escalier et les toilettes. Persuadé qu'il s'agissait d'un appel du bureau, quelle ne fut pas sa surprise d'entendre à l'autre bout du fil la voix de Bastien Grenier :

- Bonjour Maître. Comment s'est passée votre plaidoirie de ce matin ? Votre patron est satisfait, j'espère ?

Didier ne releva pas l'allusion déplacée de Bastien et répondit :

- Bastien ? Mais, où est-ce que tu étais fourré ? Je t'ai attendu toute la nuit à mon bureau.

- Je sais.

- Ça t'amuse de me faire lambiner comme ça ? J'ai d'autres choses à faire que de jouer à tes délires, tu sais.

- Ne t'énerve pas. J'étais fatigué. J'ai dormi une bonne trentaine d'heures. J'étais incapable de venir te voir cette nuit et puis...

- Et puis ?

- Et puis je me méfie toujours des rendez-vous où l'on m'attend avec trop d'ardeur.

- Humm... je vois... tu as toujours une confiance très limitée en tes propres amis à ce que je vois. Tu ne changeras donc jamais !

- Je ne me méfie pas de toi, Malory. Mais simplement de ceux qui pourraient te surveiller. Certains murs ont des oreilles, vois-tu.

- Je ne crois pas en ta conspiration nationale, Bastien. Nous ne sommes pas dans un film d'espionnage.

- J'étais sûr que tu allais dire cela. Ton scepticisme a trouvé preneur à la vue de ta visite chez Mercoeur, c'est ce que tu essaies de me dire, je suppose.

- Exactement, Bastien. Tu t'es gouré sur toute la ligne. Il n'y a rien de glauque dans...

- Te casse pas, Didier, coupa le Baron. J'ai lu ton rapport.

- Comment ça, tu as lu mon rapport ?

- Je suis passé à ton bureau ce matin. Très instructif.

- Que... que veux-tu dire ?

- Tu as bien travaillé, je dois dire. Je te remercie. C'est pour cela que je t'appelais : pour te remercier.

Didier ne répondit pas. Comme toujours, il ne savait pas si la réflexion de Bastien était un vrai compliment ou une critique négative déguisée.

- Oui, merci bien, Didier, relança Bastien tout seul. J'ai une dette envers toi maintenant. Je ne l'oublierai pas, tu peux me croire.

Soupir agacé et nerveux de Didier.

Il comprenait de moins en moins.

- Allô, Didier ? ... Didier ? ... Tu es toujours là ?

Le combiné collé à l'oreille droite, Didier tourna la tête pour scruter l'espace extérieur, tapa des pieds et soupira à nouveau. Il fulminait.

- Allô, vous êtes là, Maître ?

- Mais où tu veux en venir, bordel ! explosa Didier.

- Pourquoi t'énerves-tu, Malory ? Voilà une réaction qui m'apprendra à être gentil, dis donc !

- Je m'énerve parce que tu sais pertinemment qu'il n'y a rien dans le dossier de l'association Mercoeur. C'est un établissement *clean*, honnête, et entre les mains de gens dévoués.

- Je n'en doute pas, Malory. Mais alors là, je n'en doute pas une seconde.

- J'ai pas fini, tu permets ! De plus...
- Du calme, Malo...
- DE PLUS, dans cette histoire, je n'ai fait qu'honorer une promesse, la promesse que je t'ai faite samedi dernier. Et maintenant, comme tu sembles si bien l'oublier, c'est à toi de respecter ta part de marché et de te rendre. Compris, l'ami ?

Silence.

1...2... 3... 4 secondes.

Une minute.

- Ne te fâche pas, Malory, répondit Grenier. Ça n'en vaut pas la peine. La promesse que je t'ai faite, je l'honorerai bien assez tôt, crois-moi. Et ce, même sans le vouloir vraiment, si ça se trouve. Alors, ne nous brouillons pas pour l'instant. Cela dit, tu dois comprendre qu'il est trop tôt pour que je me rende ; je n'ai pas encore atteint le but que je m'étais fixé.
- Tu n'as pas de parole. Tu es un fou furieux. Je te méprise, Bastien. Je te méprise pour m'avoir fait croire en toi !
- Mais de quoi parles-tu, Bon Dieu !
- Laisse tomber...
- Je ne t'ai promis qu'une chose, Didier : me rendre s'il n'y avait rien de mystérieux au sujet des agissements de l'association Mercoeur, c'est tout !
- Mais, encore une fois, je n'ai rien trouvé à redire sur cette association.
- C'est là où tu te trompes, mon cher. Tout ce qui s'y passe n'est qu'un profond mystère.
- Tu es complètement paranoïaque.
- Du tout.
- Qu'est-ce que tu as trouvé, alors ?
- Le fondateur de Mercoeur !

Didier temporisa. Il essayait de se souvenir du dossier, mais il n'arrivait pas à retrouver le nom du fondateur en question.

- Que veux-tu dire ? demanda quand même Didier, désespéré par sa mémoire défaillante.
- L'association Mercoeur a été fondée en 1978 par Thierry Turbet, un industriel très riche et également très influent en son temps sur la vie politique locale.
- Pourquoi "en son temps" ? Il est mort ?
- Oui, en 1990, à l'âge de 47 ans
- ...Continue.

- Le côté intéressant, c'est que ce Monsieur était le PDG d'une Société nommée "DEXTRANS".

- Et alors ?

- Et alors, Malory, la Dextrans n'est autre qu'une des innombrables sociétés travaillant pour le Ministère de la Défense, autrement dit : une fabrique d'armes !

- Qu'est-ce qu'il y a d'étrange là-dedans, Bastien. Un industriel puissant travaillant pour la défense décide de fonder une association pour aider à sa manière les enfants orphelins, je ne vois pas ce qu'il y a d'étonnant là-dedans. On a vu des paradoxes similaires dans l'histoire. N'est-ce pas Nobel, un chimiste ayant travaillé toute sa vie sur les poudres et les explosifs, qui fonda les prix du même nom et dont l'attribution récompense tout individu à l'origine d'une avancée scientifique ou sociale notable.

- D'accord Malory, je te l'accorde. Mais le problème dans tout cela, c'est le mystère.

- C'est-à-dire ?

- Dans le budget de l'établissement, aucun lien n'est fait entre la Dextrans et l'association. De plus, sur la présentation de Turbet, rien n'est mentionné au sujet de son activité industrielle, j'ai dû rechercher moi-même cette information.

- D'abord Bastien, rien ne prouve des mouvements de fonds entre les deux parties ; quant à la présentation faite sur Turbet dans la brochure de l'association, je ne vois là qu'un choix publicitaire permettant au moindre petit donateur de ne pas hésiter. C'est de bonne guerre, tu ne crois pas ?

- Poudre aux yeux, Malory ! Tout cela n'est que poudre aux yeux. Tu réagis comme ils l'espèrent. Quant aux liens financiers, fais-moi confiance, je prouverai leur origine douteuse dans peu de temps.

- Pourquoi ? Que veux-tu faire ?

- Salut, Didier. Sache que je te remercie très sincèrement pour ton aide et ton attention. Mais j'ai à faire, vois-tu. Alors, je ne perdrai pas mon temps à essayer de te convaincre encore et encore du bien-fondé de ma démarche.

- Je t'en prie, Bastien, ne fais pas l'con !

- Allez, salut Didier.

Le Baron avait raccroché.

Pendu à l'autre bout de la ligne, Didier resta un moment bouche bée.

Depuis son rendez-vous d'hier matin chez Mercoeur jusqu'à cet instant, Didier avait cru tenir entre ses mains la capitulation de Bastien. Mais, en échange, un nouveau certificat d'échec était venu finalement se glisser entre les pages du dossier Grenier, un dossier qui devenait, jour après jour, de plus en plus épais.

Perdu dans ses pensées, Didier posa instinctivement le combiné. Une terrible confusion grouillait en lui. Des mots comme "trahison", "complicité", "folie", "meurtre", lui traversèrent l'esprit.

Egarement.

Dilemme.

Supposition.

Incertitude...

Didier Malory ne savait pas quoi faire.

Partagé entre la loi de l'Etat et celle de Grenier, quel camp allait-il choisir vraiment ?

De sa décision, beaucoup de choses pouvaient dépendre.

20

Mardi 21 Novembre 2002 - 23:37.

En dehors d'être un fleuron du commerce maritime Nantais, au siècle dernier le Quai de la Fosse était un haut lieu de la prostitution. Entre les Maisons closes et les bars crasseux où s'entassaient à tour de bras les marins alcooliques, des femmes de peu de vertu arpentaient avec nonchalance et sans retenue ce quai qui était appelé à point nommé : "le quai de la fesse". Cela dit, si autrefois les quartiers peu fréquentables à certaines heures étaient clairement identifiés, aujourd'hui, les choses avaient bien changé. Du centre ville aux ruelles qui quadrillaient les églises mêmes, des prostituées de toutes nationalités allaient et venaient au gré des circulaires municipales et des railleries des riverains. Même si la plupart des gens se plaignaient qu'il n'y avait plus de limites pour les exploitants du commerce charnel, l'Inspecteur Villemaintier, lui, bénissait le ciel de tout ce vice facile d'accès.

Nous étions Mardi, à l'approche de minuit, et, pour Villemaintier, le temps était venu de décompresser un petit peu. Ayant garé sa voiture au parking souterrain de la place du Commerce, il longea le Square de la Bourse et remonta rue de Lattre. À mi-longueur, il tourna dans une petite impasse et poussa une vieille porte en bois à la peinture écaillée. Passé un couloir sombre aux plâtres perforés, Villemaintier salua le réceptionniste de l'hôtel. Il paya son dû et prit l'escalier. Tout en montant les marches, Villemaintier sentit parallèlement une extrême jubilation grandir en lui.

Il montait vers Mélina.

Mélina était d'origine bulgare et c'était, à ses yeux, une vraie perle.

Dieu sait qu'il en avait fréquenté des prostituées, et ceci, aussi bien pendant son boulot qu'en dehors. Dieu sait qu'il en avait connu des femmes nues vraiment superbes et des laiderons. Mais cette Mélina, elle avait quelque chose en plus. Depuis trois mois qu'il la connaissait, Villemaintier en apprenait chaque semaine un peu plus sur elle. Il avait notamment compris que son corps bien en chair et magnifiquement bien proportionné lui venait d'une mère mannequin et d'un père paysan. Grâce à ce mélange au goût bulgare des plus insolites, Mélina avait acquis la beauté et la robustesse associées en un même corps, mais, également, l'oubli de soi et le bon sens en une même personnalité. Mélina était donc aussi bien capable d'exploiter les atouts donnés à son corps par la nature, que capable de préparer et de se payer une des plus grandes écoles de commerce du pays, c'est-à-dire HEC. Un corps bien fait et une tête bien pleine, que demander de plus à une prostituée ?

Villemaintier n'était pas dupe. Il savait pertinemment que, dans la vie courante, accéder à une femme comme Mélina lui était impossible. Elle était trop intelligente, trop fine, trop douce, trop belle... en un mot, trop femme ! Mais, en échange de quelques billets et d'une tolérance feinte envers le proxénétisme, cette femme pouvait partager l'existence de Villemaintier au rythme d'une nuit par semaine.

C'est pourquoi, tout en gravissant les marches, un sourire éclatant scintillait sur ses lèvres.

Villemaintier arriva enfin au quatrième étage.

Arrivé devant la porte n°42, l'Inspecteur voulut frapper, mais il s'arrêta net. La porte était légèrement entrebâillée, ce qui n'était pas l'habitude.

Intrigué, Villemaintier appela :
- Mélina ? Mélina, tu es là ? C'est Paul !
- C'est ouvert, lui répondit une voix lointaine.

Visiblement satisfait de cette réponse, Villemaintier poussa le battant et avança d'un bon mètre dans la pièce. Seulement éclairée par le néon de la salle de bain, la vaste chambre sous toiture restait en grande partie sombre. Puis soudain, alors que Villemaintier eut à peine le temps d'émettre un « Mélina ?» interrogatif, la porte claqua derrière lui. Villemaintier sursauta et la lumière apparut, dévoilant devant lui un spectacle d'horreur. Etalée sur le lit, Mélina gisait à demi nue et la bouche ouverte ; son regard était fixe, ses poumons inertes ; des traces d'ecchymoses bleues sur ses seins et autour de son cou signalaient une ruade de coups, un étranglement, une lutte pour la survie, un déchirement, l'état second et irréaliste du meurtre, la folie, la misère...

Pauvre Mélina.

Morte.

Touché au plus profond de ce qui pouvait lui rester d'âme, Villemaintier fut incapable de réagir. Face à lui, à côté du lit où reposait Mélina, le Caporal Derk était sagement assis sur une chaise en rotin.

Hagard, Villemaintier ne réagit pas non plus à la présence du deuxième classe Garou qui le surveillait dans son dos et pointait sur lui un Beretta. Son seul réflexe fut de dire :

- Bande d'enfoirés ! Vous n'avez pas le droit de faire ça...

Amusé par l'allocution de Villemaintier, Derk rétorqua calmement :

- Mais si, Paul, bien sûr que nous avons le droit de faire ça. Je vais te faire rire, mais sache même qu'on nous paye pour le faire.

Le visage déformé par un léger rictus, le Caporal inclina la tête, regarda quelques secondes le corps sans vie de Mélina, puis, revenant lentement du regard vers Villemaintier, lui dit :

- Beau spécimen, n'est-ce-pas ? En d'autres circonstances, j'aurais volontiers tiré ma crampe avec elle, mais tu sais ce que c'est : le boulot, les responsabilités, la paperasse... Il faut dépenser le budget de l'Etat, tu sais bien ! C'est un beau gâchis, non ? Ah oui, Mon Dieu quel gâchis ! Et tout ça à cause de toi, Villemaintier. Franchement, tu n'as pas honte ?!

L'Inspecteur ne put se retenir. Il voulut se saisir de son arme, mais Garou veillait au grain et il lui asséna un grand coup de crosse de Beretta dans le dos. Villemaintier s'écroula. À peine sur le sol, il se rebiffa et se jeta direct sur le soldat Garou ; vouloir réussir une telle manoeuvre, c'était sans compter sur la jeunesse et la qualité d'entraînement qui lui avait été inculqué au sein du DSIN-actif. D'une prise de karaté, Garou se défit de l'Inspecteur un peu lourdaud, puis lui servit un coup de boule des plus efficaces. Villemaintier s'écroula définitivement. Le combat était terminé.

Pratiquement K.-O, quelques gouttes de sang perlant de son front, Villemaintier fut relevé par Garou et jeté au pied du lit de Mélina. Epuisé, haletant, l'Inspecteur s'agrippa aux draps pour ne pas tomber. Il nageait au bord du matelas et tentait en vain d'atteindre le corps meurtri, froid et blanc de Mélina. Ne sachant plus trop où il se trouvait, Villemaintier était au bord de la chute de tension.

Assis sagement sur sa chaise, Derk contemplait avec orgueil l'impuissance de Villemaintier. C'était du boulot net et précis, comme il l'aimait. Il était le seul à pouvoir diriger le débat. Il était le maître. Il avait le droit de vie ou de mort sur quiconque. Il se moquait du monde entier, et de Villemaintier en particulier :

- Vous n'êtes pas sage, inspecteur. Notre contrat était pourtant simple, non ? En échange de ton impunité, tu devais nous balancer tous les tuyaux possibles permettant de coincer Bastien Grenier. Mais on dirait que tu nous as pris pour des amateurs dans cette histoire, pour de vulgaires agitateurs de banlieues. C'est une grave erreur, tu sais. À cause de toi, cette belle catin de l'Est ne peut plus s'envoyer en l'air, et toi non plus, par la même occasion. C'est quand même con, tu ne trouves pas ? Non, c'est vraiment dommage que tu ne te rendes pas compte à quel point il est important pour nous que l'on attrape ce lascar.

Le Caporal stoppa quelques secondes. Il fixait toujours Villemaintier. Après une période semi-comateuse, l'inspecteur semblait reprendre des couleurs. D'un calme olympien, le Caporal décroisa les jambes et se pencha alors en avant :

- Tu sais, poursuivit-il, des gens très hauts placés m'ont assuré qu'il était envisageable de mettre cette ville à feu et à sang si le phénomène Baron Gris n'était pas éradiqué sous les 72 heures. Autrement dit, Monsieur l'inspecteur, le pire reste à venir. Tu sais, il existe bien des moyens pour faire parler un homme. Alors, ne nous oblige pas à te montrer à quel point nous sommes expérimentés dans ce domaine. Tu vois où je veux en venir, camarade ?

Malgré un souffle irrégulier, Villemaintier trouva la force de répondre par une maxime relativement sucrée :

- Allez vous faire foutre !

Derk se recala dans sa chaise en gratifiant la victime du jour d'un rictus encore plus prononcé.

- Ce n'est pas un langage à tenir devant une dame, Paul. Non seulement tu es malpoli, mais, en plus, tu oublies une chose importante : si tout le monde autour de toi apprend ce que tu es capable de faire avec de jeunes enfants entre 6 et 9 ans, je ne donne pas cher de ta peau, vois-tu. Quand tous tes collègues, ainsi que leurs épouses, quand toutes les mères de famille de ton quartier prendront connaissance de tes activités pédophiles, que penses-tu qu'il arrivera ? À mon avis, au mieux, tu seras conspué et banni. Mais imagine un instant qu'on te remette entre les mains de tous ces citoyens indignés, que crois-tu qu'il arrivera, sinon un lynchage en bonne et due forme. Tu te vois, toi, émasculé par une harde de femmes en furie. Ce ne serait pas très réjouissant, n'est-ce-pas camarade ? Pourtant, c'est une des choses qui peut se produire si tu ne fais pas ton boulot, une chose parmi beaucoup d'autres !

Consterné, las, épuisé, Villemaintier laissa tomber sa colère, son écoeurement, et essaya de rétorquer par une escapade plausible :

- Mais... mais personne ne sait où se cache Bastien Grenier. Personne ne sait comment l'atteindre. Que... que pourrais-je faire de plus ?

- Mon pauvre inspecteur, toi qui es du métier, tu devrais savoir qu'aucun homme n'est intouchable sur cette terre. Toi qui as plein de relations dans cette ville, comment se trouve-t-il que tu nous lèches les bottes à présent ? Il suffit de savoir par quoi ou par qui on peut le toucher. C'est on ne peut plus simple. Fais marcher tes méninges de temps en temps.

Derk temporisa un peu et se pencha à nouveau vers Villemaintier. Il le fixa d'un regard ne permettant aucun doute sur l'importance du propos qui allait suivre :

- Le temps qui te reste est compté, Paul. Ton impunité ne survivra pas plus de 72 heures, alors fais ce qu'il faut et comme il le faut ! Ok ?

Villemaintier répondit d'un léger hochement de tête.

Episode terminé.

Derk se releva et, tout en regardant l'inspecteur agrippé au lit et à la main de Mélina, conclua :

- Tu as fait le bon choix, camarade. Et, à l'avenir, n'essaie plus de nous contrarier. Buter une femme, même une pute, ça n'a rien d'excitant, alors ne m'oblige pas à prendre mon pied avec toi.

Calmement, sans faire de bruit, Derk et Garou s'éclipsèrent.

Derrière eux, Villemaintier et Mélina se retrouvèrent plantés, abandonnés à leur pauvre sort respectif.

21

Mercredi 22 novembre - 22:50.

Dans la zone industrielle de Carquefou, au Nord-Est de Nantes, des faisceaux de projecteurs balayaient anarchiquement les façades de la Société Dextrans. Protégé par une double barrière de béton et de barbelés, le centre nerveux de la Dextrans s'articulait sur un grand bâtiment central rectangulaire et s'étendait sur plus de 2500 m². Sur deux étages, le grand bâtiment regroupait à lui seul différents bureaux avec les services techniques et administratifs, ainsi que toute la zone de production et les halls d'expéditions. Surveillée physiquement par deux vigiles équipés de chiens et de talkies-walkies, disséquée optiquement par une myriade de capteurs et de caméras vidéo reliées directement à un centre de sécurité privé, la Dextrans dormait paisiblement, les premiers employés ne redémarrant que vers les quatre heures du matin.

Bref : RAS.

Silence.

Le train-train quotidien.

Rien de bien transcendant, sauf, au loin, le silence profond d'un sifflet ultrasonique.

Prenant appui sur le toit d'une voiture garée le long de la façade Est extérieure, un chat blanc tacheté de marron sauta comme un ressort au sommet du mur d'enceinte avant de se suspendre par les pattes avant. L'attache principale du système demeurant apparemment bien installée, les autres maillons de la chaîne prirent place. Noir, roux, gris clair, gris foncé et ocre, pas moins de cinq félidés attrapèrent successivement la queue en fourrure de leur prédécesseur puis attendirent, muscles tendus.

Apparut alors le Baron Gris.

Confiant, il sauta à son tour et se hissa jusqu'à la crête du mur grâce à cette corde animale. A peine rendu, un grillage de fils barbelés s'étirant en une forme de rouleau se présenta devant lui. Située à environ deux mètres et un peu en contrebas, cette deuxième barrière en ferraille pouvait le piquer au moindre faux pas. Autant dire que s'y jeter ressemblait à un embrochement dans les règles de l'art. Cependant, Bastien Grenier n'était pas là pour faire demi-tour aussi vite. Tout était prévu, et son salut vint tout droit du ciel. Telles des ombres dans la nuit, une bonne vingtaine de pigeons noirs et gris vinrent se poser sur les spirales en fer devant Bastien. Positionnés à peu près côte à côte et sur trois rangées, les pigeons déployèrent alors leurs ailes, formant ainsi une sorte de tapis de plumes. Protégé des crochets en fer, Bastien fit une galipette en s'appuyant sur le rideau d'ailes tressées et atterrit trois mètres plus bas, sur le plancher des vaches.

L'itinéraire de ronde des vigiles postés chez Dextrans était des plus simples. Tandis qu'un des hommes tournait autour du bâtiment à l'extérieur, un autre visitait l'intérieur. Parfois, ils intervertissaient les rôles dans une même soirée, histoire de discuter un brin ou d'en griller une petite, mais, la plupart du temps, le circuit de ronde restait toujours le même.

En cette nuit particulière, la priorité étant de maintenir le vigile extérieur à une bonne distance, l'état major de l'Ombre ne trouva rien de mieux, afin de distraire le vigile et son chien, que de balancer entre leurs pattes un rat de bonne taille.

Pourtant à deux contre le rongeur, le vigile et son chien eurent beau faire, la bête n'arrêtait pas de leur filer entre les jambes, piquant leurs mollets et bondissant toutes griffes dehors.

Profitant de ce retard dans la tournée extérieure, Bastien se faufila sans peine jusqu'à une porte de service. Verrouillée par un clavier à code numérique et totalement en acier, vouloir ouvrir cette porte semblait impossible.

Bastien ne paniqua pas.

D'une poche de son pantalon, il extirpa une craie et se mit à la concasser. En protégeant d'un mauvais coup de vent les quelques milligrammes de poudre blanche qu'il avait réussis à obtenir, Bastien se baissa alors et souffla l'ensemble sur les dix touches du digicode. Le nuage de particules retombé, des bouts d'empreintes apparurent seulement sur quatre touches ; le code d'entrée était donc composé des numéros 3, 5, 7 et 9. Cela dit, si Bastien connaissait les numéros, il ne savait en aucune manière de combien de chiffres était constitué le code. Autant dire que, dans ces conditions, il y avait au bas mot 24 possibilités et, au pire, plusieurs milliers. Pour sa part, Bastien avait fait le maximum et attendit qu'une solution se présente d'elle-même. Sûr de sa force et des capacités de l'Ombre, Bastien n'attendit pas longtemps.

Après avoir dessiné dans le ciel un virage des plus gracieux, Vaillant se posa délicatement sur le boîtier à touches numériques. Ainsi posté, Vaillant put aisément commencer à énumérer tous les codes possibles en tapant sur le clavier avec la pointe de son bec. Aussi efficace et rapide qu'un téléscripteur, Vaillant mit 2 minutes 37 secondes et 18 dixièmes à trouver le code d'entrée. La gâche électrique libéra le pêne, Bastien poussa la porte de service, la bloqua en position ouverte en retournant le paillasson et pénétra dans les bureaux de la Dextrans.

Dehors, le rat hargneux faisait des ravages.

Après avoir très vite boité quelque temps suite à une mauvaise griffure, le chien tomba peu à peu dans les vapes à cause de ses blessures ; il avait perdu trop de sang. Passablement énervé et dépassé, le vigile appela son collègue à la rescousse. En deux minutes, le renfort arriva et faillit tomber à son tour dans les pommes en découvrant l'origine du problème ; le gros souci pour ce nouvel arrivant étant qu'il avait une sainte horreur de tout ce qui avait un museau pointu, de longues incisives, une queue effilée et un corps tout poilu. Chacun sa phobie. Lui, c'étaient les rongeurs. Manque de bol ! Incapable de faire un pas pour aider son collègue, le trouillard trouva quand même le courage d'appeler son QG. Quand il expliqua la situation, il y eut d'abord des rires, des reproches, mais très vite, l'anecdote tourna à l'incident diplomatique. Passablement briefé quelques jours plus tôt par les autorités compétentes de la ville, le responsable du QG fit immédiatement le rapprochement entre ce rat dérangeant et les évènements des derniers jours. Il déclencha aussitôt l'alerte.

Branle-bas de combat.

Loin de penser à ce mauvais sort qui se tramait, Bastien restait posté devant l'entrée de la porte de service. Profitant de l'ouverture, une bonne quinzaine de pigeons passa au-dessus de sa tête et se dispersa dans les différents services de la Dextrans. Véritables missiles à tête chercheuse, les pigeons se jetèrent comme des furies sur les caméras de surveillance. Agrippant le pied des caméras de leurs quatre doigts crochus afin de bien se placer, les pigeons percèrent ensuite de leurs becs chaque objectif. A l'autre bout du câble optique, le personnel du QG de surveillance vit peu à peu les images retransmises depuis les locaux de la Dextrans se transformer en un océan de points blancs et noirs. Totalement aveugle, tout le monde fut conforté dans l'idée qu'ils avaient pris la bonne décision en prévenant les forces spéciales.

Sachant que le temps était compté, Bastien se dirigea rapidement vers le service comptabilité. Armé d'une lampe de poche, il ouvrit les armoires et les tiroirs, fouilla chaque dossier contenant les mots "bilan", "compte" ou "dépense", sélectionna ce qui lui semblait important et le rangea dans son sac. En même pas dix minutes, Bastien estima avoir amassé assez de documents. Il ramassa donc ses affaires, et, alors qu'il s'apprêtait à partir, il fut soudain interpellé par un roucoulement provenant d'un autre bureau. Inquiet, Bastien se précipita. Dans le lieu dit, Bastien trouva Vaillant, posé sur une étagère en verre fixée le long du mur. Agitant les ailes comme s'il faisait la cour, allant et venant le long de l'étagère par de petits pas nerveux, l'oiseau signalait clairement à Bastien qu'il avait découvert quelque chose. Quand il vit de son œil bleu-violet le Baron Gris s'approcher, Vaillant se calma aussitôt et tapa du bec contre la cloison. Regardant successivement l'oiseau puis l'endroit qui lui était indiqué, Bastien comprit rapidement la situation. Il tapa sur la cloison à plusieurs endroits et tomba finalement sur un son creux. Après plusieurs secondes de tâtonnements, Bastien appuya sur un panneau qui s'enfonça de quelques centimètres dans le mur et coulissa automatiquement. Eclairé par la lueur pâle d'une lampe torche, le pan de mur découpé révéla la présence d'une porte de coffre-fort. Bastien se pencha dans la lucarne. Face à lui, incrustés dans la porte d'acier lisse, trois cadrans gradués de 0 à 100 s'alignaient au-dessus de trois boutons cylindriques. Bastien comprit que le mécanisme d'ouverture de ce coffre-fort était en fait électromagnétique. Contrairement à une combinaison numérique classique, seule une tension électrique bien précise parcourant le système permettait de libérer l'électroaimant de la porte. La tension proprement dite devant être réglée par les trois potentiomètres gradués devant lui. N'ayant aucune faculté personnelle dans le domaine du magnétisme, Bastien s'adressa au spécialiste du genre à sa disposition : Vaillant. Possédant effectivement à la base de son cerveau des cristaux de magnétite, le pigeon était le seul animal de la création sensible au magnétisme. C'est d'ailleurs, entre autres, cette particularité qui permet aux pigeons voyageurs de se repérer dans l'espace et de s'orienter par rapport au magnétisme de la terre quand ils sont lâchés à plusieurs centaines de kilomètres de leurs pigeonniers. Rassuré et impressionné à la fois par la sensibilité du petit colombidé, Bastien commença alors à faire basculer les potentiomètres tout en regardant les ailes de Vaillant osciller au gré des ondes électromagnétiques diffuses.

Alors que Bastien semblait prendre son temps d'une manière insolente, dehors, la tension devenait de plus en plus palpable. Enfin débarrassés du rat hargneux qui avait blessé leurs deux chiens, les vigiles s'attachèrent à respecter les consignes ordonnées par le Chef du GIGN lui-même, un certain Cochereau. Les directives envoyées étaient très claires : a) interdiction formelle de se livrer à une quelconque intervention sans que les forces spéciales ne soient concrètement sur les lieux, et b), continuer d'informer en temps réel le QG sur les agissements du Baron Gris.

Aussitôt alertés, toutes les voitures de patrouilles et tous les hommes en uniforme disponibles de la ville furent réquisitionnés.

***

Comprenant les premiers que la situation était en train de tourner, les dignes représentants des Animaux du Monde d'En-Bas déclenchèrent avec les moyens du bord une solution de repli. Pour ce faire, les deux plus prestigieuses unités de mineurs rats furent dépêchées en urgence sur un lieu stratégique.

Le lieu en question était une conduite d'égout, à environ 250 mètres de la Dextrans, et située à la verticale de la Rue Le Tellier. Rendus dans le tunnel sombre et puant en quelques minutes, les rats spécialistes du forage se mirent au travail et attaquèrent une épaisse cloison en béton. Burinant et grattant anarchiquement le complexe de gravier, sable et ciment, la vingtaine de rats progressa très vite et atteignit une paroi en acier. Tandis que certains rongeurs dégageaient en aval le terrain jusqu'aux souterrains de la Dextrans, en amont, les mineurs prirent soin d'agrandir autant que faire se peut la canalisation illicite qu'ils venaient de creuser. Le plus gros du travail terminé, le chef de chantier, un rat noir de belle corpulence, ordonna aux unités de mineurs de se replier, hormis deux éléments. Comprenant l'importance de la tâche qui allait leur être confiée, les deux rats désignés furent intronisés à l'improviste sur le chantier : "Chevalier de l'Ordre de sa Majesté Cluny, Maître Absolu du Monde d'En-Bas".

La tradition une fois respectée, le sacrifice put commencer en toute sérénité.

Le premier rat s'avança dans la conduite collatérale. Se retrouvant face à la paroi d'acier, il l'attaqua sans délai. Sous le ciseau affûté du rat, des copeaux ronds et brillants volèrent ça et là en touffes. Quand l'épaisseur de la paroi ne tint plus qu'à quelques dixièmes de millimètres, le rat s'arrêta et recula alors de trois à quatre pas. Prenant un maximum d'élan sur cette petite distance, l'animal se jeta avec ardeur, canines inférieures en avant, et transperça le mince rideau de fer comme une pointe de flèche dans un ballon de baudruche. Sous l'effet de la pression, le rat qui venait de percer la cuve fut projeté sur le mur d'en face, mort sur le coup. Un liquide brunâtre, mousseux et à l'odeur caractéristique se mit ensuite à couler en abondance. Submergeant le collecteur central des égouts, des décalitres d'essence se déversèrent. Canalisé par la pente naturelle du terrain, le flot de pétrole se dirigea tout droit vers les sous-sols de la Dextrans.

***

Aidé par l'instinct sûr de Vaillant, Bastien parvint à casser la combinaison électromagnétique du coffre-fort. Éclairé de l'intérieur par une petite ampoule, le contenu de la boîte était des plus succincts : une caissette en fer où il devait y avoir de la menue monnaie, quelques bandes informatiques, quelques dossiers et une enveloppe en cuir.

Sans ergoter, Bastien prit le tout.

Le tri viendrait plus tard.

Au moment de refermer la porte du coffre-fort, les ailes de Vaillant s'agitèrent soudain d'une manière totalement frénétique. Le signal d'une retraite s'annonçant difficile venait de sonner pour Bastien. Il ramassa donc ses cliques et ses claques et courut d'un trait vers la sortie.

Arrivé au niveau des façades vitrées, il stoppa net sa course, horrifié.

Dehors, un rideau de policiers armés encerclait le site entier de la Dextrans. Dans le plus grand silence et avec une extrême rapidité, un piège gigantesque avait refermé ses tentacules moribondes sur Bastien. Comme lors de l'épisode de la Tour de Bretagne, un haut-parleur brailla une menace et un ordre de reddition à l'attention du Baron.

Entrapercevant au loin des brigades d'interventions prêtes à bondir, Bastien était tétanisé, incapable de réfléchir vu l'instant dramatique. Il était perdu. Il se voyait déjà mort. Déjà étiqueté à vie et par presse interposée dans le camp des psychopathes et des plus dangereux criminels du siècle. Il se voyait perdant. La fin de partie n'était peut-être effectivement plus très loin.

Il était devant le néant.

Tant de monde pour essayer de le détruire... comment cela était-il possible ?

C'était ahurissant !

Que faire ?

Mon Dieu, que faire ?

« Maouwww ! »

Éclair.

Flash.

Le miaulement émis par Bastet traversa l'esprit de Bastien tel un coup de sabre laser.

Enfin ranimé, le Baron se retourna vers la chatte aux yeux couleur cuivre. Semblant être invité à la suivre, Bastien emboîta le pas à l'animal. Le niveau du rez-de-chaussée étant grandement saturé en forces de police, Bastet dirigea logiquement Bastien vers les hauteurs.

Quand Bastien poussa la porte palière donnant sur la toiture plane et bitumée des bureaux, un feu croisé de projecteurs s'abattit alors sur lui. Localisé, désigné, filmé, tatoué de lumière, Bastien ne bougea plus, définitivement tétanisé. Un deuxième et ultime message de reddition fusa. Bastien n'émit pas un son. Il ne savait que faire. Il voulait mourir. Tout simplement mourir.

***

Dans le réseau de tunnels parcourant les sous-sols de la Dextrans, le deuxième rat kamikaze entra à ce moment-là en scène. Dernier maillon du plan de "repli-express" décidé par l'état-major de l'Ombre, le rat coinça entre sa paire de canines un morceau de silex. Courant avec élan et détermination vers sa propre mort, la bête se jeta à pattes jointes sur la traînée d'essence, glissa quelques décimètres, puis, finalement, baissa la tête. Au premier frottement du silex sur le sol, une étincelle jaillit. Vint ensuite le feu. Un feu venu tout droit des enfers

Pour les personnes présentes en surface, il y eut d'abord une secousse, comme un tremblement de terre qui fit vibrer tout le bâtiment de la Dextrans. Accompagnant cette secousse, des tuyaux éclatèrent, des bouches d'égouts s'élevèrent vers le ciel, des portes mal verrouillées s'ouvrirent en allant s'écraser contre les murs. Puis vint le plus impressionnant : l'explosion.

Une explosion apocalyptique !

Tout autour de l'usine de la Dextrans, des crevasses de plus de deux mètres de largeur s'ouvrirent et crachèrent des flammes de plus de dix mètres de hauteur.

Rouge et jaune, tourbillonnant et instable, le rideau de feu commença très vite à lécher la vitrine des bureaux d'un côté et les pare-chocs des voitures de police de l'autre. Plusieurs vitres explosèrent, plusieurs voitures prirent feu, et tout le monde s'écarta des zones à risques d'un même élan.

Aux premières loges de l'incendie, sur le toit, Bastien profita bien sûr de l'incident pour fausser compagnie aux troupes de choc. Loin d'être dupe, Cochereau, le Directeur du GIGN, ainsi que quelques-uns de ses hommes donnèrent l'assaut.

Comprenant que la sortie normale n'aboutirait à rien, Bastien dirigea sa fuite vers les ateliers de la Dextrans. Restant toujours au deuxième étage, il utilisa une galerie pour rejoindre le grand bâtiment central de la fabrique. Il poussa une porte. Bastien se retrouva sur une coursive parcourant tout le pourtour des ateliers et desservant différents bureaux. Persuadé qu'il devait foncer vers l'autre bout du bâtiment et descendre, il se dirigea rapidement à mi-longueur du hangar, vers un escalier. Passant les marches métalliques quatre à quatre, il rétrograda au premier étage, puis attaqua la descente finale. C'est à ce moment-là qu'une porte coupe-feu, à l'entrée de l'atelier, s'ouvrit brutalement : masqués et habillés de bleus, les gendarmes du Groupe d'Intervention apparurent, fusils à lunette et pistolets aux poings.

Pour Bastien, pas question de réfléchir : il sauta d'où il était sur une table de travail en contrebas et courut. Le temps des sommations étant largement terminé, les policiers se déployèrent et tirèrent.

L'impact des balles fit un vrai carnage : boîtes remplies de vis, pots de graisse, miroirs, outils manuels, machines de fraisage, perceuses à colonnes, riveteuses, emboutisseuses, pièces détachées en tout genre... aucun objet présent dans l'atelier ne fut épargné. Courant le plus vite possible pour se mettre à l'abri, Bastien passa au travers de la première salve, ce qui irrita terriblement un des hommes présent au sein du groupe de Cochereau. Animé d'une détermination sans commune mesure, cet homme s'écarta du groupe de gendarmes qui tiraient à l'aveugle. Il sortit son fusil à lunette, mit en joue, bloqua la pose et se concentra.

Se retrouvant gêné par des montagnes de caisses, Bastien coupa, sans réfléchir, à travers l'atelier et monta par voie de conséquence sur un genre d'estrade. Quand il passa dans le viseur du policier, la sanction ne se fit pas attendre et un...

« *PAN !* »

...retentit.

Touché en plein ventre, Bastien vola et s'effondra dans une pile de caisses.

Terminé.

Les coups de feu du GIGN s'arrêtèrent aussitôt. Objectif à terre.

Cochereau s'avança lentement, les deux mains serrées sur la crosse de son Magnum 45.

Quand il vit enfin le corps immobile et étalé en vrac du Baron Gris, il reprit son souffle et s'intima l'ordre d'aller jusqu'au bout de sa mission. Il baissa donc légèrement sa garde, retira le gant de sa main gauche, et tendit le bras jusqu'au cou de l'homme en Gris. Insistant, tremblant, il cherchait le pouls du corps meurtri... en vain. Professionnel, il approcha ensuite son oreille droite près de la bouche muette, attendant un souffle. Cinq secondes suffirent : Cocherau se redressa brusquement, saisit son talkie-walkie et hurla sur le réseau :

- Attention, urgence n°1 ! Amenez immédiatement une ambulance dans la zone de stockage Est ! L'objectif est à terre. Il est encore vivant, respiration très faible. Exécution !

Cocherau raccrocha.

S'adressant cette fois à ses hommes, il leur ordonna de déplacer le corps du Baron Gris sur une table adjacente et de procéder aux premiers soins. Les policiers en mission spéciale se transformèrent instantanément en sauveteurs de la Croix Rouge. Tout aussi désireux d'ôter la combinaison sombre de la victime afin d'accéder à la plaie ventrale et sanguinolente, que de découvrir son visage mystérieux, les gendarmes se heurtèrent à une difficulté peu banale. C'était invraisemblable, carrément hallucinant, mais, au plus grand mécontentement de leur chef, ils n'arrivèrent pas à trouver sur tout le corps du Baron le moindre système d'ouverture permettant de retirer son vêtement. Pas de bouton, pas de fermeture éclair ni de scratch. Un vrai casse-tête ! Sidérés, ils décidèrent de la découper : à nouveau impossible. Non seulement le tissu strié et très fin de la combinaison, ajustée semble-t-il au millimètre, collait à la peau du Baron, mais, en plus, la consistance de la fibre paraissait d'une résistance hors pair. La seule assistance possible se résuma donc à un bouche-à-bouche classique et à des compresses au niveau de la plaie.

Protégé par les lances d'incendie des pompiers, la camionnette du SAMU parvint sans trop de difficulté jusqu'au quai Est. Bastien fut rapidement embarqué. En plus des deux médecins, un homme du GIGN s'installa à l'intérieur de l'ambulance. Devancée par une voiture de police et deux motards, l'ambulance quitta les lieux, toutes sirènes hurlantes.

Au bout de deux seringues cassées, les médecins dans l'ambulance parvinrent par miracle à piquer Bastien à travers sa combinaison, utilisant une aiguille très fine. Ils lui posèrent ensuite un masque à oxygène et nettoyèrent en surface la plaie en l'inondant de liquide aseptisé.

Durant tout le trajet les menant à l'hôpital, les médecins du SAMU firent de leur mieux, mais Bastien paraissait parti. Malgré l'oxygène, les claques, les piqûres, le bruit, les massages, rien ne permit de réveiller la victime. Bastien demeurait inerte, désarticulé... vulgaire masse de chair sans aucun autre intérêt.

Bastien était ailleurs.

Perdue entre le ciel et la terre, son âme cherchait un chemin et se perdait. Dans son errance comatique, l'âme de Bastien rendit à un moment visite au monde étrange des rêves, imaginant univers merveilleux et cauchemars horribles à profusion.

Puis, vint ensuite l'étalage des souvenirs, ces rêves vécus tout aussi horribles !

L'âme de Bastien erra nonchalamment à travers l'histoire, retraçant la vie de son propriétaire, piochant au hasard quelques morceaux choisis.

Des morceaux choisis pour le moins traumatisants :

(*...Quel est ce trouble ?... Pourquoi tant de brouillard?...*

...Où se trouvent les contours standards d'une image nette?...

...Pourquoi ce souvenir intemporel ne me revient-il que par saccades ?...

...Qu'y a-t-il derrière la porte ?... Tout ce noir, tout ce mystère... c'est insoutenable !...

...La porte... Ah oui, la porte !... Cette poignée, je la pousse... je la pousse et le mal s'abat sur moi !... Des corps qui m'entourent, des poings, des coups, des traces de fouet, des os qui se tordent, des craquements... tout mon être est mis à mal...

...Que se passe-t-il ?... Que faire ?... Où trouver le soulagement ?...

...Et puis d'abord... où suis-je ?... Je vois des bras qui me frappent, j'entends des sons gutturaux mais...

...mais où suis-je ?...

...Ça y est !... Cela vient...

...Un bout de sofa, apparemment bleu... un autre en face, rouge... une table basse... des pierres précieuses, un cendrier, un bouquet de violettes... un cadre au mur, le dessin d'un phare maritime... je suis dans un genre de salon...

...On me pousse. Les bras de mes agresseurs se veulent plus fermes, plus violents... j'avance... j'avance en essayant de résister de toutes mes forces... Aïe, une piqûre !... On m'a planté une tige de fer dans le cou ! On m'a planté !... On m'a planté et je sens le produit entrer en moi, je sens encore sa froideur et je devine son odeur âcre...

...Des coups, toujours des coups !... je m'affale, on me redresse en m'arrachant la peau du dos... Combien sont-ils ?... Que me veulent-ils ?... On me tire les cheveux, je crie, de nouveau des coups... Où cela va-t-il nous mener?... Que faire pour mourir plus vite ?... Qui supplier ?... Qui affranchir de mon sort désastreux ?... Que me veulent-ils ?...

...Que leur ai-je fait ?...

...La vue devient de moins en moins précise, de moins en moins nette... trop peu de lumière... Je divague... Je titube... Un goût de sang dans la bouche... J'ai mal... Trop mal !... Je sens que

la fin est proche mais... mais on m'ordonne de regarder quelque part... on tire de plus belle sur mes cheveux... on frappe, on malmène, on tire... que dois-je voir ?... Que me veulent-ils ?... Je ne vois rien!... Je suis trop groggy pour saisir une microseconde ce qu'on attend de moi...

...Je suis désolé mais... mais je ne vois rien qui...

...Attendez !... N'est-ce pas une silhouette ?... On dirait que... Oui, cette fois, je crois que... Oui, c'est sûr ! Quelqu'un se présente non loin de moi, face à moi !...

...Qui est-ce ?... Que me veut-il lui aussi ?... À quoi tout cela rime ?... Qui est-ce ?... Je ne le vois pas bien, maudit contre-jour!...

...Des formes rondes... je vois des formes rondes dans les contours de cette silhouette... Qu'est-ce que cela signifie ?... Bon Dieu, ce n'est pas un homme !... C'est une femme !... Mon interlocuteur est une interlocutrice... Impardonnable méprise... Surprise extrême... J'ai l'impression d'être totalement ivre... un vulgaire mannequin imbibé d'alcool...

...Comment ai-je pu ne pas voir toute cette féminité qui s'offre à moi ?... Comment ?...

...Bon sang, où suis-je vraiment ?... À quoi rime ce souvenir?... Est-il vraiment arrivé ?... Ne serait-ce pas un songe douloureux ?... Un cauchemar refoulé ?... N'est-ce pas, tout simplement, une invention ?...

...Que dire ?... Que penser surtout ?...

...Sinon que j'ai mal !... Terriblement maaaaal !...

...Ça continue, on me force... Je sens qu'on me force à comprendre ce qui se trame... J'essaye d'être attentif, mais je suis fatigué... Seules m'attirent ces boucles blondes, cette peau de nacre, cette beauté devant moi...

...Des gens l'entourent, dirait-on !... On la malmène aussi... C'est incroyable, mais elle souffre... tout comme moi... Mon Dieu, je crois qu'il s'agit d'une conspiration de grande envergure !... Que vont-ils faire de nous ?... Ils n'oseraient tout de même pas nous....

...Un bruit... Un cri... Il y a un cri à travers la nuit... Un cri de terreur !... C'est elle qui a crié, la femme, la beauté, la splendeur... Pourquoi infliger tant de douleur à un corps si frêle, si pur, si créateur de nativité, si doux ?... Comment Dieu a-t-il pu inventer des hommes au caractère si puant et bestial ?... Comment peuvent-

ils frapper une femme aussi violemment ?... Comment est-ce possible...

...Je ne comprends pas... C'est désespérant...

...On me pousse toujours... On se joue de mon ivresse passagère... cette ivresse qu'ils m'ont insufflée par seringue interposée... Ils ont glissé leurs mains démoniaques sur mon corps et ils me manipulent comme une marionnette de chiffon et d'éponge... Je suis, nous sommes leurs choses... Le pire est à venir...

...Des cris !.. Encore des cris... elle a de plus en plus peur, pauvre petite...Sa souffrance décuple l'effet de ma douleur... mon sang coule pour elle... Si je pouvais être un rempart, un bouclier de bien-être... Si je pouvais être son sauveur, moi qui suis de plus en plus proche d'elle, elle qui me semble de plus en plus familière, complice... Ah oui... si seulement je pouvais...

...Maudit délire !...

...Qu'est-ce qui se passe maintenant ?... Qu'est-ce ?... On... on me place quelque chose de froid dans la main... Est-ce de l'eau ?... un bout de verre ou de viande ?... un glaçon, tout bêtement... Qu'est-ce ?... Mon Dieu, ne m'aurait-on pas plutôt coupé la main?!... Non... Heureusement non... je parviens à la voir... elle est entière... Cela dit, qu'est-ce qui brille au bout de mon bras ?... Cela scintille, dirait-on...

...Aïe... encore des coups en veux-tu en voilà... Pourquoi tant de brutalités ?... Je suis nase, je suis drogué, je ne risque pas de leur échapper à tous ces singes... Pourquoi taper sans arrêt ?... Suis-je réellement un aussi bon défouloir ?... Ai-je à ce point un faciès de punching-ball ?... Si encore ils me disaient ce qu'ils veulent... si encore ils me posaient des questions... N'est-ce pas délirant tout ce gâchis d'énergie pour rien... En tous les cas, ils jouent... Ils jouent avec moi et ils martyrisent la pauvre fille face à moi... je trouve cela désolant... je trouve cela humiliant pour la race humaine!...

...Ils tiennent mon bras maintenant !... Ce bras au bout duquel ils ont posé cet objet miroitant... Pourquoi ?... Qu'est-ce que cela signifie ?... Où ? Mais où veulent-ils en venir ?!... Je ne comprends pas... Il n'y a rien à faire, je ne comprends pas...

...Ils lèvent mon bras et j'observe le mouvement du regard... ils rigolent... ils ont avancé devant moi la gorge douce, fine et tendre de la jeune fille... Que se passe-t-il ?... Non, **Non**, **NON** !... Ils... ils ne vont pas faire ça !... Non, **Non**, **NON** ! Pas ça ! Pas elle !... Pas cette petite, pas cette Vénus aux cheveux d'or !... Mon bras !... Mon Dieu ! Ils serrent mon bras comme dans un étau ! Ils le serrent et le poussent !... Je lutte... je souffre atrocement... Je ne veux pas !... Je ne peux pas !... **NON, PAS CA** !... Mon corps ne m'obéit plus, ils m'ont empoisonné et je ne peux rien faire... C'est abominable !... C'est dramatique !... Malgré moi, mon bras cède et se plie, il fend l'air d'un geste circulaire et rapide... Et là, étincelante sous le reflet de la lumière, la grande lame que je serre tranche de part en part la gorge de l'Aphrodite, de la biche aux yeux d'émeraude, de la sultane, de la déesse... Ô comble d'horreur !... Ô désespoir !... Ô profonde envie de s'évanouir !... Ô profonde envie de se jeter dans le vide !... Que je brûle en enfer plutôt que d'assister à ça !...

...Que dire ?... Ah Mon Dieu, que dire ?... sinon que je n'ai rien pu faire... Que dire ?... sinon qu'ils sont allés jusqu'au bout de leur monstruosité...

...Ils ont gagné !..

...Ils ont gagné et ce n'est pas fini !....

...Le corps sanguinolent et agonisant de la jeune fille est jeté violemment sur moi... nous basculons... je m'écrase... coups de genoux et coup de tête... épuisement, souffle coupé... j'essaie de bouger... corps en sueur, paralytique, à l'horizontale... je tourne la tête... torticolis, craquements de vertèbres... j'ouvre les yeux... paupières lourdes, vue trouble alentour... je cligne comme un papillon et, soudain, la belle sans vie est à côté de moi, allongée... son visage est tout près et je vois ses traits... je vois ses yeux grands ouverts et fixes, sa gorge coulante et poisseuse... je vois ses cheveux hirsutes, sa peau rouge et veineuse... et je la vois elle...

...Oui, je la vois...

...Ô catastrophe !...Ô horreur !...

...Je vois le visage de **SOPHIE** !...

...Aaaaaaaaaaaa...)

« ...aaaaaaaaaaah !!! »

Accompagnant son réveil brusque d'un cri d'épouvante, Bastien Grenier tétanisa les trois personnes présentes dans l'ambulance.

Alors sur la route des urgences du CHU Hôtel Dieu, le cortège sécurisé transportant un supposé blessé grave vira rapidement à la débandade.

Sorti de son coma par la nature même de son cauchemar, Bastien se redressa sur son brancard, arrachant d'un seul geste masque, perfusion, sangles et couvertures. Profitant de l'effet de surprise, il saisit deux seringues posées sur un plateau en fer et les planta dans le poitrail du policier présent. D'un coup de coude, il repoussa sur leur banquette les deux infirmiers qui tentèrent de le maîtriser. Puis, tournant sur ses fesses, il fit demi tour sur son brancard, s'accrocha fortement aux barrières et poussa des deux pieds contre la cloison de la cabine.

Quand les deux motards suivant l'ambulance virent sortir brusquement le Baron Gris sur son brancard à roulettes, ils n'eurent pas le temps matériel d'éviter convenablement l'obstacle ; le premier des motocyclistes se coucha à terre avec son engin et dérapa jusqu'à ce qu'il finisse sa course sous les roues d'une voiture en stationnement ; quant au deuxième, il fit un écart et alla s'encadrer dans la devanture d'une mercerie.

Après quelques mètres à bord de son véhicule non motorisé et sanitaire, Bastien percuta lui aussi le capot d'une voiture, mais pour sa part à moindre vitesse. Sain et sauf malgré la douleur qui lui tenaillait le ventre, Bastien se releva. Sachant pertinemment que son état physique ne lui permettrait pas de courir bien longtemps et bien loin, Bastien entr'aperçut le clocher de Saint Clément et, sachant désormais à peu près où il se trouvait, décida d'aller demander le droit d'asile à la seule personne qu'il "connaissait" dans le secteur.

Le cordon de police escortant l'ambulance du SAMU stoppa sa marche et donna rapidement l'alerte. Des barrages furent dressés, des troupes déployées à travers les rues et les égouts. Bref, la routine.

Mais, malheureusement, il était déjà trop tard.

Tout ceci ne servait plus à rien.

Foncièrement, les troupes d'élites n'avaient rien à se reprocher et, cette fois, elles avaient bien failli réussir, allant même jusqu'à tenir entre leurs mains le Baron Gris, la source originale de tous leurs tracas.

Oui, là encore, il s'en était fallu de peu, de très peu.

Mais un déluge de feu et de terreur s'était à nouveau abattu sur Nantes, au grand dam d'habitants de plus en plus inquiets et de policiers de plus en plus dans le doute.

Oui, tout aurait pu prendre définitivement fin ce soir. Mais le Baron Gris avait disparu. Disparu en ne laissant derrière lui que les offrandes habituelles, c'est-à-dire un torrent de questions et un terrain de désolation.

***

Dans son petit appartement de la Rue Margot, Nadine Vost était paisiblement allongée dans son lit.

Il était pratiquement minuit et elle commençait à s'endormir sur la lecture de "La Gagne" de Bernard Lenteric. Quand, soudain, un bruit sourd murmura une présence dans la cuisine.

Tout en se demandant aussitôt si elle n'avait pas rêvé l'affaire, Nadine se mit à l'écoute, le cœur battant.

Un deuxième bruit arriva alors, suivi d'un semblant de gémissement.

Cette fois, il n'y avait pas de doute.

Quelqu'un s'était invité chez elle.

Dans la tête de Nadine, tout se bouscula à une vitesse incroyable. Loin d'être remise de la tentative de viol qu'elle avait subie la semaine dernière, voilà que le coup du sort et des êtres mal intentionnés s'acharnaient encore sur elle. Cela commençait à bien faire !

Pour Nadine, il n'y avait pas de doute, cette présence inopportune ne pouvait signifier qu'une seule chose : il s'agissait d'une vengeance. La vengeance froide et stupide d'un ou plusieurs amis des violeurs de mercredi dernier.

Partant dans ses délires, Nadine se voyait déjà frappée, fouettée, giflée, pincée sur les parties génitales et au bout des mamelons ; elle se voyait attachée et livrée totalement nue à des corps puants, salaces, poilus et collants ; elle les voyait, eux, telles des lombrics, laissant des saignées visqueuses sur sa peau ; elle flippait, elle hallucinait, elle paniquait comme si elle devait jouer un tour de roulette russe en sachant que c'était le dernier coup ; chair de poule et picotements le long de la colonne vertébrale, peur, frayeur, torpeur... elle se voyait découpée en petits morceaux, éparpillée aux quatre coins du monde dans de petits sachets plastiques, elle imaginait le pire car elle ne savait rien, rien de la logique illusoire de ces hommes, rien de ce qui pouvait nourrir la haine, et rien non plus des poudres magiques qui auraient pu faire qu'elle disparaisse, loin, très loin de ce traquenard qui la statufiait.

Assise sur le bord de son lit, elle ne savait que faire.

Bien que séparée par une pièce et un couloir, elle sentait l'intrus tout proche, respirant, bougeant au fond de la cuisine.

Sur les secondes à venir, elle n'imaginait qu'un dessein malheureux et elle n'arrivait pas à envisager autre chose. Elle avait déjà connu quelque chose d'atroce : un viol, une profanation. Et depuis, seul le pire lui venait à l'esprit en toute occasion et en toute circonstance. Comment lutter ? Comment avancer ? Comment vaincre ses peurs, ses fantasmes fantastiques... Comment ? Mon Dieu, comment... ?

« À l'aide... quelqu'un !.. Il y a quelqu'un ?... Aid... aidez-moi ! Je vous en supplie. »

Egarée dans ses pensées, Nadine pensa un instant que son délire était total, sa folie sûre : à travers le labyrinthe de son cerveau elle entendait des voix !

« Au... au secours ! »

Non. Cette fois ce n'était pas un rêve.

C'était l'intrus qui s'adressait directement à elle.

Un piège ?

Peut-être.

Rien de bon ?

Certainement.

« Aaaah... Mon Dieu ! »

Quels étaient ces bruits ?

Nadine y discernait de la souffrance, des pleurs, une sincérité éthérée.

Un piège ?

Peut-être.

Rien de bon ?

Moins sûr.

Nadine entendit le roulement d'un corps qui s'effondre, et puis... plus rien ! Le vide. Le blanc. Le silence.

Un silence encore plus inquiétant.

Décidément, pas de repos pour le stress.

Un piège ?

Bof.

Rien de bon ?

Ça dépend pour qui.

Il était temps de se réveiller vraiment pour Nadine.

Malgré toutes ses hypothèses et ses scénarii catastrophes, quelque chose clochait. Notamment le temps. S'il s'agissait réellement d'une vengeance aveugle et sauvage, l'affaire aurait été bouclée depuis belle lurette. Alors, pourquoi attendre ? Dans quel intérêt ?

Nadine se leva finalement et marcha lentement jusqu'au couloir. S'armant au passage d'une canne en bois verni appartenant jadis à son grand-père, elle arriva devant la porte de la cuisine, œil attentif et oreille tendue.

Pas un mouvement.

Pas un bruit.

Elle alluma la lumière et...

« Aaaah ! »

…poussa instantanément un cri d'effroi.

Gisant au milieu d'une flaque de sang, un homme habillé de noir était étendu sur le sol, inanimé.

Nadine le reconnut tout de suite.

Abandonnant sa canne, elle se lança sans hésiter au secours du Baron Gris.

***

(Ligne sécurisée - Fin de conversation)

- Mais bordel de Dieu, Caporal ! Vous l'avez eu, oui ou non ?
- Affirmatif, mon Capitaine ! En plein dans le buffet. Mais il semblerait qu...
- Mais quoi, quoi ! Qu'est-ce qui semblerait ?!
- Je... je ne sais pas. Je ne comprends pas. Il semblerait qu'il se soit enfui de l'ambulance.
- Vous croyez aux morts-vivants, Caporal Derk ?
- Je...

« *Klac !* »

Le Capitaine raccrocha au nez du Caporal. Furieux.

Pour le DSIN-actif, tout allait vraiment mal. Et il n'y avait pas l'ombre d'une éclaircie à l'horizon.

Ce Baron Gris était décidément imprévisible. Il parvenait toujours à s'échapper. Une vraie anguille.

Le Capitaine sentait de plus en plus que la survie de son groupe ne tenait plus qu'à un fil et son budget ne disposait que d'une rallonge de quelques heures, voire, au mieux, de deux ou trois jours pour boucler l'affaire.

Face à la platitude des résultats, pour le Capitaine il ne restait plus qu'une seule carte à abattre, une carte qui était un jeu de quitte ou double.

C'était regrettable d'en arriver là, mais les anciennes méthodes étaient parfois les plus efficaces.

Silencieux dans son coin, Norbert, l'informaticien virtuose, savait depuis bien longtemps que tout était cuit.

22

Jeudi 23 Novembre 2002 - 06:40

Sur le périphérique Ouest de Nantes, la circulation commençait à s'intensifier.

Si d'un côté de la double voie les véhicules sortants avançaient selon un rythme plus ou moins fluide, de l'autre, la situation des travailleurs ayant un poste intra-muros n'était pas des plus enviables et chacun devait s'armer de patience avant d'arriver à destination.

Cela dit, il fallait bien reconnaître une chose dans tout cela : si la ville n'avait pas construit le Pont de Cheviré qui enjambe la Loire dix ans plus tôt, la circulation dans Nantes serait devenue rapidement inextricable.

Haut de 50 mètres, large de six voies d'asphalte, ce pont était une véritable prouesse technique et desservait au bas mot 80000 véhicules par jour. Plutôt pas mal !

Mais ce matin, si en fait Villemaintier s'était garé au pied du Pont de Cheviré, sur la bande d'arrêt d'urgence, ce n'était pas dans le but d'établir des statistiques sur le trafic routier du coin.

Non.

Du haut de ses cinquante-cinq piges bien tassées, le petit inspecteur était bien loin de ces considérations matérielles.

Il avait, au contraire, le moral au plus bas.

Il ne cessait de broyer des idées noires. Un vrai désastre.

Rétrospectivement, l'origine de son mal remontait à environ quinze jours, quand les deux inconnus qu'il avait revus chez Mélina récemment étaient venus lui casser les couilles, et cette fois chez lui, à son propre domicile. Depuis ce jour fatidique, sa vie n'était plus du tout la même. Une pression intolérable reposait sur ses épaules. Lui qui avait lutté des années contre les pires criminels de la terre, lui qui avait affronté à maintes et maintes reprises les injures de ses propres collègues quand ils condamnaient ses pratiques crapuleuses, lui qui, jusqu'ici, avait su rester sourd à la souffrance d'autrui, voilà qu'il s'était retrouvé complètement pris au piège, coincé comme un novice par deux espions envoyés par "je ne sais qui" et d'"on ne sait où".

C'était un scandale.

Un véritable scandale !

Le marché qu'on lui avait fait signer verbalement et qui le gênait tant était on ne peut plus simple. Il devait servir d'indic infiltré au sein de la police locale en échange d'un silence total sur ses agissements pédophiles. Car en effet, très peu de gens le savaient, mais, en dehors d'être un bon client pour les putes, en dehors d'être un flambeur et un consommateur-revendeur de drogue émérite, Paul Villemaintier était également abonné aux réseaux pédophiles.

De temps à autre, il aimait sentir la peau fraîche et douce des petites filles. Villemaintier aimait bien toucher les membres délicats et imberbes des jeunes garçons ; il adorait goûter à cette jeunesse interdite ; une jeunesse qui le rendait ivre !

Seul au milieu de tous ces corps d'enfants, Villemaintier se ressourçait. Il puisait en eux une énergie sans fin.

Une main qui passe sur des rondeurs, un doigt qui s'immisce, une paume qui masse et qui tâte et le tour était joué... demain peut bien s'arrêter... sa jouissance était totale !

Cependant, si le commun des mortels pouvait à la rigueur comprendre qu'il aimât jouir en forniquant avec des prostituées, en ce bas monde, qui pouvait comprendre l'extrême jouissance psychosomatique issue d'attouchements sur des jeunes enfants? Qui pouvait réellement comprendre ? Qui ? À part, justement, ceux qui avaient déjà essayé !

Non, la Société n'était pas prête. Elle ne pouvait pas comprendre.

Quoi qui se passe dans sa vie ou quoi qu'on lui reproche, Villemaintier s'était toujours refusé à donner la part belle à son sens moral. Sa présence sur terre n'avait, selon lui, qu'un seul but : tester tout, goûter tout, s'enivrer à loisir, et chercher sans cesse de nouvelles expériences. Si, après tout, l'argent et quelques combines bien placées lui permettaient de boire, de sniffer et de baiser en bravant tous les interdits, pourquoi aurait-il dû s'en priver? Quel mal y avait-il à se faire du bien ? De tous ces gamins, entre six et dix ans, qu'il avait côtoyés pendant plusieurs mois, lequel pouvait dire, en parlant de Villemaintier, qu'il avait été méchant, qu'il leur avait fait du mal ou qu'il les avait violés ? Personne. Son seul plaisir était de pouvoir profiter de leur présence et de les serrer contre lui. Il se refusait à tout acte sexuel ; pour ça, il avait les putes. Il voulait juste toucher les enfants, humer leur candeur, leur vie. Qu'y-avait-il de méchant à cela ? Quelle loi de masse stupide et antique avait décrété qu'aucun adulte n'avait le droit de profiter de la pureté d'un enfant ? Pourquoi s'interdire d'approcher ce qu'il y avait de plus beau en ce monde ? Pourquoi cette peur ? Pourquoi cette schématisation ? Que dire... sinon que la Société ne pouvait bien sûr pas comprendre. Qu'en penser... sinon qu'à la moindre révélation, Villemaintier et plusieurs de ses collègues risquaient de devoir affronter un soulèvement populaire sans précédent, un lynchage dans les règles avec émasculation gratuite. Oui, que faire... sinon en finir carrément, tout de suite. Là, maintenant. Et une bonne fois pour toute !

Laissant derrière lui sa voiture ouverte, Villemaintier était monté lentement jusqu'au sommet du Pont de Cheviré, tel un ecclésiastique en procession.

Une fois sur la crête, l'horizon brumeux et nocturne ne lui apporta aucun réconfort. Il ne profita en rien du panorama de style impressionniste laissé par les lumières blafardes des usines en contrebas.

Son esprit était ailleurs, comme saoul.

Ses yeux étaient gonflés, comme inondés de whisky.

Juste le vent sur les joues. Un vent tourbillonnant et rien d'autre.

Il était temps d'en finir.

Trop de choses à oublier.

Trop d'angoisses.

Fini les parties de poker à 5 cartes, fini les parties de backgammon et de roulette.

Trop d'hypocrisie. Trop de bagarres.

Fini les putes au gros cul, les macs dégueulasses et les photos pornos collectors.

Trop d'orgasmes futiles. Trop de bestialité.

Fini l'herbe, la came, la dop, l'alcool.

Trop de nausées. Trop d'absences.

Fini les corps vierges d'enfants ingénus.

Trop de pression. Trop d'incompréhensions sauvages.
Fini le vice.
Fini les plaisirs volés.
Place à autre chose.
Place à un autre corps, à d'autres sensations.
Place, Mesdames-Messieurs, Paul Villemaintier enjambe la barrière.
L'approche est certaine. Rien ne peut l'arrêter.
Que ressent-il vraiment ?
Du soulagement, de la peine, des regrets ?
Est-ce la meilleure solution ?
Il en est persuadé.
Que dire de valable dans ces moments-là ?
Où est le sauveur ?
Où se cache le dernier recours ?
Si seulement on pouvait changer le destin.
Si seulement on pouvait guérir un jour de tout ce mal qui nous ronge l'esprit.
Le vice.
Comment en finir avec le vice ?
Comment éviter de faire pire la prochaine fois ?
Comment éviter la surenchère de l'horreur ?
Tant de pas ont été franchis jusqu'ici.
Tant de pas désabusés.
Tant de pas qui n'ont, finalement, mené nulle part.
Alors...
comment s'en sortir ?
Comment renoncer à ce monde corrompu, si ce n'est en ne le côtoyant plus.
Partir ailleurs, voilà la solution !
Voilà le vrai remède !
Tout ça, toute cette merde, Paul y avait déjà pensé et repensé des heures durant. Et, au final, la conclusion de son introspection le conduisait toujours au même endroit : tout en haut d'un pont, sur le chemin piétonnier et juste de l'autre côté de la rambarde.
Maintenant qu'il était en place, le temps de la réflexion ne s'imposait plus.
Fini les questions.
Place seulement à quelques regrets...
(...Pardon Mélina...

...Pardon de n'avoir pu te sauver à temps...

...Pardon au petit Mathieu et à la douce Fabienne. Pardon de vous avoir salis au creux de votre jeunesse immaculée. Que les années à venir vous rendent assez forts et vous permettent sans désagréments d'affronter les dégâts causés par mes faiblesses...

...Pardon à tous ceux auxquels je n'ai pas prêté assistance...

...Pardon à mes parents que je n'ai pas honorés...

...Pardon pour mon indifférence...

...Pardon d'avoir trahi mes collègues et, plus particulièrement, ce gamin de Michel Goldman, mon seul vrai ami...

...Pardon pour toute cette puanteur que j'ai répandue autour de moi...

...Pardon pour cette laideur...

...Et que Dieu demeure mon seul juge !...)

Paul Villemaintier fit un pas et sauta, happé par le vide.

Commença alors une chute interminable.

Une chute dont l'atterrissage n'était prévue que dans un Autre Monde.

Un Monde Inconnu.

23

Samedi 25 Novembre 2002.

Ces quatre derniers jours, Nadine Vost avait fait des merveilles.

Face à une situation plutôt délicate, la petite serveuse de bar s'était vraiment démerdée comme un chef.

Chronologiquement, le plus dur - et de loin - avait été de soigner la blessure de Bastien. Car, bien avant d'accéder à la plaie elle-même, la première difficulté avait été de retirer le vêtement gris anthracite du blessé.

Si bien des policiers du GIGN et des médecins du SAMU s'y étaient cassés les dents, heureusement, Nadine trouva à force d'acharnement le système d'ouverture du vêtement. À la base du menton, côté intérieur du tissu, il y avait un très fin fil de polyamide sur lequel il fallait en fait tirer et qui, par voie de conséquence, ouvrait tout le côté droit de la combinaison depuis le sommet du crâne jusqu'au niveau du torse.

Contrairement à ce qu'on pourrait penser, enlever la combinaison prit aussi pas mal de temps. Le vêtement ayant été conçu comme un gant ajusté au millimètre, la température élevée du corps de Bastien et la sueur ne facilitèrent pas son "démoulage". Nadine dut déchausser Bastien en tirant de toutes ses forces et en gagnant du terrain, seulement centimètre après centimètre. De plus, le tissu réalisé en cotte de maille très fine avait, certes, empêché la balle du fusil à lunette de lui perforer le ventre, mais son principal inconvénient était un poids faramineux, proche des 13 à 14 kilos.

Bref, cela avait été un travail de titan !

Nadine en ressortit épuisée. Epuisée, mais également fascinée. Car pour la première fois, elle voyait le visage de son hôte mystérieux. Et, comble de tout, il était beau !

Dieu qu'il était beau !

Elle le savait. Elle l'avait toujours su. Un homme qui avait trouvé assez de courage pour affronter deux violeurs ivrognes et corpulents ne pouvait être que beau, magnifique... totalement éblouissant !

Oui, ce ne pouvait être qu'un héros de bande dessinée. Un ange. Un messager. Un justicier !

Dieu sait qu'elle avait fantasmé depuis le jour de son agression. Dieu sait qu'elle se souvenait de tous les mots qu'il avait prononcés ce soir-là. Et Dieu sait aussi qu'elle avait admiré et disséqué les rares parties de son corps qui lui avaient été présentées. Des parties comme ses yeux, tout d'abord. Des yeux marron très clairs, un marron avec des reflets couleur de sève. Un regard d'aigle : rapide et perçant ; savamment mélangé à un regard de matou : sage et reposant. Un vrai délice ! Vint ensuite la bouche. Une bouche charnue et ronde, d'un rose très pâle et dessinant un sourire omniprésent et léger, un sourire un peu à la Brad Pitt.

Ces indices très légers issus de leur première rencontre ne pouvaient donc laisser présager que le portrait robot d'un bel homme, d'un homme racé, d'un homme tout sauf quelconque. La révélation fut à la hauteur de l'attente. Nadine fut gâtée. Le visage de Bastien n'était autre que l'incarnation de celui qu'elle désirait blottir contre sa poitrine pendant tout le restant de son existence. C'était net. C'était clair. Elle l'avait enfin trouvé. Restait maintenant à le soigner.

Une fois que Bastien fut dévêtu, Nadine s'attaqua donc à la blessure.

Bien que la balle ne soit pas rentrée dans l'abdomen de Bastien, elle avait néanmoins percé et brûlé la peau sur plusieurs endroits. La déformation plastique de l'épiderme avait été plus que virulente. C'était comme si Bastien avait été percuté par un TGV lâché à pleine vitesse.

Habituée à réparer en premier secours les bobos et les estafilades des "piliers de bars" au vin mauvais, Nadine nettoya la plaie de Bastien comme il se doit et pansa le tout avec des compresses ayant la capacité de resserrer les chairs. Elle fit prendre ensuite à Bastien des antibiotiques contre l'infection et lui administra une piqûre afin de pouvoir prévenir une éventuelle embolie. Disposer d'un tel arsenal de médicaments, normalement remis sur ordonnance, pouvait paraître exceptionnel, mais l'explication venait tout simplement du fait, qu'au départ, ils n'étaient pas du tout destinés au sauvetage de Bastien Grenier. Ces médicaments étaient, en fait, ceux que Nadine gardait en réserve au cas où elle devrait porter secours à son pauvre père, un vieil homme atteint d'une maladie cardio-vasculaire. Muni d'un bipper qu'il portait constamment sur lui, le père de Nadine pouvait prévenir sa fille à la moindre alerte et, ceci, à toute heure de la journée. Loin de vouloir empiéter sur la vie privée de sa fille et désireux, par la même occasion, de garder son indépendance, le père de Nadine trouva le système du bipper comme le meilleur compromis envisageable face à son état physique. Ce hasard médical avait été une chance pour Bastien. Une chance insolente aux yeux de tous les policiers dépêchés sur Nantes pour l'arrêter.

Après quatre-vingt-seize heures de surveillance (température, couleur de la plaie, réaction de l'œil, appétit), Nadine put enfin se féliciter.

Non seulement Bastien était guéri, ou, du moins, était en bonne voie, mais en plus, elle fut la première citoyenne ordinaire à savoir qui était réellement le Baron Gris et pourquoi il se battait.

Enfin seul face à sa belle "déesse guérisseuse", Bastien enleva complètement le voile du mystère et raconta toute son histoire, depuis son arrestation au domicile de Sophie jusqu'à l'épisode de la Dextrans.

Nadine écouta, sereine, attentive. Elle posa des questions. Bastien s'expliqua du mieux qu'il put. Nadine tria les réponses, analysa, prodigua des conseils. Puis, elle se tut. Définitivement.

Plus tard, dans la nuit, ils dînèrent en tête à tête, s'en tenant uniquement aux bruits de la télévision en guise d'accompagnement sonore. Nadine changea alors pour la énième fois le pansement de son patient avant qu'il ne s'allonge, épuisé, las, convalescent.

Quand elle se réveilla le lendemain matin, son appartement était vide.

Tel un fantôme s'en retournant au monde des spectres, Bastien s'en était retourné au Monde de l'Ombre.

*

Quand Bastien posa le pied sur le sol de la courtine du Levant, une clameur ultrasonique transperça aussitôt les entrailles du Château des Ducs de Bretagne.

Alors que les différents chefs de Monde et les différents états-majors se préparaient à ouvrir, en grande pompe et à la hâte, le Douzième Conseil des Animaux de l'Ombre, le retour inespéré de Bastien à son QG fut accueilli comme un profond soulagement et une immense joie.

Seule "haut dignitaire" présente sur le moment au Château, Bastet manifesta sa satisfaction en venant se frotter contre les chevilles de Bastien. Tout le long de la coursive, la Présidente de la République Fédérale des Chats tint compagnie à cet homme qu'elle avait commencé à pleurer en secret depuis deux jours, puis elle stoppa devant la porte menant aux appartements de la Tour du Fer à Cheval.

À peine rendu dans son atelier du rez-de-chaussée, Bastien dut s'asseoir un moment. Sa blessure à l'abdomen l'ayant considérablement réduit, cette première marche matinale entre son QG et la maison de Nadine Vost l'avait tué. Son souffle faisait le même bruit que la chaudière d'un train à vapeur, des sueurs froides couraient tout le long de sa colonne vertébrale et son cœur battait dans sa poitrine comme un tambour. Grosse fatigue. Il devait se ménager, y aller progressivement.

Quand le feu dans sa poitrine fut enfin calmé, Bastien passa à ce qui l'avait amené ici, sans possibilité d'attendre.

Les sortant au fur et à mesure d'un grand sac, Bastien aligna petit à petit tous les objets qu'il avait volés sur le site de la Dextrans. Sans cri de victoire ni émotion, il étala donc : des dossiers de comptes, quelques liasses de billets, des cassettes informatiques, des papiers divers (contrats de ventes, attestations sur l'honneur d'employés) et une enveloppe en cuir.

Il était environ huit heures trente quand Bastien commença son étude des divers éléments de la Dextrans, et ce n'est qu'en début d'après-midi qu'il trouvât un semblant de piste.

Suite à ses diverses analyses et lectures, ce n'est qu'en ouvrant la petite enveloppe en cuir que tout s'éclaira partiellement pour lui. Cette enveloppe contenait effectivement une lettre manuscrite, une lettre écrite par Thierry Turbet lui-même, le fondateur de la Dextrans et de l'Association Mercoeur.

C'était le genre de lettre que l'on n'écrit qu'une fois dans sa vie :

"Testament OLOGRAPHE

Je soussigné, Thierry Camille Marie Turbet, déclare léguer par la présente lettre à mon épouse, Marianne Genaloud, la totalité de ma fortune personnelle ainsi que mon portefeuille d'actions.

Je lègue les 51% du capital de la Société Dextrans que je possède aux employés de cette même société, ceci à la condition attestée sur l'honneur, par tous les employés, que 5% des bénéfices annuels seront reversés aux frais de gestion de l'Association Mercoeur.
Sauf en cas de danger sur la pérennité de l'Entreprise, cette clause ne sera pas remise en cause et devra être reconduite tous les cinq ans.

Je lègue le Domaine familial de la Tourtière à la Commune de Vertou.
Je lègue ma collection de fusils du XVIIIème siècle à Monsieur Victor Aunillon de la Tour.

Je lègue le tableau intitulé "Vision" de Jacques Aubron à Monsieur Hubert Suteau pour l'intérêt qu'il a porté avec moi à cette peinture.
Enfin, je lègue ma Citroën 1906 au Musée de l'Automobile de La Varenne.

Fait à Nantes, le 03/01/1990,

T.TURBET."

À la lecture de ce testament, plusieurs points choquèrent Bastien instantanément.

Tout d'abord, la date.

Sachant que Thierry Turbet était décédé pendant le mois de Septembre 1990, le fait qu'il rédige personnellement ce testament huit mois plus tôt faisait preuve d'un don de prémonition pour le moins douteux. Ces dates très rapprochées ne faisaient qu'agrandir le nom de la DSIN sur la liste des suspects prêts à tuer Thierry Turbet pour "X" raisons. Ensuite, bien qu'il en eût discuté avec

Didier Malory quelques jours auparavant, le fait qu'un patron d'Entreprise oblige, par testament, son Conseil d'Administration à verser 5% de ses bénéfices au profit d'un établissement éducatif n'était pas, selon Bastien Grenier, l'acte sensé et raisonnable d'un professionnel.

Sur les quelques éléments glanés par Bastien montrant l'évolution de la Dextrans depuis sa création en 1967, on peut dire que les évènements s'étaient enchaînés à une vitesse incroyable.

Alors à peine âgé de vingt-cinq ans, Thierry Turbet avait racheté une vieille usine de mécanique de précision et l'avait amenée, en même pas cinq années, au tout premier plan dans le domaine très particulier de la vente d'armes, un milieu très secret et aux parts de marchés mondialement réduites.

Grâce à un caractère de battant, Turbet avait façonné d'une main de maître le créneau commercial de la Dextrans ainsi que son savoir-faire technique. Face à la quantité et à la qualité de travail qui avaient été fournies, l'attitude de Turbet au sujet de Mercoeur ressemblait à une mauvaise blague, à un caprice de grand chef. Car, priver effectivement la Dextrans de 5% de ses bénéfices privait, par la même occasion, l'Entreprise d'une somme d'argent considérable sur son potentiel d'investissements.

Ce n'était donc pas une bonne décision. Bastien en était persuadé.

Restait à savoir ce qui avait poussé Turbet à écrire ces lignes dans son Testament. Restait à savoir si on ne l'avait pas forcé. Restait à savoir si c'était bien lui qui avait rédigé, en personne, cette lettre manuscrite.

Enfin, le troisième élément concret qui avait interpellé Bastien, c'était le legs de la résidence familiale de la Tourtière.

En dehors du fait que léguer à une Commune une partie de son patrimoine, de son histoire, de son sang, comme une maison familiale, ne devait pas être facile à vivre psychologiquement, le côté étrange de cet acte était que le nom de la Tourtière n'était pas inconnu de Bastien. Il l'avait effectivement repéré dans un des livres de compte qu'il avait volé à la Dextrans.

Page 43 de l'exercice 1991-1992, apparaissait une ligne sur les dépenses de l'Entreprise, une ligne libellée "Entretien Tourtière". Ainsi, non content de se purger de 5% de ses bénéfices, la Dextrans s'occupait de l'entretien d'une vieille maison, simplement parce que son patron défunt l'avait décidé dans son testament.

Bastien était de plus en plus persuadé que cet acte était en réalité un faux. Pour lui, c'était une plaisanterie, un gag, une branlette de technocrate. Percevoir la volonté de Thierry Turbet derrière ce manuscrit n'était ni plus ni moins qu'une insulte à son intelligence, à son intégrité.

Mais il ne fallait pas s'arrêter là. Restait maintenant à correctement lire entre les lignes de cette incohérence.

Après deux heures de recherches, Bastien trouva sur les bandes magnétiques informatiques à sa disposition des factures. Sur ces factures, apparaissait qu'un travail de livraison sur la Tourtière était effectué deux fois par semaine par une Société nommée "Rapid'Bag". Ces livraisons étaient régulières et pas un rendez-vous n'avait été manqué en neuf années de service.

Blanchiments d'argent, fausses factures, trafics quelconques, toutes les hypothèses étaient possibles.

La piste étant de plus en plus chaude, Bastien se devait d'aller rendre visite au Domaine de la Tourtière.

Malheureusement, quand il chercha les coordonnées via internet, il ne trouva rien. Il appela les renseignements, consulta le minitel, appela la mairie de Vertou et alentours, contacta les services techniques, mais en vain. Personne ne connaissait l'endroit où se trouvait le site de la Tourtière.

Une vraie villa fantôme.

Même si, à la vue de ce nouvel écueil, il doutait de tout et se demandait si la Tourtière avait, ne serait-ce qu'un jour, existé, Bastien s'accrocha et chercha alors les coordonnées de la Société "Rapid'Bag".

À son plus grand soulagement, une réponse apparut sur l'écran :

Rapid'Bag
Courses à domicile
18, Bd Georges Mandel
44000 NANTES

Si la Tourtière était factice, Rapid'Bag, elle, ne l'était pas. C'est là qu'il devait intervenir. C'est là qu'il devait fouiller.

De toute manière, il n'avait rien de mieux comme piste. Alors... advienne que pourra.

Sachant désormais, au bout de huit heures de recherches acharnées, quelle était sa prochaine étape, Bastien Grenier se traîna alors lamentablement jusqu'à l'étage de son QG et se laissa choir sur son lit avec la grâce d'un phoque échoué sur la banquise.

Epuisé par une journée de travail intensif, l'imprudent convalescent Bastien Grenier devait reprendre des forces avant de pouvoir prétendre repartir au combat.

Et Dieu sait que le combat risquait encore d'être rude.

***

(Conversation téléphonique. Ligne sécurisée)

- Que me chantez-vous là, Capitaine ! S'il a visité les entrailles de la Dextrans, cela veut dire qu'il peut découvrir l'Éntrée Principale. Il ne peut venir que là, voyons !
- Mais Monsieur, sauf votre respect, cela fait plus de quatre jours qu'il n'a pas donné signe de vie. Il doit être en train de croupir au fond des égouts à l'heure qu'il est, étalé comme une vieille merde !
- Croyez mon expérience, Capitaine, cet homme ne sera réellement mort que quand vous verrez de vos yeux son cadavre en phase de putréfaction. Tant qu'il demeure introuvable, tout est possible. Le pire comme le meilleur.
- Donc, je reste en position.
- Affirmatif !
- Que fait-on au sujet des infos découvertes par Norbert ?
- Chaque chose en son temps, Capitaine. N'ayez crainte, cela nous sera peut-être utile à un moment donné. Pour l'instant, on fait confiance aux équipes qui recherchent le corps de Bastien Grenier. On surveille ses proches. On reste vigilant.
- Bien Monsieur.

(Fin d'émission)

24

Mercredi 29 Novembre 2002 - 12:00

Au siège de Rapid'Bag, c'était le coup de feu.

Travaillant dans le domaine de la livraison des courses alimentaires à domicile, les commandes de dernière minute étaient tombées, et tout le monde s'employait à les honorer, réputation oblige.

Après avoir mûrement réfléchi à la question, Bastien en était arrivé finalement à une solution radicale, genre tout ou rien, afin de déterminer l'adresse exacte de cette fameuse résidence de la Tourtière. Cette solution : c'était de se faire passer pour un des habitants de la résidence, et, pourquoi pas, pour un des héritiers de la famille Turbet lui-même à l'occasion.

Pour atteindre son but, le seul grand risque réel à encourir était qu'il devait agir à découvert, sans déguisement. Certes, le lien entre Bastien Grenier et le Baron Gris n'avait jusqu'ici pas été établi dans la presse, mais le prisonnier Grenier était toujours en état de disparition. Lors de sa visite au Commissariat Waldeck Rousseau, Bastien avait vu sa photo placardée sur le mur de l'accueil. Alors, qu'est-ce qui lui prouvait qu'on n'avait pas diffusé chez tous les magasins de la ville son portrait avec, entourés en gros et en travers, des qualificatifs comme "RECHERCHÉ" ou "DANGEREUX".

Dans le doute, il valait mieux être prudent.

C'est pourquoi Bastien dut quand même avoir recours, avant de se lancer, à quelques artifices et rudiments de maquillage. Perruque blonde, lunettes factices, bouc coupé ras firent l'affaire. Habillé d'un costume de bonne coupe, il ne lui restait plus qu'à entrer dans la danse.

Profitant de la cohue générale due à l'heure de pointe, Bastien pénétra chez Rapid'Bag.

Derrière le comptoir d'accueil, quatre ou cinq jeunes entre vingt et trente ans s'agitaient comme des automates branchés sur 20000 volts. Au bout de cinq bonnes minutes d'attente, une jeune fille s'adressa enfin à Bastien :

- Rapid'Bag, bonjour. Vous désirez Monsieur ?
- Bonjour, j'aimerais voir votre patron, s'il vous plaît.
- Pardon ?
- Vous m'avez très bien compris, je désire voir le patron.
- Mais... euh... à quel sujet, Monsieur ? Vous aviez pris rendez-vous ?
- Ecoutez, que l'on me fasse attendre alors qu'il y a au moins cinq personnes pour servir et enregistrer les commandes, passe encore. Mais si je me déplace pour voir le responsable de cette Société, en tant que client, je pense ne pas demander la lune ! Alors, veuillez l'appeler, s'il-vous-plaît !
- Euh... bien. C'est de la part de qui ?
- Yvon Turbet.
- Bien, je l'appelle, Monsieur.

Visiblement frustrée par le ton tranchant de Bastien, la jeune réceptionniste disparut derrière une porte de service.

Trois minutes plus tard, elle réapparut, suivie d'un petit homme tout en rondeur, la quarantaine bien passée, cravate de cadre et chemise Pierre Cardin, pantalon gris De Fursac, portable à la main et gourmette en or.

- William Turfile, enchanté, dit l'homme en tendant la main à Bastien.
- De même, répondit Bastien en scellant les présentations de sa main jumelle.
- Vous êtes Monsieur... ?
- Je suis le résident du domaine de La Tourtière et...
- Mon Dieu, quelle bonne surprise ! coupa Turfile en tapant amicalement sur le bras de Bastien. Quel bonheur de vous connaître enfin, Monsieur ! Vous auriez dû appeler, nous vous aurions reçu comme il se doit, et non dans le vacarme du branle-bas de combat.
- Oh, ne vous en faites pas, je n'apprécie guère les visites organisées en général.

- Si, si, on ne traite pas l'un de nos tout premiers clients n'importe comment. Cela fait maintenant bientôt... dix ans que vous faites appel à nos services. Votre fidélité nous comble !
- Merci.
- Que puis-je faire pour vous ? Venez dans mon bureau, nous serons plus à l'aise.
- Non, merci. Ça ne sera pas la peine. Je n'ai pas beaucoup de temps.
- Il n'y a pas de problème, j'espère ?
- Non, juste un détail. Je voulais vous informer qu'entre le 15 et le 25 décembre, je serai absent.
- Ah, d'accord. Vous faites bien de le dire. C'est bien la première fois que nous n'effectuerons pas chez vous nos deux livraisons hebdomadaires.
- Eh oui ! Tout arrive !
- Mais, dites-moi, tant qu'on y est, vous avez bien assez de temps pour que je vous présente Jean-Edouard ! C'est lui qui livre votre secteur.
- Mais... pourquoi pas !
- Venez, suivez-moi. Il est justement au dépôt.

Depuis l'arrivée du patron de Rapid'Bag, Bastien était allé de surprise en surprise. Sans s'en rendre compte, l'enthousiasme de William Turfile avait suffi pour rendre crédible le personnage d'Yvon Turbet, et ceci sans le moindre effort. En plus, le brave homme dispatchait des indices sans même qu'une seule question ne soit posée. Une lettre à la poste.

Pour l'instant, l'indice de taille était qu'après pourtant dix années de collaboration, la Société n'avait jamais vu avant ce jour, en chair et en os, l'individu qui résidait à La Tourtière. Incroyable ! Et pour couronner le tout, à raison de deux livraisons par semaine, pas une seule n'avait été annulée depuis le début. Doublement incroyable !

Qu'y avait-il de si capital dans cette résidence pour que son (ou ses) occupant(s) y soi(en)t présent(s) 365 jours sur 365 ?

Mystère.

Turfile et Turbet-Grenier passèrent dans une zone de stockage. Tout le long de la route, la face commerciale de Turfile se crut obligée de parler sans arrêt, expliquant le fonctionnement interne de l'Entreprise, le conditionnement, l'hygiène, la chaîne du froid et tout le tremblement. Au bout de plusieurs rayons qui n'en finissaient pas, Bastien arriva enfin jusqu'aux expéditions. Là, une bonne quinzaine de scooters pétaradaient, allaient et venaient, enfourchés par des gamins à peine sevrés.

- Hep, Janot ! Viens par là ! appela Turfile en faisant un grand signe.

Le jeune homme arriva en trottinant.

Turfile fit les présentations, expliqua à Bastien les qualités de son employé et à Jean-Edouard l'extrême importance d'un tout premier client. Passé ces formalités polies, Bastien se glissa comme une anguille dans l'occasion qui lui était faite d'obtenir l'adresse de la Tourtière :

- Eh bien, parfait, Monsieur Jean-Edouard. Bonne continuation et rendez-vous comme prévu...

Tout en laissant la fin de sa phrase en suspens, Bastien pointa du doigt le jeune homme. Comprenant qu'en fait on lui passait le relais, Jean-Edouard répondit avec un certain aplomb:

- ...Demain-matin-dix-heures-M'sieur !
- Parfait.

Bastien savait l'essentiel.

Rideau.

25

Jeudi 30 Novembre 2002 - 09:30.

Quand Bastien vit le scooter blanc et rouge de Jean-Edouard s'engager sur le Boulevard Georges Mandel, il démarra aussitôt.

Suite au coup de bluff qu'il avait joué au gérant de Rapid'Bag la veille, Bastien exploitait la seule bille en sa possession : suivre le livreur Jean-Edouard jusqu'à sa livraison de dix heures précises à la Tourtière.

Au volant d'une 206 seize soupapes volée le matin même dans le quartier d'Orvault, Bastien colla aux roues du scooter, espérant que la reprise nerveuse de sa voiture comble suffisamment le style tout en "faufilement" d'un deux roues à travers la circulation.

Quittant Mandel, Jean-Edouard passa le Pont Clémenceau en prenant visiblement la direction du Sud. Poursuivant sur l'axe principal, il sortit à la première bretelle et rejoignit la route de Clisson, plutôt vers l'Est. Là, le long d'une grande ligne droite, le motard et son suiveur tracèrent un bon quart d'heure. Bastien gérait du mieux qu'il pouvait l'écart, coincé entre la peur d'être repéré et la peur de perdre son guide ; il faillit d'ailleurs se faire distancer à deux reprises.

Jean-Edouard passa Vertou, traversa Clisson, puis continua quelques mètres encore avant de tourner à droite, sur une petite route. Sept, huit kilomètres plus tard, après cinq ou six lacets sur une route étroite et gravillonnée, le scooter pénétra dans une immense forêt. Plus ils avançaient sur le chemin de terre, plus la végétation devenait dense. A part quelques chênes ou peupliers déplumés par la saison, la population dominante de résineux masquait en grande partie la vue.

Le jeu était dangereux pour Bastien. Sur cette route, il n'y avait personne en dehors de lui et de Jean-Edouard. Et suivre ce dernier, en faisant le moins de bruit ou de poussière possible, n'était pas une mince affaire.

Enfin, après une petite butte, un portail en fer forgé apparut.

Bastien se gara à ce niveau, au milieu des fougères et le long du mur d'enceinte. Empoignant son sac, il continua à pied.

Anxieux à l'idée de découvrir le domaine de la Tourtière, Bastien courut sans ménager sa blessure ventrale à peine remise. Très vite, il aperçut les contours d'une maison se dessiner. Quittant le chemin, il avança rapidement, comme un GI en pleine jungle. Atteignant enfin la limite défrichée, Bastien prit une position d'observation convenable.

Devant lui, le château de la Tourtière dévoilait ses charmes.

Bâtiment tout en long et haut de deux étages, Bastien estima que la demeure devait datée au pire du XVII ou XVIIIème siècle. Vérolée par une majorité de lierre sauvage, l'architecture de la façade en vieilles pierres n'était pas sans rappeler celle du Château de Moulinsart, tel qu'il était représenté dans la bande dessinée de Tintin. Cependant, la ressemblance s'arrêtait clairement à la morphologie générale, des détails plus précis ne permettant pas de doute sur l'utilisation particulière qui était faite de la demeure. D'abord, normalement traditionnelles et en bois, les fenêtres étaient en acier et protégées par des barreaux verticaux très épais. Ensuite, dans le même ordre d'idée, la porte d'entrée était en fait une porte en acier pleine, sans poignée ni cylindre à clé, uniquement contrôlée par un interphone. Bref, la Tourtière ressemblait à un véritable blockhaus, à un bastion imprenable devant dissimuler un trésor inestimable ou une personne importante. Cette impression dominante fut confirmée par les antennes sur le toit. Une parabole de deux mètres, un émetteur style militaire, plus trois ou quatre autres râteaux orientés dans diverses directions : l'attirail scellé sur la cheminée ressemblait au dôme d'un porte-avions

Nullement étonné par l'originalité du lieu et fonctionnant à l'habitude, Jean-Edouard avait garé son scooter devant le porche. Après avoir détaché une grande caisse fixée sur son porte-bagages, il transporta le tout devant l'entrée. Il posa ensuite la caisse sur un genre de socle à même le sol, puis attendit. Mue par un mouvement hydraulique, la caisse s'enfonça dans le sol, puis, peu de temps après, une autre réapparut, apparemment vide. Jean-Edouard ramassa alors le casier, le refixa sur son scooter, démarra et quitta définitivement les lieux.

Bastien se retrouva seul.
Fin du spectacle.

…

Toujours caché par un rideau de végétation, Bastien quitta ses vêtements et enfila sa combinaison grise anthracite.

Cagoulé de la tête aux pieds, il vérifia son arme, son équipement, puis sortit de son trou. N'espérant pas un seul instant entrer par un autre endroit, vu les protections des fenêtres, Bastien se présenta directement sous le préau soutenu par quatre colonnes doriques. Au-dessus de la porte d'entrée blindée, Bastien remarqua un objectif de caméra-vidéo. Il se planta dans le champ.

Un voyant vert clignota au-dessus de l'Interphone. Le courant émis dans la gâche électrique libéra la porte blindée ; Bastien entra.

…

Un peu plus loin, dans le parc de la Tourtière, les portières avant d'une Xantia grise claquèrent.

…

Le hall de l'entrée était immense. Carrelé de dalles de marbre noir et blanc, décoré sur les murs de reliefs en plâtre et de tentures tissées à la main, la richesse esthétique du lieu contrastait d'emblée avec l'austérité et la rudesse extérieure des façades. Un paradoxe sans doute volontaire.

- Est-ce qu'il y a quelqu'un ? Montrez-vous !

Logiquement, Bastien questionna l'espace, à la recherche d'un portier anonyme qui aurait appuyé sur le bouton de décondamnation de l'ouverture blindée.

Mais, il eut beau insister...

« Est-ce que quelqu'un m'entend ? Je voudrais voir le propriétaire, vous m'entendez là-dedans !? »

...aucune réponse ne vint en retour.

Demeurant apparemment seul face au grand escalier en colimaçon de l'entrée, Bastien avança alors lentement sur la gauche, arme tendue le long du corps. Exploration prudente.

Passé deux salles servant de vestiaires, Bastien arriva dans une petite salle de restauration, là où devait déjeuner et dîner le personnel de la maisonnée. Vinrent ensuite la cuisine, puis l'arrière-cuisine ; immenses par la taille, modernes par l'équipement, Bastien n'arriva pas réellement à dater l'ensemble. À part quelques éléments de vaisselle (tasses, soucoupes, assiettes, couverts) alignés dans un égouttoir près de l'évier, tout était récuré, briqué, rangé... un havre de propreté ! En fouinant dans les garde-manger du frigo et des placards de l'arrière-cuisine, Bastien trouva bien respectivement quelques bouteilles et quelques conserves, mais rien de plus ni de frais, pas de quoi tenir un siège ou manger équilibré. Instinctivement, Bastien se demanda où était tout simplement passée la livraison que venait d'effectuer Jean-Edouard de la Société Rapid'Bag. Pas ici, en tous cas.

Arrivant au bout de l'aile Ouest, il coupa un couloir et se retrouva dans une salle de télévision. Un écran et un magnétoscope des plus classiques, une chaîne Hifi un peu vieillotte mais de marque, une succession de cassettes vidéo - pas de DVD - empilés à n'en plus finir sur des étagères, deux canapés en cuir, une table basse : le léger désordre ambiant de cette pièce laissait sous-entendre une utilisation régulière.

Juste au moment de passer dans une autre pièce qui ressemblait vaguement à un salon, Bastien sursauta : la porte blindée de l'entrée venait de claquer violemment.

Tétanisé, le sang glacé, Bastien attendit quelques secondes, tentant d'écouter les infinies variations du silence à travers les cloisons.

Soudain, une voix étrangère et relativement proche résonna :
- Toutes mes félicitations, Monsieur le Baron ! Vous êtes le premier individu externe au service à pénétrer en ce lieu et je vous en félicite. Cependant, laissez-moi vous dire que cette magnifique demeure sera néanmoins votre tombeau, le point d'arrivée de votre dernier voyage !

Selon toute vraisemblance, la voix venait du hall.

Etaient-ils plusieurs ? Impossible à savoir.

Sans doute.

Ne disposant d'aucun moyen de fuite par les fenêtres verrouillées, ne connaissant même pas les lieux, ce qui était la condition sine qua non d'un bon plan d'évasion, Bastien eut vaguement l'impression d'être devenu, en un clin d'œil, une petite souris perdue au milieu d'une cage à lion.

Bastien attendit encore quelques secondes, l'oreille tendue. Des pas dans l'escalier. Ils devaient être au moins deux. Pas facile. Traquenard.

Tel un danseur étoile, Bastien traversa le petit salon puis entrebâilla la porte suivante. C'était vraisemblablement une grande salle à manger. Vide.

Toujours sur le qui vive, Bastien marcha le long d'une grande table en chêne pouvant facilement recevoir une quarantaine d'invités. Sur le mur, des peintures représentaient des parties de chasse à courre ; le long, une horloge à balancier était immobile, bloquée sur 11 heures 20, et un buffet aux portes translucides dévoilaient son cœur fait de verres en cristal, de plats et d'assiettes en porcelaine, ainsi que de couverts en argent. Une vraie mine d'or.

Encore une autre porte.

Entrebâillement.

Rien à signaler

Il s'agissait d'un autre petit salon, sans doute un endroit de lecture ; "un fumoir", comme on disait autrefois.

Bastien s'avança d'un pas ou deux, et puis, à cinq-six mètres de lui...

« *Pan-pan !* »

...les portes en glace-miroir d'un placard explosèrent.

Bastien s'accroupit aussitôt, à l'abri derrière un genre de comptoir en dur. Alors hors de vue, Bastien entendait son assaillant pester sur sa piètre intervention : il venait en effet de tirer sur l'image de Bastien reflétée dans un miroir.

Deux autres coups partirent dans le mur derrière Bastien. L'ennemi avait pris position dans un axe face à lui, derrière le dossier d'un fauteuil en cuir. Bastien répondit à l'agression grâce à son Magnum.

C'était la guerre.

Pendant plusieurs secondes, ce fut purement et simplement un échange de coups de feu perforateurs, siffleurs, ravageurs ! Ce fut une lutte acharnée. Un combat de saloon, comme on en voit dans les plus vieux westerns. Un combat avec une tension nerveuse maximale et une mort prête à mordre à chaque instant dans des chairs trop tendres. Au bout de ce court et intense dialogue mécanique et poudreux, vint un moment où les deux protagonistes se retrouvèrent à cours de munitions. Comprenant le premier la situation et armé d'un couteau grand modèle, l'ennemi se lança alors sur Bastien. Surpris, Bastien tomba à terre, tentant de bloquer la main contondante de l'agresseur. Roulade, main qui étrangle, coups dans le ventre, et puis manoeuvre du genou qui éjecte et repousse l'ennemi. Disposant d'un petit temps mort, Bastien se redressa. Les deux hommes sont face à face. Tels deux catcheurs sur un ring, ils se cherchent, ils se sondent, s'estiment. D'un côté : le Baron Gris, casquette et casaque grises anthracites, yeux marrons, 1m85, recherché successivement par la DSIN, le GIGN, les locataires de la Tour de Bretagne et le directeur de la Dextrans. Et de l'autre : le 2ème classe Garou, un jeune homme de 20 ans à peine, pantalon jean et veste de cuir noir, costaud, même taille que Bastien, yeux verts, cheveux blonds, et avec de la hargne et de la détermination dans le regard.

Garou se jette sur le Baron, couteau en avant. Bastien évite de se faire taillader, mais il tourne le dos une seconde de trop à son ennemi qui en profite. Garou l'étrangle d'un bras et tente de lui planter son couteau de l'autre. Malgré son souffle coupé, Bastien résiste, freinant de toutes ses forces la lance métacarpienne de Garou.

C'est alors qu'un déclic particulier se fit entendre pas loin d'eux, un déclic ressemblant vaguement à celui d'une culasse que l'on arme. Installé à l'entrée du petit salon, le Caporal Derk hurla...

« Garou, baisse-toi ! »

…puis tira sans sommation.

Une rafale de pistolet automatique traversa en zigzag le fond de la pièce, arrachant morceaux de plâtre et brisant boiseries précieuses. Bastien évita de peu la pluie de projectiles. Garou se coucha lui aussi par la suite, mortellement touché pour sa part. Derk avait certes averti son collègue pour la forme, mais, mis à part cela, il n'avait pas hésité une seconde et avait tiré dans le tas, à l'origine persuadé d'en finir une bonne fois pour toute. Malheureusement, la seule personne à en être ressortie vivante n'était toujours pas la bonne. Bastien, bien qu'en enfer, n'avait pas encore passé la porte des ténèbres. Toujours présent.

Une deuxième rafale partit.

Caché derrière son comptoir, Bastien attendit que la tempête se calme.

Pause.

Soupirs.

Tout en rechargeant, Derk s'adressa à Bastien depuis l'embrasure de la porte :

- Alors, Monsieur le Baron, que pourrais-je vous dire... sinon que vous n'êtes décidément pas un bon client ! Vous n'êtes vraiment pas décidé à mourir, dirait-on ?! C'est assez contrariant.

« Vous m'en avez fait baver jusqu'ici. Que ce soit au fin fond des égouts ou dans les ateliers de la Dextrans, vous réussissez toujours à passer entre les balles. Je ne sais pas comment vous faites, mais je trouve votre chance insolente. Au fait, l'autre jour, c'était quoi votre truc ? Vous aviez un gilet de protection quand je vous ai tiré dans le buffet ? Comment est-ce que vous avez pu en réchapper, j'aimerais bien le savoir ?

Une troisième rafale ponctua cette interrogation.

Bastien ne broncha pas.

Le feu passé, le Caporal avança alors lentement, pas à pas, arme en joue et dirigée vers le comptoir.

- Vous êtes quelqu'un d'exceptionnel, Monsieur le Baron, dit le Caporal tout en progressant. Ça j'en conviens. Mais les meilleures choses ont toujours une fin. Allez, venez payer la facture maintenant. Il est temps de boucler votre dossier. C'est bientôt l'heure de ma série préférée sur France 2, alors ne traînons pas !

Sentant la menace se rapprocher, Bastien chercha un moyen de contre-attaquer.

Réflexion. Secondes dangereuses.

Et puis, lumière !

Alléluia !

Eurêka !

Bastien s'empara d'une bouteille de vodka posée sur une étagère et dévissa le bouchon. S'emparant d'un bout de torchon traînant par là, il l'enfonça dans le goulot et l'alluma.

Le Caporal Derk n'eut pas le temps de réagir. Il tira bien quelques coups de feu par pur réflexe, mais, quand le cocktail Molotov s'écrasa à ses pieds, ce fut un brasier gigantesque qui s'empara de lui et le parcourut de bas en haut.

Cris, gémissements, douleurs intenses... le corps se débat. Derk s'agite, s'écroule, s'étale ; mais le feu ne recule pas pour autant ; au contraire, il gagne, s'installe, consume !

Prudemment, Bastien se redresse et sort de sa tanière. Il avance près du corps en train de brûler. Il croise le regard fixe et inerte du Caporal Derk, puis va son chemin, sans prêter plus d'attention à un des hommes sans doute responsable de l'assassinat de sa sœur.

Par prudence, Bastien arracha un rideau des fenêtres et étouffa les flammes, histoire que l'incendie ne prenne pas une proportion trop incontrôlable. Il sonda ensuite l'espace, afin de s'assurer qu'il n'y avait pas d'autres ennemis. Il visita le séjour du rez-de-chaussée qu'il n'avait pas encore exploré et revint finalement dans le hall d'entrée parsemé de dalles noires et blanches.

Bastien avança alors vers l'escalier et entama son ascension vers le premier étage.

...

Alors que son exploration des chambres de l'étage battait son plein, Bastien se demandait réellement où pouvaient bien se trouver le (ou les) résident(s) de La Tourtière. Si une livraison de nourriture y était faite deux fois par semaine, c'est qu'il devait forcément y avoir quelqu'un en un tel lieu. Alors, où pouvait-il (ou pouvaient-ils) donc bien se trouver ?

Pas un bruit, pas un souffle, pas un appel. Bastien était désespérément seul et il ne comprenait pas pourquoi. Avait-il éliminé ceux qui résidaient ici en la personne du Caporal Derk ou du $2^{\text{ème}}$ classe Garou ? S'était-il trompé à ce point en mettant la charrue avant les bœufs ? La question restait posée.

Cependant, plus il y pensait, plus c'était fort improbable. Oui, plus ces idées tournaient dans son esprit, plus il se disait que cette résidence de la Tourtière cachait quelque chose.

Depuis le voeu posthume de Thierry Turbet, tout ce qui concernait ce lieu était étrange aux yeux de Bastien ; tout était pour lui calculé, prémédité, décidé depuis longtemps. Alors, il ne fallait pas capituler à ce stade. Il fallait au contraire mordre dans la tâche. C'est pourquoi Bastien s'acharna à explorer la plus petite pièce dans les moindres détails, ouvrant les tiroirs et les armoires, retournant les lits et les carpettes comme un chercheur de trésor.

Après une demi-heure d'exploration sur l'aile Ouest, Bastien passa côté Est.

Après un salon privé alloué, semble-t-il, aux cinq chambres de l'étage, Bastien arriva dans un grand bureau au bout du bâtiment. Dans la table de travail en bois précieux de l'entrée, Bastien ne trouva rien de transcendant. Il passa alors aux grandes bibliothèques qui tapissaient les murs tout autour.

Bastien s'approcha et commença à déballer des livres anciens et souvent de grande valeur. Mais, soudain, Bastien fut stoppé dans sa lecture rapide. Un peu plus loin, au fond de la pièce, un panneau de bibliothèque coulissa lentement.

Bastien dégaina aussitôt un couteau et se rapprocha.

Le passage secret ainsi découvert cachait ce qui semblait vraisemblablement être les portes d'un ascenseur.

Ainsi, la Tourtière n'était rien d'autre qu'un passage, un péage... un simple accès à quelque chose.

Ainsi, Bastien allait découvrir la vérité. Enfin, il allait savoir. Enfin, la révélation !

« *Ding !* »

L'ascenseur émit une sonnerie, la cabine était arrivée au niveau de Bastien. Ne sachant pas ce qui allait sortir de cet élévateur secret, Bastien ne prit pas de risque et se mit sur le côté, prêt à bondir sur la première personne à en sortir.

Un bouton clignota.

Les portes coulissèrent.

« *Sccccchhhhh......* »

N'entendant pas d'autre bruit, comme notamment une présence, Bastien sauta devant l'ouverture. Vide.

Éclairée par deux néons, la cabine était montée sans personne à son bord.

Depuis le début, on le guidait. Depuis l'ouverture automatique de la porte blindée du hall jusqu'à cet ascenseur, on l'invitait à suivre un certain chemin, une certaine route. Et lui, il suivait cet itinéraire tracé. Il s'en voulait de subir à ce point, mais que pouvait-il faire de plus ! Après tout, il n'était venu que pour ça ! Alors, pourquoi refuser l'invitation ?

Bastien pénétra dans l'ascenseur.

Sur la paroi, un seul bouton, pas de quoi hésiter longtemps.

Bastien pressa le commutateur.

Les portes se refermèrent.

La descente infernale commença.

...

Combien d'étages avaient concrètement défilé ? Impossible de le savoir. Peut-être vingt, trente ! En tous cas, ça n'était pas rien. C'était tout sauf un ascenseur de confort ou de luxe permettant de palier à un petit effort. Cet ascenseur menait ses passagers jusqu'aux entrailles de la terre.

Quand la cabine s'immobilisa, Bastien sentit son rythme cardiaque faire un bond. La peur lui serrait la gorge. Seulement rassuré par le couteau de combat qu'il avait en main, Bastien regarda les portes s'ouvrir.

À sa grande stupéfaction, l'ascenseur révéla l'immense profondeur d'un tunnel.

Pratiquement carré, fait de parois en inox, une lumière diffuse et presque éblouissante y régnait.

Malgré tous ses efforts, comme par exemple, celui de se saisir d'une paire de jumelles miniatures, Bastien ne parvint pas à apercevoir le fond de ce couloir d'acier. Il ne semblait perforé d'aucune porte latérale. C'était juste un tunnel interminable.

Toujours aussi perplexe, Bastien Grenier s'engagea.

Les portes de l'ascenseur se refermèrent derrière lui, le laissant seul face à son destin.

...

(Ligne sécurisée)

- Allô, Capitaine ?
- Oui, Monsieur.
- Toujours pas de nouvelles ?
- Non. Nous avons perdu le contact radio avec les agents Garou et Derk depuis quatre heures.
- Vous savez ce qu'il vous reste à faire.
- Oui, Monsieur.
- Bon. Passez me prendre d'abord. Je vous accompagne.
- Bien Monsieur.

(Fin d'émission)

...

Le tunnel n'en finissait pas.

Depuis combien de temps marchait-il déjà dans cette drôle de conduite ? Sept heures ? Huit heures ? À quelque chose près, cela devait être ça. Un vrai marathon ! Sauf que Bastien n'y était pas préparé.

Sous sa combinaison foncée, Bastien était en nage. Heureusement qu'il avait pris une petite bouteille d'eau avant de partir, sinon il serait déjà tombé dans les pommes depuis belle lurette, déshydraté. La chaleur était suffocante par moment. Il devait s'arrêter, boire sa ration d'eau, s'asseoir et puis s'évertuer à trouver le courage de repartir.

Une marche sans fin.

Mais où pouvait donc mener un tunnel aussi long ? Au bas mot, il devait déjà avoir parcouru 30 à 40 bons kilomètres. Quel ingénieur idiot avait pu concevoir une telle œuvre ? Dire qu'il n'y avait pas une porte, pas une fenêtre, pas un bouton d'ouverture où quoi que ce soit sur les parois. À quoi pouvait rimer un tel délire ?

Où ? Mais où cela pouvait-il mener ?

Les seules particularités de ce tunnel, c'étaient deux fines rigoles, une au plafond, et une au sol. Situées au centre du couloir, profondes d'à peine deux centimètres, Bastien ne parvenait pas à en déterminer l'utilité. Du moins, pas avant qu'un bruit non identifié ne se fasse entendre.

Très lointain au départ, il se rapprocha très vite. C'était comme un sifflement de plus en plus strident. Ecoutant simultanément un côté puis l'autre du tunnel, Bastien essayait d'identifier l'origine du son, mais l'écho faussait tous les points de repère. Quand, tout à coup, alors qu'il finissait de tourner la tête d'un côté, Bastien vit une caisse suspendue foncer droit sur lui à vive allure. Bastien se baissa par réflexe, évitant de peu d'être décapité. Quand il se releva, il réalisa que l'objet qui venait de passer en suivant le rail du plafond n'était autre que la caisse de livraison utilisée par Rapid'Bag. Ainsi, la nourriture livrée par Jean-Edouard suivait l'itinéraire du tunnel. Cette constatation prouvait que le vrai résident de la Tourtière était droit devant, à l'autre bout de cet interminable couloir d'acier.

Bastien prit quelques secondes pour se remettre de ses émotions. Puis, malgré sa fatigue, malgré une vigilance qu'il se devait désormais d'accroître pour sa survie, il poursuivit sa traversée souterraine.

...

« *Ding-Dong !* »

Il était 22 heures passées chez Didier et Karine Malory quand on sonna à la porte.

Tout en marchant d'un pas lourdaud vers l'entrée, Didier se dit intérieurement que c'était une visite bien tardive et plutôt malvenue, surtout vu sa fatigue générale. Néanmoins, cette visite demeurait peu surprenante pour toute personne connaissant un temps soit peu les habitudes triviales de certains de ses potes.

- On a sonné ! Tu y vas ? questionna Karine depuis la salle de bain.
- Oui... c'est bon ! répondit Didier, de plus en plus agacé.

Laissant la chaîne de sécurité, Didier entrebâilla la porte et demanda à travers la fente :
- Oui, qui êtes-vous ?
- Inspecteur Salieri, Maître Malory. Désolé de vous déranger à cette heure. J'aimerais m'entretenir avec vous au sujet de Bastien Grenier.

À la prononciation du nom de "Grenier", le sang de Malory ne fit qu'un tour. La situation était claire, on venait l'arrêter pour complicité. Lui qui avait poussé Bastien Grenier sur la piste de la Dextrans, son compte était bon, sa carrière aux oubliettes, une catastrophe !

Plutôt paniqué, Didier tenta une parade :
- Il est tard. Vous ne voulez pas revenir demain matin à mon bureau ?
- Désolé, Monsieur Malory, mais c'est important.
- Euh... oui. Vous avez une pièce d'identité ?
- Mais certainement ! rétorqua l'Inspecteur en glissant son insigne dans la meurtrière de la porte.
- Euh... rien à dire, conclut Didier en vérifiant la carte d'identité avec application.

Didier referma, ôta la chaîne et ouvrit la porte en grand.
Mauvaise idée.

Le soi-disant Inspecteur Saliéri n'était autre que Le Capitaine en personne, l'agent du DSIN-actif. Il sauta sur Didier comme une furie et lui planta le canon de son revolver entre les deux yeux.

- N'ameute pas la galerie et ta cocotte finira son démaquillage comme une grande et en un seul morceau! C'est pigé, Maître ?
- Qui êtes-vous ?
- Pigé !! insista le Capitaine en armant le chien.
- Oui-oui... ne lui faites pas de mal, émit Didier d'une voix suppliante.
- Oh, t'es un bon gars ! Tu comprends vite. Passe devant maintenant, et pas un bruit !

Poussé dans le dos par le Capitaine, Didier Malory quitta prématurément son appartement de St Joseph de Porterie, abandonnant derrière lui sa bien-aimée.

...

Bastien n'en pouvait plus.

Il fallait qu'il se repose. Il avait encore marché deux bonnes heures dans ce tunnel sans fond, et il désespérait.

Mais le pire, ce n'était pas cela.

Le pire c'est qu'il était perdu. Cela pouvait paraître invraisemblable, ridicule, pourtant c'était vrai ! La fatigue aidant, la chaleur l'abrutissant, quand il reprit ses esprits suite à son dernier arrêt, Bastien ne sut dire par quel côté, la droite ou la gauche, il venait d'arriver.

Autant dire que, depuis cette constatation affligeante, tout était foutu.

Il allait crever dans ce tunnel à la con.

Triste et pitoyable fin.

Alors qu'il avait affronté et surmonté des épreuves bien plus physiques et risquées, il n'allait pas passer l'obstacle du terrier. Un scandale !

Plongé dans une agonie plus psychologique que physique, Bastien fut heureusement réveillé au bout de quelques temps par une véritable décharge électrique au niveau de la cheville.

Criant comme un porc qu'on égorge, Bastien constata d'un seul coup la présence de Cluny, le Rat Noir terrifiant et puissant du Monde d'En-Bas.

Incapable de savoir comment l'animal avait trouvé son chemin jusqu'à lui, Bastien fut épaté et réfréna son envie de sanctionner Cluny pour sa morsure. Au contraire, il l'en remercia. Un petit peu d'aide était toujours la bienvenue.

Relevant son museau comme s'il humait l'odeur de Bastien, le rat remua ses vibrisses, puis émit une phéromone, un message olfactif. Bien que seulement humain, Bastien sentit sans problème le message lui parcourir aussitôt tout le corps : un message d'apaisement et d'encouragement.

En très peu de temps, Bastien reprit espoir et se releva.

L'animal continua alors sa traversée du tunnel, montrant par la même occasion à Bastien la voie à suivre.

This way my Lord !

La traversée continuait.

...

En à peine dix minutes supplémentaires de marche, le bout du tunnel apparut enfin.

Profond soulagement.

Cependant, quand Bastien toucha la paroi d'acier obturant le fond, il sentit la panique le reprendre peu à peu et à une vitesse exponentielle. Car en effet, la paroi était totalement lisse, munie d'aucun mécanisme ni de découpe permettant de supposer la présence d'une porte ou d'un passage.

Ce tunnel était décidément un casse-tête chinois. Un piège à con de la pire espèce.

Mais la panique de Bastien retomba heureusement aussi vite qu'elle était apparue quand une issue invisible se présenta d'elle-même.

Sur toute la hauteur de la paroi gauche du tunnel et à intervalles réguliers, des barreaux d'échelle sortirent. Au plafond, un carré d'acier d'environ 80 cm de côté se releva puis coulissa doucement, ouvrant enfin le passage vers un local inconnu. Tendu, mais cette fois complètement soulagé, Bastien attrapa Cluny pour le mettre dans son sac-à-dos et se hissa vers la lumière.

...

Bastien émergea dans un autre couloir en forme de dôme. Large d'une bonne dizaine de mètres, haut d'environ cinq mètres, il était vitré des deux côtés sauf au niveau de la voûte.

À la vue de ce couloir peu banal, Bastien eut l'impression de se retrouver dans un aquarium panoramique.

De plus en plus surpris, il s'avança vers un des côtés.

Le spectacle qu'il découvrit fut, à ses yeux, indéfinissable. Totalement incompréhensible.

Il y avait des tuyaux, une multitude de tuyaux, comme dans une raffinerie ; des chaudières petites, immenses, moyennes, disposées sans ordre apparent ; des condenseurs, des pressuriseurs, des pompes, et ce qui semblait être, au loin, des turbines. Quelques nuages de vapeur ainsi que des traces de condensation sur des tuyaux et des vannes témoignaient d'une activité dans le réseau. Remarque importante à laquelle Bastien n'avait pas prêté attention dès son arrivée, cet enchevêtrement de canalisations s'étendait sur un bâtiment circulaire. Ainsi, le couloir où il se trouvait tournait légèrement sur la gauche quand il regardait au loin d'un côté, et sur la droite de l'autre. Au sol, en contrebas, des robots sur chenilles armés de bras articulés semblaient quadriller et vérifier le secteur, chacun occupé à une opération de maintenance différente. Au plafond, un nombre impressionnant de caméras-vidéo tournait autour de leur axe. Des automatismes plutôt nombreux surveillaient toute cette machinerie. Pour l'instant, pas un seul humain.

Evitant de tirer des conclusions hâtives sur cet ensemble, Bastien passa plutôt de l'autre côté du couloir, vers l'autre paroi vitrée.

Première constatation : la paroi était légèrement chaude.

Se tenant en retrait, Bastien observa ce qu'il y avait en vitrine.

Ce qu'il vit était encore plus difficile à décrire.

La pièce était hémisphérique. Haute d'environ 80 mètres et large de 200 mètres, à sa base une quinzaine de trous s'enfonçaient dans le sol. Sur toute la paroi verticale en forme de chapiteau, des barres métalliques étaient empilées les unes à côté des autres et, en toute première estimation, il devait y en avoir des milliers. Disposées suivant un schéma précis et régulier sur toute la surface du globe, de temps à autre, à une centaine d'endroits, des barres métalliques d'une autre couleur étaient manipulées par des automates géants.

Tout en essayant d'analyser ce qu'il voyait, Bastien remarqua, au bout d'un moment, que des traînées de bulles remontant vers le plafond induisaient que tout cet appareillage fonctionnait en immersion totale.

Quelle que soit l'utilité de cet ensemble, nul ne pouvait nier qu'il était imposant et d'une haute technicité. Essayant de calmer la frénésie de son cerveau, Bastien se dit qu'il était temps d'aller voir le responsable de cette installation, de trouver le (ou les) locataire(s) de cette usine souterraine.

Comme abattu par la réalité qu'il venait de constater, Bastien s'avança en suivant l'arc décrit par le couloir.

...

Au bout de quelques mètres, Bastien arriva face à une porte.

Bien que surveillée par un tir croisé de caméras et disposant d'un clavier numérique, les battants coulissèrent tout seul en s'enfonçant dans le mur.

Bastien avança dans un couloir étroit, et, cinq mètres plus loin, arriva à une deuxième porte.

Il stoppa. Même protection. Même attente. Même ouverture.

L'endroit révélé était une sorte d'immense salle de commande. À droite et à gauche, il y avait les mêmes vues que celles du couloir, en plus panoramiques.

Face à Bastien, se trouvait un grand bureau noir tout en longueur, un fauteuil tourné côté dossier et, en toile de fond, un mur d'écrans vidéo constitué de quatre rangées et huit colonnes.

L'endroit par où Bastien venait d'entrer était la seule issue. Cette salle était un cul-de-sac, c'était le véritable bout du tunnel, ce tunnel sombre et mortuaire qu'empruntait Bastien Grenier depuis maintenant des semaines et qui n'était simplement qu'une quête de vérité.

- Soyez le bienvenu, Monsieur Grenier, dit une voix au fond de la pièce. Et si vous saviez depuis combien de temps j'attends réellement ce moment, vous sauriez combien cela peut être sincère.

Attentif. Silencieux. Bastien avança de quelques pas.

- Vous avez l'étoffe d'un héros, Monsieur Grenier, reprit la voix. Votre arrivée jusqu'ici en est une preuve. Mais êtes-vous réellement prêt ?

« Êtes-vous prêt à connaître la vérité ?

- Qui êtes-vous ? interrogea Bastien sans relever.
- Un ami, Monsieur Grenier ! Simplement, un ami.

Ce terme d'*ami* résonna illico dans la boîte crânienne de Bastien en le ramenant au dialogue via internet qu'il avait eu quelques jours plus tôt sur le serveur d'Infotech, à la Tour de Bretagne. Durant ce Tchat il avait communiqué avec un inconnu qui se disait son *ami*, et Bastien était prêt à parier que l'inconnu en question se trouvait désormais devant lui.

Alors que Bastien s'apprêtait à réitérer sa question, l'homme fit pivoter son fauteuil et se retrouva face à Bastien.

Vêtu d'un costume noir, chauve, blanc comme un linge, l'homme ne semblait pas au mieux de sa forme. D'un geste lent il se saisit d'une tasse de thé, but une gorgée, puis reposa le tout en ponctuant son geste d'une légère expiration faisant office de refroidissement.

- Mon nom est Serge Legrand, Monsieur Grenier. J'ai 28 ans et je suis le gérant de cette Centrale.

Bastien était scié. En toute honnêteté, cet homme paraissait avoir 40 ans au bas mot. Son teint blafard, ses rides frontales, ses cernes sous les yeux devaient le vieillir terriblement. Mais, il y avait quelque chose de plus surprenant encore dans ce que venait de dire cet homme.

- Vous avez dit "centrale" ? nota Bastien.
- Oui, Monsieur Grenier. Pourquoi cette question ? Vous n'avez pas encore compris ?
- Compris quoi ?
- Compris que le secret qu'essaie de protéger depuis trente ans la DSIN, c'est cette centrale, c'est-à-dire la plus grande centrale nucléaire jamais construite par l'homme !
- Toute cette installation, vous voulez dire que... que c'est une centrale nucléaire ?
- Oui, Monsieur Grenier, voilà l'objet ultime de votre quête !

« Attention ! Moteur !

Le peu de lumière de la pièce disparut pour laisser place à une séance de visionnage. Sur l'écran géant, un schéma en coupe du site apparut, suivi de tout un panel de photographies de la construction et de films décrivant le montage ; le tout étant commenté en direct par Serge Legrand lui-même :

- En 1969, alors que la récession économique bat son plein, un groupe de géologues français découvre sur le site des Herbiers en

Vendée, à la verticale du Mont des Alouettes, un véritable trésor. Sous à peine 100 mètres de roches se cache une couche de minerai d'une immense richesse, un minerai constitué d'à peu près 50% d'uranium 235 et 50% d'uranium 238. L'uranium 235 ne se retrouvant, la plupart du temps, qu'à une concentration d'environ 0,7% à l'état naturel, le site est unique dans le monde. Seul matériau fissible couramment utilisé, l'uranium 235 est le carburant principal d'une centrale nucléaire. Disposer d'une telle concentration permet aussitôt d'envisager une usine d'une puissance et d'une durée de vie titanesque !

« Le 23 avril 1969, deux collaborateurs proches du Président de l'époque se voient confier la fabrication de ZOÉ II, sous couvert du secret, bien sûr. Le 18 septembre de la même année, le premier coup de pioche est donné, les premiers croquis se peaufinent. Pendant cinq ans, deux mille ingénieurs, techniciens et ouvriers vont travailler ici, dans le plus profond anonymat. Le 10 juillet 1974, c'est la première mise en marche. Aujourd'hui, ZOÉ II produit 400 TWh (Terawatt heure), soit 80% de la consommation française d'électricité à elle seule, et ceci pour une durée de vie d'environ 150 ans !

Le film s'interrompit, l'éclairage de la pièce revint.

Tout en se levant et en contournant son bureau noir, Serge Legrand précisa son commentaire :

— J'imagine votre surprise, Monsieur Grenier, mais vous devez comprendre que le secret de cette centrale tient en grande partie à son exception. Technologiquement, c'est la seule centrale autonome au monde, uniquement pilotée et dirigée par un seul homme, c'est-à-dire moi ! Rien que cela tient du miracle ! Si les américains connaissaient toutes les innovations techniques proférées ici depuis les années 70, ils se feraient une joie de les copier, de les breveter, de les exploiter et d'en inonder tous les rayons de supermarchés.

« Maintenant, parlons des performances. Sachant que les besoins annuels en électricité de la France sont d'environ 520 TWh, ZOÉ II en produit, à elle seule, plus de 400, soit plus des trois-quarts. Cette productivité vient de la pureté du minerai utilisé, comme cela a été dit ; un minerai qui n'a même pas été traité. Car le côté vraiment exceptionnel de ce site, voyez-vous, vient du fait que sa conception va complètement à contre-courant des conceptions établies.

Si, extérieurement, Bastien ne laissait rien transparaître, intérieurement son sang commençait à bouillonner. Lui qui avait tant souffert pour arriver jusqu'ici ; lui qui avait blessé et failli tuer des gens innocents afin d'atteindre son but ; lui qui essayait depuis le début de comprendre pourquoi d'autres hommes avaient tué sa sœur, ceci au nom de quelle loi et au nom de quel secret ? Lui qui avait tant rêvé de cet instant, maintenant que tous les tenants et aboutissants lui étaient fournis, au lieu d'un profond apaisement, il sentit rapidement une rage intense monter dans tout son être.

Maintenant qu'une partie des responsabilités était en train de s'établir, l'idée de vengeance pointa son nez à l'horizon. Mais avant d'envoyer tout valdinguer, il devait comprendre, même si cela était au-dessus de ses forces. Il devait comprendre comment la fabrication de cette centrale avait pu provoquer autant de morts subites.

- Je... je ne comprends pas, balbutia Bastien. Cette centrale est peut-être une prouesse technique, mais en quoi cela justifie tous ces morts, tout ce secret ! Bon Dieu, dites-moi qu'il y a une autre raison !

- Je comprends votre émoi, Monsieur Grenier. Sachez que je le comprends tout à fait. Mais si, en son temps, des hommes ont voulu préserver à tout prix le secret de cette installation, c'est pour deux raisons simples. La première vient, comme je vous l'expliquais tout à l'heure, de sa conception. Car, si la plupart du temps le réacteur d'une centrale se trouve au cœur de l'installation, ici, c'est la centrale elle-même qui se trouve au cœur du réacteur.

Silence perplexe.

« Oui, Monsieur Grenier, une telle mise en œuvre renverse toutes nos conceptions classiques en matière de centrales thermiques, mais c'est possible ! Le réacteur de ZOÉ II, c'est la montagne elle-même ! Le combustible est puisé directement dans l'épaisseur de la roche. L'usine où nous sommes a été creusée sous la montagne, sous le réacteur. Ainsi, en dehors de la prouesse elle-même, les conséquences liées à une telle dimension de pile atomique peuvent expliquer le secret. Car ici, le risque encouru est immense, même s'il est heureusement maîtrisé.

« Comme dans toute centrale nucléaire, si la réaction en chaîne n'est plus contrôlée, ce sera l'explosion ! Une explosion cataclysmique ! Le cratère de l'explosion est estimé à 1 km de diamètre ; s'ensuivra un cercle de radiations instantanées sur 1500 kms, des effets thermiques sur 2000 kms, et un effet de souffle sur plus de 2500 kms. Autant dire : pire que Nagasaki et Hiroshima réunis ! Dans ce contexte, alors que le nucléaire est largement impopulaire, qui pourrait tolérer une telle menace en Europe ? Si elle était révélée, l'existence de ZOÉ II provoquerait une catastrophe politique mondiale. La France serait mise sur le banc des accusés. Ce serait la guerre ! En plus, il faudrait tout démanteler, ce qui coûterait une fortune et plongerait dans le noir 80% de la population. Si cela arrivait, nous deviendrions du jour au lendemain les nouveaux nazis du 21ème siècle.

« Guère réjouissant, n'est-ce pas ?

Bastien ne broncha pas, Legrand poursuivit :

- L'autre raison du secret, de moindre échelle je vous l'accorde, c'est que le gérant unique de la centrale, en l'occurrence moi, doit être renouvelé tous les deux ou trois ans.

« Malgré des protections extrêmes du style mur en béton, verre au plomb, rideaux d'eau et de paraffine ou feuilles d'aluminium, toute personne en exercice ici ingurgite des doses radioactives qui le condamnent à court terme. Autant dire que c'est un poste à vie, mais néanmoins compté. En dehors du risque d'explosion, comment réagirait à votre avis une population qui sait qu'un travailleur est condamné à mourir à son poste ? Qu'arriverait-il, je vous le demande un peu ?

« Vous voyez donc le topo, Monsieur Grenier. Je suis désolé de le faire ainsi, Monsieur Grenier, mais voilà la stricte vérité. Voilà le secret qui a coûté la vie à tant de personnes. Des personnes comme, notamment, votre sœur.

Serge Legrand se tut.

Bastien Grenier fulminait.

Il n'en pouvait plus.

C'était tout simplement incroyable.

- Alors voilà, c'est ça ! Le rideau est tombé ! Une putain de centrale nucléaire. Voilà ce que vous essayez de me faire gober !

- Monsieur Grenier...

- Mais, qu'est-ce que j'en ai à foutre de votre centrale ! Pour qui vous vous prenez ? Vous croyez que je vais rester là, les bras ballants ! Vous croyez que je vais continuer longtemps à vous regarder faire !

- Je suis totalement d'accord avec vous, mais...

- MA SŒUR AVAIT LE DROIT DE VIVRE, ESPÈCE DE POURRITURE ! Si des dirigeants ont pris une décision criminelle il y a trente ans, ce n'est pas mon problème ! Le plus fou, finalement, c'est qu'on les ait laissés faire. Mais moi, je ne vous laisserai pas faire, VOUS M'ENTENDEZ !

- Monsieur Grenier, calmez-vous... (Bastien sortit son couteau et s'approcha de Legrand)... non, non-non, vous faites erreur... (Legrand recula de quelques pas en agitant les bras devant lui en guise de parade)... je vous en prie, je ne suis pas votre ennemi, ne... (Bastien saisit le col de Legrand et le poussa contre le mur d'écrans ; il approcha la lame)... je vous en prie, Monsieur Grenier, vous n'êtes pas un tueur, vous n'êtes pas comme eux... (Legrand tentait de résister, mais sa force n'était qu'un vieux souvenir ; la pointe du couteau était à quelques centimètres de sa tempe droite)... le... le tunnel !... le tunnel, Monsieur Grenier !

- Quoi "le tunnel" ? demanda Bastien en desserrant sa prise.

- Le... le tunnel... J'aurais pu vous tuer cent fois dans le tunnel !

Bastien comprima un peu plus la gorge de Legrand quelques instants, histoire de lui faire encore plus mal. Puis, au creux de sa haine, un désespoir encore plus profond remonta peu à peu à la surface. Non, il n'était pas un assassin. Non, il ne voulait faire de mal à personne. Non, il n'était pas "comme eux".

- Carbonisé ou intoxiqué, justifia Legrand, des dizaines de dispositifs auraient pu vous tuer dans le tunnel d'accès depuis le château. Alors réfléchissez, Monsieur Grenier. Si je vous ai invité, si je vous ai guidé jusqu'ici, croyez-vous que ce soit dans l'espoir d'une lutte à mort avec vous ?

Peu à peu, Bastien lâcha prise.

Las.

Ses bras retombèrent et sa haine prit une autre forme.

Lentement, Bastien tourna le dos à Legrand.

Il marcha quelques pas.

Au bout de quelques mètres, il tomba à genoux. Son couteau glissa un peu plus loin.

Il pleurait.

Comme étouffée depuis des semaines, la tension nerveuse qu'il avait subie jusqu'ici trouva un moyen d'expression.

Son corps tremblait.

Son nez coulait.

Ses yeux débordaient.
Une peine immense.
Un désarroi certain.
Le soulagement du savoir.
L'abrutissement de la déraison.
La folie humaine...
- Je... je suis désolé, Monsieur Grenier. Profondément désolé. Mais, si cela peut vous consoler, sachez qu'il ne me reste plus beaucoup de temps. Je mourrai bien assez tôt, n'ayez crainte. Alors, ne perdez pas espoir.

Bastien se calma peu à peu, faisant taire seconde après seconde son profond dégoût de la vie.

Serge Legrand temporisa, sans doute par peur d'en dire trop.

10... 20... 30... 40 secondes.

Puis, jugeant le moment opportun, il reprit calmement.

- Monsieur Grenier, si je me suis engagé dans cette voie et à ce poste, c'est parce que je suis le septième enfant d'une famille qui en compte treize au total. Ne reculant pourtant jamais devant l'ouvrage, mes parents se sont trouvés un jour dans l'incapacité de subvenir aux besoins de leur famille. Au bord du gouffre, j'ai trouvé la possibilité de travailler ici en échange d'une forte pension pour les miens. Dehors, les miens croient tous que je suis mort, noyé au milieu de l'Atlantique, mais aujourd'hui ils vivent bien. Je les vois grandir, s'épanouir, avancer dans l'existence. Et tout ça, grâce à ce sacrifice. Je pourrais dire que je regrette, mais quand je les vois heureux je ne regrette rien. J'ai choisi. Et vous voyez, le choix, c'est ce qui fait toute la différence entre vous et moi. Vous, on ne vous a pas laissé le choix.

Maintenant pratiquement calme, Bastien se releva.

Il avait écouté religieusement les paroles de Serge Legrand. L'attitude de ce dernier jusqu'ici était logique, ses dires incontestables. Legrand aurait pu le tuer. Il aurait pu en finir depuis longtemps avec Bastien. Pourtant, il l'avait aiguillé jusqu'ici. Il lui avait dit la vérité, il lui avait dévoilé l'existence de ZOÉ II, à lui et à lui seul. Mais, finalement, dans quel but ?

L'esprit désormais clair, Bastien relança la discussion :
- Pourquoi m'avez-vous aidé ?

Tout sourire, Legrand répondit :

- J'ai mis, je l'avoue, quelque temps à le comprendre, Monsieur Grenier. Mais, depuis que je suis ici, je ne cherche finalement qu'une chose : quelqu'un comme vous.

- Comme moi ? Que voulez-vous dire ?

- Je cherche quelqu'un capable d'affronter les vrais responsables de cette catastrophe. Il faut que cela cesse, comprenez-vous. Aujourd'hui, il y a d'autres moyens pour produire de l'énergie que par cette centrale démesurée. Cela ne peut plus durer !

- Mais... qui sont les responsables ?

Soudain, à la plus grande surprise de Bastien Grenier et de Serge Legrand, le mur d'écrans s'illumina. Devant un fond blanc mal éclairé, Didier Malory était attaché à une chaise, bâillonné et visiblement affaibli par une ruade de coups récente.

Une voix cingla dans l'Interphone :

- Bonsoir Messieurs, j'espère qu'on ne vous dérange pas. Je ne sais pas ce que vous avez fait à mes agents, Monsieur Grenier, mais je ne vous savais pas aussi tenace. Maintenant, nous allons voir quelles sont vos limites et jusqu'où vous êtes prêt à aller. Car si rien ne peut vous atteindre *vous*, peut-être que la souffrance des autres vous intéresse ?

« Regardez bien votre ami Malory, Monsieur Grenier. Normalement, un avocat doit garder avec ferveur le secret d'une instruction, mais depuis que mes hommes le titillent c'est une vraie pie ! Comme quoi, les principes ne font pas le poids devant quelques coups de matraque. Pas vrai, cher ami ?...

« Maintenant, la plaisanterie a assez duré, Monsieur Grenier ! Vous allez venir vous rendre en échange d'une vie sauve : celle de votre ami Malory ! Et dites-vous bien que, si cela vous indiffère, nous trouverons sans problème d'autres moyens pour vous atteindre. Vous avez un fils, je crois. Imaginez ce que l'on peut faire à un petit être sans défense qui n'a même pas un an et demi. Imaginez, Monsieur Grenier. Imaginez un peu... je pense que c'est le meilleur moyen de vous ramener à la raison.

- Espèce de fumier ! hurla Legrand.

- Mesurez vos paroles, Monsieur Legrand, rétorqua la voix dans l'Interphone. Vous n'êtes pas en position de critiquer qui que ce soit. Pensez vous aussi à votre famille, s'il vous plaît !

« Monsieur Grenier, nous vous attendons demain matin à six heures, parking Graslin, niveau 4. Inutile de vous préciser de venir seul. Pas un flic dans les parages. Pas d'entourloupe. Rien que vous. Sinon vous reverrez votre ami en pièces détachées.

L'image laissa place à un écran noir.

Les deux hommes se retrouvèrent seuls.

Seuls comme ils ne l'avaient jamais été.

26

Vendredi 1ᵉʳ Décembre 2002 - 06:00.

Ensemble de béton cubique, ensemble dressé vers le ciel sur cinq étages, le parking Graslin était quasiment désert.

Sans grand effet de surprise, Bastien Grenier arriva pile à l'heure par l'escalier piéton du niveau 4.

L'éclairage étant vieillissant, il chercha quelques secondes les ravisseurs de Didier Malory. Cinquante mètres sur sa droite, une personne alluma une cigarette au milieu de la semi-pénombre ambiante. Bastien vit alors le Capitaine aspirer une longue bouffée de tabac et former un halo de fumée bleue autour de son visage.

Bastien s'approcha doucement et stoppa à distance raisonnable.

À la vue du Baron Gris, le Capitaine cogna du poing contre la tôle du Trafic et fit sauter d'un doigt sa cigarette. La porte latérale s'ouvrit : sans pour autant sortir de la cabine arrière, Malory apparut, bâillonné et menotté, un canon de revolver sur la tempe.

Message compris.

Le Capitaine s'approcha :

- Je dois vous fouiller, dit-il d'un ton neutre.
- Je n'ai pas d'armes, répondit le Baron tout en levant les bras.

Le Capitaine procéda à une fouille rapide.

- Le patron veut vous parler. Pas de conneries !

Le Capitaine fit brièvement un signe de la tête pour indiquer une direction. Bastien suivit du regard.

Remarquant un peu plus loin un individu près des baies vitrées, Bastien refixa une seconde le Capitaine, puis se dirigea lentement vers l'homme.

Vêtu d'une veste longue en velours gris clair et d'un chapeau foncé, l'homme était immobile, face aux fenêtres et les mains dans les poches. Relativement petit, plutôt tassé et d'un certain embonpoint, Bastien comprit que l'homme était âgé. Un léger hochement de la tête de l'intéressé fit comprendre à Bastien qu'il s'était rendu compte de sa présence. Un temps passa. Puis l'homme dit calmement :

- Malgré une certaine adversité, vous avez fait preuve d'un courage sans nom, Monsieur Grenier. Je vous en félicite. J'apprécie grandement les gens qui vont jusqu'au bout de leur résolution. Moi-même, je n'ai jamais reculé devant rien. Vous êtes le seul à savoir, Monsieur Grenier. Vous avez tenu tête à beaucoup de gens pour savoir. Mais maintenant, vous en sentez-vous pour autant mieux ?

Dans la voix de cet homme, Bastien trouva quelque chose de familier, de déjà entendu.

Il cherchait où, qui, comment, à quelle occasion ?

Pour l'instant, vide total.

- Si le secret existe, Monsieur Grenier, ce n'est pas pour rien, reprit le vieil homme. Les gens ne pourraient pas comprendre. ZOÉ II ne fonctionne que pour leur bien. Je suis certain que vous pouvez comprendre cela, Monsieur Grenier. Je suis sûr que vous êtes un homme de jugement... (l'homme tourna la tête, puis pivota lentement ; il était maintenant face à Bastien)... n'est-ce pas, Monsieur Grenier, que vous pouvez comprendre ?

Quand Bastien vit le visage du vieil homme, une lumière sombre s'abattit sur lui. La lumière sombre de la consternation.

L'homme devant lui n'était autre que Guy Battarel.

Guy Battarel, ce retraité de 80 ans chez qui il était allé rendre une petite visite, deux semaines plus tôt. Ce retraité dont il avait eu pitié, qu'il avait plaint du plus profond de son âme quand il avait su que son fils Jean était mort, dans les mêmes conditions et pour les mêmes raisons que sa sœur Sophie. Sur l'instant, il avait éprouvé une peine terrible pour ce vieil homme ; un homme obligé de survivre à un fils qu'il n'avait plus la chance de choyer ni de voir s'épanouir, un homme ne possédant plus qu'une vie sans petits enfants, sans repas de famille, une vie sans surprise, et ceci, pour l'éternité. Oui, Bastien avait souffert pour cet homme endeuillé.

Et c'était ce même homme qui avait tué son propre fils.

Comment était-ce possible ?

Comment un homme pouvait-il en arriver là ?

Tuer son fils !

C'était au-delà de tout !

À cet instant, Bastien comprit que la (ou les) raison(s) de ce complot ne pouvai(en)t que lui échapper.

Comme le lui avait dit il y a peu Serge Legrand, il n'était pas du même monde, il n'était pas *comme eux*. Il n'était pas un tueur. Alors, comment pouvait-il comprendre ? Comprendre l'inacceptable, comprendre l'infanticide, comprendre le génocide !

Comment...

- Mon jugement, dit Bastien après avoir encaissé le coup, je le réserve pour les êtres humains ayant commis des erreurs, pas pour les bêtes sanguinaires.

Un léger sourire se dessina sur les lèvres de Battarel à cette remarque de Bastien.

- Une bête sanguinaire, dites-vous... comme c'est facile !

Battarel temporisa, fit quelques pas le long des baies fixes, puis reprit :

- Si l'on veut que le peuple vive libre et heureux, il faut apprendre à faire parfois quelques sacrifices. Qu'auriez-vous fait il y a trente ans si vous aviez été à ma place ? Qu'auriez-vous fait alors que la France dépendait pour 80% des pays de l'OPEP en matière de dépense énergétique ? Qu'auriez-vous fait pour subvenir aux besoins en électricité de milliers d'entreprises alors en pleine modernisation ? Qu'auriez-vous fait pour développer en un temps record une centrale suffisamment puissante avant l'épuisement des réserves nationales et des excédents budgétaires ? Qu'auriez-vous fait, alors que le retard technologique du pays au niveau de l'atome remontait à deux décennies ?

« Qu'auriez-vous fait, Monsieur Grenier, je vous le demande un peu ? Qu'auriez-vous fait, sinon vous lancer dans la seule solution possible et réalisable à l'époque : construire une centrale nucléaire avec un réacteur d'assez grande dimension et suffisamment rentable pour rester autonome pendant des années et des années. Thierry Turbet et moi-même savions qu'une telle entreprise n'allait pas être une partie de plaisir. Nous savions pertinemment que le Président nous avait demandé de réaliser un exploit, une excellence technique qui ne serait même pas reconnue. Nous savions qu'il fallait en arriver au sacrifice. Le sacrifice de quelques milliers pour en sauver quelques millions. Nous n'avions pas le choix, Monsieur Grenier ! Croyez-vous que vos parents vous auraient mis au monde s'ils avaient été condamnés à vivre dans une maison sans chauffage, sans électricité ni réfrigérateur. Réfléchissez à ça, Monsieur Grenier. Réfléchissez à ce que vous ont offert des gens que vous traitez de bêtes sanguinaires ! Ce sont ces "bêtes" qui ont sauvé la France de l'esclavage !

L'ayant jadis lui-même constaté plusieurs fois lors de reportages retraçant l'ascension du IIIème Reich, Bastien savait qu'il était des discours fascistes contre lesquels on ne trouvait jamais rien à redire. Ceci, non pas parce qu'ils étaient incontestables, loin de là. Mais parce que le racisme et la xénophobie qu'ils inspirent arrivent le plus souvent à faire oublier que c'est un être humain qui les dicte.

Que peut-on réellement reprocher à un corps totalement dépourvu d'âme ? Comment mettre au banc des accusés un automate dépourvu d'émotions ? Que lui dire, si ce n'est qu'il ne vaut guère mieux qu'un tas de fumier au milieu d'un champ ? Que penser d'un homme qui n'écoute plus ses sentiments ? Que lui dire... sinon qu'il s'est peut-être perdu lui-même.

Bastien pensait que les discours totalitaires étaient lointains, d'un autre âge.

Il se trompait.

Battarel venait de prouver que les vieilles idées pouvaient encore mener la vie dure à des innocents.

Affligé, Bastien savait qu'aucun mot ne pourrait balayer les convictions de cet homme de pierre.

Désespéré, il répondit avec la seule phrase qui, à son sens, avait une chance de l'atteindre :

- Vous avez raison, je ne sais pas ce que j'aurais fait à l'époque face à une telle situation.

« Mais si vous voulez connaître un avis juste sur la question, le mieux est de demander à votre femme ce qu'elle pense de la mort de son fils !

Battarel eut un tic nerveux.

Touché à vif.

La réplique ne se fit pas attendre :

- Espèce de jeune trou du cul, comment oses-tu ?! J'ai donné mon fils, *notre* fils à la cause, et tu viens me faire la leçon ! J'ai donné la vie de mon fils pour sauver la tienne et tu viens me faire chier ! Mon fils était un brillant ingénieur chimiste, lui, ce n'était pas un branleur en collant noir dans ton genre ! Alors, méfie-toi de ce que tu dis ! Tu ne lui arrives pas à la cheville !

- Ma famille a déjà payé un lourd tribut à votre cause, espèce de pourriture !

- Oui, c'est exact. C'est pourquoi je resterai honnête avec vous, tout comme vous avez intérêt à l'être avec moi ce soir.

Bastien croyait rêver.

Il se croyait en état d'apesanteur.

Battarel ne comprenait rien, ne voyait rien.

Depuis trente ans, cet homme était aveugle ; alors, comment pouvait-il lui faire comprendre aujourd'hui à quel point il était monstrueux.

Comment...

Bastien sentit une haine immense monter en lui. Une haine induite par la haine.

- Aujourd'hui, vous n'avez que deux choix possibles, Monsieur Grenier, poursuivit Battarel. Soit vous venez avec nous, soit nous éradiquons votre ami Malory définitivement !

- Libérez-le, je viens avec vous, répondit Bastien sans hésiter, sa résolution ayant été prise bien avant de venir ici.

À cette réplique de Bastien, un bruit de voix métallique vibra à travers tout l'étage du parking :

- Police Nationale, ne bougez plus ! Vous êtes tous en état d'arrestation.

Stupéfaction ! Arrêt sur image !

En deux secondes, une vingtaine d'hommes armés prirent positions devant le Trafic noir du DSIN-actif.

Le Capitaine empoigna le malheureux Didier Malory et braqua son revolver sur lui. Norbert, quant à lui, se tenait un peu en retrait, armé également. A la vue des flics, Battarel sortit également un Smith 15 pouces de la poche de son imperméable. Bastien esquiva immédiatement en se jetant sur le vieil homme. Battarel se débattit. Concentrant toute sa force sur l'arme de Battarel, Bastien reçut quelques coups, une balle fusa, une vitre explosa. Apercevant une issue, Bastien décrocha alors un puissant coup de genoux dans le ventre de Battarel puis sauta sur la corniche. Ecroulé à terre, étouffé, Battarel ne put tirer sur le fuyard. Il devait reprendre ses esprits.

Du côté du Trafic noir, la situation craqua rapidement à cause de Norbert. Voyant que la maîtrise du lieu leur échappait complètement, Norbert voulut tout de suite se rendre. Ce n'était pas foncièrement une mauvaise idée à la base, sauf qu'il voulut parallèlement convaincre son collègue. La reddition n'étant pas le lot du Capitaine, il menaça pour la forme, mais tira ensuite très rapidement sur Norbert ; deux balles en plein thorax, radical.

- Rendez-vous immédiatement ! Sinon, j'ordonne le feu ! hurla à nouveau le haut-parleur de la police.

Serrant Malory contre lui comme un bouclier, le Capitaine était au sommet de son excitation :

- Pour qui vous me prenez ? cria-t-il à l'attention des agents devant lui. J'ai un otage. Lui et moi, on va aller faire une petite balade.

Se rapprochant du Trafic noir à la porte latérale ouverte, le Capitaine ne vit pas Bastet sur le toit du camion. La chatte émit un crissement de guerre et se jeta alors sur le Capitaine comme une furie, le mordant en pleine jugulaire. Sous la douleur, le chef du DSIN-actif lâcha prise. Malory était libre. Réussissant enfin à se débarrasser de la chatte vampire, une rivière de sang chaud inonda rapidement l'épaule droite du Capitaine ; ivre de douleur, un bras pressé sur sa gorge, il vacillait.

- Lâchez votre arme ! Vous ne pouvez plus vous échapper ! Dernier avertissement !

Le Capitaine eut à peine le temps d'amorcer un geste qu'il fut traversé par cinq à six trajectoires de balles.

Il tomba à terre.

Mort.

Les forces spéciales s'occupèrent alors de Malory et progressèrent vers Battarel.

Quand le vieil homme se releva du coup de genoux donné par Bastien, un mur de policiers lui fit face. Paniqué, réalisant que son existence n'avait plus de valeur et s'arrêtait ici, Battarel enfonça le canon de son revolver dans la bouche.

Un geyser de sang fut projeté sur la glace derrière lui, juste avant qu'elle n'explose.

Il tomba à terre.

Mort.

Se frayant un passage entre les hommes du GIGN, l'Inspecteur Goldman qui avait dirigé toute l'opération se précipita vers Malory.

Bien en peine, fatigué, des agents aidèrent Malory à se relever et détachèrent ses liens.

- Comment vous sentez-vous, Malory ? questionna Goldman.
- Ça va, ça va. Un peu courbaturé, mais ça va. Où est Bastien ?
- Je ne sais pas, on le cherche, mais...

Michel Goldman s'interrompit en entendant le bruit d'une voiture faisant crisser ses pneus. Le véhicule descendait la rampe en colimaçon du parking à vive allure. Goldman et Malory se regardèrent :

- Bon Dieu, c'est lui ! dit Goldman. Il a piqué une bagnole.

L'inspecteur saisit son talkie-walkie et ordonna :

- Tous à vos véhicules, le Baron s'est enfui à bord d'une voiture. Bloquez toutes les issues. Tirez dans les pneus si nécessaire, mais rien d'autre ! Exécution !

« Allez Malory, suivez-moi.

Sur la vingtaine de flics en faction au quatrième étage du parking Graslin, la moitié resta sur les lieux pour baliser et nettoyer le terrain ; l'autre moitié se répartit dans trois véhicules. Goldman et Malory montèrent dans une Clio V6 banalisée et démarrèrent à fond.

- Je le vois... une BMW noire, modèle M3, hurla une voix dans la CB.
- Putain, il sait choisir une caisse, l'enfoiré, dit Goldman en s'adressant à Malory... (il saisit le micro de la CB :)... Où est-il, bon sang ! Donnez un cap !
- Euh... 2ème niveau. Non, premier !
- Voitures en barrage à la sortie ! Exécution !
- Le barrage est en place, Inspecteur.

Au volant de la BMW, Bastien fonça droit sur le barrage. Eclat de tôle et verre brisé. Les airbags se déclenchèrent, mais la voiture avait globalement résisté.

Remis du choc, quelques flics tirèrent mais ne touchèrent que le bitume. Bastien s'engagea le long du théâtre Graslin.

- Bon sang ! Il a forcé le barrage ! dit un policier dans la radio. Il coupe par la Place Graslin !
- Ça je le vois ! répondit sans décrocher Goldman alors qu'il passait, peu après Bastien, l'entrée du parking.

Comme plusieurs voitures arrivaient à l'autre bout de la Place, Bastien tourna brusquement Rue Crébillon. Prenant la voie complètement à contresens, plusieurs automobilistes durent s'écarter d'urgence devant lui et finirent leurs courses dans plusieurs vitrines style Rodier, Heyraud ou Visonneau. Certains passants sur les trottoirs eurent chaud aux fesses ; mais, heureusement, l'heure matinale d'une journée de semaine ne drainait pas grand monde sur les trottoirs commerçants.

- Débrouillez-vous, mais barrez cette putain de rue en contrebas ! hurla Goldman dans la CB.

Sitôt dit, sitôt fait, un car bleu des CRS fit office de portail infranchissable.

À mi-longueur de la Rue Crébillon, Bastien freina devant l'obstacle à l'horizon et bifurqua vers une voie en biais sur la droite.

- Bon Dieu, il n'a peur de rien, il fonce à travers le Passage Pommeraye ! dit Goldman.

- Il va se tuer ! remarqua Malory en essayant de se tenir du mieux qu'il pouvait.

La Clio V6 de Goldman aux talons de la BMW M3 de Grenier, c'est une véritable ruée de mécanique sauvage et hurlante qui traversa le Passage. Magnifique fleuron de l'art du XIXème siècle, le Passage Pommeraye arborait, entre des piliers sculptés et ornés de miroirs, des vitrines de magasins larges et claires. Entre deux tunnels piétonniers, au début et à la fin de la galerie, un grand escalier droit en bois s'ouvrait vers une verrière couvrant toute la toiture.

La BMW fit un saut de l'ange majestueux depuis le premier palier et retomba sur celui d'en-dessous. Des copeaux de bois volèrent, un des chérubins en plâtre dont était pourvu l'endroit s'écrasa sur le sol. Roulant un peu moins vite, Goldman essayait de suivre, mais Bastien prenait tous les risques : c'était à se rompre le cou.

Parvenu au dernier niveau du passage, Bastien percuta un pilier et des débris de miroirs partirent en étoile.

- Bon sang, il ne va pas y avoir quelqu'un pour l'arrêter ! observa Malory.

À la sortie du Passage Pommeraye, la BMW coupa par la petite rue François Solières et se retrouva sur la grande place rectangulaire du Commerce. Slalom entre les passants effrayés, slalom entre les tables des cafés et les étalages de fleuristes bousculés. Quand plusieurs véhicules policiers voulurent démarrer et couper le chemin à Bastien, ils furent malheureusement dans l'incapacité d'avancer : plusieurs régiments de rats s'étaient employés à leur crever les pneus. Goldman-Malory toujours sur ses talons, Bastien emprunta la rampe haute de quatre marches d'un escalier et se retrouva d'un bond sur la route, quittant enfin les voies piétonnes. Il longea le terminus des bus quelques mètres, puis, constatant une arrivée de sirènes hurlantes et lumineuses un peu plus loin sur la droite, exécuta un magnifique dérapage contrôlé sur la gauche. Condamné à le suivre, Goldman fut obligé de couper in extremis la route d'un tramway. Chaud aux fesses.

Bastien et Goldman se retrouvèrent donc au début du grand boulevard des 50 Otages.

Bastien poussa à fond la mécanique de la BMW déjà mise à rude épreuve.

Redescendant la Rue du Calvaire pied au plancher, des voitures de police voulurent elles aussi couper la route de Bastien, mais un déluge de fientes de pigeons sur leur pare-brise les empêchèrent de suivre une trajectoire correcte. Rendus totalement aveugles, sur les trois véhicules de police à la queue leu leu, un percuta une aubette de bus, un s'empala dans un magasin de parfums-produits de beauté, et le dernier traversa le manège pour enfants, heureusement fermé, situé Place du Bon Pasteur.

La voie libre, Bastien fonçait.

Goldman et Malory enrageaient.

Positionné à l'endroit d'un petit rond-point au bout de la rue Armand Brossard, un policier dégaina quand il vit l'avant défoncé de la BMW se pointer. Bon tireur, l'homme s'en tint aux consignes et tira dans les pneus à trois reprises alors que le véhicule se rapprochait. Cible loupée. Bastien passa à la verticale du policier et faillit l'écraser. Déterminé, ce dernier n'abandonna pas pour autant et tira encore. La dernière balle fit éclater le pneu arrière gauche. Fragments de pneumatiques en l'air.

- Bien joué, mon gars ! Tu as gagné une prime ! dit Goldman en passant à son tour prés du policier vainqueur.

- Arrête-toi ! Bon Dieu Bastien, arrête-toi ! vociférait Malory dans son coin.

- Ne vous inquiétez pas, il n'ira pas loin maintenant, répondit Goldman.

Bastien avait du mal à contrôler mais avançait toujours aussi vite. Au bout du Cours des 50 Otages, plusieurs autres véhicules policiers arrivèrent depuis les quais, un camion de CRS dévalait la Rue Paul Bellamy et quelques motards longeaient la Préfecture. Constatant qu'un mur de flics se présentait face à lui, Bastien voulut foncer vers la seule issue possible, à savoir : plonger droit devant, dans l'Erdre ; mais, peu de mètres avant la berge, un autre pneu à l'avant éclata, rendant la BMW cette fois incontrôlable. Bastien freina, les deux pieds sur la pédale. Nuage de fumée, étincelles de métal chauffé à blanc. La voiture glissa comme une savonnette, les jantes et le bas de caisse creusèrent le sol dans un fracas épouvantable. Sans pouvoir éviter un seul instant le contact, la voiture de Bastien percuta violemment un des piliers du Monument aux Morts bâti sur l'ultime partie comblée du Cours. La course s'arrêtait là.

Tous les véhicules policiers freinèrent devant la petite esplanade du Monument aux Morts. Dans un nuage de vapeur, Bastien ouvrit la porte avant et se laissa tomber sur le sol comme un vieux sac. Voyant des portières s'ouvrir et des policiers armés foncer vers lui, le Baron Gris se releva en fournissant un effort surhumain. Touché au genou, il marcha en boitant jusqu'à la berge, mais sa fuite était désormais inutile. Sur le quai surplombant la berge, déjà une bonne vingtaine de policiers le dépassaient. Sans se retourner vers eux, Bastien ralentit alors le pas jusqu'à s'arrêter complètement. Goldman et Malory le rejoignirent sur la berge et stoppèrent à une vingtaine de mètres de lui quand ils virent que Bastien tenait dans sa main droite un revolver.

Un rayon de soleil passa sur les parois vitrées du Conseil Général, bâtisse imposante le long du Quai, et illumina l'espace de manière divine. Aux portes de l'Administration, une masse innombrable d'agents spéciaux du GIGN et de policiers visaient Bastien en contrebas. Sur la berge, le dos tourné à ce petit monde énervé et armé, le Baron Gris, bras le long du corps et tête baissée, regardait calmement le flot lisse et vert de l'Erdre s'écouler.

Depuis l'intérieur de sa cagoule, Bastien tira sur un fil. La couture s'ouvrit et il ôta son masque, lentement. Pourtant sur des charbons ardents, la tribune de flics ne broncha pas, les consignes de Goldman étaient respectées.

Bastien respirait fortement, le visage en sueur, les cheveux en bataille. La journée avait été pour lui des plus éprouvantes. D'abord, la lutte à mort contre Derk et Garou, la fouille complète de la Tourtière, et puis le tunnel, ce putain de tunnel où il avait marché jusqu'au bout de l'épuisement. Etaient venues enfin la découverte de la centrale nucléaire ZOÉ II, la lutte avec Battarel et cette course-poursuite effrénée. Tout cela pour finir ici, sur le bord de cette rivière, dans un cul-de-sac tapissé de policiers hostiles et en dehors du secret.

Bastien n'en pouvait plus. Son genou lui faisait mal. Son ventre, vestige d'une trop récente blessure par balle, était en feu. Des fourmillements le parcouraient. Il tremblait très légèrement. Il était vraiment parvenu au bout de sa résistance physique. Seule sa détermination ne voulait toujours pas plier devant les évidences.

- Bastien ?

C'était la voix de Malory.

Se tenant légèrement en retrait, sur la droite de Bastien, le jeune avocat se rapprocha pas à pas tout en parlant :

- Bastien, écoute-moi... Je t'en prie, laisse tomber. Tout est fini maintenant. Toute la conversation du parking a été enregistrée. Tu es une victime, Bastien. Tout le monde le sait désormais. Nous avons des preuves, et tu en as certainement d'autres à nous montrer ; alors laisse tomber, Bastien. Tu n'as plus de raison de fuir.

Toujours la tête baissée, le Baron Gris n'avait pas bronché. Au bord de l'asphyxie il y a peu, le souffle de Bastien s'était transformé au fur et à mesure en un souffle de consternation, de lassitude, d'immense dégoût.

- Bastien... lâche ton arme et rends-toi, relança Didier tout près. Que veux-tu faire de plus ? Allez... laisse tomber...

Tout en expulsant un long soupir, Bastien murmura alors de manière à peine audible :

- Comme tout cela est profondément ridicule !

Il redressa ensuite très, très doucement la tête, et fixa Malory dans les yeux.

Le regard qu'il lança à l'attention de son ami était d'une grande tristesse, un véritable appel au secours. Didier Malory saisit l'opportunité :

- Nous t'aiderons, Bastien. Je suis ton ami et je ne t'abandonnerai pas. Alors, n'aie peur de rien. La vérité sera rétablie... (Didier tendit sa main vers Bastien)... Donne-moi ton arme et rentrons ? Tu sais, nous sommes aussi fatigués l'un que l'autre.

Le regard de Bastien se détacha. Il tourna la tête, l'air toujours aussi triste.

Après quelques secondes d'attente, son arme ricocha finalement sur le sol avant de retomber à l'eau.

Il capitulait.

Saisissant l'occasion, Goldman arriva derrière Bastien et lui menotta les mains dans le dos. Tel une chiffe molle, le Baron Gris se laissa faire, totalement abandonné à son sort.

Malory regarda Goldman embarquer son ami.

Tout était fini.

*

Peu de temps après que la voiture banalisée de Goldman eut emmené le prisonnier et que les effectifs de police furent remballés, Didier Malory resta un instant au calme, sur la berge.

Il avait besoin de récupérer après cette journée pour le moins éprouvante nerveusement.

Une fois que sa peur et ses doutes daignèrent enfin repartir se cacher au fin fond de son subconscient, il songea quand même qu'il était temps d'aller rassurer les siens, sa petite Karine adorée, et d'oublier tout ceci.

Cependant, lorsqu'il se retourna afin d'emprunter l'escalier, il eut soudain un geste de recul et stoppa net devant ce qu'il vit.

Alignés sur la murette du quai, Cluny, Bastet et Vaillant le regardaient sagement. Immobiles.

Regards intenses.

Pétrifié, Didier Malory n'eut pas le temps de s'inquiéter davantage. En une fraction de seconde et d'un même élan, Vaillant s'envola ver le ciel, Bastet fila le long de la murette et Cluny sauta dans l'eau froide de la rivière.

Malory se retrouva seul,

abandonné derrière le sillage de forces étranges et obscures.

27

Le dénouement global de l'affaire Grenier s'établit seulement quelques jours après son arrestation, le 5 décembre 2002 très précisément.

Concrètement, tout fut décidé lors d'une réunion secrète qui eut lieu dans un des sous-sols de la prison de Rennes.

Les sept participants à cette réunion furent : Bastien Grenier et Maître Malory, Michel Goldman et son patron le Commissaire Jouveau, le directeur de la prison de Rennes, mais aussi, un des hauts responsables de la DST ainsi qu'un membre du DSIN-passif (Direction de la Sûreté des Installations Nucléaires).

Sans renier un seul instant le côté explosif du site nucléaire dévoilé par Bastien, tout le monde s'accorda néanmoins sur le fait qu'il fallait avant tout calmer le jeu. Soigner le mécontentement général des nantais face à leur ville ravagée étant la priorité des priorités, on inventa très vite une histoire rocambolesque sur le mobile et le passif du Baron Gris, et on décida également très vite que, pour le bien de tous, il devait cesser d'exister. Bastien Grenier fut donc officiellement retrouvé mort dans sa cellule après s'être insufflé une bulle d'air dans les veines le 8 Décembre 2002 à 07:13 ; l'incinération eut lieu deux jours plus tard ; ses cendres furent répandues sur la Loire, selon ses dernières volontés.

Officieusement, Bastien Grenier fut rebaptisé Gilbert Manset et demeura incarcéré à la prison de Rennes pour fraude fiscale organisée. En contrepartie de ce nouvel avenir, d'un nouveau départ avec un nouveau nom et une nouvelle situation, l'ex-Bastien Grenier et toutes les personnes présentes ne devaient rien révéler sur l'existence de ZOÉ II. C'était le pacte. C'était l'accord tacite.

De toute manière, que pouvait apporter la révélation d'un tel site nucléaire, si ce n'est le chaos, un chaos accompagné de révoltes et de tensions diplomatiques. Bref, que pouvait-elle apporter, si ce n'est une diabolisation de la France. Personne ne tenant à être responsable à son tour d'un massacre ou d'émeutes titanesques, tout le monde trouva son compte dans le silence. Bastien réhabilité, une pension fut trouvée pour la famille de Villemaintier, et des compensations financières votées pour Goldman, Jouveau, Malory et le Directeur de la prison de Rennes.

Le débat fut, par conséquent, très vite clos.

Chacun repartit à ses obligations, pas forcément satisfaits de la manière, mais néanmoins heureux de quitter le "surréalisme de l'affaire" et de revenir à ce qui a vraiment de la valeur en ce bas monde : c'est-à-dire le quotidien, l'ordinaire.

Le secret protégé depuis trente ans par la DSIN venait d'être percé pour la première fois par Bastien Grenier ; il retombait désormais dans l'oubli.

La réunion fut close.

Rideau.

***

La libération officielle de Gilbert Manset, alias Bastien Grenier, eut lieu pratiquement dix mois plus tard, le 14 Octobre 2003.

Le temps était gris, la clarté plutôt basse, et quelques brumes matinales ne s'étaient pas encore dissipées. Midi approchait. Un léger vent froid balayait les feuilles mortes sur le trottoir par tourbillons successifs. L'avenue était toute droite, lugubre, inactive. Il y avait le mur de la prison d'un côté, quelques habitations de l'autre, des voitures garées le long du trottoir, et c'est tout.

En cette journée volontairement quelconque et anodine, et malgré le froid et le vent, plusieurs personnes attendaient la sortie de Gilbert Manset.

En tête de ligne, il y avait Didier Malory, accompagné pour l'occasion de sa fiancée Karine. Tout au long des épreuves qu'avait subi Bastien, ou que lui-même avait fait subir à la Société, Malory s'était montré exemplaire, d'une fidélité et d'un soutien sans borne envers son ami. Didier était la seule aide que Bastien n'eut jamais obtenue en cette période trouble et il le savait. Et c'est d'ailleurs Didier qui permit un dénouement "heureux" de l'affaire, sauf en ce qui concerne les éléments du DSIN-actif, bien sûr. En effet, puisqu'en son temps Bastien avait trahi sa promesse en ne se rendant pas aux autorités, cela fit ni une ni deux dans son esprit et il alla dire aussitôt ce qu'il savait sur le Baron Gris à l'Inspecteur Goldman. Pourtant limogé de l'enquête, Goldman n'eut pas de mal à persuader son chef, le Commissaire Jouveau, de lui confier une équipe sûre et de surveiller Malory au cas où le Baron reprendrait contact avec lui.

Suite à ce qu'avait remis Villemaintier comme renseignements aux agents du DSIN-actif, et alors que Bastien marchait inévitablement vers les entrailles de ZOÉ II, Malory fut subitement kidnappé. Ce que le Capitaine et ses hommes ne savaient pas au moment des faits, c'est que Malory était surveillé par l'équipe de Goldman et possédait un micro-émetteur sur lui, bien camouflé. Ainsi, la police laissa faire le DSIN-actif, enregistrant les conversations comme autant de preuves, et ceci jusqu'à ce que tout ce beau monde soit réuni au quatrième niveau du parking Graslin.

Dans cette histoire, Malory avait lui aussi risqué sa vie. Il avait été maltraité, presque torturé. Et malgré la peur, les risques qu'il avait courus, c'est encore lui qui avait défendu Bastien après son arrestation. Conscient des risques qu'il pouvait y avoir avec le personnel en incarcérant à nouveau Bastien Grenier à la Maison d'Arrêt de Nantes, ce fut grâce aux efforts de Didier que le Baron put finalement rejoindre une cellule de Rennes. En fournissant un travail Gargantuesque, Malory et Goldman réussirent à réunir les preuves d'un assassinat organisé et perpétué sur la personne de Sophie Grenier en un temps record, ce qui innocenta par la même occasion Bastien, le seul suspect retenu jusqu'ici. Mais ils parvinrent aussi à monter un dossier de crime contre l'humanité, ceci en pointant directement du doigt les membres du DSIN. Ce travail de fond permit de traiter à armes égales avec les membres officiels présents à la réunion secrète du 5 Décembre 2002. Avec Malory essentiellement et Goldman dans une moindre mesure, Bastien pouvait se vanter d'avoir eu des alliés qui lui avaient sauvé la mise et l'avaient défendu dans une situation impossible.

Malory avait agi suivant son cœur, et Grenier lui devait dorénavant beaucoup.

Parmi les gens présents non loin de la porte blindée de la prison de Rennes, on put aussi distinguer Nadine Vost.

Sauvée d'une tentative de viol par le Baron, elle avait recueilli et soigné ce dernier quand il fut blessé par balle. Bien sûr, la complicité de Nadine ne fut jamais précisée dans le dossier institué par

Malory et Goldman, mais depuis le classement de l'affaire, Nadine demeura la seule visite régulière importante aux yeux de Bastien. Pendant de longs mois, une intimité profonde les rassembla. Ils devinrent très vite, l'un pour l'autre, une présence, une évidence, un complément indispensable. Ils s'aimaient. Malgré les circonstances, ils s'aimaient.

À en mourir.

À la montre de Didier, il ne restait plus que quelques secondes d'attente.

Sur le trottoir, des feuilles mortes s'envolaient toujours au gré de timides bourrasques.

La température était froide. Le ciel arborait à perte de vue un étendard de nuages.

Des nuages bien ronds et solidaires.

Des nuages bas et oppressants.

Des nuages gris.

D'un gris sale et indélébile.

Moitié lumière, moitié nuit.

D'un gris pénétrant et omniprésent.

Moitié purificateur, moitié malsain.

D'un gris globalement... tempéré.

Et puis la clé tourna, enfin !

Accompagné d'un grincement à réveiller les morts, le portillon s'entrouvrit, lentement.

Une jambe passa d'abord, puis un bras, une valise, une tête, un corps.

Vêtu d'un trois-quarts gris foncé, de baskets, d'un jean et d'un sous pull à col roulé, Bastien apparut, droit comme un menhir et statique, son regard caché derrière de fines lunettes noires.

La porte en fer rouillé se referma derrière lui.

L'espace d'un instant, il scruta l'horizon, hésitant, à la recherche de silhouettes familières. Puis, il vit le groupe : Malory d'abord, ensuite Karine, qu'il connaissait vaguement, suivie de très près par Nadine.

Bastien eut un sourire.

Malory et son groupe s'avancèrent.

Enfin ensemble, enfin heureux, les accolades fusèrent, les phrases de retrouvailles sonnèrent, des bisous pour une certaine, liesse, joie, bonheur ! Moment vrai.

- Comment vas-tu, Bastien ? demanda Malory après l'émotion préliminaire.

- Bien, mon ami. Aussi bien que Philéas Fogg arrivant à la fin de son voyage.

- Certes, Bastien. Mais, tu sais, le voyage n'est pas encore terminé.

- Je sais, Didier... Je sais...

Bastien eut un sourire forcé. Un sourire teinté de mélancolie.

Etait-ce la peur de l'avenir ?

Etait-ce le moment qu'il avait choisi pour s'effondrer, pour craquer, lui jadis impénétrable ? Lui qui en avait tant fait, allait-il se laisser finalement guider par ses faiblesses, maintenant ?

Malory coupa court à toutes ses suppositions, et, tout en serrant fortement l'épaule de son ami, lui dit :

- Oui, ne sois pas inquiet à ce sujet, mon ami. Tu as encore beaucoup de choses à donner !

À ces mots, Didier Malory s'écarta et vint se mettre à côté de Bastien Grenier ; Karine et Nadine firent de même. En regardant l'horizon qui s'offrait à lui, Bastien fut soudain pris d'un spasme. Son cœur s'emballa.

Bastien échangea un regard interrogateur avec Didier.

Didier confirma d'un hochement de tête qu'il ne rêvait pas.

Bastien lâcha alors sa valise et avança doucement, comme attiré par une force invisible et irrésistible.

Au bout d'une vingtaine de mètres, Bastien s'agenouilla très lentement, comme s'il tombait en adoration. Il retira tout aussi lentement ses lunettes noires, puis commença à dévisager le petit être devant lui.

Grâce au travail de fond de Malory, après pratiquement deux années passées à ne le voir que par photographies glacées interposées, Bastien Grenier pouvait contempler enfin son fils de ses propres yeux.

- Comme tu as changé, mon Justin, émit fébrilement Bastien en réprimant une larme.

Du haut de ses deux ans et demi, le petit garçon sembla méfiant dans un premier temps. Puis, comme seuls savent le faire les individus purs et prêts à aimer, l'enfant se laissa ensuite guider par son instinct.

L'homme et l'enfant échangèrent un sourire. L'enfant comprit, fut rassuré, et s'avança dans la foulée.

À cet âge, l'émotion l'emportant parfois sur la coordination des mouvements, l'enfant trébucha. Bastien le récupéra au vol, ceci heureusement avant que le sol ne lui arrache des larmes de crocodiles. Vint enfin la délivrance, le soulagement, l'instant de vie intense... la chaleur d'un enfant serré sur la poitrine de son père. Moment câlin.

Les petits bras s'agrippèrent.

Des bisous partout-partout.

Un soupir de profond bonheur.

Un souffle nouveau.

Quelque chose d'inexplicable.

Malgré l'insistance du petit garçon, Bastien desserra calmement l'étreinte. Il regarda de près le visage juvénile et lui dit, doucement :

- Il va falloir que tu me pardonnes beaucoup de choses, mon Justin. Je n'ai pas été un papa modèle, c'est le moins que l'on puisse dire. Mais... désormais, plus rien ne nous séparera, tu sais. Désormais, j'accompagnerai chacun de tes pas. Désormais, ton avenir sera mien, mon Justin.

L'enfant dévisagea à son tour son père.

Sans comprendre réellement le sens profond de ce qui avait été dit, l'enfant comprit néanmoins l'intention, le regard implorant de l'adulte était pour lui un langage suffisant.

L'enfant apposa alors ses mains délicates sur le front de l'homme et l'homme se sentit soudain transporté par une force invincible et régénératrice.

Une force assez lumineuse pour dévorer d'un seul trait toutes les Ombres passées et alentour.

Une force ne pouvant plus être ternie par le moindre voile grisâtre.

***

Dans la tour Nord-Ouest du grand clocher de la Cathédrale Saint Pierre, le Douzième Conseil des Animaux de l'Ombre venait de se clore sur un bilan contrasté.

Pour Vaillant, le Chef Spirituel du Monde d'En-Haut, cette expérience d'un pacte avec un homme n'avait été qu'une suite de sacrifices sans intérêt. Pour lui, l'image jadis pacifique et sympathique des pigeons citadins avait été transformée en une icône de terreur où tout individu volant pouvait se transformer en kamikaze. D'un peuple élu et divin, les pigeons étaient devenus une ethnie terroriste, martyre... une ethnie sans identité. Bref, l'expérience était allée complètement à contre-courant de ce qu'il avait espéré.

Dire que c'est *lui*, Vaillant, qui avait amené cet homme devant le Grand Conseil. Aujourd'hui, il s'en mordait la pointe des pattes. Certes, contrairement à sa race, cet homme avait trouvé la vraie lumière, c'est-à-dire la vérité. Ce n'était déjà pas si mal pourrait-on dire. Mais, en échange, Vaillant avait espéré recevoir pour lui et les siens un respect plus spirituel, plus sacré, un peu comme peuvent l'être les vaches en Inde ou les koalas en Australie.

Mais il n'en était rien. Beaucoup de pigeons avaient péri et aujourd'hui on les persécutait comme n'importe quel parasite.

Redorer le blason souillé des pigeons dans la conscience des hommes risquait de prendre des années.

Le bilan était un bilan déplorable !

Pour Bastet, la Présidente du Monde Intermédiaire, justice avait été rendue et c'est tout ce qui importait vraiment.

Discret et sauvage, le peuple des chats de gouttière n'était finalement intervenu que très furtivement lors des missions en ville, et ses principaux travaux n'avaient été que des travaux de l'ombre. Autrement dit, lors de cette aventure, ils n'avaient pas changé grand chose à leurs habitudes. C'était tout juste si on les avait remarqué. Bien sûr, il y avait eu des victimes, chaque clan de la ville avait perdu un être cher. Mais, dans le temps, il y avait eu bien pire. Alors, pas de quoi s'alarmer. Le plus important, c'était d'avoir été utile.

Grâce à l'aide des chats, un homme avait tenu tête à d'autres hommes normalement plus puissants. Et ça, c'était une grande victoire. Dans cet esprit, pour Bastet, l'objectif que s'était donné le Onzième Conseil avait été atteint. L'équilibre des forces entre les humains et les animaux avait été rétabli, aucun parti ne regarderait plus l'autre de la même manière à l'avenir. Le bon droit avait gagné, et ce n'est pas les quelques exactions récentes de la fourrière qui risquaient d'entacher la belle devise du Monde Intermédiaire : Interdépendance, Justice et Symbiose.

Le bilan pouvait donc être qualifié d'acceptable.

Pour Cluny, le Roi du Monde d'En-Bas, cette collaboration avait été pleine d'enseignements, un vrai bonheur !

Lui qui s'était avéré au départ très réticent, il voyait maintenant en cette expérience le spectre d'une perspective relativement florissante.

Durant toutes les épreuves, le peuple qui avait pris le plus de risques, le peuple qui avait subi les plus lourdes pertes, le peuple qui avait été le plus audacieux, c'était celui des Rats. Et le peuple qui avait fait le plus de dégâts, le plus de ravages à l'arrivée, c'était encore une fois celui des rats ! Cette constatation était une immense fierté pour Cluny. Les habitants des égouts avaient montré leur suprématie, leur force et leur indispensable savoir-faire en matière de guerre. Mais, au delà de cette maîtrise, Cluny retenait autre chose à travers cette expérience ; il constatait que le déroulement des opérations avait été couronné de succès en n'engageant seulement qu'une partie infime de ses forces murides. Ceci prouvait par A+B que le rat pouvait supplanter, à n'importe quel moment et en n'importe quelle situation, l'homme !

À une échelle jusqu'ici inconnue, le rat s'était imposé comme la race dominante par rapport à l'homme.

Le rat avait gagné un match important. Un match qui allait devenir un tournant pour son avenir.

C'était un grand jour !

Une révolution !

Bien sûr, l'homme, dans un sursaut d'ego, ferait tout pour nier l'évidence. Mais la preuve était faite qu'un jour l'homme risquait de se rassasier dans l'écuelle du rat. Un jour, l'homme vivra selon le bon vouloir du peuple rat et de son roi. C'était écrit.

Certes, la route menant à cet Univers était encore longue.

Mais les rats sont d'un naturel patient.

Et Cluny demeure désormais leur guide pour l'éternité.

Le bilan était excellent, pour ainsi dire : *idéal*.

*

Dans cette histoire, Bastien Grenier avait finalement arraché une réponse secrète sur la mort de sa sœur et, par la même occasion, retrouvé sa vraie place au sein de la société. Mais, si pour l'homme le temps de la sagesse était venu, pour les Animaux de l'Ombre, on pouvait dire que rien n'était totalement fini.

Posté au sommet du mur d'enceinte de la prison, Vaillant roucoula de surprise, soudain envahit d'un profond sentiment de bien-être.

À travers le regard innocent d'un petit garçon, l'oiseau blanc prédicateur venait en effet de percevoir une forme de Filiation encore inconnue.

(16/03/01
01/09/02)

Site internet :
http://haxvyll.wix.com/haxvyll